古典文獻研究輯刊

十 編

潘美月・杜潔祥 主編

第 12 冊

洪邁生平及其《夷堅志》之研究（中）

王 年 双 著

國家圖書館出版品預行編目資料

洪邁生平及其《夷堅志》之研究（中）／王年双著 — 初版 —
台北縣永和市：花木蘭文化出版社，2010〔民99〕
目 4+266 面；19×26 公分
（古典文獻研究輯刊 十編；第 12 冊）
ISBN：978-986-254-150-0（精裝）
1.（宋）洪邁 2. 傳記 3. 志怪小說 4. 文學評論
857.252   99001881

ISBN - 978-986-254-150-0

9 789862 541500

古典文獻研究輯刊
十 編 第十二冊   ISBN：978-986-254-150-0

洪邁生平及其《夷堅志》之研究（中）

作　　者　王年双
主　　編　潘美月　杜潔祥
總 編 輯　杜潔祥
企劃出版　北京大學文化資源研究中心
出　　版　花木蘭文化出版社
發 行 所　花木蘭文化出版社
發 行 人　高小娟
聯絡地址　台北縣永和市中正路五九五號七樓之三
　　　　　電話：02-2923-1455／傳眞：02-2923-1452
網　　址　http://www.huamulan.tw 信箱 sut81518@ms59.hinet.net
印　　刷　普羅文化出版廣告事業
初　　版　2010 年 3 月
定　　價　十編 20 冊（精裝）新台幣 31,000 元

洪邁生平及其《夷堅志》之研究（中）

王年双　著

目次

第四章　《夷堅志》故事來源

　　洪邁以一人之手，成《夷堅》諸志幾近五百卷，固爲大手筆也，然其事果經洪氏所親身目睹者，實又千不及其一，故是書之成，洪氏不能獨其功。其書實有得自時人者，有摘錄他人著述者，均宜分別考見之。

　　古代社會，科學未開，宇宙萬事，多加迷信，固難以厚非，惟洪邁身爲內翰，談玄說怪，不免遭時人非議，洪邁雖嘗設辭以駁之，然寫作之時，更求其表表有依據，就提供其故事者觀之，不惟名宦大臣，亦有時相執政在焉，洪邁就其所提供之故事，豈敢誣哉？如此對於故事本身，亦力求不誣，則筆錄與口述之間之差距，必然縮小，故若以《夷堅志》爲眾人之著述，亦未嘗不可。

第一節　聞諸時人者

　　《夷堅志》故事提供者，有達官貴人，有宿儒名士，亦有下層平民，今考其傳略，姑不以身份類述之，爲求便於稽索，乃以姓氏筆劃多寡爲次。

1. 丁先民

　　丁渭之後，爲德興尉。渭爲吳人，孫徙建安，貲產豪盛，子弟中名混者，熙寧九年，爲進士第六人，先民爲其姪孫。（《夷堅・支丁》卷七）

　　所提供故事爲：《支丁》卷七13。

2. 方　滋（1102～1172）

　　方滋，字務德，桐廬人，建炎間爲浙西提舉司幹官，屢遷廣西轉運判官。〔註1〕歷知靜江、廣州、福州、〔註2〕廬州、紹興、平江諸府，後以敷文閣待

〔註 1〕 時紹興十六年，見《夷堅・乙志》卷十三。
〔註 2〕 時紹興二十四年，見《夷堅・支丁》卷二。

制知建康、〔註3〕荊南，以疾提舉江州太平興國宮，乾道八年卒。滋頗結納權貴，以附秦檜爲人所譏。〔註4〕帥廣時，邁兄洪适在幕職，與其弟方灌稚川同官，〔註5〕《盤洲文集》卷七九有〈浣溪沙壽方稚川〉、〈臨江仙稚川生日〉贈之。

　　提供：《乙志》卷二十 8、《丙志》卷一 4、5。

3. 方可從

乾道中人，明鈔本作萬可從。

　　提供：《志補》卷四 1。

4. 方釋之

方釋之，字子張，秀州人，居魏塘，〔註6〕紹興十八年，爲會稽倉官，隆興二年，爲湖州通判，妻爲宜州南陵縣宰臨安錢讜允直之女，一女嫁陳皐卿子，一女嫁邁弟洪景裴。

　　提供：《乙志》卷十一 13，卷十二 6。

5. 元善輿

元善輿，嘗監惠州淡水鹽場，乾道間爲饒池州巡轄遞舖官。

　　提供：《支戊》卷二 12～14。

6. 王　佐（1126～1191）

王佐，字宣子，號敬齋，會稽山陰人。紹興十八年廷對第一，爲秘書省校書郎。時秦檜專政，其子熺嗾言者論去之。檜死熺斥，起爲尙書吏部員外郎。隆興元年以直寶文閣守吉州。乾道元年，知宣州，後知建康府，預發妖人朱端明不軌事，乾道中，爲荊襄副都統制。淳熙間爲湖南安撫使，知潭州，討捕柳州賦陳峒，超拜顯謨閣待制，進權戶部尙書，淳熙十年知貢舉，提舉鳳翔府上清太平宮，紹熙二年卒，年六十六。

　　提供：《志補》卷十一 5。

7. 王　夷

王夷，濟南人，淳熙中爲明州四明縣尉，慶元初，爲饒州司理參軍。

　　提供：《支戊》卷五 1，《志補》卷六 5。

〔註3〕時乾道三年，見《夷堅・丙志》卷十七。
〔註4〕《齊東野語》卷八。
〔註5〕見《夷堅・支甲》卷四。
〔註6〕《夷堅・乙志》卷二十。

8. 王　炎（1115～1175）。

王炎，字公明，安陽人，以蔭入仕。紹興間，歷蘄水令，司農寺丞。乾道二年，遷兩浙路計度轉運副使。除直敷文閣，知臨安府。四年，賜同進士出身，簽書樞密院事、參知政事、四川宣撫使、〔註7〕進樞密使，九年罷，除觀文殿大學士、湖南安撫史。淳熙二年落職，旋復資政殿大學士，五年卒，年六十四。

提供：《乙志》卷二十9。

9. 王　秬

王秬，字叔堅，蜀（？）人，寓居饒州。

提供：《乙志》卷十1。

10. 王　秬（？～1173）

王秬，字嘉叟，號復齋。中山人，居泉南，王安中孫，無科第，〔註8〕紹興三十一年為淮南轉運副使，乾道三年以右朝散大夫直秘閣知太平州，〔註9〕四年以門下中書省檢正諸房公事，除直寶文閣江南東路計度轉運副使，歷官禮刑部侍郎兼權中書舍人，七年知饒州，〔註10〕卒於乾道九年，有《復齋制表》二卷。乾道元年，邁罷歸饒，王十朋涖饒州任，嘉叟亦在彼，遂成《楚東酬唱集》。

提供：《甲志》卷十四8、卷十九6～9，《乙志》卷一6、卷三14、卷五2、卷七9、卷十三10～13、卷十四13～15、卷十五12、卷十九3、5，《丙志》卷十五8、卷十六13、卷二十6、7。

11. 王　容

王容，字南強，長沙湘陰人，元名午，淳熙九年，肄業於嶽麓書院，其兄弟皆連之字，乃改名容之，十年春，在書院待秋試，其兄適為詣本縣投家保狀，及試前數日，將納卷，視縣所解簿，則單名王容，遂用以入試，預薦，十一年省試奏名，〔註11〕以兄訃急還，未獲廷對。十四年正月，赴殿試，遂魁天下，授鎮東簽幕，以家故稽留，涖職纔二日，即召入館，〔註12〕官正字，除校書郎，

〔註 7〕時乾道六年，見《夷堅·支癸》卷二。
〔註 8〕見《宋人軼事彙編》。
〔註 9〕見《宋會要輯稿·職官》七一。
〔註10〕見《宋會要輯稿·選舉》三四。
〔註11〕以上見《夷堅·支戊》卷八〈湘鄉祥兆〉。
〔註12〕見〈支戊〉卷八〈仰山行宮〉。

遷著作佐郎，嘉泰二年，以中書舍人兼同修國史，開禧初直煥章閣出帥靜江，累官禮部侍郎，卒贈銀青光祿大夫。

容赴殿試在紹熙十四年，是舉邁知貢舉，應有師生之誼。

提供：《支戊》卷八 5。

12. 王 稱

王稱（或作偁），字季平，〔註13〕眉州人，父賞，承家學，旁搜九朝事實，輯成《東都事略》。洪邁修《四朝國史》，奏進其書，以承議郎知龍州，紹熙十四年，邁薦之於朝，特授直秘閣。〔註14〕其書卓具史識，爲考宋史者所寶。〔註15〕

提供：《志補》卷十四 3。

13. 王 翰

王翰，鄱陽人，嘗知橫州四年，以郡事付寶文閣學士賈讜子成之。

提供：《乙志》卷十九 1。

14. 王 濱

王濱，字稚川，淳熙間人，歷興國軍通判，嘗知吉州，當茶寇之鋒，修城治兵，寇不敢近。〔註16〕漕臣錢佃錄其勞績，遂直秘閣，乾道三年，又爲李燾、錢佃按其弛慢之罪降一官，七年，除利州路轉運判官，隨即罷去，十一年，除知常德府，差主管建寧府武夷山沖佑觀，旋寢其命。〔註17〕

提供：《丁志》卷二 1～20（全）。

15. 王 瓘

王瓘，武經郎，乾道三年，幹辦蔣參政府。《夷堅·支景》卷三有臨川王瓘瑩夫，爲和甫左丞曾孫，係別一人。

提供：《丙志》卷九 7。

16. 王 曠（？～1175）

王曠，字日嚴，廣陵人。紹興十年爲兩浙轉運司主管帳計，十三年，爲軍器監主簿，大常寺主簿，十五年，中博學宏詞科第二，賜進士出身，與邁

〔註13〕《夷堅志補》卷十四作季舉。
〔註14〕一見《宋會要輯稿·崇儒》五。
〔註15〕詳見陳述〈東都事略撰人王賞稱父子〉，《史語所集刊》第八本。
〔註16〕詳見楊萬里《淳熙薦士錄》，《函海》本。
〔註17〕見《宋會要輯稿·職官》七十二。

爲同年，除正字，進禮部員外郎，歷知衢州，遷中書舍人給事中兼侍讀，乾道八年以翰林承旨兼修國史，知貢舉，淳熙二年卒。〔註18〕

　　提供：《乙志》卷二十 12、《丙志》卷七 1～17（全）、卷八 1～4。

17. 王十朋（1112～1171）

　　王十朋，字龜齡，號梅溪，樂清人，紹興二十七年狀元，歷知饒夔湖泉諸州，累官至侍講，以龍圖閣學士致仕，乾道七年卒，年六十，諡忠文。《宋史》卷三八七有傳。知饒時，與洪邁、王秬成《楚東酬唱集》。

　　提供：《乙志》卷四 10。

18. 王三恕

　　王三恕，里籍不詳，王十朋守湖日，三恕爲司戶攝理，〔註19〕淳熙十一年，王佐知貢舉，三恕時與張濤爲敕令所刪定官，並差點檢試卷。〔註20〕

　　提供：《丙志》卷十六 5。

19. 王大辯

　　王大辯，鄱陽人，慶元二年至四年間，爲州醫學助教。居城理學福門外，妻姜氏。〔註21〕

　　提供：《三己》卷九 14。

20. 王友文

　　王友文，里籍不詳，嘗爲平江（？）節度推官。

　　提供：《支庚》卷五 12。

21. 王正邦

　　王正邦，里籍不詳，淳熙三年，黃鈞爲鎮江守，正邦爲節度推官，〔註22〕慶元五年知英德府，以掊克民財，用刑慘酷，爲人劾罷。〔註23〕

　　提供：《志補》卷十五 2。

22. 王充老

　　王充老，生平里籍不詳。

〔註18〕見《宋會要輯稿》職官七十、選舉一、一二，食貨二。
〔註19〕見《夷堅・支庚》卷十。
〔註20〕見《宋會要輯稿・選舉》二二。
〔註21〕《夷堅・支甲》卷十〈薦福如本〉。
〔註22〕見《夷堅・三辛》卷三、〈志補〉卷十五。
〔註23〕《宋會要輯稿・職官》七四。

提供：《丁志》卷四 6。

23. 王光烈

王光烈，福州士人。

提供：《支丁》卷十 11。

24. 王居安

王居安，台州黃巖人，初名居敬，字簡卿，淳熙十三年，以布衣過劉樞幹問令，遂改名居安，字資道，號方巖，次年春省試第二人奏名，廷對第三，調徽州推官，已而連遭家難，留滯十年，後以幹辦江東刑獄公事起用，爲右司諫，論韓侂胄竊弄威柄，宜肆諸市朝，以謝天下，遷起居郎，出知溫州，郡政大舉，後遷大中大夫，龍圖閣直學士，致仕卒，有《方巖集》，《宋史》卷四五〇有傳。

提供：《支癸》卷一 5。

25. 王　煥（彥）

王煥（彥），〔註24〕字季光，鄱陽人，居州城內北邊李郎中巷，乾道末年，爲武陵縣宰。

提供：《支景》卷八 10～11，《支戊》卷三 11～12，《志補》卷二四 3。

26. 王南卿

王南卿，或即王阮，阮，德安人，韶曾孫，好學尙氣節，隆興元年進士，對策極言宜遷都建康，以圖進取。紹熙中知濠州，修戰守具，金人不敢南侵，改知撫州，韓侂胄聞其名，特旨入奏，阮不答，陛對畢，拂衣出關，侂胄大怒，批旨予祠，歸廬山，盡棄人間事，惟從容觴詠而已。嘉定元年（1208）卒，有《義豐集》一卷。

提供：《支庚》卷三 3。

27. 王厚之（1131～1204）

王厚之，字順伯，號復齋，其先臨川人，後徙諸暨。乾道二年進士，授溫州平陽尉，歷軍器監主簿、秘書郎、度支員外郎、都進奏院、將作監丞，數預貢舉，紹熙四年爲湖州運判，五年，知臨安府，〔註25〕官至江東提刑，以直寶文閣致仕。嘉泰四年卒，年七十四，有《復齋金石錄》。厚之與洪氏兄

〔註24〕見《夷堅志補》卷二四，明鈔分類本作「王煥彥」。
〔註25〕《宋會要輯稿・職官》七三。

弟善，邁長兄适嘗跋所藏荊公詩卷。〔註26〕

　　提供：《支景》卷八 1～4、卷十 1，《支丁》卷六 11、卷八 2，《支庚》卷三 4～6、卷十 9，《支癸》卷四 5，《三補》12。

28. 王剛中（1103～1165）

　　王剛中，字時彥，饒州樂平人。紹興十五年進士第二，忤秦檜，十七年，為明州節度推官，二十六年赴洪州教授任，會鄉人吳信叟入為給事中，薦為校書郎。閱兩月，除佐著作兼二王府教授，〔註27〕檜死，遷中書舍人，言際敵先務，帝韙之。以龍圖閣待制知成都府，孝宗時，同知樞密院事。乾道元年卒，年六十三。贈資政殿大學士，謚恭簡，有《易說》、《春秋通義》、《東溪集》、《續成都記》。《宋史》卷三八六有傳。

　　提供：《乙志》卷五 3～5。

29. 王師愈（1122～1190）

　　王師愈，字與正，一字齊賢，婺州金華人。紹興十八年進士，初從楊時游，受《易》《論語》，又從呂本中游，知中朝諸老言行之懿，嘗為長沙宰，歷崇政院說書，知饒州，遷浙江提點刑獄，乞祠，以直煥章閣致仕，紹熙元年卒，年六十九。朱熹為撰〈神道碑〉。〔註28〕

　　提供：《丁志》卷十六 12、17。

30. 王景伊

　　王景伊，字號里籍不詳，嘗赴國子覽補試，不利。〔註29〕

　　提供：《支庚》卷十 12。

31. 王賁之

　　王賁之，饒州士人，紹興二十二年至乾道三年間，均在州學。

　　提供：《三辛》卷八 1～5。

32. 王簽判

　　王簽判，名字里籍不詳，紹興十七年，吳秉信信叟罷右史，鄉居饒州，唯與王剛中及王簽判往還，簽判仕途碌碌偃蹇，〔註30〕故其事蹟不傳。

〔註26〕洪适《盤洲文集》卷六三。
〔註27〕見《夷堅・乙志》卷十〈吳信叟〉條。
〔註28〕見《朱文公文集》卷八九。
〔註29〕見《夷堅・支庚》卷十。
〔註30〕見《夷堅・甲志》卷十 5。

提供：《甲志》卷十 5。

33. 木待問

木待問，字蘊之，永嘉人，爲鄭伯熊弟子，紹興三十二年得漕解，隆興元年進士第一。累官太子參事、煥章閣待制、禮部尚書，乾道六年爲洪府通判。歷知湖州、婺州、寧國府，待問以大魁，官至侍從，無所表現，至其爲人，尤爲人所厚非。待問以左承事郎簽書平江軍判官時，邁兄适嘗以長女許之，未及嫁而卒。〔註31〕

提供：《丙志》卷六 9～12，《丁志》卷十一 3～5。

34. 司馬倬

司馬倬，字漢章，夏縣人，司馬光從曾孫，妻鮮于夫人。紹興八年爲兩浙西路安撫司幹辦公事，二十六年自浙西提舉常平罷，乾道元年，爲戶部員外郎江西京西湖北總領，明年權知襄陽，七年以直獻徽閣爲荊湖南路計度轉運副使，淳熙三年，爲江東提刑，以受賂鬻獄，爲臣僚論罷。〔註32〕

倬嘗作山雨樓，邁爲之記，淳熙八年春，邁有南昌之行，兄适用滿庭芳韻惜別，兼簡司馬漢章。〔註33〕

提供：《丁志》卷十六 11、12。

35. 司馬遡

司馬遡，父伋，倬弟，字季思，居江南，乾道二年官戶部員外郎淮西總領，八年領廣州，淳熙元年召還，三年知泉州。

伋出鎮廣州，道過贛，時邁爲守，因獲觀司馬溫公客位牓。時遡或在側焉。

提供：《支癸》卷十 12。

36. 左 輔

左輔，鄂州人，父從義郎左良，爲本州金口巡檢，後爲婺州都監。輔，慶元二年爲南康縣稅官。

提供：《支戊》卷六 9。

37. 江 璆

江璆，字鳴玉，嚴州人，〔註34〕乾道元年自大理寺丞放罷，三年自朝散

〔註31〕見〈慈塋石表〉及〈洪文惠公神道碑〉。（《盤洲文集》卷七八及附錄）。
〔註32〕《宋會要輯稿》食貨五八，職官四一、七○、七二，方域九。
〔註33〕見《盤洲文集》卷八○。
〔註34〕據《夷堅・丁志》卷一〈挑氣法〉條謂江璆鳴三嘗爲德慶守，惟《丙志》卷十

郎知梧州降一官，〔註35〕七年，以右朝請郎直祕閣拜江淮荊浙福建廣南路提舉坑冶鑄錢公事。〔註36〕

提供：《丙志》卷八 12、卷十六 9。

38. 江續之

江續之，里籍不詳，紹興二十九年二月十八日，爲平江府常熟縣丞，以開浚諸浦畢工，減二年磨勘。

提供：《甲志》卷四 2。

39. 宇文仔

宇文仔，生平里籍不詳。

提供：《乙志》卷七 10。

40. 朱　似

朱似，字叔召，生平里籍不詳，洪适有詩三首：〈送朱叔召歸吳中〉、〈和景盧餞朱叔召往宣城〉、〈朱叔召遺文官花二絕句〉，〔註37〕則當爲吳人，與洪适、邁友善。

提供：《丙志》卷十 6～9。

41. 朱　倬（1086～1163）

朱倬，字漢章，閩縣人，宣和六年進士，除福建廣東西財用所屬官，忤秦檜，出爲越州教授，紹興二十七年爲國子監丞，除右正言，三十年，拜尚書右僕射，金人犯江，陳戰備應三策。孝宗即位，降資政殿學士，卒於隆興元年，年七十八，謚忠靖，改謚文靖。《宋史》卷三七二有傳。

紹興三十二年，邁爲起居舍人，時翰苑缺員，陳康伯以洪邁奏，朱倬惡其非己出，即曰：「不可，其弟邁新爲右史，今復召逆，此蘇軾與轍所變更元祐也。」帝卒召之，是倬與三洪似有不合。然則紹興三十年正月九日倬知貢舉時，邁以吏部員外郎充省試參詳官。

提供：《甲志》卷十八 10～12，《乙志》卷三 10。

六〈會稽儀曹廨〉條記嚴陵江珪事，註云：「江鳴玉說。」而《丙志》卷八〈江氏白鵲〉條，記虹縣令江邈長子自嚴州奉母往官下事，註云：「鳴玉說。」是皆出於一人提供也。蓋「璆、玉聲也」（《正字通》），璆字鳴玉正取其意，作鳴三則無所本，璆所提供諸事中，江邈、江珪當其族人，則璆當爲嚴州人。

〔註35〕《盤洲文集》卷七有〈江鳴玉遺蒼梧二蒼鶴其一病死〉詩，當作於是時。

〔註36〕《宋會要輯稿‧職官》四三、七一。

〔註37〕《盤洲文集》卷五及六、七。

42. 朱　翌（1097～1167）

朱翌，字新仲，自號瀋山居士、省事老人。龍舒人，祖居桐城，或云鄞縣人。政和八年進士，紹興中爲中書舍人，秦檜惡其不附己，謫居韶州十九年，二十八年守嚴州，未幾有徙宣州，又一年徙平江，孝宗初，官至左朝議大夫敷文閣待制。乾道三年卒，年七十一。有《瀋山文集》四十卷。

慶元三年，邁爲朱翌序《猗覺寮雜記》，稱五十年前，「邁與文惠、文安兩兄，時省觀直陽，歲必過韶，踵門內謁先生，視如通家子弟，引而館之，賜之詩，有曰：『彭蠡春先萬頃湖，光明相映棣華樹，鳩雛鷺鶯俱爲鳳，乳酪醍醐總是酸。』」翌嘗爲适序《隸釋》，故其仲子軾以序見囑，邁爲之序。

另朱勝非次子戶部侍郎夏卿，有子亦名翌，〔註38〕與新仲當爲二人。

提供：《甲志》卷二 4、卷十 1、2。

43. 朱　銓

朱銓，字景先，淳熙三年主管四川茶馬，男遜，買成都張氏女福娘爲妾，次年娶于范，強遣之，又明年，銓被召在蜀，寓姑蘇，七年，遜亡，無子，及十二年，得福娘所生子，遇南郊恩，以此子剡奏，名之曰天賜。〔註39〕

提供：《志補》卷十 8。

44. 朱仲河

朱仲河，嚴陵人，父先覺，字大知。仲河於紹熙四年在太學節性齋，其後爲州學教授。

提供：《三己》卷七 4～12。

45. 李亨叟

朱亨叟，生平里籍不詳，所提供者皆溫州瑞安事。〔註40〕

提供：《甲志》卷七 17～18。

46. 朱從龍

朱從龍，所提供者均江北事，當係紹興三十一南來之淮人，〔註41〕嘗寓

〔註38〕《夷堅·支景》卷一 5。

〔註39〕見《夷堅志補》卷十。

〔註40〕《夷堅志補》卷六〈徐輝仲〉條，爲輝仲孫女爲朱亨甫子婦言之，亦永嘉事，亨甫疑即亨叟，均不詳其生平。

〔註41〕《夷堅·支甲》卷二〈宿遷諸尹〉條，記當離亂時，尹氏聚其族黨起兵，獲祖宗御容及宮闈諸物，爲里人周郭兩秀才所誣陷，諸尹棄市，周以功得本縣令，郭爲丞，後避虜禍，隨邑人播徙京口，時從龍六七歲，周郭爲其父之友。

知楚州鹽城射陽湖之陰神堰側，乾道九年在楚州山陽，爲屯田都轄官，十年，坐事去。

提供：《支甲》卷一 1～12（全）、卷二 1～14（全）、卷三 1～13（全），《支乙》卷一 1～11（全）、卷二 1～2、卷三 1～3，《支丁》卷八 9～14、卷九 1～11（全）、卷十 2～3，《三己》卷三 1～11（全）、卷四 1～4，《志補》卷二一 11。

47. 朱晞顏（1133～1200）

朱晞顏，字子淵，一作名希顏，字子因，修寧人。登隆興元年進士，授當陽尉，乾道五年攝邑令，歷知永平、廣濟二縣，皆著政績。陞知興國軍，入對，論三事皆切直，孝宗嘉之。除知靖州，奏宜移大軍戍襄陽，留水軍以控鄂沔，帝悅甚。改知吉州，除直煥章閣知靜江府，廣安安撫使，以勞加秩，召爲太府少卿總領江東軍馬錢糧。遷權工部侍郎兼知臨安府，慶元六年卒於官，年六十八。

晞顏成進士時，洪氏嘗許以幼妹，是邁之妹壻也，及帥桂時，嘗以所得高州茂名縣之樹木屛二賦詩以遺洪邁，邁亦和之。〔註42〕

提供：《乙志》卷十八 10，《丙志》卷四 10、卷三 15，《支景》卷二 10。

48. 朱椿年

朱椿年，生平里籍不詳，所提供事得自中散大夫建康通判史憲。

提供：《丁志》卷四 14。

49. 朱煥叟

朱煥叟，生平里籍不詳。

提供：《志補》卷十 6。

50. 朱熙載

朱熙載，字舜咨，小名政郎，小字堯臣，處州縉雲人，中紹興十八年二甲第四名進士。紹興三十年正月，邁以吏部員外郎充省試參詳官，熙載以武學博士爲點檢試卷官，有共事之誼。是年七月十七日，詔以左軍（宣）教郎太學博士朱熙載召試館職。惟熙載以久去場屋，乞免召試，詔從之。〔註43〕

提供：《甲志》卷十八 13。

〔註42〕見《盤州文集》卷七八〈慈塋石表〉及《夷堅丙志》卷一三、《支景》卷二。
〔註43〕《宋會要輯稿》選舉二〇、三一。

51. 向士俊

向士俊，字仲德，籍貫不詳。嘗於紹興三十二年知某軍，乾道八年十一月十九日，江西安撫使襲茂良條奏本路捄荒措置宣勞官，士俊亦在其列，詔減磨勘三年。〔註44〕

提供：《再補》34。

52. 向士肅

向士肅，開封人，父瀍，字巨源，為大理正，著有《葵齋雜稿》。〔註45〕洪邁《野處類稿》附〈集外詩〉自謂：紹興二十七年九月，還自衡岳至宜春，買舟東西永嘉。友人方雲翼景南置酒秀川館餞之。邵武黃介景達、開封向瀍巨源、歷陽許子紹季韶與焉。是邁與瀍有舊，惟《野處類稿》是否為洪氏所作，未有定論，是事未必可信。

提供：《志補》卷八 3。

53. 向伯奮

向伯奮，字元伯，饒州樂平人，父猷徽閣待制向久中，母為何丞相執中女，舅何尚書志同，宣和五年，為開封令，靖康時監在京市易務，尋聞有偽詔，棄官去。高宗召知建州，帥襄陽，皆有功。孝宗時，拜戶部侍郎，尋得祠。劉權、王宣竊發廣西，起知靜江，至則皆約日出以降，著有時論奏稿及詩集。

伯奮之弟仲堪，字元仲，官贛州通判，紹興二十七年卒，後二年洪适守荊門，伯奮以直秘閣節鎮京西，過适言其事，又一年，仲堪子友益，乃以墓誌為請，於是适為之銘。〔註46〕

提供：《乙志》卷六 2～3。

54. 任　古

任古，字信孺，廣濟人，建炎二年，李易榜同進士出身，治書。紹興二十八年為監察御史、殿中侍御史，二十九年閏六月，除編類聖政少監，八月，以秘書省少監充國子監發解點檢試卷官，九月，遷直龍圖閣知洪州，三十二年，為諫議大夫，帝從宰執請，以古家無餘貲，賜銀絹三百匹兩，〔註47〕是年守宣州，婿邵侃以捧表賀登極補官。

〔註44〕《宋會要輯稿・職官》一一。
〔註45〕《宋詩紀事》卷二四。
〔註46〕《盤州文集》卷七六〈向通判墓記〉。
〔註47〕《宋會要輯稿》選舉二○、禮四四、食貨七。

紹興二十九年任古爲秘書少監，校書郎任質言子理〔禮〕暴卒，其官奉議郎，不應延賞，古乃與同舍議爲請於朝，以質言乃任伯雨之孫，乞特官其嗣，以勸忠義，詔從其議，時邁亦在館，爲校書郎，有同舍之誼。〔註48〕三十二年，上太上皇尊號，任古以右諫議大夫爲舉冊官，而邁以起居舍人爲奏解嚴禮部郎中，共襄其事。

提供：《甲志》卷十八8。

55. 任　鑄

任鑄，生平里籍不詳。

提供：《支丁》卷十4。

56. 任良臣

任良臣，字伯顯，眉山人，徙汝陽，紹興三年爲福建路安撫司幹辦公事，以本路轉運副使劉容木係其姊夫，遂與主管機宜文字王傳兩易其任，〔註49〕歷司農丞，紹興十四年，爲饒州通判，十六年喪厥子，〔註50〕父諒，字子諒，紹聖四年進士，歷河南戶曹，累官徽猷閣待制，知京兆尹，卒贈正奏大夫。

提供：《乙志》卷十八2。

57. 沈　度

沈度，字公雅，湖州武康人，師事陳淵幾二十年。紹興間爲餘干令，有善政，紹興末，爲平江通判，隆興二年以尙書考功郎中除直秘閣知平江府。乾道二年，以中書門下檢正諸房公事補外，除事寶文閣福建路轉運使，四年爲兩浙路轉運副使，五年以大理卿除直龍圖閣知建寧府，七年又以直龍圖閣江南東路轉運副使除秘閣修撰，寧國府長史（？），同年九月爲兩浙轉運計度副使，九年權兵部侍郎兼安少尹，是年九月知臨安府，累官至兵部尙書。

提供：《乙志》卷九4，《丙志》卷六8。

58. 沈清臣家嫗

沈清臣，字正卿，湖州烏程人。初從張九成學，時人或以禪學譏之。紹興二十七年進士，爲國子學錄，累官江東提舉，女嫁閩師詹元善，有老嫗來福州，說慶元元年湖州蛇瘟事。

〔註48〕《夷堅・丙志》卷十七。
〔註49〕《宋會要輯稿・職官》六三。
〔註50〕胡寅《斐然集》卷十三，《夷堅・甲志》卷八、《丙志》卷十一。

提供：《支景》卷二 9。

59. 沈朝議

沈某，名字里籍不詳，以朝請大夫用年勞詣銓曹求轉朝議大夫，為考功主事陳仲夷所扼，用賂遂其志，自言其事，洪邁因以諱其名。

提供：《支癸》卷九 1。

60. 沈端叔

沈端叔，姑蘇人，家頗豐腴，淳熙初年過三十，乃召顛僧行法求嗣，得一子缺脣數月而夭，期年再得一男，因言之於洪邁，時男年已二十餘。

提供：《志補》卷十一 1。

61. 沈松年

沈松年，字體仁，常州無錫人，官太常博士。祖宗道贈朝請郎，父復，仕士朝奉大夫，政和五年，邁父晧及進士第，時松年在京師，聞其名，以妹許之，即邁母魏國夫人。紹興八年魏國壽終，諸子秉松年旨，護櫬往無錫，依舅氏，次年，葬母於開化鄉白茅山之原。十年，松年勉諸子習詞科，三洪遂有連捷之壯舉。适妻萊國夫人沈氏，即松年之女。其於三洪，實有再造之恩。

提供：《乙志》卷十 10。

62. 汪 生

汪某，徽州婺源人，為士人，乾道六年春過常州宜興，為參政周葵館客。

周葵（1098～1174），字立義，號荊溪，常州宜興人，宣和六年進士，孝宗時參知政事，卒於淳熙元年，諡簡惠。

提供：《丁志》卷四 5。

63. 汪 杲

江杲，字茂明，饒州人，參知政事汪澈之姪，澈築宅於浮梁，子弟列居，杲就其間習銓課。嘉定五年四月三日，監登聞檢院，為監察御史金式所論，言其昨倅廣信，月糴軍糧，載歸鄱陽，以取倍息。冬夏慮囚所過受饋。倉司委買銀兩，取餘直歸己。詔放罷。（《宋會要輯稿·職官》七十三）

汪澈（1109～1171），字明遠，紹興八年進士，高宗時參知政事，乾道七年卒，諡莊敏。

杲為洪邁仲兄遵之孫女婿，遵亡，銜稱「通直郎前知德化縣」。[註51]

〔註51〕周必大《文忠公文集》卷七〇〈同知樞密院事贈太師洪文安公遵神道碑〉。

提供：《支丁》卷四 15、卷五 10～12。

64. 汪　果

　　汪果，字叔明，里籍不詳，嘗爲宣城水陽鎮監鎮官。

　　提供：《支乙》卷八 1～6。

65. 汪　拱

　　汪拱，徽州婺源縣石田村人，乾道初人。

　　提供：《乙志》卷十七 5。

66. 汪介然

　　汪介然，石田人。

　　提供：《乙志》卷十七 4。

67. 汪汝紹

　　汪汝紹，饒州人，官少卿，政和宣和中，嘗在河東李祐晉仁幕中，紹興十五年，邁父晧被劾罷饒州，時邁中詞科，侍親在里，嘗赴汝紹會次。邁聽曲折事甚多，然多未即時記之。

　　提供：《支丁》卷五 13、卷十 8。

68. 汪叔詹（1081～1161）

　　汪叔詹，字至道，一作致道，徽州歙人。少敏於文，登崇寧五年進士，初授虔州會昌縣尉，未上，改宣州州學教授，政和六年，求試詞科不預選，旋除太常博士，歷官河南憲使，宣和七年，提舉潼州府路常平，紹興十八年，以司農少卿總領湖北財賦，其後再漕湖北，又守鄂州，爲總領累年，皆在武昌。紹興三十年卒，年八十。

　　提供：《甲志》卷二十 1。

69. 汪堯臣

　　汪堯臣，生平里籍不詳，友齊琚，字仲玉，饒州德興人，家貧，教生徒以自給，紹興十七年，就館於邑人董時敏家。

　　提供：《甲志》卷四 9。

70. 宋　睍

　　宋睍，字益謙，當塗人，少居村野，紹興十四年以後，睍爲秦丞相委用爲金部右司郎官，提舉贍軍諸庫，一歲得賞不勝多，遂與秦運轉表勳庫酒，每納課息，必以精金，七、八年間，官至戶部侍郎，兼吏部尚書樞密都承旨，

知臨安府，累階正奉大夫。旋坐小失意，謫居新安，甫再歲起，家鎮江金陵。秦亡，言者論擊，貶團練副使，安置梅州。既而因母老，故恩許自便，到新安，於宅傍建庵，名曰「慈報」，晝設蓮座，夜置禪床，寒暑更衣，嚴奉絕謹。每吉凶憂疑，隨禱輒應，竟盡復故官職，終敷文閣直學士，壽逾八十，贈開府儀同三司。事見《夷堅志》補卷十四〈梅州異僧〉條。

或謂宋貺，世居新安，樂其山川之勝，回家焉。紹興中，官至尙書郎，引退，山居三十餘年，安然自適，以全名節。〔註52〕

提供：《乙志》卷十三4。

71. 宋之瑞

宋之瑞，字伯嘉，號樵隱，台州天台人，隆興元年進士，淳熙十三年三月詔試賢良方正能言極諫科，之瑞以宗正寺丞爲監贍錄官，次年省試差點檢試卷官，紹熙元年三月都大提點坑冶鑄錢，二年爲戶部郎中，四年除大理少卿，除秘書少監，福建提舉，慶元二年，改中書舍人，嘉泰元年知泉州，放罷，二年，知寧國府，嘉定二年以寶謨閣直學士提舉江州太平興國宮。累官華文徽猷閣待制知江陵府，仕終光祿大夫致仕。

之瑞於淳熙十四年以宗正寺丞差充點檢試卷官，時邁典貢舉，應有僚屬之誼。〔註53〕

提供：《支景》卷九6～7。

72. 杜莘老（1107～1164）

杜莘老，字起莘，眉州青神人，紹興間進士，二十九年爲太常博士，三十年爲殿中侍御史，隆興初以直顯謨閣知遂寧府。〔註54〕嘗謂台諫當論天下第一事，若有所畏，姑言其次，是欺其心，不敬其君者也。及任言責，直言無隱，聲震一時，都人稱骨鯁敢取言者，必曰杜殿院。隆興二年卒，年五十八。《宋史》卷三八七有傳。

紹興三十年正月九日邁爲省試參詳官，而杜莘老以太常博士充點檢試卷官，嘗以兼經出易簡天下之理得賦，與邁言簡字韻窄事，邁以白知舉。〔註55〕

提供：《甲志》卷十三8、卷十六10、卷十九4。

〔註52〕見《南宋文範》卷四九〈尚書宋公山居三十韻序〉。
〔註53〕《宋會要輯稿》禮一三、選舉二一。
〔註54〕《宋會要輯稿》禮三九、選舉二一。
〔註55〕見《容齋五筆》卷九。

73. 李　扶

李扶，字助國，饒州德興人，為士人，以恩科得官，調宜州司理參軍。慶元初，滿秩還鄉。

又建州松溪亦有李扶者，字持國，紹興十五年進士，授興國軍、攝大冶縣事，改知富陽縣，終知梧州軍州事。與此當係二人。

提供：《志補》卷九9。

74. 李　季

李季，字次仲，嚴州人，紹興十四年，嚴州大水，而次仲家居最高，獨免其禍，嘗與小郗先生遊建康市，秦檜弟棣知宣州時，李季為通判，畏其勢，即丐致仕。

提供：《乙志》卷十六14。

75. 李　勇

李勇，白雲郭先生頤正之姪（甥？）

白雲先生乃郭雍（1091～1187）之號，雍，字子和，河南洛陽人，隱於陝州，乾道中，旌召不起，賜號冲晦處士，孝宗稔知其賢，更封頤正先生，令部使者遣官就問，淳熙十四年卒，年九十七，雍於《易》發明精到，有《郭氏傳家易說》。

提供：《支景》卷五10。

76. 李　郁（1086～1150）

李郁，字光祖，邵武人。少從楊時學，時妻以女，聞時之說，湛心十八年，渙然有得。紹興初被召入對，除刪定官，為左迪功郎，秦檜用事，歸隱西山，學者稱西山先生。卒於紹興二十年，年六十五。

提供：《支乙》卷六5。

77. 李　浩（1116～1176）

李浩，字德遠，一字直夫，號橘園，其先建昌人，遷臨川，紹興十二年進士。為饒州司戶參軍，遷金州教授，紹興二十一年為襄陽觀察推官，二十七年調官臨安，又二年，為敕令所刪定官，充是年國子監發解點檢試卷官，太常寺簿。孝宗乾道三年知台州，除直秘閣，四年以吏部員外郎，充銓試公試類試及國子監檢點試卷官，五年以司農少卿兼皇子恭王府直講，六年除大理卿，閏五月除直寶文閣權發遣靜江府，七年提舉廣南西路買馬、經略安撫使、吏部侍郎、

除秘閣修撰帥夔州。淳熙三年九月卒，年六十一。〔註56〕贈集英殿修撰。浩淳直渾厚，少力學為文辭，及壯，益沈潛義理，立朝慨然以時事為己任，忠憤激烈，以此為忌，帝察其忠，始終全之。《宋史》卷三八八有傳。

德遠為太常主簿日，時洪邁為禮部員外郎，嘗同行事齋宮。

提供：《乙志》卷九1、卷十五2，《丙志》卷十3～4、卷十四9～11。

78. 李　結

李結，字次山，號漁社，河陽人，工畫山林人物，隆興乾道間為崑山令，乾道六年監行在都進奏院，乾道七年提舉兩浙西路常平茶鹽公事，淳熙六年為常州守，七年放罷，奉祠一年，九年差知秀州，紹熙差為湖北運副，均未赴任而罷，仍奉祠，主管建寧府武夷山沖佑觀。紹熙二年為四川總領。〔註57〕父某嘗持節湖湘間。

提供：《三壬》卷六8。

79. 李　綸

李綸，字季言，邵武人，丞相李綱之少弟，居福州，好與方外人處，乾道九年差提舉廣南路鹽事，以不諳吏事放罷，以提刑終任。〔註58〕

提供：《乙志》卷八13。

80. 李　樫

李樫，字與幾，里籍不詳，紹興元年徽州通判亦為李樫，不知是否一人？所提供多蘇、湖間事。

提供：《甲志》卷十17～19。

81. 李　繒（1117～1193）

李繒，字參仲，徽州婺源人，絕意科舉，築室鍾山，世稱鍾山先生，朱熹極稱其文，紹熙四年卒，年七十七。有《論語西銘》及詩文集。或為其人。

提供：《丙志》卷十九6～10。

82. 李　鏞

李鏞，里籍不詳，紹興九年，為建昌尉，用賞升從事郎，調饒州司法。

提供：《丙志》卷十九5。

〔註56〕見《宋會要輯稿》職官七、兵二三、選舉二〇、三四。
〔註57〕《宋會要輯稿》職官三六、四三、七三及食貨八。
〔註58〕見《宋會要輯稿》職官七三、食貨二七，《夷堅·乙志》卷一。

83. 李　鏞

李鏞，婺源縣人，與 82 饒州司理者，不知係一人否？

提供：《甲志》卷四 7～8。

84. 李一鳴

李一鳴，饒州浮梁人，生平不詳。

提供：《支庚》卷一 6。

85. 李大東

李大東，字仲詩，端州四會人，寓豫章，嘗爲武陵縣主簿，嘉定二年由平江府移知建康，徙廬州，在任五年，官至龍圖閣學士。〔註59〕

提供：《支乙》卷九 1～8，《支景》卷九 2～10，《支癸》卷九 6。

86. 李子求

李子求，生平里籍不詳，疑即李泳子永之誤，見〈李泳蘭澤野語〉條。

提供：〈三己〉卷一 6～7。

87. 李仁詩

李仁詩，生平里籍不詳，疑或 85 李大東仲詩之誤。

提供：《支景》卷七 1～9。

88. 李正民

李正民，字方叔，揚州人。政和二年進士，爲迪功郎，七年又中詞學兼茂科，高宗建炎間以中書舍人充兩浙江西湖南撫諭使，嘗上奏，請依法具奏官吏能否，民間事實係冤抑者，並聽陳述，即爲申理，從之。建炎四年正月，奉諭差往虔州向隆祐皇太后問安。同年五月擢給事中，紹興元年擢吏部侍郎，歷禮部侍郎、徽猷閣待制，知筠州、吉州，奉祠歸。有《己酉航海記》、《大隱集》。〔註60〕

提供：《丙志》卷十八 12，《支丁》卷一 7。

89. 李利用

李利用，字賓王，饒州人，嘗爲河南府轉運判官，紹興二年知新淦縣，

〔註59〕 大東知廬州在嘉定四年，《宋會要輯稿・職官》四〇載：嘉定十二年六月二十日詔中奉大夫寶文閣待制兼知建康府江東安撫使行宮留守司公事（職官四〇），與此有所異。

〔註60〕 見《宋會要輯稿》后妃二、選舉一二及《大隱集》。

次年八月秩滿，擢洪州通判，二十年爲廣南東路轉運判官。

提供：《丙志》卷十三 7～8。

90. 李知己

李知己，字智仲，徽州婺源人。紹興二十四年進士，通判婺州，淳熙十四年，以左藏庫提轄充貢院檢試卷官。累官大理丞、大宗正丞、兼權都官郎。卒年七十二。

知己充省試點檢試卷官時，邁典貢舉，有僚屬之情。知己兄熙仲之二子亦於是年赴省，牒往別院，皆遭黜。

提供：《支戊》卷十 9。

91. 李益謙

李益謙，字相之，奉符人，官戶部員外郎，乾道二年爲尙書吏部侍郎，三年除集英殿修撰知衢州。〔註61〕

提供：《甲志》卷四 13。

92. 李耆俊

李耆俊，字子壽，會稽（？）人，淳熙二年爲兩浙轉運使主管官，其弟耆碩，字子大，時自嵊縣解官來，又有弟耆壽，爲從事郎，卒於是年。〔註62〕

提供：《乙志》卷七 11。

93. 李紹祖

李紹祖，字奉世，南康軍建昌人。紹興六年，知韶州，十三年權廣南西路轉運判官，十五年爲荊湖南路轉運判官。〔註63〕

提供：《甲志》卷十六 5～7，《乙志》卷五 10，《丙志》卷十八 5。

94. 李景遹

李景遹，崇寧間顯謨閣待制李景直之從弟，景直，崇寧末仕至工部侍郎，大觀元年出知洪州。

提供：《甲志》卷十四 8。

95. 李舒長

李舒長，字季長，福州寧德人，行十一。政和初，偕鄉里五人補試京師，

〔註61〕見《宋會要輯稿》職官一、選舉三四。
〔註62〕《夷堅・支癸》卷八〈李小五官人〉條。
〔註63〕見《宋會要輯稿》職官一八、食貨五七、六三及兵二九。

四人皆中春選，李獨遭黜，及秋始入學，後以表兄余深丞想恩補官，授秘校，惟無意於世，遂隱居不仕。

　　　提供：《甲志》卷七 11。

96. 李端彥

　　李端彥，秀州（？）人，爲泉州通判，紹興十六年，在秀州。

　　　提供：《乙志》卷十八 9。

97. 李儒秀

　　李儒秀，生平里籍不詳。

　　　提供：《三辛》卷七 2～4。

98. 李彌正

　　李彌正，字似表，平江府吳縣人。李撰子，尚書彌大、侍郎彌遜之弟，妻爲建炎元年江南東西路經制使翁彥國女，宣和二年釋褐，紹興三年，爲建昌軍學教授，紹興五年，以秘書省正字充貢院點檢試卷官，七年奉詔校勘曾統所進《神宗實錄》，終朝奉大夫。〔註64〕

　　　提供：《甲志》卷十一 17。

99. 邢孝肅

　　邢孝肅，字懷正，宣和後，嘗簽書衢州。

　　高宗懿節皇后之親弟右承務郎孝肅，於紹興十三年四月，以皇后上仙恩數，除直秘閣，添差簽書平江軍節度判官廳公事，是年七月，詔又與轉三官。〔註65〕以年代及官銜相近，或同一人。

　　懿節皇后爲樞密都承旨邢煥之女，從三宮北遷，紹興中崩於五國城，帝虛中宮以待者十六年，顯仁太后回鑾，始得崩聞。

　　　提供：《甲志》卷十三 9。

100. 吳　□

　　吳某，闕名，臨川人，或爲吳可，或爲吳曾，均不可知。

　　　提供：《丙志》卷九 14。

101. 吳　氏

　　吳氏，爲洪邁姪婦，淳熙初長沙守李壽翁爲其外祖。

〔註64〕見《宋會要輯稿》崇儒四、職官六、選舉二〇。
〔註65〕《宋會要輯稿》后妃二。

提供：《志補》卷四 19。

102. 吳 价

吳价，湖州人。

提供：《甲志》卷十 15。

103. 吳 垂

吳垂，字永仲，里籍不詳。

提供：《支景》卷九 9～12。

104. 吳 曾

吳曾，字虎臣，撫州崇仁人。以博聞強識，知名江西，嘗應科第不利，高宗紹興十一年以布衣獻所著《春秋左氏傳發揮》等書，以據立議證，多有可觀，特與補右迪功郎，累遷玉牒檢討官，工部郎中，出知嚴州，致仕卒。〔註66〕曾平日奉紫姑甚謹，著有《能改齋漫錄》、《環溪文集》。

提供：《乙志》卷七 2，《丙志》卷十五 6～7，卷十九 4。

105. 吳 溁

吳溁，字伯秦，鄱陽人，父吳良史，淳熙三年夏嘗往安仁，七年偕友人結舉課於樂平西禪寺北塔院，又嘗從婦翁胡德藻官於鄂，又三年，往渝川，見利路統制吳漢英於夔府。

提供：《支庚》卷六 2，《支癸》卷五 1～11。

106. 吳 梓

吳梓，鄱州樂平士人，建炎間在鄉，餘不詳。

提供：《志補》卷十四 11。

107. 吳 說

吳說，字傅朋（或誤作「傳朋」）號練塘，錢塘人。宣和中嘗往宋都，建炎二年，提舉兩浙市舶，紹興中嘗知信州，二十五年知安豐軍，二十九年知盱眙軍。善書，高宗謂紹興以來，雜書游絲書，惟錢塘吳說。其所書九里松牌，尤為高宗稱讚，父師禮，亦工翰墨，徽宗嘗訪以字學，以直秘閣知宿州卒。

說與洪邁兄弟友善，适嘗有詩〈送吳傅朋知盱眙〉，〈題信州吳傅朋郎中游絲書〉。〔註67〕

〔註66〕《宋會要輯稿》崇儒五、禮三七。
〔註67〕見洪适《盤洲文集》卷一。

提供：《乙志》卷八 1、卷十八 12，《丙志》卷十九 4，《丁志》卷十 10，
《志補》卷二 5。

108. 吳 澤

吳澤，里籍不詳。父太史局令史吳師顏，世爲日官，渡江後，猶掌其職，
居臨安眾安橋下。紹興十二年秋，以旬休不入局，爲人刺死於茶肆。澤繼代父
任，乾道末爲春官正判太史局，淳熙元年爲春官大夫，慶元三年，太皇太后崩，
澤爲擇地。〔註68〕

乾道二年十一月洪邁以起居舍人兼權直學士院兼國史院編修官兼權中書
舍人，奏欽宗日曆已成。十二月十三日，詔《欽宗實錄》可免進呈，發付到
國史院，依例修纂實錄，擇日開院，十四日，邁檢會國朝典故，申請諸項，
稱天文官吳澤選到十二月十九日。邁嘗質於澤，或於是時。

提供：《支癸》卷八 12。

109. 吳 憶

吳憶，生平里籍不詳。吳圻之姪，圻，字元翰，政和中以太學錄習樂恩，
得上舍及第，爲鎮江府教授，代李伯紀，靖康元年，至定州獲鹿令以死。

提供：《乙志》卷二 11。

110. 吳子南

吳子南，生平里籍不詳。

提供：《志補》卷五 11。

111. 吳元美

吳元美，字仲實，永福人。宣和六年進士，紹興八年以諸王宮大小學教
授，爲湖州州學教授，能以胡瑗之教訓迪。紹興十一年，常同知湖州，薦於
朝，除太常寺簿。時參知政事李光以忤秦檜罷，御史汪勃奏其嘗出入李光之
門，以左奉議郎出福建建路安撫司主管機宜文字，時紹興二十年。有文名，
嘗作《夏二子傳》，其鄉人鄭煒與有隙，以上之丞相秦檜，誣其指斥國家，譏
毀大臣，除名勒停送容州編管，不久而卒。檜死，以紹興二十六年詔復元官，
其後楊椿年、洪邁等爲言於朝，特官其子。〔註69〕

提供：《乙志》卷十九 5。

〔註68〕《宋會要輯稿》禮三四、職官一八、三六、七三。
〔註69〕《宋會要輯稿·職官》七〇、七六、選舉三〇、刑法六。

112. 吳道夫

吳道夫，生平里籍不詳。其妻族弟嘗爲淮西一邑主簿者。

提供：《乙志》卷一 10。

113. 吳興舉

吳興舉，富陽人，嘗爲臨安人楊靖之僕，楊靖者，始以部花石至京師，得事童貫，積官武功大夫，爲州都監。

提供：《甲志》卷十八 1。

114. 呂棐

呂棐，字元忱，乾道七年間，爲岳州法曹，擅發常平倉賑饑，紹熙三年爲大理寺主簿，四年，朝廷加壽聖皇太后尊號，呂棐以太常丞兼權都官郎官爲贊引太傅，慶元二年爲監察御史，仕至湖北提刑，朝議大夫。嘗編光宗寬恤詔令，又進《寶鑑論》二卷，請法太祖。

提供：《丁志》卷十三 13。

115. 呂山友

呂山友，道士。與嘉興主簿林乂友善，乂字材臣，姑蘇人，晚以貢士特奏名得官。

提供：《丙志》卷九 2。

116. 呂大年

呂大年，字德卿，樂凌人，爲丞相呂頤浩之孫，紹興五年冬，兄弟在齊州，二十九年在臨安，淳熙十四年，監封椿庫，紹熙二至四年間，爲贛州石城縣令，五年受覃霈恩遷秩之命，與洪邁長子樗同轉朝散郎。

提供：《支景》卷三 19、卷四 16（全）、卷五 1～9，《支丁》卷二 14、卷三 17（全）、卷五 1，《支庚》卷四 15（全）、卷五 1～10，《支癸》卷二 12、卷三 14（全）、卷四 1～2、卷六 1～4、卷八 11。

117. 呂叔炤

呂叔炤，里籍不詳，嘗爲太平宰。

提供：《支景》卷九 1。

118. 呂慮己

呂慮己，建陽人，兵部尚書呂浩之子，浩，字安老，遭酈瓊之亂，遇害而亡，妻吳氏自縊以殉節。

提供：《丙志》卷十三 14。

119. 余 因

余因，生平里籍不詳。

提供：《甲志》卷四 5。

120. 余 宏

余宏，字千鍾，惠州歸善巡檢。

提供：《支景》卷八 5。

121. 余 玠

余玠，字介卿，饒州鄱陽人，洪邁之甥，余持度之子，慶元元年，爲臨安府都稅院監官，時二子儼倬在鄱陽候秋試，皆不預選。明年十月中，車駕詣景靈宮，稅院官吏迎於道傍，而令婦女觀看於起居幕次內，爲邏卒所糾，與錢萃皆放罷。

提供：《支戊》六 8，支庚一 12，《支癸》卷一 2。

122. 余 模

余模，生平里籍不詳。

提供：《三己》卷六 7～9，《三辛》卷十 8～10，《三壬》卷九 5～7。

123. 余 鏞

余鏞，字仲庸，饒州樂平縣人。淳熙七年秋，赴饒州鄉舉，九月獲薦。慶元三年，爲贛州興國縣主簿。

提供：《支乙》卷三 4～10，《支景》卷二 11～15，《三己》卷九 7。

124. 余安行

余安行，字勉仲，號石月老人，饒州德興人，一作江西弋陽人。紹興中，上書言事被斥，竟廢於家。讀書樂道，以經學稱，作春秋新傳以寄其意。年八十餘卒。有《石月老人集》三十五卷，《至言》十八篇。有子曰應求（或作球），字國器，少而穎異，七歲中童子科，未二十歲魁鄉舉，崇寧五年進士，歷秘書省校書郎、擢監察御使，歷江西憲、福建轉運副使、官至郎官御史。〔註 70〕所至迎養其父（《直齋書錄解題》卷十八）。

提供：《乙志》卷十九 8。

〔註 70〕見《夷堅・支庚》卷九。

125. 余忠卿

余忠卿，字稷思，里籍不詳，爲洪邁兄遵之長孫女婿，淳熙元年，遵卒，周必大爲撰神道碑，忠卿銜稱：「儒林郎新四川統領所幹辦公事」。〔註71〕

提供：《支景》卷九 2～4。

126. 余執度

余執度，字文特，饒州鄱陽人，紹興間進士，二十六年以右從政郎爲池州建德縣令，隆興元年，以左朝奉郎通判楚州，乾道二年三月三日洪适罷相，時余執度知直州，與洪述、施元之、張楷等，均以言者論其皆宰臣洪适親黨，於二十八日放罷。其後即臥病八年而卒。

洪邁有姊妹五人，長早卒，次先嫁右從事郎董公衡，公衡卒，即更嫁余執度。執度好苦竹，臥病時，嘗往洪适所治盤洲，蒼頭手輿追逐花下。〔註72〕

提供：《甲志》卷九 6。

127. 余景度

余景度，生平里籍不詳。

提供：《支景》卷八 12～14。

128. 余瑞禮（1135～1201）

余瑞禮，字處恭，衢州龍游人。紹興二十七年進士。孝宗時累官吏部侍郎，光宗召拜吏部尚書，擢同知樞密院事。寧宗立，進知樞密院事，兼參知政事。平時議論剴正，及爲相，受制於韓侂胄，抑鬱不得志。嘉泰元年卒，年六十七，諡忠肅。

提供：《乙志》卷五 11。

129. 余魏思

余魏思，生平里籍不詳。

提供：《支丁》卷六 1～4。

130. 何　休

何休，里籍不詳，嘗爲化州守，其父嘗官永州錄事參軍。

提供：《丙志》卷一 7。

〔註71〕周必大《文忠公集》卷七〇〈同知樞密院事贈太師洪文安公遵神道碑〉。

〔註72〕見洪适《盤洲文集》卷一〇〈余持度挽詩〉、卷三七〈祭余持度文〉、卷七四〈先君述〉、卷七七〈慈瑩石表〉及（《宋會要輯稿・職官》七一）。

131. 何 侍

何侍，字德獻，龍泉人，以蔭調福州古田簿，改於潛縣，遷廬州通判，移知黃州，盜無所容，張浚奏侍有戡亂才，隆興元年以權發遣福建路提點刑獄公事，除直秘閣知靜江府廣西經略。

王十朋自饒易夔，以七月九日行，時提點何德獻相追不及，十朋有詩寄之，〔註73〕則何是時或當在饒，則與鄉居之洪邁，當有所往還。

提供：《乙志》卷八8、卷十9、卷十一8～9、卷十四3。

132. 何 倫（1121～1178）

何倫，字德揚，龍泉人，父志窐，紹興甲科，三十二年以太學博士召試館職，吏部郎官，除福建提舉，隆興二年為太常博士。其後主管台州崇道觀，以犯父諱，改主管建寧府冲佑觀，淳熙間，提舉兩浙東路常平茶鹽公事。卒於淳熙五年，年五十八，有《玉雪堂小集》。〔註74〕

提供：《丁志》卷四10、《志補》卷二十1。

133. 何 麒

何麒，字子應，青城人，為丞相張商英之外孫。建炎元年為宣教郎，紹興初，歷右通直郎直秘閣，紹興十一年九月二十四日，麒為荊湖南路提刑，以引對可采，故特賜同進士出身，為夔州路提點刑獄公事，入試為太常少卿，出知嘉州，移知邵州，為李文會所劾落職，道州居住，富於收藏。隆興二年為江東提刑，十月行部至建康，入茅山，謁道人張達真先生，還鄱陽不久，又於次年往建康，及當塗而卒。

何子應為江東提刑，洪邁正以奉使無狀歸里，與饒守王十朋、王嘉叟等人成《楚東酬唱集》，相與往來，互有饋贈，何行部建康，十朋有詩趣其早還，及其卒，亦有詩哭之，其情誼匪淺矣。〔註75〕

提供：《乙志》卷十四2。

134. 何公極

何公極，江寧人，父朝奉大夫偉，偉，淳熙六年為化州守。慶元二年至四年間，公極為饒州鄱陽主簿。

提供：《三辛》卷一10。

〔註73〕王十朋《梅溪文集》卷十。
〔註74〕《宋會要輯稿》儀制一三、選舉二〇、三一。
〔註75〕王十朋《梅溪文集後集》卷八、九。

135. 何叔達

何叔達，婺州浦江人，爲南城丞。

提供：《志補》卷十二 12。

136. 邵　昱（侃）

邵昱，徐州沛人，紹興十七年，從其婦翁任古居衢州，次年，又隨古往明州，紹興三十二年，以任公守宣州差捧表賀登極補官，改名侃。

提供：《甲志》卷十八 9。

137. 邵德升

邵德升，寧口人，生平不詳。

提供：《甲志》卷十七 9。

138. 林之才

林之才，生平里籍不詳。

提供：《志補》卷十六 1。

139. 林之奇

林之奇，字少穎，號拙齋，侯官人。紹興二十一年進士，爲校書郎，朝廷欲令學者參用王安石三經義說，之奇言王氏三經，率爲新法地，正所謂邪說異端之不可訓者。復乞祠家居，東萊呂祖謙受學焉，學者稱三山先生。淳熙三年卒，年六十五，謚文昭。有《尚書集解》、《春秋周禮講義》、《論語注》、《孟子講義》、《道山紀聞》、《拙齋集》、《觀淵集》。《宋史》卷四三三有傳。

紹興二十七年正月九日之奇爲秘書省正字，充是年省試貢院點檢試卷官，〔註76〕而洪邁則以次年三月十九日，除秘書省校書郎，不知當時之奇尚在館否？

提供：《甲志》卷十七 13。

140. 林士華

林士華，福州士人，生平不詳。

提供：《支癸》卷十 9。

141. 林亮功

林亮功，溫州人，宣和中爲太學生，紹興十六年正旦，在臨安，與鄉人監進奏院周公才飯，聞其事，以言於洪邁。

提供：《甲志》卷六 7、卷七 2、卷八 4。

〔註76〕《宋會要輯稿》選舉二〇。

142. 林熙載

林熙載，字宏昭，溫州人，紹興十六年，自溫州赴福州侯官主簿任。

提供：《甲志》卷四 14～16、卷五 1～2、15。

143. 尚定國

尚定國，生平里籍不詳。

提供：《甲志》卷十六 12～13。

144. 季炎山

季炎山，生平里籍不詳。

提供：《志補》卷三 8。

145. 金安節（1095～1171）

金安節，字彥亨，休寧人。宣和六年進士，調洪州新建縣主簿，紹興三年爲刪定官，五年爲司農寺丞，累官殿中侍御史，劾秦檜兄梓附麗梁師成，梓遂罷，檜銜之。未幾，丁母憂去，遂不出。檜死，起知嚴州，遷禮部侍郎、給事中。孝宗嗣位，拜禮部尚書兼侍讀，以敷文殿學士致仕。乾道七年卒，年七十七，諡忠肅。有《文集》三十卷，及奏議表疏，《周易解》等。

洪邁於紹興三十年三月至次年三月間爲禮部員外郎時，嘗撰禮部郎官題名記及禮部長貳題名記，而安節於紹興三十一年已除禮部侍郎，不知是否及其事耶？

提供：《甲志》卷十六 15。

146. 周　仲

周仲，字子沴，建州人，父周常，第進士，以所著《禮檀弓義》受知於王安石，補國子直講、太常博士，以養親求教授揚州，歷太常博士、國子祭酒、中書舍人、禮部侍郎等官。及蔡京擅政，不能容，以寶文閣待制出知湖州，官至集賢殿修撰，卒年六十七。《宋史》卷三五六有傳。紹興十年，仲以有陳，因其救鄒浩及乞參用元祐法度人材，連忤蔡京，枉遭貶責。詔復其官。〔註77〕

提供：《甲志》卷十二 15。

147. 周時

周時，字行可，成都人，紹興二十年爲眉州青神縣令，時邵博爲眉州守，

〔註77〕《宋會要輯稿・職官》七六。

〔註78〕乾道二年爲夔州路轉運判官，時王十朋知夔州守。〔註79〕

提供：《甲志》卷二十5。

148. 周 階

周階，字升卿，泰州人，寓居湖州四安鎮。奏楚材守宣城，檄攝南陵尉，以病疫告歸。紹興三十年，周監鹽官倉。〔註80〕

提供：《乙志》卷十七1。

149. 周 葵（1098～1174）

周葵，字立義，號荊溪，晚號惟心居士，常州宜興人，宣和六年進士，調徽州推官。高宗時，除御史，在職兩月，言事至三十二章，且歷舉所行不當事凡二十條。歷太常少卿，起居郎，江東提刑等職，孝宗時參知政事，加資政殿大學士致士，淳熙元年卒，年七十七，諡簡惠，有《文集》三十卷，奏議五卷。

提供：《丙志》卷十五4。

150. 周 轂

周轂，鄢陵人，父周琥，字西瑞，嘗知南康軍。〔註81〕

提供：《丁志》卷一4～5。

151. 周 操

周操，字元特（一作「持」），歸安人。紹興四年，赴漕司舉，獲解，五年赴省試，居中等，於吳興爲第一人，授徽州黟縣，以忤權要去職。後除國子學錄兼武學博士，歷吏部員外郎、提舉福建路常平茶鹽公事、監察御史、右正言、擢侍御史，兼侍講，歷知衢、泉等州，乾道三年權兵部侍郎，十一月拜吏部，又二年出守太平州，終龍圖閣直學士，復召爲太子詹事，爲人氣岸磊落，踐履純潔，奏對多稱上意，治郡廉勤愷悌，政績著聞，爲一時名臣。

提供：《丙志》卷九1。

152. 周少陸

周少陸，生平里籍不詳。嘗往謁鄱陽安國寺長老了祥。

〔註78〕《夷堅‧甲志》卷二十。

〔註79〕《宋會要輯稿》兵二三。

〔註80〕見《夷堅‧乙志》卷一〈食牛夢戒〉條。

〔註81〕《夷堅‧丁志》卷一〈許提刑〉條。

提供：《支癸》卷六 8～9、卷八 5、卷九 2，《三辛》卷一 4、6、卷七 9，
《三壬》卷九 12、卷十 11。

153. 周永真（彥昭）

周永真，從饒州道士曹與善爲道童，與善，政和中以道學上舍貢於京師，
曹後歸鄉里，宣和三年神霄宮副，時以薦福寺爲宮，乾道四年卒，年八十五。
初，永真性蒙鈍，有所遇而聰明頗聞，後易名彥昭，爲道士。

提供：《丙志》卷十一 1。

154. 周自強（1120～1181）

周自強，字勉仲，衢州江山人，爲蘄州司法，後入棘寺三十餘年，有善
行，聞於朝，刻石著其事。歷權刑部侍郎知廣州，拜敷文閣待制，知鎮江、
建寧，淳熙八年卒，年六十二。韓元吉爲撰墓誌銘。〔註82〕

提供：《乙志》卷五 8。

155. 周貴章

周貴章，鄱陽人，紹熙四年，赴省試，與鄉人羅正臣、李顯祖、康師尹
相值於常山，買舟同下，困於嚴州大浪灘，幾不能行。〔註83〕

提供：《支乙》卷七 13～15。

156. 周漢卿

周漢卿，衡山人，生平不詳。

提供：《三辛》卷八 7～13。

157. 洪 □

洪邁仲子，見第一章第三節（四三）洪□條。

提供：《支景》卷一 6～7。

158. 洪 份

洪邁姪孫，見第一章第三節（九三）洪份條。

提供：《支戊》卷七 6。

159. 洪 价

洪邁姪孫，見第一章第三節（八四）洪价條。

提供：《支戊》卷十 7。

〔註82〕《南澗甲乙稿》卷二二〈知建寧府周公墓誌銘〉。
〔註83〕《夷堅·支癸》卷六。

160. 洪　伋

洪邁姪孫，見第一章第三節（六五）洪伋條。

提供：《支乙》卷七 1～2，《支景》卷一 8～9，《支丁》卷七 10～12，《支庚》卷一 11、卷二 3～4、卷五 15～16。

161. 洪　伷

洪邁姪孫，見第一章第三節（八六）洪伷條。

提供：《支丁》卷八 7。

162. 洪　侃

洪邁姪孫，見第一章第三節（七〇）洪侃條。

提供：《支丁》卷四 13。

163. 洪　俌

洪邁姪孫，見第一章第三節（五九）洪俌條。

提供：《支丁》卷五 6～8、《支丁》卷六 9～11。

164. 洪　适

洪邁伯兄，見第一章第一節。

提供：《丙志》卷十六 11、《支戊》卷五 2～3，《志補》卷十九 1。

165. 洪　偲

洪邁姪孫，見第一章第三節（六三）洪偲條。

提供：《三壬》卷五 1。

166. 洪　偃

洪邁長孫，見第一章第三節（九一）洪偃條。

提供：《支癸》卷八 2～3、卷十 8，《三壬》卷六 15。

167. 洪　晧

洪邁父，見第一章第一節。

提供：《乙志》卷九 5、卷十一 1，《志補》卷八 8。

168. 洪　紱

洪邁族人，紹興間，爲饒州德興縣石田村人汪蹈之館客。（《丙志》卷十一〈錦香囊〉條）

提供：《乙志》卷十四 8～10、卷十五 6、《丙志》卷十一 8。

169. 洪　喬

　　洪煊從姪，煊字季立，卒於紹興丙子歲，年五十八，時喬爲其館客。（《支乙》卷三〈洪季立〉條）

　　提供：《支乙》卷三 14。

170. 洪　儵

　　洪邁孫，見第一章第三節（九二）洪儵條。

　　提供：《支癸》卷四 6～11，《志補》卷二三 4。

171. 洪　樀

　　洪邁姪，見第一章第三節（三九）洪樀條。

　　提供：《支丁》卷五 2～3，《支戊》卷十 2。

172. 洪　槢

　　洪邁姪，見第一章第三節（五四）洪槢條。

　　提供：《支丁》卷五 2。

173. 洪　畢

　　洪邁姪，見第一章第三節（五三）洪畢條。

　　提供：《三辛》卷八 16。

174. 洪　端

　　洪端，宣和末人，爲饒州庾人李辛友。（《夷堅甲志》卷三〈李辛償冤〉條）

　　提供：《甲志》卷三 2。

175. 洪　楢

　　洪邁姪，見第一章第三節（三三）洪楢條。

　　提供：《支庚》卷六 9。

176. 洪　樺

　　洪邁長子，見第一章第三節（四二）洪樺條。

　　提供：《支景》卷六 9，《支丁》卷四 1、卷五 5，《支戊》卷五 4，《支癸》卷十 7，《三辛》卷三 7，《三壬》卷九 3～4，《支補》卷三 11、卷二十 4，《三補》25。

177. 洪　槹

　　洪邁姪，見第一章第三節（四一）洪槹條。

　　提供：《支甲》卷十 7，《支乙》卷六 10～13，《三壬》卷五 2、卷九 12。

178. 洪　槚

洪邁姪，見第一章第三節（三四）洪槚條。

提供：《本草綱目》卷十二下引洪邁《夷堅志》。

179. 洪　爟

洪邁族弟，見第一章第三節（一〇）洪爟條。

提供：《甲志》卷十六 12。

180. 洪　㰆

洪邁從姪，見第一章第三節（二八）洪㰆條。

提供：《三辛》卷六 1～15（全）。

181. 洪元仲

洪邁之弟，見第一章第三節（一一）洪仲堪條。

提供：《支丁》卷四 3～5。

182. 洪光吉

洪邁叔，見第一章第三節（九）洪杲條後案語。

提供：《乙志》卷十八 3～4。

183. 洪光贊

洪邁叔，見第一章第三節（九）洪杲條後案語。

提供：《支庚》卷一 7。

184. 洪邦直

洪邁族叔，見第一章第三節（一）洪邦直條。

提供：《甲志》卷十三 7，《乙志》卷十五 3。

185. 洪興祖

洪興祖，字慶善，號練塘，鎮江丹陽人。登政和八年上舍第，爲湖州士曹，改宣教郎，是年妻丁氏捐館，次年，女亡，丁氏，溫州人。〔註 84〕紹興初與孔端明、張炳、周林四人俱召試，帝覽策曰：「興祖讜直當第一。」遂除秘書省正字，後爲太常博士，紹興四年，蘇湖地震，興祖時爲駕部員外郎，應詔上疏，爲時相所惡，主管太平觀，紹興十年，起知廣德軍，擢提點江東刑獄，知眞州，徙知饒州。紹興二十一年以左朝奉大夫禮部員外郎充省試參

〔註 84〕見《夷堅．甲志》卷十一〈瓦隴怪〉及〈促織怪〉條。

詳官，時秦檜當國，興祖坐嘗作龍圖閣學士程瑀論語解序，語涉怨望，編管昭州，卒年六十六，時紹興二十五年，明年，詔復其官，爲左朝散太夫，紹興二十七年，子葳上興祖所編《徽宗皇帝御集》，未嘗推恩，舊贈直敷文閣，紹興二十七年，贈直猶徽閣，著有《老莊本旨》，《周易通義》，《繫辭要旨》、《古文孝經序贊》、《楚詞考異》等。〔註85〕《宋史》卷四三三有傳。

興祖於紹興十二年爲江東提刑，治所在鄱陽，其後又知饒州，與邁兄弟常相往還，洪适《盤洲文集》卷一有〈謝洪慶善提刑遺法帖〉之作，可知也。

提供：《甲志》卷十一 1～6，《丙志》卷十八 10。

186. 洪興祖

饒州威惠廣祐王廟廟祝（《支癸》卷六〈廣祐王生日〉條）

提供：《支癸》卷六 12。

187. 洪景陳

洪邁之弟，見第一章第三節（二一）洪迅條後案語。

提供：《支戊》卷三 1。

188. 洪景裴

洪邁之弟，見第一章第三節（二一）洪迅條後案語。

提供：《乙志》卷十七 15、卷二十 6、《丁志》卷十七 4、《支乙》卷五 1～12，《支丁》卷一 4～6、卷七 3、卷十 1，《支庚》卷十 10，《支癸》卷十 9，《志補》卷九 13。

189. 施師俞

施師俞，生平里籍不詳。

提供：《支庚》卷十 1。

190. 胡 沆

胡沆，歙州婺源縣清化鎮人，宏休長孫。宏休，少年時浪游京師，肆役於何太宰府，後補武階，又中武舉，仕至諸司副使東南正將，三弟姪相繼食祿，子娶濮王宮室女補官，妻享封邑。邁之從兄景高之室，於宏休爲兄弟。〔註86〕

提供：《支庚》卷六 6。

〔註85〕見《宋史》卷四三三及《宋會要輯稿》禮六一、儀制一一、崇儒五、職官五〇、選舉二〇、三二。

〔註86〕見《夷堅・支庚》卷六。

191. 胡 偁

胡偁，新安人，生平不詳。

提供：《丙志》卷十二 1～5。

192. 胡 栝

胡栝，奉新人，胡直孺之子。直孺，字少汲（伋），號西山老人。紹聖四年進士，嘗爲襄陽鄧城縣令，靖康間知南京，爲金所執，不屈，久之得歸。高宗朝官至兵部尙書。工詩，有《西山老人集》。

提供：《丁志》卷十 1。

193. 胡九齡

胡九齡，術者，慶元四年時賣卜於鄱陽城。

提供：《三辛》卷十 1～5，《三壬》卷六 9～11。

194. 胡元質

胡元質，字長文，小名慶孫，小字季華，平江府長洲縣人，幼穎悟，尙行義，中紹興十八年進士，歷官秘書正字、校書郎、禮兵部郎官、給事中，出知和州、太平州，遷江東安撫使兼知建康府，四川制置使兼知成都府，終敷文閣大學士，封吳郡侯，卒年六十三，贈少師，謚獻惠。

元質爲參政魏良臣壻，邁兄适守荊門時，嘗同遊上泉。（《盤洲文集》卷四）

提供：《丙志》卷十七 9。

195. 胡脩然

胡脩然，爲江西總管楊惟忠客，紹興四年，參政李回爲江西帥，遣惟忠討賊，以四月壬申出帥鄱陽，胡嘗送之，楊旋病卒。

提供：《甲志》卷二 7、9。

196. 范仲藝

范仲藝，字東叔，華陽人，祖禹孫。治尙書，登乾道五年鄭僑榜進士。淳熙七年，除秘書郎，十年，累著作郎，兼權禮部郎官，改軍器少監，進軍器監，調爲樞密院檢詳文字，十五年，轉右司郎中。紹熙元年爲湖南提刑，三年知漳州府，五年爲利路提刑，爲宗正少卿，遷中書舍人，兼實錄院同修撰，五年，除吏部侍郎，八月兼侍講，終龍圖閣直學士，與葉適、陳亮善。

淳熙十四年，洪邁以翰林學士知制詔兼侍講兼修國史，知貢舉，仲藝以

樞密院檢詳諸房文字兼國史院編修官爲省試參詳官，是有僚屬之誼者。〔註87〕

　　提供：《志補》卷十四 12。

197. 范成大

　　范成大，字致（至）能，號石湖居士，吳縣人。紹興二十四年進士，官禮部員外郎，兼崇政殿說書，假資政殿大學士，充國信使使金。初進國書，辭氣慷慨，不辱命而返，除中書舍人，累擢參知政事，終通議大夫資政殿大學士。紹熙四年九月五日卒，年六十八，贈少師，追封崇國公，諡文穆。成大素有文名，尤工詩，有《石湖集》、《攬轡錄》、《桂海虞衡志》、《吳郡志》、《范村梅菊圖》、《吳船錄》、《驂鸞錄》傳世。

　　成大與洪邁友善，紹興三十二年，洪邁使金，四月下旬出疆，七月使回，成大均有詩贈之。〔註88〕

　　提供：《乙志》卷一 8，《丙志》卷十七 9。

198. 范處義

　　范處義，字子由，號逸齋，蘭溪人。治詩，紹興二十四年張孝祥榜進士。淳熙十二年春爲大理主簿，淳熙十五年爲大府寺丞，十六年爲殿中侍御史，紹熙元年，知建寧府，慶元元年七月爲湖南提刑。文華閣初建，范首寓直，旋召入爲太常少卿，時二年九月。慶元三年除秘書監，進秘閣修撰，四年，出爲江東提刑。〔註89〕精於經學，有《詩補傳》、《解頤新語》。

　　提供：《三辛》卷一 3、卷九 1，《三壬》卷一 9。

199. 范端臣

　　范端臣，字元卿，蘭溪人。父渭，字茂載，建炎二年，以秀州通判權江淮發運司幹官，在儀眞，後歸里，因溺水被疾而殂，年三十九，母張夫人。端臣爲紹興二十四年進士，乾道元年爲太學錄，二年，召試館職，四年，爲秘書省校書郎，淳熙三年爲禮部員外郎。〔註90〕累官中書舍人。文詞典雅，尤工於詩，篆楷草隸，皆造精妙，學者稱蒙齋先生，有《蒙齋集》。

　　提供：《乙志》卷十二 1、《丙志》卷六 5。

〔註87〕見《宋會要輯稿》職官六、七二、七三，選舉五、十二、二一、二二，食貨六一。
〔註88〕《石湖居士詩集》卷八。
〔註89〕見《宋會要輯稿》禮五三、職官七二、七八及《夷堅・三辛》卷一、卷九，〈三壬〉卷一。
〔註90〕《宋會要輯稿》選舉二〇、二一、三一。

200. 春鶯

春鶯，爲吳开侍妾。开，字正仲，滁州全椒人。以澶州司理參軍應紹聖四年宏詞科，考入次等循一資。靖康初，官翰林承旨，使金被留。金人欲立張邦昌，令开與莫儔傳道意旨，往返數回，京師人謂之捷疾鬼。建炎初，改龍圖閣學士，提舉江州太平觀，尋奪職，安置永州，移韶州。秦檜曾爲开所薦，檜得政，赦還，居贛上。娶樞密劉奉世（仲馮）之女，子祖壽，隨父責居韶州，春鶯後歸洪邁外舅張宗元。

提供：《乙志》卷十九 6。

201. 俞悰

俞悰，錢塘人，生平不詳。

提供：《丁志》卷十一 11。

202. 凌景夏（～1175）

凌景夏，字季文，餘杭人，紹興二年進士第二，時張九成魁爲首選，呂頤浩言其詞勝九成，帝仍使次於九成。授官秘書省正字，歷著作佐郎，以言和議非便而忤秦檜，出知外郡，歷知信州、襄陽府、建寧府。檜死，除起居舍人，紹興三十一年爲吏部侍郎，兼編類聖政所詳定官，三十二年，兼權尚書，隆興二年除敷文閣待制提舉江州太平興國宮，官終寶文閣學士，淳熙二年卒。〔註91〕

紹興三十二年景夏爲吏部侍郎，而邁守尚書左司員外郎，其間固有僚屬之誼。

提供：《乙志》卷三 12。

203. 高峽

高峽，字景山，孝宗時人。

提供：《支甲》卷四 3～5。

204. 高介卿

高介卿，字元節，福州閩縣人，乾道八年進士，終迪功郎。介卿爲高公璹之從子，公璹，字君贊，元符三年進士，終朝請郎知邵武軍，妻檀氏，子以祖致仕恩得官，娶同郡劉氏，家道不立。〔註92〕

〔註91〕見《宋會要輯稿》帝系九、職官七六、選舉八、二○、三四。
〔註92〕《淳熙三山志》卷二七及三○。

提供：《甲志》卷五 13。

205. 高思道

高思道，生平籍里不詳。嘗寓居密州板橋鎮（《夷堅‧丙志》卷六）。

提供：《甲志》卷四 12。

206. 高師魯

高師魯，字公泗，蒙城人。紹興末，監平江市征，時郡守去官，浙漕林安宅居仁攝府事，通判爲沈度公雅。

提供：《丁志》卷十七 5～8。

207. 唐　閱

唐閱，字信道，會稽人，居於治松棚，嘗於宣和五年自會稽如錢塘，赴兩浙漕試，館於普濟寺（《夷堅‧乙志》卷十），紹興十二年，廷對畢，館於西湖靈鷲寺（《甲志》卷十二），歷官都官員外郎，司封員外郎，〔註93〕乾道元年，以國子司業兼慶王府贊讀，除起居舍人，致仕歸。

提供：《甲志》卷十三 14、卷二十 2～3，《乙志》卷二 3、卷十 2、卷十一 2。

208. 唐少劉

唐少劉，生平里籍不詳。

提供：《丙志》卷九 9～10。

209. 祝東老

祝東老，字震亨，饒州德興人，生於紹興十年，父祝次騫，紹興二十年爲秀州海鹽知縣，隆興元年知嘉州，乾道初就除利路運使，東老隨侍在側。歲在丙戌，東老攝四川總屬，授檄至成都。

提供：《支戊》卷九 1～5。

210. 祝養直

祝養直，生平里籍不詳。

提供：《丁志》卷十六 16。

211. 馬　□

馬某，失其名，嘗爲忠翊郎，生平里籍不詳。

〔註93〕見《盤洲文集》卷十九、二二。

提供：《丁志》卷九 1～12（全）。

212. 馬　相

馬相，字孟章，生平里籍不詳。

提供：《三己》卷九 8。

213. 馬　登

馬登，字遂良，饒州樂平夏陽人，早著雋聲，氣吞餘子，而從事場屋，輒不利。中年罷舉，倘佯家庭，以詩酒自遣。作一堂，取王荊公「愛山直待老山間」之句，揭之曰「老山」。慶元三年秋，喪其長子，不勝悲愴，下階傷足，次年初春，終於寢。（《夷堅・三壬》卷六）

提供：《甲志》卷四 6。

214. 馬　燧

馬燧，澧州巡檢。

提供：《支乙》卷七 5。

215. 馬元益

馬元益，饒州樂平人，紹興十年春，赴大理寺監門，十七年爲敦武郎製造御前軍器所監造官，以上書妄議出兵故，特勒停送桂陽監編管。（《宋會要輯稿・職官》七〇）

提供：《甲志》卷十五 13。

216. 馬識遠子

馬識遠，字彥成，東州人，宣和六年武舉進士第一。建炎元年五月，以閤門宣贊舍人爲大金通問副使使金，未行，使提點淮南西路刑獄公事，六月與通使傅雱自行在啓程，八月至雲中，十月經汴州還揚州，建炎三年，壽春守鄧紹密死，遂除識遠知壽春府兼淮南西路安撫使，〔註94〕金騎南侵，過城下，識遠以嘗奉使金，金將知之，扣城呼曰：「馬提刑與我相識，何不開門？」司法參軍王尙功，夜過之，說以降金，識遠拒不可。壽春人籍籍言郡守與虜通者，識遠懼，不敢出，以印授通判府事朝散郎王攄，攄自爲降者，啓城迎拜，金兵亦不入城，但邀識遠至軍，與俱行。攄又欲以退金兵爲己功，乃上章言郡守降虜，己獨保全一城，奏方去而識遠得回，纔留北軍三日，金人以其將周企（金）知府事南行。及周企既去，攄窘懼，即爲惡言動眾，亡賴少

〔註94〕見崇蔡禮《北海集》卷三。

年相與取識遠殺之，朝廷嘉通判之功，擢爲本郡守。〔註95〕

提供：《乙志》卷十九 2。

217. 袁 孚

袁孚，字仲誠，丹陽人，紹興十五年進士，居亞列，授宣城尉，改揚州教授，以憂歸，服闋改教常州，除監察御史，孝宗即位，爲右正言，權發遣溫州，仕至直秘閣江東提刑。嘗夢人告曰：「直而不倨，曲而不屈，其義如何？」未旬日，得風疾，卒於官，時乾道三年。

紹興三十二年，孝宗即位，上太上皇尊號，邁以起居舍人充奏解嚴禮部郎中，袁孚以右正言充舉寶官。〔註96〕

提供：《乙志》卷十四 5、《志補》卷三 1。

218. 耿曼老

耿曼老，生平里籍不詳。

提供：《三辛》卷七 1。

219. 孫 申

孫申，字元翰，鄭人，生平不詳。

提供：《丁志》卷三 10。

220. 孫 革

孫革，鄭人，寓居崑山，〔註97〕嘗爲吉州太和尉，捕獲大盜謝六。

提供：《丁志》卷三 11～17，卷七 15。

221. 孫 珒

孫珒，生平里籍不詳。

提供：《乙志》卷十二 7。

222. 孫九鼎

孫九鼎，字國鎮，忻州人，政和三年居太學，連蹇無成，在金國十餘年，〔註98〕始狀元及第，爲秘書少監。

〔註95〕 本條見《夷堅・支乙》卷十九〈馬識遠〉條及李心傳《建炎以來繫年要錄》卷五、六、八、十、二八及四〇，惟據《要錄》所引日曆壽春府奏狀，謂「見禁判逆守臣馬識遠」，而無行遣指揮，是馬之戮及擄之擢均當在建炎四年以後之事也。

〔註96〕 見《夷堅志》卷十七及《宋會要輯稿》禮四九、選舉三二。

〔註97〕 《夷堅・丁志》卷四江革叔愈事，知其里籍如此。

〔註98〕 李心傳《建炎以來繫年要錄》卷二八謂：「（建炎三年）秋，金國元帥府復試

九鼎與洪晧同為通類齋生，晧使北方，屢相見（《甲志》卷一孫九鼎條）。金人嘗欲誘晧校雲中進士試，晧日損食，佯為有疾，時九鼎為考官，為以疾聞，遂得回燕。（洪适《盤洲文集》卷七四〈先君述〉）

提供：《甲志》卷一1～3，《志補》卷十一3、6。

223. 孫正之

孫正之，字鼎臣，嘗通判袁州。

提供：《支丁》卷四6～9，《志補》卷五6。

224. 孫次山

孫次山，父某，乾道中為成都府法曹，嘗共遊城下回天寺。次山後居鄱陽，作蘇高州道夫壻。（《支癸》卷一）

提供：《支癸》卷一1。

225. 桂　繽

桂繽，字彥栗，信州貴溪人，所居至龍虎山纔三十里，父八十三承事，祖安時，自少慕道，年二十四，即委妻子，挈金帛之名山，十載而歸，叔祖某好道尤篤。（《夷堅·甲志》卷三、《丙志》卷十八）。繽，紹興十二年擢第，調鄱陽尉。

提供：《甲志》卷三6～8。

226. 郏次南

郏次南，生平里籍不詳。

提供：《甲志》卷十1，《乙志》卷六4～8、卷七4～7。

227. 晁公遡

晁公遡，字子西，鉅野人，公武弟，紹興八年進士。其文雄深雅健，擅名於時，乾道二年權知眉州，五年為兵部員外郎，官至朝奉大夫。有《嵩山居士集》五十卷。

提供：《甲志》卷十二11。

228. 留清卿

留清卿，衢人，留怙之曾孫，怙，字彥彊，年二十餘進士及第，調官歸

遼國及兩國舉人於蔚州，雲中路察判張孝純主文，得趙洞、孫九鼎諸人。」
又謂九鼎「陷金五年始登第。」註：「熊克小歷稱九鼎陷金十年始登第，蓋承洪邁《夷堅志》所書也，非實。」

鄉，宣和五年，以知撫州致仕。官至中大夫，年幾九十。

提供：《丁志》卷十九 1。

229. 翁　濂

翁濂，字子蓬，蘇人。妻父郭雲，大任子，寓居平江，調知杭之於潛縣，有所遇，不赴，且欲與妻楊氏仳離，楊爲和王女，有男女三、四人，事不果，久之，自宣教郎積年勞數進秩，當轉大夫，宛轉料理，乃得注嚴州建德縣令，時紹熙四年，旋病卒，雲於銓試榜中得翁濂爲壻，淳熙十四年，調溧水主簿（《夷堅志補》卷十二），紹熙四年爲饒州推官，嘉泰三年爲大理評事，嘉定三年知泰州，九年以知廣德軍議除刑部郎官，旋寢其事（《宋會要輯稿》職官七三、選舉二一）。

提供：《支丁》卷一 10～11。

230. 倪　稱（1116～1172）

倪稱，字文舉，號綺川，歸安人。少有學行，受業於張九成，與芮國瑞友善，國瑞稱之爲石友。中紹興八年進士，爲常州教授，官至太常寺主簿，乾道八年卒，年五十七，有《綺川集》。

提供：《丙志》卷八 6。

231. 徐　□

徐□，名不詳，原註闕字。

提供：《三壬》卷十 1～10。

232. 徐　庚

徐庚，字叔義，自號寄傲老人。紹聖四年進士，差主管綾錦院，遷都司審計，建炎三年爲福建提刑，進廣南轉運使致仕。

提供：《志補》卷四 17。（一則）

233. 徐　度

徐度，字端立，一字孰立，穀熟人，靖康時宰相徐處仁之子。處仁（1062～1127），字擇之，《宋史》卷三七一有傳。度以右承奉郎，於紹興元年得汪藻之薦，堪充文章典麗、可備著述科，五年令中書舍人試策一道，特賜進士出身，紹興八年除校書郎，紹興二十九年爲兩浙東路提刑，遷都官員外郎，差權尚書吏部侍郎，紹興三十二年兼編類聖政所詳定官，是年底，除右文殿修撰，提舉江州太平興國宮，隆興二年，除知泉州，未赴而罷，有《國紀》六

十卷,《卻掃編》十三卷。

紹興二十八年度嘗充江東漕臣,而是年邁復用,召赴行在,三十二年,上太上皇尊號,徐度以權吏部侍郎押冊案,與邁共事。淳熙三年,李燾與修《四朝正史》,詢得徐度有自著《國紀》「一百餘卷」,而其子行簡時在湖州寄居,燾乃以「乞下所屬給札抄錄赴院」為請,詔從之(《宋會要輯稿》崇儒四),而《四朝國史》之成,邁力尤多。

提供:《乙志》卷二 9、12,《支丁》卷一 9。(三則)

234. 徐 琰

徐琰,里籍不詳,乾道初,得京官,為吳縣宰。請父昌言,紹興二十年知江州,時琰亦在側。

提供:《乙志》卷十八 5。(一則)

235. 徐 閱

徐閱,紹熙二年以前知桂陽軍,上言請修土軍糧料器械等軍事。(《宋會要輯稿》兵三)

提供:《丁志》卷十四 3。(一則)

236. 徐 搏

徐搏,字升甫,里籍不詳。

紹興十五年與洪邁同試詞科,三月十五日,第三場試畢,同赴臨安抱劍街孫小九倡家,飲於小樓,已而邁奏名,而搏不偶。(《夷堅·支景》卷八)

提供:《甲志》卷十六 1~4,《乙志》卷一 5,《丙志》卷十四 12。(六則)

237. 徐 謙

徐謙,瞽者,精占術曆法。慶元年,盤卜於鄱陽市中,似亦嘗啓肆於永寧寺外,洪邁晚年從聞異事甚夥。

提供:《支癸》卷八 7,《三己》卷二、卷四 5~11、卷九 10~13,《三辛》卷二 6~13、卷九 2~9、卷十 11~14。(四十四則)

238. 徐嚞宗人

徐嚞,字吉卿,西安人,居衢州北三十里,甫冠登第。紹興三十二年,金主遣使南來修和,嚞為館伴使,沮金使於廷,官至吏部尚書。次子某官於秀州,其族人說所聞異於邁。

紹興二十五年,邁外舅張宗元知洪州,嚞時為殿中侍御史附於秦檜,言

其天資陰狡，宗元遂罷，〔註99〕故嘉與邁應無直接往來。

提供：《丁志》卷十三 15。（一則）

239. 徐有光

徐有光，永豐士人，餘不詳。

提供：《支丁》卷六 6～8。（三則）

240. 徐欽鄰

徐欽鄰，衢州人，居郡之峽山，葉義問（審言）樞密之館客，紹興三十一年金主亮南犯，詔以義問督視江淮荊襄軍焉，邁爲主管機宜文字，改參議軍事，爲其幕僚。三十二年，義問以知樞密院事奉祠，歸壽昌縣社壩故居，欽鄰亦在焉。

欽鄰祖逢原，少年時好與方外人處，學易，嘗閉戶撲大衍數，不得其法，遇張淡道人，授以軌革算步之術及匹絹書汞之法，逢原法，鄉人多求所書法，其子夢良不欲泄，徐氏子孫，尚能軌析之大概，多不精。

提供：《乙志》卷十七 14、卷十八 1。（二則）

241. 徐熙載

徐熙載，字聖俞，饒州樂平士人，只有一子，淳熙元年八月二十四日亡，次年寓舒州，宿松令鍾炤之館舍，禱於南台寺，八月二十四日得子，日伯仁，後又得二子，其季者秀而不實。（《夷堅・支丁》卷一〈徐熙載禱子〉條）。紹熙四年，來城中，就館於彭大任家，慶元間，又就館於吳周輔家。周輔爲樂平故老吳曾孝先之曾孫，曾子大明官至將作丞，二孫爲監司郡守。熙載母程氏，酷信釋書，舊傳三眞言，熙載嘗勸周輔板印之。友汪經，以術顯。

提供：《三辛》卷五。（十三則）

242. 梁元明

梁元明，東平人，爲宣義郎，紹興十一年，嘗從桂林如衡山，經零陵，時新調漢陽軍簽判，後不及赴任，於紹興十四年卒。

梁與邁爲友壻，同娶於張宗元女，宗元自兵部侍郎奉祠，寓居無錫南禪寺，次女嫁元明者來歸寧，元明亦隨往，時紹興九年，邁方十七歲，亦在無錫（《乙志》卷五〈張女對冥事〉）。

提供：《乙志》卷九 10。（一則）

〔註99〕李心傳《建炎以來繫年要錄》卷一六九。

243. 梁克家（1126～1187）

梁克家，字叔子，泉州晉江人。紹熙三十年舉進士第一，遷給事中，凡三年，凡事不可，必執奏無隱。乾道中，累遷右丞相，風度修整，近戚權貴，不少假借，善類賴以保全。進封儀國公，淳熙十四年卒，年六十，諡文靖。《宋史》卷三八四有傳。

提供：《丙志》卷一 2。（一則）

244. 梁竑夫

梁竑夫（竑，或作宏，或作弘，當係一人），鄱陽人，侍郎梁企道之子（《夷堅・支丁》卷四〈楊九巡〉條），洪邁亡弟邈景何幼時嘗見弘夫誦《漢書》，摘其異（《容齋五筆》卷六〈漢書多敍谷永〉條）。洪适（《盤洲文集》卷十）有〈梁竑夫挽詞〉，云：「牧民千里治，奉使五刑寬。」則竑夫當嘗為州守監司之官者。

提供：《甲志》卷八 9。（一則）

245. 梁忠直

梁忠直，潭州人，淳熙十六年權桂林節度推度修仁主簿梁輶之子。輶嘗居於本州聚星門外，僦大街索將軍廟前呂氏空宅以為書院，其徒從學者有三十人。

提供：《支乙》卷十 4～5。（二則）

246. 梁俊彥

梁俊彥，字子正，父仲禮，政和間為陳州商水主簿，時俊彥與弟敏彥皆十餘歲，與路當可相遊處。俊彥，乾道元年為高州刺史幹辦皇城司，被差與戶部郎官楊俊、張津等措置沙田蘆場租稅，後又為浙西路兵馬都監，與俊同措置犒賞酒庫（《宋會要輯稿》食貨一）

洪适《盤洲文集》卷六有〈次韻梁子正詠棕亭〉、卷七有〈梁子正以詩謝牡丹及聚仙花次韻三絕句〉等作，是俊彥亦屢與洪氏酬唱者。

提供：《丙志》卷十三 11～12。（二則）

247. 章 椿

章椿，里籍不詳，諸祖某，北宋時為太官令，《宋元學案》卷五六有章椿者，永康人，與弟允同學於陳亮，不知同一人否？

提供：《志補》卷九 2。（一則）

248. 章　騆

章騆，字仲駿，居常州無錫縣之斗城，紹興二十三年，年二十五，病傷寒旬餘。淳熙十六年，爲岳守陽，聞城南老松之側有呂公祠宇，因往瞻拜，並以故所藏《呂公金丹秘訣》刻於郡齋（《支乙》卷七〈岳陽呂翁〉條）。

提供：《志補》卷二十 7。（一則）

249. 鹿　何

鹿何，字伯可，台州臨海人。由太學登紹興三十年進士。授秀州華亭縣尉。孝宗乾道四年在泉州任，歷官尚書屯田員外郎，淳熙六年，年四十歲，〔註 100〕以奉議郎金部員外郎上章致仕，帝問其由，對曰：「臣無它，顧德不稱位，故稍矯世之不知分者。」上遂其請，詔除直秘閣致仕，歸築堂，扁曰見一，蓋取「人人盡道休官好，休下何曾見一人」之句而反之，〔註 101〕淳熙十年卒，年五十七，有《見一堂集》。

鹿何以紹興三十年登第，是舉洪邁充省試參詳官，有師生誼。

提供：《丁志》卷十一 7～8。（二則）

250. 郭　沰

郭沰，字絜己，京師人，高祖郭自明，以事太宗藩邸恩至濮州刺史，賜太尉（《乙志》卷十），父同升，宣和中爲亳州蒙城縣丞（《乙志》卷六、卷七），其子林，字伯宗，紹熙二年自鄱陽赴澧州判官，蒞官數月而卒。（《支乙》卷七）

提供：《乙志》卷五 9、卷六 13、卷七 1、卷十一 2、卷十九 12。（五則）

251. 郭堂老

郭堂老，生平里籍不詳。

提供：《乙志》卷十六 15。（一則）

252. 許　洄

許洄，許寶臣之子，寶臣，字慈明，淳熙中爲荊門僉判，卒於任，洄，慶元間寓饒州，近安國寺，娶於孫，二年七月生男，名之龍孫。

提供：《支癸》卷十 11、《三己》卷五 7～10。（五則）

253. 許　經

許經，字文夫，京師人。世以鬻麵爲業，至祖大郎頓富又衰，父以好身

〔註 100〕《宋會要輯稿・職官》七七謂其致仕時，年五十四歲。

〔註 101〕見《貴耳集》、《桯史》。

手應募爲禁衛，至經乃以班校換免得官，慶元初爲饒信州都巡檢使。(《支戊》
卷七〈許大郎〉條)

  提供：《支戊》卷三 13。

254. 許執中

  許執中，襄邑人，曾祖拯，伯祖安世，季祖安仁，祖安石，嘗轉運江東，
父顗字彥周，與兄顏字彥回，俱登科。紹興初，顏知汀州上杭縣，喪其子，
旋亦亡。顗，紹興中爲永州軍事判官，有《許彥周詩話》一卷，今存。郭紹
虞謂「其人曾官宣教郎而中年出家」，〔註102〕據《夷堅》則其人在紹興初仍
調官未遂，此又郭氏考證所未及。

  提供：《志補》卷六 1。

255. 曹　績

  曹績（「績」字，嚴本闕），生平里籍不詳，有祖姑壻羅鞏，南劍沙縣人，
大觀中在太學。

  提供：《甲志》卷七 10。

256. 連　潛

  連潛，紹興二十一年時爲大庾令。

  提供：《甲志》卷十一 10。

257. 強行父（1091～1157）

  強行父，字幼安，錢塘人。祖至，以進士起家，終尚書祠部郎中。父浚
明，歷尚書主客員外郎，終兩浙路提點刑獄。行父，以聞府公恩補太廟齋郎，
嘗先後通判睦州、宣州，當方臘之亂，紹興十七年，兵部侍郎言其事蹟於秦
檜，遂除守常州，紹興二十七年二月十三日，以右中散大夫提舉台州崇道觀
卒，享年六十七。〔註103〕

  宣和元年九月十三日，行父自錢塘罷官如京師，時眉山唐庚（字子西）
同寓於城東景德僧舍，與同郡關注（字子東）日從之邀，退而記其論文之語，
得數紙以歸，迄次年正月六日而別，紹興八年，遂輯成《唐子西文錄》乙書，
書今存，一卷。〔註104〕

〔註102〕郭紹虞《宋詩話考》卷上。
〔註103〕曾協《雲莊集》卷五〈右中散大夫提舉台州崇道觀強公行狀〉。
〔註104〕強幼安《唐子西文錄》。

258. 張　平

張平，高安人，張文規之孫。文規以特奏名入官，元祐七年調英州司理參軍，紹聖四年爲臨安丞，越一年，以通直郎致仕，卒於政和四年，年八十一。

提供：《乙志》卷四 2。

259. 張　玘

張玘，字子溫，本邢州人，寓居鄱陽，父張承事，嘗質庫役，卒於乾道元年。玘從白屋登淳熙二年第，與范斗南、董南一同年，淳熙十年爲南康軍司戶參軍。

提供：《支乙》卷四 6～7，《支丁》卷四 2，《支戊》卷一 1～3，《支庚》卷一 5～7，支補卷六 5。（九則）

260. 張　枃

張枃（或作杓），字定叟，漢州人，浚次子。以父恩授承奉郎，歷官知臨安府，進直龍圖閣，權兵部侍郎。府治火，延及民居，詔削二秩，移知鎮江，召爲戶部侍郎，高宗崩，以集英殿修撰知紹興府，董山陵事，召還爲吏部侍郎，光宗即位，權刑部侍郎，復兼知臨安府，累進徽猷閣學士，知建康府，繼命知襄陽府，時紹熙三年。寧宗嗣位，歷端明殿學士，知建康府，以疾乞祠，卒，南渡以來，論尹京者，以枃爲首。

提供：《志補》卷十六 9。（一則）

261. 張　津

張津，字子問，龍泉人。紹興間爲常州司錄參軍，乾道時，特奏名第四，廷對擢首選。三年，爲司農少卿，五年知明州，七年，權吏部侍郎，八年權吏部尚書，知建寧府，淳熙四年以敷文閣待制知紹興府。

提供：《乙志》卷四 6。（一則）

262. 張　栻（1133～1180）

張栻，字欽夫（或作欽甫），一字敬夫、樂齋，號南軒，綿竹人，徙居衡陽，張浚長子。穎悟夙成，嘗師胡宏，一見即以孔門論仁親切之旨告之，益自奮厲，以古聖賢自期，作《希顏錄》。栻以蔭補承務郎，孝宗即位，起用張浚，栻以少年，內贊密謀，外參庶務，浚沒，益堅父志，除知撫州，未上改嚴州，次年召爲吏部侍郎，兼權起居郎，內之，又兼侍講，除左司員外郎，

明年，出知袁州，退而家居累年，孝宗念之，淳熙三年，除知靜江府廣南西路經略安撫使，進直寶文閣，尋除秘閣修撰荊湖北路轉運副使，改知江陵府安撫本路，劾信陽守劉大辨，不報，求去，詔以右文殿修撰，提舉武夷冲祐觀。淳熙七年卒，年四十八，諡宣。《宋史》卷四二九有傳。

提供：《乙志》卷四4。

263. 張　寅

張寅，唐州方城人，爲洪邁姪壻，乾道二年爲靜江府臨桂令。

提供：《乙志》卷八3，《丙志》卷四5，《丙志》卷八8。（三則）

264. 張　掄

張掄，字才甫，一作材甫，開封人。紹興間知閣門事，淳熙五年爲寧武軍承宣使，再知閣門事，兼客省四方館事。掄信佛，嘗效遠公蓮社，與僧俗爲念佛會，自號蓮社居士，有《蓮詞》一卷。

紹興三十二年，金遣使高忠建、張景仁來告即位，詔以洪邁爲館伴，而掄副之，及金使入國門，乃詔以邁充賀金報登位國信使，又使掄爲副，及返，同遭黜逐，二人情誼，自非他人比。

提供：《乙志》卷三1、6、7，《支乙》卷六7。（四則）

265. 張　運（1097～1171）

張運，字南仲，信州貴溪人。入太學，宣和三年進士，歷大理少卿，明於治獄，擢度支郎中，累遷爲刑部侍郎，金人渝盟，特遷權戶部侍郎，以專餽餉，出知太平州，民賴以安，以敷文閣待制提舉江州太平興國宮，尋授廣州經略，不赴，乾道七年，郡大饑，運首發粟二千石振師，自是，民爭出粟以濟，卒於是年，年七十五，贈少師左光祿大夫。《宋史》卷四〇四有傳。

運嘗買鄱陽市民李十五屋，晚年又發粟振師，是寓鄱者也。（支《甲志》卷四〈張待制〉）

提供：《丙志》卷十七2。（一則）

266. 張　達

張達，生平里籍不詳。

提供：《甲志》卷十五5。（一則）

267. 張　濤

張濤，字晉英，淳熙十年，自西外宗教授入爲敕令刪定官，淳熙十四年

爲樞密院編修官，紹熙元年爲宗正丞，慶元二年爲大理少卿、左司郎中，除提點坑冶鑄錢，嘉泰二年以中書舍人兼同修國史及實錄院同修撰。

淳熙十四年洪邁典貢舉，濤被差點檢試卷官，嘗共事也。

提供：《支乙》卷八 8～11。（四則）

268. 張 儼

張儼，開封人，生平不詳。

提供：《乙志》卷一 1。（一則）

269. 張 闡

張闡，字大猷，永嘉人。宣和六年進士，紹興中累遷秘書郎，忤秦檜罷。孝宗即位，權工部侍郎。應詔條時務，惟闡與王十朋指陳時事，斥權佞無所回隱。除工部尚書，兼侍讀，隆興二年引疾歸，七月卒，年七十四，諡忠簡。朱熹嘗言秦檜力主和議，士大夫給終言金人不可和者，惟胡銓、張闡二人耳。

提供：《丙志》卷九 6。（一則）

附考：邁註此故事來源時稱：「張大猷說。」大猷者，固張闡之字，而紹熙嘉泰間亦有名大猷者，嘗知資州、鄂州，不知洪氏得自何者。

270. 張子思

張子思，生平里籍不詳。

提供：《乙志》卷十六 3。（一則）

271. 張才南

張才南，生平里籍不詳。

提供：《支丁》卷一 8。（一則）

272. 張可久

張可久，生平里籍不詳。

提供：《甲志》卷 2～6。（五則）

273. 張邦基

張邦基，字子賢，高郵人，著《墨莊漫錄》。

提供：《志補》卷十二 4。

274. 張宗一

張宗一，字貫道，唐州方城人，洪邁妻叔。

提供：《甲志》卷十五 7～9。（三則）

275. 張宗元

張宗元，字淵道，唐州方城人，洪邁妻父，見第一章第三節（一〇七）張宗元條。

提供：《甲志》卷十五 4、卷十六 8，《乙志》卷十 4，《丙志》卷十四 1～6，《志補》卷十八 5。（十則）〔註105〕

276. 張庭實

張庭實，字德輝，紹興二年正奏名進士，紹興二十七年爲太常博士，三十年爲工部郎中，並與洪邁同差是年省試參詳官。（《宋會要輯稿》選舉二及二〇）

提供：《丙志》卷十三 13。（一則）

277. 張師韓

張師韓，字大用，饒州老儒，爲易師，紹興三十一年，樂平程覺將應解試，扣謁以求破題及主義大概，張適有他故，不赴場屋，乃教之。

提供：《三己》卷五 11～13。（三則）

278. 張振之

張振之，字子理，鄱陽人，張疇子。疇，字壽明，父張一大夫，疇紹興間通判蘄州，乾道八年爲竟陵（復州）守，淳熙八年卒。振之，淳熙十二年在臨安，紹熙三年監信州贍軍酒庫，時邁長子樗通判州事。有弟爲南康稅官。

提供：《支丁》卷七 1～7，《支戊》卷十 10～11，《支庚》卷一 10、卷二 7～10、卷五 13～14、卷十 4～7，《志補》卷十九 4。

279. 張端愨

張端愨，字正父，處州人，嘗爲道士，平生好丹竈爐火。紹興十八年，與鄉友同泛海，如泉州，舟人意欲逃征稅，至番禺乃泊舟，鄉友得疾死，火之收其骨，擲橋下。

提供：《甲志》卷十一 11。

280. 張榮之

張榮之，生平里籍不詳。

提供：《三辛》卷八 14。

281. 張履信

〔註105〕其聞於妻族如《丙志》之六則，均併計入。

張履信,字思順,號游初,信州貴溪人,寓居鄱陽。祖敷文閣待制張運。〔註106〕父思永,字曼修,淳熙八年買饒州上卷街東王司戶屋,淳熙二年為贛縣丞,十四年,監鎮江江口鎮,嘉泰三年為通直郎兩浙東路提舉常平司幹辦公事,後通判潭州,官至連江守。

履信為洪秘三女之夫,即洪邁姪孫壻。

提供:《支景》卷一 10～13,《支丁》卷七 8～9,《支戊》卷二 4～5,《支庚》卷十 10,《支癸》卷七 2～6,《三己》卷四 12～13。(十六則)

282. 張魏公親友

張魏公,浚也。其親友嘗為洪邁提供故事,惜今本但作「張魏公□□□說」,字跡漶漫,不詳與魏公有何關係。

提供:《丙志》卷四 14。

283. 陳　正

陳正,字誠甫,湖州長興人。居太學篤信齋,紹興三年進士。

提供:《三壬》卷九 8～11。(四則)

284. 陳　寅

陳寅,字伯明,生平不詳。乾道七年,江西被旱,安撫使龔遂良奏請新知興國軍陳寅往捄荒,次年事畢,特轉一官,或即是人。

提供:《甲志》卷五 18。(一則)

285. 陳　桷

陳桷,字元承,建安人,徙丹徒,父豫,母馮氏,馮為蔡京甥,常出入蔡府。桷天資好道,紹興間,佐韓世忠宣撫幕府,主徽猷閣待制,知池州,後為秦檜所惡,絕意宦途,結廬於句容大茅山側,屏妻禮斗,儼一黃冠,秦亡,奪於子姪之請,即家奉祠,劉錡制置江淮,以為參議官,一再典州,還原職,道心益怠,以入浴墮爐灼死。(《丁志》卷六〈王文卿相〉及《支景》卷九〈陳待制〉條)

提供:《乙志》卷十九 2。

286. 陳　棣

陳棣,字鄂文,縉雲人,父汝錫,為浙東安撫使,棣以蔭仕官,紹興二十五年為廣德司理兼公使庫,官至大理司直,潭州通判。

〔註106〕見 265 張運條。

提供：《丙志》卷五。（全十三則）

287. 陳　鼎

陳鼎，生平不詳，戶部侍郎陳戬之子，建州松溪人。以父蔭爲右承務郎，觸怒秦檜，使出知饒州德興縣，秩滿，檜又使御史中丞何若劾之，坐免歸。不知係此人否？

提供：《三己》卷九9。（一則）

288. 陳　熙

陳熙，生平里籍不詳。

提供：《丁志》卷十二11。（一則）

289. 陳　曄

陳曄，字日華，長樂人，淳熙七年知淳安縣，慶元初知汀州，五年，爲廣東提刑，復爲四川總領，開禧二年，四川安撫制置司言其糴到粟麥，不能覺察，以致麁惡不堪支遣，有誤軍計。詔追三官、沅州安置。（《宋會要輯稿·職官》七四）

邁撰《夷堅》，陳曄嘗取「滑稽取笑，加釀嘲辭，合於詩所謂善戲謔不爲虐之義」者，編集成帙以示之，邁因采其可書并舊聞可傳者，併記之。及爲四川總領日，嘗就《夷堅志》四百二十卷，摘其間詩詞、雜著、藥餌、符呪之屬，以類相從，編刻於湖陰計臺，疏爲十卷，〔註107〕於此書甚關注也。

提供：《三己》卷七1。（一則）

290. 陳　遹

陳遹，嘗以從事郎爲德慶府理官，時37.江璆作守。

提供：《丁志》卷一6～7。（二則）

291. 陳　鍔

陳鍔，生平里籍不詳。

提供：《丁志》卷八1。（一則）

292. 陳　爟

陳爟，字世明，臨海人，父良器，好施食，叔良翰，孝宗時爲兵部侍郎，以敷文閣學士奉祠，卒於乾道八年。爟與良翰同登紹興五年進士第，紹興十一年爲婺州武義尉，二十年爲福州左司理，時邁爲州學教授，而其妻父張宗

〔註107〕書著錄於《直齋書錄解題》卷十一，題作「《夷堅志類編》三卷。」

元作守。爓終官武昌軍掌書記。

　　提供：《甲志》卷三 3、卷五 2～6、卷六 6。（七則）

293. 陳子榮

　　陳子榮，生平里籍不詳。

　　提供：《三辛》卷八 6。

294. 陳之茂

　　陳之茂，字阜卿，號錫山，無錫人。父爲老儒，陸佃少子寶嘗招以誨諸子。之茂爲紹興二年張九成榜進士，廷對忤時相，黜之，九成叩頭殿階曰：「臣學不如之茂，之茂能言人不敢言，宜獎不宜黜。」賜同進士出身，除休寧尉，紹興二十九年，爲秘書省校書郎，與邁同在館職，三十二年，以權發遣湖州，除直秘閣權平江府，隆興元年改直徽猷閣知建康府，二年爲吏部侍郎，乾道中，除建康留守，將大用，遽卒。

　　提供：《乙志》卷三 13。（一則）

295. 陳方石

　　陳方石，字季野，泉州士人，陳□（洪？）進裔孫。

　　提供：《甲志》卷十八 15。（一則）

296. 陳由義

　　陳由義，縉雲人，當即洪邁仲兄次女之壻，乾道七年自閩入廣東，嘉泰元年，提轄左藏東西庫。（〈洪遵神道碑〉）

　　提供：《丁志》卷十 12。（一則）

297. 陳良祐

　　陳良祐，字天與，金華人，紹興二十四年進士，紹興三十年爲樞密院編修官。孝宗朝，驟遷爲吏部侍郎，乾道二年官起居舍人，三年直秘閣，四年爲左司諫，五年，以右諫議大夫兼侍講同知貢舉，六年，忤旨，貶瑞州，筠州安置，淳熙三年起復衢州，未赴又罷，十一年，以集英殿修撰知池州，除敷文閣待制，十三年知建寧府，卒。

　　紹興三十年，邁充省試參詳官，良祐充檢點試卷，乾道三年，邁以中書舍人，良祐以右諫議大夫並兼侍講（《宋會要輯稿・職官》六），二人過從當甚密也。

　　提供：《丙志》卷六 1。（一則）

298. 陳宋卿

陳宋卿，生平里籍不詳。

提供：《支乙》卷四 3。（一則）

299. 陳季若

陳季若，紹興乾道間有陳彌作者，字季若，閩縣人。紹興八年進士，乾道元年由兩浙運判除直祕閣都大提舉四川茶馬，三年爲大理少卿，五年爲吏部侍郎，八年以敷文閣待制知潭州，湖南安撫使，終敷文閣直學士大中大夫，當即此人。

提供：《甲志》卷八 1～3、卷十二 13。（四則）

300. 陳官人

陳官人，和州人，生平不詳。

提供：《支戊》卷六 10。（一則）

301. 陳省之

陳省之，字子象，婺州人。父爲溫州掾曹。

提供：《志補》卷二五 7。（一則）

302. 陳俊卿

陳俊卿，字應求，興化人，登紹興八年進士，授泉州觀察推官，秦檜死，以校書郎召，除著作佐郎兼王府教授，累遷殿中侍御史，金主亮渡淮，以權兵部侍郎受詔整浙西水軍，亮死，被詔治淮東堡砦屯田，孝宗受禪，以爲中書舍人，時以閫外事屬張浚，使俊卿爲江淮宣撫判官，兼權建康府，時主和議，召還，除禮部侍郎，參贊軍事，浚謀北伐，失利，上疏待罪，以俊卿諫，且召爲相，卒爲湯思退所沮，俊卿乃以寶文閣待制知泉州，請祠，許之，乾道元年，起爲吏部侍郎同修國史，改知建康，逾年，授吏部尚書，拜同知樞密事。三年冬，參知政事，四年授尚書右僕射同中書門下平章事兼樞密使，爲相三年，六年以觀文殿大學士帥福州，請祠歸，淳熙三年再命福州，除特進，判建康府兼江東安撫，進少保，後以少師魏國公致仕，淳熙十三年卒，年七十四。

紹興二十八年邁與俊卿同在館爲僚友，而乾道四年邁以中書舍人兼侍講爲俊卿劾去，意氣似未投合。

提供：《甲志》卷十五 17。（一則）

303. 陳茂英

陳茂英，福州長樂人。以太學生登乾道五年進士，授長興尉，淳熙二年方赴任，其後調爲泰寧知縣，嘉泰四年提舉淮東，以臣僚言其異懦無立放罷。

提供：《三己》卷五 1～3。（三則）〔註108〕

304. 陳處俊

陳處俊，瑞安主簿。

提供：《丁志》卷十一 13。（一則）

305. 陳德謙

陳德謙，臨安人，生平不詳。〔註109〕

提供：《支戊》卷六 12。（一則）

306. 陸蒙之

陸蒙之，生平不詳。洪邁從姪孫婦彭氏，以紹熙五年八月生子不成死，紹父以事留金陵，蒙之爲買棺。

提供：《支乙》卷三 15。（一則）

307. 涂伯牛

涂伯牛，江南西路某邑人，父爲靖安宰。

提供：《丁志》卷十 13。（一則）

308. 梅師忠

梅師忠，生平里籍不詳。

提供：《丁志》卷十三 1～10。（十則）

309. 員興宗

員興宗，字顯道，號九華，四川仁壽人，紹興二十七年進士，除教授，乾道三年召試館職，擢著作郎，國史編修實錄院檢討，乾道中疏劾貴倖，被讒去，寓居潤州以終，有《九華集》。

提供：《丙志》卷三。（全十一則）

310. 崔嵓

崔嵓，字叔詹，眞州六合縣人。

提供：《甲志》卷十二 10。（一則）

311. 婁　機（1133～1211）

〔註108〕原註二事，實有三則。
〔註109〕黃校舊抄無出處，分類本多「臨安陳德謙説」六字。

　　婁機，字彥發，嘉興人。乾道二年進士，初授鹽官尉，累官至太常博士、秘書郎，以阻韓侂冑開邊去職，侂冑敗，召爲吏部侍郎，進參知政事，嘉定元年八月自禮部尙書除同知樞密院事，三年罷知福州，〔註110〕以資政殿學士致仕，嘉定四年卒，年七十九，諡忠簡。機深於書學，有《班馬字類》。《宋史》卷四一○有傳。

　　淳熙十年洪邁居鄉里，得婁機所撰《班馬字類》，是年冬，除知婺，次年上巳日序《班馬字類》於金華松齋。慶元三年，婁爲饒州通判，〔註111〕時邁已奉祠在里，又爲序所撰《漢隸字源》，謂文惠（适）所作五種書，釋、贊、圖、續皆成，惟韻書未就，而婁彥發繼爲之。時婁尙未登執政，邁之提攜頗力。

　　提供：《志補》卷二一5、卷二五5。（二則）

312. 莫　濛

　　莫濛，字子蒙，〔註112〕歸安人，以祖蔭補將仕郎，兩魁法科，累官至大寺正，除戶部員外郎，遣措置浙西江淮沙田蘆場，言老論其失實，責監饒州景德鎭，起知光化軍，累遷直寶文閣學士，大理少卿，兼詳官司敕令官，兼權知臨安府，未幾，假工部尙書使金，還除吏部侍郎，改工部，兼臨安府少尹，以言者罷，起知鄂州，卒，年六十一，贈正奉大夫。

　　提供：《丙志》卷十七10。（一則）

313. 馮義叔

　　馮義叔，嘗爲南昌宰，餘不詳。

　　提供：《乙志》卷十五11。（一則）

314. 湯居寶

　　湯居寶，或即湯璹。

　　湯璹，字居寶，瀏陽人，淳熙十四年進士，官大理少卿，嘉泰四年秘書丞兼權禮部郎官，開禧三年知常州，官至直徽猷閣。

　　璹於淳熙十四年省試魁多士，時邁典貢舉，嘗以淳熙十一年謁仰山二王祈夢異事，作記刻石，爲邁所錄，見《支甲》卷五〈湯省元〉條。

〔註110〕《宋史新編》卷五五〈宰輔年表〉。
〔註111〕見《夷堅・三壬》卷十〈羅仲寅逢故兄〉條，謂彥發於慶元四年正月自饒往權南康守。
〔註112〕見《夷堅・三壬》卷十〈羅仲寅逢故兄〉條，謂彥發於慶元四年正月自饒往權南康守。

提供：《三辛》卷一 5。（一則）

315. **湯三益**

湯三益，爲太平州醫。

提供：《丙志》卷十六 7～8，《丁志》卷十 2～7。（八則）

316. **湯與立**

湯與立，生平里籍不詳。

提供：《乙志》卷一 14。（一則）

317. **童　宗**

童宗，生平里籍不詳。

提供：《丙志》卷十九 11～12。（二則）

318. **黃　祝**

黃祝，字紹先，黟縣人。慶元二年爲鄱陽主簿。

提供：《支戊》卷六 13。（一則）

319. **黃　唐**

黃唐，字雍父（甫），一字信厚，福州長樂人，一云閩清人。淳熙四年太學兩優釋褐，授迪功郎太學錄，淳熙十六年爲著作佐郎，慶元二年爲考功郎中，三年爲江淮等路都大提點坑冶，嘗守鄱州，以不奉承韓侂胄求去。

黃嘗爲洪邁館客，爲說東陽郭氏館客紫姑之事，未即下筆，唐後守鄱，邁乃申攄舊聞，乃遣詢之（《三己》序），其餘黃氏提供故事尚有之，然未必完全，如《支乙》卷四〈人遇奇禍〉及《支庚》卷十〈葉妾廿八〉條均是。

320. **黃　訒**

黃訒，生平里籍不詳。

提供：《甲志》卷八 6～8、12。（四則）

321. **黃　裳**

黃裳，淳熙至慶元間，爲饒州醫者，少嘗入道，妻汪氏。

提供：《支癸》卷四 4，《三辛》卷三 2。

322. **黃　鈞**

黃鈞，字仲秉，綿竹人。治詩，登紹興二十四年張孝祥榜進士，乾道元年爲國子正，二年除秘書省正字，改著作佐郎，遷起居舍人，兼權給事中，四年除直敷文閣兼權湖南運副，八年轉太常少卿，兼國史院編修官及實錄院

檢討官。同年以秘閣修撰出知瀘州，九年知鎮江府，淳熙四年知利州，入權
兵部侍郎兼實錄院同修撰。

洪邁於乾道二年至五年間在朝，以中書舍人同修國史，時均在館職兼國
史編修，過從當密。

提供：《乙志》卷十二 2～3、卷十八 8、卷二十 10～11，《丙志》卷二（全）、
卷四 11～12、卷十七 9、卷二十 4。（十九則）

323. 黃子淳

黃子淳，字彥質，德安人。紹興廿二年爲大理評事，三十年官刑部郎中，
臣僚言其爲大理寺丞時，以漏泄斷刑故，逐黜之。

提供：《甲志》卷十七 11。（一則）

324. 黃大成

黃大成，原名士安，南劍州將樂人。爲道士，邁嘗見之於嶺外。弟士傑，
紹興四年應秋舉，母書「名光弼，字元翰」使改之，預薦，次年登科。

提供：《乙志》卷九 6。（一則）

325. 黃元道

黃元道，本成都小家子，生於大觀元年，得風搐病，父母欲其死，獨祖
母哀憐之，張浚爲宣撫使，奉母來遊山，攜以出，後隨公出蜀，過武當山，
拜謁羅浮山黃野人，紹興二十三年，秦檜從子昌齡宮觀滿，將赴調，往謁之，
預言其亡，至期果然。二十八年，召入宮，賜名元道，封達眞先生，御製贊
賜之，後二年，以口過逐居婺，乾道元年過建昌，士大夫多與往來，二年，
洪邁見之於鄱陽，又一年，在九江爲守林栗所劾治，杖而編隸之。（《夷堅·
丙志》卷十五〈魚肉道人〉條）

提供：《乙志》卷十二 8～11。（四則）

326. 黃文暮

黃文暮，邵武士人。

提供：《甲志》卷九 7～10、卷十 11～13、卷十一 14、卷十二 12。（九則）

327. 黃日新

黃日新，字齊賢，臨川人，嘗爲新昌通判邊察館客，邊子嵊縣主簿沂，
從之學，作《通鑑韻語》，紹熙四年，楊萬里爲之序。

提供：《支乙》卷十（全），《支景》卷二 1～4，《三壬》卷一 2～14、卷

二（全）、卷三（全）、卷四（全）。（六十二則）

328. 黃道人

不詳何許人。

提供：《乙志》卷十九9。（一則）

329. 黃德婉

黃德婉，建陽人。父黃達如，宣和中通判和州，歷御史、郎官，至朝請大夫知徽州，紹興二十七年卒。兄弟三入仕，德婉紹興二十三年爲溧陽尉，二十九年赴調來臨安，隆興二年再入都。

提供：《丁志》卷五、卷六（全二十九則）。

330. 揭椿年

揭椿年，生平里籍不詳。

提供：《乙志》卷十四11～12。（二則）

331. 喻良能

喻良能，字叔奇，義烏人。父葆光，字如晦。良能登紹興二十七年第，補廣德尉，歷遷諸王宮教授、國子博士、工部郎中、太常寺丞，紹熙元年出知處州，尋以朝請大夫致仕。

提供：《乙志》卷十7～8、卷十五14。（三則）

332. 焦德一

焦德一，字吉甫，鄱陽人。母鄒氏，篤佛，淳熙十五年冬，太上皇后慶壽赦書到郡，命官未升朝而母年七十者得加封，士人曾鄉貢亦然，時鄒八十二，而德一以淳熙七年預篤，遂露此恩，受綸誥爲孺人。

提供：《支癸》卷一6～7、卷九7～8。（四則）

333. 傅　雱

傅雱，字彥濟，浦江人，建炎初，金兵始退，雱以宣教郎爲大金通和使，久之乃得歸，官至工部侍郎，紹興二十八年卒，有《建炎通問錄》。

提供：《甲志》卷十7。（一則）

334. 傅世修

傅世修，會稽人，紹興十二年進士。（《甲志》卷十二〈傅世修夢〉條）

提供：《甲志》卷十二2、5。（二則）

335. 程　濂

程濂，鄱陽士人，嘗遊於黃陂。

提供：《三壬》卷六 1～7。（七則）

336. 程 禧

程禧，生平不詳，父程平國待制，於紹興初守鼎州數年。

提供：《志補》卷二 6。（一則）

337. 程大昌（1123～1195）

程大昌，字泰之，休寧人，紹興二十一年進士，連擢太學正，試館職，為秘書省正字，孝宗即位，遷著作佐郎、國子司業、兼權禮部侍郎直學士院，又除浙東提點刑獄，徙江西運副，進秘閣修撰，召為秘書少監，累遷權吏部尚書，請郡，出知泉州、建寧府，光宗嗣位，徙明州，尋奉祠，紹熙五年以龍圖閣學士致仕，卒年七十三，諡文簡。有《雍錄》、《考古編》、《演繁露》行世。

紹興二十八年大昌以太學正差充省試點檢試卷，時邁為參詳官。

提供：《甲志》卷十八 16，《乙志》卷二 8。（二則）

338. 程資忠

程資忠，生平不詳。

提供：《甲志》卷三 5。（一則）

339. 雍大明

雍大明，生平不詳。

提供：《三辛》卷八 15。（一則）

340. 雍友文

雍友文，東平人，紹興初，居鄱陽，學道術不成乃學醫。

提供：《支癸》卷九 9～10。（二則）

341. 賈讜女

賈讜，字從義，紹興中為歙縣王于寨巡檢，其女嫁王仲弓次子。

提供：《三壬》卷六 12。（一則）

342. 賈伯洪

賈伯洪，淳熙中為秉義郎，駐惡（鄂）。

提供：《支癸》卷六 5～6。（二則）

343. 楚 贄

楚贄，徽人，生平不詳。

提供：《乙志》卷四 1。（一則）

344. 楊　朴

楊朴，字公全，資州人，父以政和三年卒，未葬，明年始頒《五禮新儀》，士人父母未葬者，不許入學，是多襄事，至七年升貢，宣和三年罷舍法，復科舉，以宣和六年登第，靖康元爲爲工曹椽，紹興十四年以朝奉郎知榮州，二十六年夔州路提點刑獄，紹興三十年，朴以吏部郎中，邁以吏部員外郎，同差充省試差詳官。

提供：《甲志》卷十八 2～7。（六則）

345. 楊仲淵

楊仲淵，生平不詳。

提供：《志補》卷三 4。

346. 楊有成

楊有成，紹熙間爲建康醫者。

提供：《支乙》卷六 1。（一則）

347. 楊昭然

楊昭然，道人，曾遊鉛山、潛山、潭州嶽麓宮、大素山紫霞觀。

提供，《三壬》卷八。（全十一則）

348. 楊彥明

楊彥明，饒州樂平縣檀源居民

提供：《志補》卷三 15。（一則）

349. 虞允文（1110～1174）

虞允文，字并甫，仁壽人。父祺，字齊年，政和五年進士，靖康改元，爲太常博士，求去，得成都倅，後爲夔、潼漕，紹興十七年卒。允文以紹興二十四年登第，紹興二十八年自渠州守被召赴都，除秘書丞，時洪邁爲校書郎，累遷禮部郎官、中書舍人直學士院，金主亮渡淮，葉義問督師江淮，允文參謀軍事，洪邁參議軍事，采石之捷，允文一戰成名，出將入相垂二十年，淳熙元年卒，年六十五。

提供：《甲志》卷十七 1～8，《乙志》卷一 1、卷十四 6。（十則）

350. 路　彬

路彬，字質夫，晉陽人。紹興元年大理寺丞，十三年提舉廣西茶鹽，二十年爲廣西提刑，三十年金部郎中，隆興元年刑部侍郎，乾道元年差知襄陽府，除敷文閣待制。

提供：《甲志》卷十七 12。（一則）

351. 董 埜

董埜，生平不詳。

提供：《志補》卷二十四 1。（一則）

352. 董 猷

董猷，徽州婺源縣人。《支庚》卷六〈金神七殺〉條有術士董猷者，與此疑非一人。

提供：《甲志》卷三 1。（一則）

353. 董 禮

董禮，饒州士人。

提供：《志補》卷十一 2。（一則）

354. 董 爟

董爟，字彥明，饒州人。

提供：《甲志》卷十四 7。

355. 董良史（吏？）

董良史，廬陵人，紹興二年進士，名在三甲。

提供：《甲志》卷十 3。（一則）

356. 董昌朝

董昌朝，饒州人，北宋末，嘗游太學。

提供：《丁志》卷十一 9。（一則）

357. 葉 森

葉森，生平不詳。

提供：《三己》卷六 3〜6。（四則）

358. 葉 黯

葉黯，字晦叔，嘗爲敕令所刪定官，紹興十九年爲福州帥屬，時洪邁爲州學教授，因春補諸生試，邀黯同考校，鎖宿貢院兩旬，時謝景思爲參議官，邁作長句簡之，黯有和章，及二十三年，邁解任，黯以詩送之，然相別不兩

年即下世，因刻所作《容齋記》，嘗識於末。〔註113〕

359. 葉平甫

葉平甫，生平不詳。

提供：《甲志》卷六 4。（一則）

360. 葉百一

葉百一，南昌都昌縣盧衝民，紹興（？）五年二月赴憲台投牒，館於逆旅黃氏。

提供：《支甲》卷四 1。（一則）

361. 葉行己

葉行己，字孝恭，壽昌人，父將，弟克己，從寓蘭溪。行己，乾道七年權發遣沅州兼沿邊溪峒巡檢使（《宋會要輯稿》蕃夷五），淳熙二年新夔路轉運，以言者論其任江西提刑時，當盜賊縱橫，略無措置，但有畏怯故，特降授朝請郎放罷，永不得與監司差遣（《宋會要輯稿·職官》七二）。

提供：《丁志》卷十三 13～14。（二則）

362. 葉伯起

葉伯起，甘州士人。

提供：《支丁》卷十 12。（一則）

363. 葉若谷

葉若谷，洪州人，紹興十四年，以承信郎為鑄錢司催綱官，廨舍在虔州，葉不挈家，獨處泉司簽廳。

提供：《甲志》卷五 12。

364. 葛　邲

葛邲，字楚輔，丹陽人，徙吳興，立方子。隆興元年進士，歷秘書郎、著作郎、右正言，果官刑部尚書。紹熙四年拜左丞相，以少保致仕，卒年六十六，諡文定，《宋史》卷三八五有傳。

提供：《志補》卷十五 4。（一則）

365. 葛立方

葛立方，字常之，丹陽人，徙吳興，紹興八年進士，十八年為秘書省正

〔註113〕《容齋三筆》卷九〈葉晦叔詩〉條。

字，二十年爲校書郎，除考功員外郎，紹興二十七年吏部侍郎，二十九年知袁州，著有《韻語陽秋》。《宋史》卷三三三有傳。

提供：《丁志》卷十四 8。（一則）

366. 葛師虁

葛師虁，字鳴道，爲洪州武寧簿，紹興十四年爲餘干丞。

提供：《乙志》卷八 11。（一則）

367. 詹亢宗

詹亢宗，字道子，會稽人，父撫幹爲巨富，亢宗年三十二，中紹興十八年五甲第三十二名進士，歷官正字、校書郎、著作佐郎，乾道六年除知處州，淳熙元年爲右司諫，十年知吉州，別與諫官差遣，子騤，字晉卿，淳熙二年進士第一，官至中書舍人，龍圖閣學士知寧國府。

提供：《丙志》卷十 1～2。（二則）

368. 裘萬頃

裘萬頃，字無量，號竹齋，新建人，有孝行，節操學問粹然一出於正，淳熙十四年進士，累官江西撫幹，其詩爲洪邁所推賞，有《竹齋詩集》。

提供：《支景》卷六 10～11。（二則）

369. 廖 鼎

廖鼎，生平不詳。

提供：《志補》卷九 3。

370. 翟 珪

翟珪，乾道九年爲贛州瑞金縣狗腳寨巡檢，時邁守贛。

提供：《丁志》卷十二 6。（一則）

371. 趙 恬

趙恬，字季和，東武人，趙抃（1008～1084）之孫。抃，景祐時官殿中侍御史，神宗擢爲參知政事，與王安石不合，再知成都，以太子少保致仕，元豐七年卒，諡清獻，贈太子少師，臨終，與子岏訣，詞氣不亂。恬與洪邁爲朋舊，子十七總幹，召福州城中，膂力過人（《支癸》卷八），另：宇文虛中女壻亦有同名者，不知是否同人。（《宋會要輯稿・食貨》六一）

提供：《乙志》卷九 2，《丙志》卷十四 13。（二則）

372. 趙 謙

趙謙，恬之子，十七總幹之弟。

提供：《支癸》卷八 6。（一則）

373. 趙子春

趙子春，生平不詳。

提供：《三補》5。（一則）

374. 趙公懋

趙公懋，字元功，魏王廷美六世孫，年三十四，中紹興十八年四甲進士，官至左朝請大夫知臨江軍，卒贈大中大夫。

提供：《乙志》卷十五 9～10。

375. 趙不拙

趙不拙，字若拙，太宗六世孫，父士堯爲台州鈐轄，歷晉陵軍、都大四川茶馬，累官至直秘閣。

提供：《丙志》卷一 8。（一則）

376. 趙不廡

趙不廡，生平不詳。

提供：《乙志》卷一 11，卷十六 8、9、14，《丙志》卷十五 5。（四則）

377. 趙不魯

趙不魯，字季和，生平不詳。

提供：《三辛》卷三 1。（一則）

378. 趙永裔

趙永裔。字眞長，徽宗時，兵部尚書趙遹子亦名永裔，不知同一人否？

提供：《志補》卷二十一 12。（一則）

379. 趙有光

趙有光，生平不詳。

提供：《志補》卷二十四 2。（一則）

380. 趙伯圭

趙伯圭，字禹錫，孝宗同母兄，歷知台州、明州、淳熙中自安德軍節度使加開府充萬壽觀使，又封滎陽郡王，至少傅，光宗遷至太保，封嗣秀王，後判大宗正事，超拜太師，寧宗詔贊拜不名，卒追封崇王，諡憲靖。

提供：《志補》卷二十三 8。（一則）

381. 趙伯湜

趙伯湜，宗室，父子璋，嘗通判汀州攝郡事，伯父子舉，字升之，壯年喪偶，奉法為人治病，靖康末，居嚴州，為兵馬監押，建炎二年，洪邁妻族寓揚州龍興寺，子舉適同寺中，其子伯兀亦習法而不精。

提供：《乙志》卷六 12、卷七 3。（二則）

382. 趙伯璘

趙伯璘，宗室，陷北方，洪晧在北，與遊。

提供：《甲志》卷一 16～17。（二則）

383. 趙希詵

趙希詵，生平不詳。

提供：《支癸》卷六 7。（一則）

384. 趙彥典

趙彥典，原名彥珍，鄱陽宗子，以宗司檢案他人相同之故改名，居永寧寺，淳熙十六年覃恩赦下，許赴量試，遭黜，年過四十，始例補承信郎。

提供：《支癸》卷七 7～8。（二則）

385. 趙彥澤

趙彥澤，宋代趙氏字彥澤有二：霈與伯澥。霈，死於方臘之亂；伯澥，紹熙四年進士，終長州丞。名彥澤者，有淳熙十四年為揚守，其孫師繒字明叔（《支丁》卷五〈蝦蟆瘟〉條）。以鎮揚州者為近是。

提供：《志補》卷十七 8。（一則）

386. 趙師堪

趙師堪，父為肇慶兵官，兄保義郎趙師熾，慶元二年調監封州嶽祠歸。

提供：三補 4。（一則）

387. 趙善宰

趙善宰，字彥平，居建昌，官朝散大夫，淳熙十四年除岳州守，未及上，以十一月卒於家。妹壻建昌新城富室保義郎戴世榮，子汝昌。

提供：《丁志》卷四 11。（一則）

388. 趙善璉

趙善璉，與弟居衢州，肄業城內一寺，牓小室曰亦樂齋，以省試不利，改存心齋，登乾道五年第，調贛州幕官，時邁為守。

提供：《丁志》卷十四 2。（一則）

389. 趙綱立

趙綱立，字振甫，生平不詳。趙鼎臣之孫，亦名綱立，嘗在復州刊鼎臣《竹隱畸士集》，原有百二十卷，刊止四十卷而代去，遂止。〔註114〕不知是一人否？

提供：《乙志》卷十三 8～9、卷二十 7。（三則）

390. 趙德莊

德莊，或趙彥端之字，彥端（1121～75），號介菴，廷美七世孫，紹興八年進士，乾道六年以直寶文閣知建寧府，淳熙二年卒，年五十五，有《介菴集》。

提供：《志補》卷八 7。（一則）

391. 趙學老

趙學老，生平不詳。

提供：《丙志》卷六 7。（一則）

392. 趙藐之

趙藐之，生平不詳。

提供：《三辛》卷三 11。（一則）

393. 聞人滋

聞人滋，字茂德，嘉禾人，紹興二十九年官敕令所刪定官，奏選人改官法，洪遵等人被旨議之（《宋會要輯稿・職官》一一）。

提供：《甲志》卷十二 8，《三己》卷六 10。（二則）

394. 管榮之

管榮之，生平不詳。表叔莫某，乾道二年為吉水縣主簿。

提供：《支癸》卷四 2。

395. 熊邦俊

熊邦俊，饒州醫者，淳熙十六年，年三十八，得熱疾，父彥誠延法師治之。

提供：《三辛》卷九 10。（一則）

396. 鄭枲

鄭枲，字景實，莆陽人，登乾道第，淳熙七年從鄉相陳俊卿於建康，十五年官襄帥幕府，紹熙二年幹辦行在審計司。兄嘗，嘗赴浙漕試，不中。子

〔註114〕見陳振孫《直齋書錄解題》卷十七《集部・別集類》。

鑰，生於淳熙二年，方六歲時，陳俊卿許以爲壻，俊卿卒，少子嫁以姪女，紹熙四年，一舉登科，方十九歲，調建安主簿。

提供：《乙志》卷三 5，《支戊》卷二 6～11，《支庚》卷三 6～10，《支癸》卷七 10。（十三則）

397. 鄭　樵（1104～1162）

鄭樵，字漁仲，莆田人，博學強記，紹興中以薦召對，授右迪功郎，禮、兵部架閣，言者劾之，改監南嶽廟，給札歸鈔所著《通志》，書成，入爲樞密院編修官，紹興三十一年，高宗幸建康，命以《通志》進呈，次年病卒，年五十九，樵居夾漈山，學者稱夾漈先生，自號溪西逸民。

提供：《甲志》卷十 14。（一則）

398. 鄭如宗

鄭如宗，彭城人，僅之子，望之之孫。僅（1047～1113），字彥能，第進士，歷知冠氏、福昌等縣，累遷吏部侍郎知秦州，元符末爲大府卿，以顯謨閣直學士、通議大夫致仕，政和三年卒，年六十七，諡修敏，贈光祿大夫。望之（1078～1161），字顧道，寓居上饒，崇寧五年進士，歷開封府儀工戶曹，靖康初，假尙書工部侍郎爲軍前計儀使爲金人所拘，踰旬還，以不可不和爲言，及金兵退，罷提舉亳州明道宮。建炎初，起爲吏部侍郎，紹興中以徽猷閣直學士致仕，三十一年卒，年八十四，有弟明之字晦道，爲武州倅，全家陷於金。

提供：《志補》卷十三 4。（一則）

399. 鄭安恭（1099～1171）

鄭安恭，後名思恭，字子體，襄邑人，南渡後居衡山，四歲而孤，未冠遊太學，黨禁開，以父澤授承務郎，監淄州酒稅，歷知肇慶、邵州，兼沿邊溪峒都巡檢使，除廣南東路轉運判官，改西路，加直秘閣，陞荊南路計度轉運副使，進秘閣修撰，爲荊湖南路提刑，罷崇道觀。

提供：《乙志》卷十二 4。（一則）

400. 鄭東卿

鄭東卿，福州郡士，與鄭樵相知，紹興中，鄉士蔡振嘗從之學易。

提供：《甲志》卷六 10～12、卷九 12～14。（六則）

401. 鄭彥和

鄭彥和，字知剛，生平不詳。另有鄭知剛，字季和，永福人，建炎二年

進士，終太府丞知嚴州（《淳熙三山志》卷二八），不知是此人否？

　　提供：《甲志》卷十三 10。（一則）

402. 鄭師孟

　　鄭師孟，朝奉郎。朱子門下亦有此人，字齋卿，寧德人，家貧，六經註說，手自抄錄，黃幹嘉其志，妻以女，有《洪範講義》。

　　提供：《乙志》卷十二 5。（一則）

403. 鄭資之

　　鄭資之，字深道，宣和中，汪伯彥爲將作少監，鄭與同寮，建炎三年以吏部郎官除沿江措置防托，紹興十三年爲右朝請郎（《宋會要輯稿》兵二九及方域一一）

　　提供：《甲志》卷十一 12。（一則）

404. 鄧　植

　　鄧植，字端若，建昌南城士人，祖某，宣和五年爲郴州戶曹椽。植，少時學紫姑呪訣。

　　提供：《丁志》卷十八 2～12、卷十九（全）、卷二十（全）。（四十一則）

405. 鄧直清

　　鄧直清，建昌人，父植，字端若，見前條。

　　提供：《支甲》卷五、六、七（全），三補 1。（四十四則）

406. 歐陽僑

　　歐陽僑，父嘗世，爲鎮江總領所酒官。

　　提供：《丁志》卷四 7～9。（三則）

407. 閻丘寧孫

　　閻丘寧孫，字叔永。

　　提供：《甲志》卷十二 5。

408. 蔣　芾

　　蔣芾，字子禮，紹興二十一年進士第二，孝宗時，累遷起居郎、兼直學士院，簽書樞密院事，除權參知政事，同知國用事，乾道四年拜右僕射，同中書門下平章事，兼樞密使，母喪，起復拜左僕射，力辭，有密旨，芾議拂上意，服闋，除觀文殿大學士知紹興府，提舉洞霄宮，尋被論落職，建昌軍居住，期年，聽自便，再與祠，卒。《宋史》卷三八四有傳。

提供：《乙志》卷二 2～3。（二則）

409. 蔣天佑

蔣天佑，字德誠，紹興三十年爲盱眙通判，乾道元年新知江陰軍與新知饒州徐葳兩易其任，二年以殿中侍御史王伯庠言其在任貪污放罷。（《宋會要輯稿・職官》六一及七一）天佑守饒，邁仍鄉居。

提供：《乙志》卷十三 5。（一則）

410. 魯 時

魯時，京師人，紹興間寓臨安。

提供：《乙志》卷十一 6～7。（二則）

411. 滕彥智

滕彥智，嘗守饒州，爲洪邁言其舅氏路當可三事，尚有兩事，未及言而卒。（《夷堅・三己》序）

提供：《丁志》卷十八 1，《志補》卷九 4。（二則）

412. 劉 氏

劉氏，媒嫗，紹興三十一年四月洪邁在臨安，劉氏以王德事言於邁。

提供：《丙志》卷十六 4。（一則）

413. 劉 注

劉注，新城人，爲銅陵主簿。有從兄溥，改名彥宏，字先覺，獲紹興二十年秋薦，淳熙五年始特奏補太學，調大和尉，到任二年半而卒。

提供：《三壬》卷五 8。（一則）

414. 劉 昶

劉昶，京師人，劉中姪，中嘗去臨安西湖上興赴寺僧硝毒。昶世爲醫，用叔蔭補右列，嘗爲江東提刑司緝捕官，因寓處城中（《支乙》卷七〈喻氏招醫〉條）。

提供：《三辛》卷三 10。（一則）

415. 劉 珙

劉珙，字共甫，崇安人，紹興十二年進士，累遷禮部郎官，爲秦檜所逐，檜死，召爲大宗正丞，累遷中書舍人，直學士院，出知泉州，改衢州，湖南盜起，以珙知潭州湖南安撫使，事平，除翰林學士知制誥，兼侍讀，乾道三年拜中大夫，同知樞密院事兼參知政事，次年罷端明殿學士奉祠，改知隆興

府江西安撫使，除資政殿學士知荊南府湖北安撫使，以繼母憂去，起復，同知樞密院事荊襄安撫使，服闋，再除知潭州湖南安撫使，淳熙二年移知建康府江東安撫使行宮留守，進觀文殿學士，卒，年五十七。贈光祿大夫，諡忠肅。

紹興三十年，洪邁充省試參詳官，珙亦差充點檢試卷，乾道三年珙除內翰，洪邁當制，文詞傳誦當時，時珙兼侍讀，邁兼侍講（《宋會要輯稿・職官》六），其情誼當不淺，惟次年邁以中書舍人論三衙軍制不當，時珙同知樞密，不樂（《容齋三筆》卷三）。

提供：《甲志》卷十七 14、卷十八 14。（二則）

416. 劉　翔

劉翔，字圖南，福州人（一作建州浦城人），通諸經，尤注意於易，以累舉得官，紹興十五年爲貴州文學，以進易解通達經旨，與教授差遣，調蘄春尉，授福州差遣，再任爲潭州教授，卒於官。

提供：《甲志》卷六 8、13。（二則）

417. 劉　模

劉模，王安國孫椿之外孫，椿，紹興初爲臨安幕官。

提供：《支庚》卷十 8。（一則）

418. 劉　襄

劉襄，字子思，嘗爲永州倅。

提供：《甲志》卷十五 1、11～12，《丁志》卷十七 2。（四則）

419. 劉　濱

劉濱，生平不詳。

提供：《三辛》卷十 6～7。（二則）

420. 劉　謨

劉謨，建安人，曾祖處約，嘗以殿中丞通判南雄，是年生子曰說，長而弗第，官至大晟府典樂，壽五十七，特贈龍圖閣學士，其孫即謨也。

提供：《支庚》卷三 1。（一則）

421. 劉大用

劉大用，爲醫工，貨藥行郡縣，紹興三十二年在臨安，乾道七年在南安軍，嘗至詔州、寧國等處。

提供：《支戊》卷三 1～4、卷八 10。（五則）

422. 劉存禮

劉存禮，福州人。生平不詳。

提供：《支丁》卷十 10。（一則）

423. 劉名世

劉名世，新安人。生平不詳。

提供：《丙志》卷十二 6～11。（六則）

424. 劉君玉

劉君玉，婺士。〔註115〕

提供：《支戊》卷六 11。（一則）

425. 劉邦翰

劉邦翰，字于宣。乾道七年權發遣常德府，淳熙四年爲湖廣總領，五年以權戶部侍郎除集英殿修撰知襄陽府。（《宋會要輯稿》職官六二、兵六）。

提供：《甲志》卷十三 8。（一則）

426. 劉敏士

劉敏士，字文伯，紹興二十四年大理評事，隆興二年淮西運判，乾道三年提舉浙西常平茶鹽公事，五年權發遣兩浙運副。（《宋會要輯稿》食貨一四、五八）

提供：《丙志》卷六 6。（一則）

427. 劉通判

劉某，姓名里籍不詳，爲常德通判。

提供：《三己》卷五 4～5。（二則）

428. 劉堯仁

劉堯仁，字山甫，祖少保延慶，父揚國公光世，以父蔭任右承奉郎監潭州南嶽廟，紹興十二年特除直秘閣，改差台州崇道觀，光世薨，車駕臨奠，援張俊男子正例，紹興二十六年除秘閣修撰，在京宮觀，乾道四年以承議郎守司農少監，贈敷文閣待制，蓋際遇於潛邸也。（《宋會要輯稿》選舉三四、儀制一一）

〔註115〕黃校舊抄本原無出處，今據葉氏分類本。

提供：《乙志》卷十一 5。（一則）

429. 盧　亨

盧亨（嚴本無「亨」字，據陸本補），生平不詳。

提供：《乙志》卷四 8。（一則）

430. 盧　熊

盧熊，邵武人，校書郎奎之子，登紹興二十一年進士第，同年奎爲江西運判（《宋會要輯稿》食貨七〇）

提供：《甲志》卷十三 12。（一則）

431. 穆　淮

穆淮，乾道六年知贛州興國縣。

提供：《丁志》卷十二 7。（一則）

432. 鮑栖筠

鮑栖筠，饒州德興縣士。

提供：《支庚》卷一 2。（一則）

433. 錢　符

錢符，字合夫，紹興十三年爲台州簽判。

提供：《甲志》卷五 11。（一則）

434. 錢之望（1131～1199）

錢之望，字表臣，武進人，爲太學生，金主亮入寇，以策干虞允文，允文用其言，符離之敗，道謁張浚，浚不從，乾道五年登進士第，授江西帥屬，歷官知和州、楚州、廣州、襄州、揚州，所至有禦盜功，遷華文閣待制，知廬州，慶元五年卒，年六十九。

提供：《乙志》卷二 10。（一則）

435. 錢伸之

錢伸之，父堪，紹興三十年自成都漕使下世，伸之年三十餘，忽瘖不能言，侵尋八年久，因一妾觸怒，頓然出聲，後赴銓中選，調江陰尉，未及赴而卒。

提供：《支戊》卷三 5～10。（六則）

436. 謝　芷

謝芷，字茂公，泉州晉江人，年四十一，中紹興十八年四甲第九十七名進士，爲國子錄。

提供：《甲志》卷十九 11～13。（三則）

437. 韓侂

韓侂，字廷碩，生平不詳。

提供：《丁志》卷十四 1。（一則）

438. 韓彥直

韓彥直，字子溫，延安人，世忠長子。六歲從世忠入見，年十八，登紹興十八年進士第，累遷工部郎官，使於金，抗節不屈，幾罹禍者數，乾道四年總領浙西江東財賦，淮東軍馬錢糧，除江西運副，淳熙間爲溫州守，官至龍圖閣學士，提舉萬壽觀，以光祿大夫致仕卒，贈開府儀同三司，蘄春郡公，諡莊敏。

紹興三十年，邁爲禮部郎官，彥直爲屯田郎官。

提供：《甲志》卷十九 1，《乙志》卷十六 10～12、卷十七 9～10，《三辛》卷三 9。（六則）

439. 韓彥端

韓彥端，生平不詳。

提供：《丙志》卷六 2。（一則）

440. 薛天騏

薛天騏，父大奎，字禹玉，與洪邁甥玠爲姻家，爲人倜儻俊快，不拘小節，而深負吏材，淳熙中，爲湘潭令，南嶽廟火，詔大奎督役，時王佐臨鎭，以薛破奇案，嘉賞無已，率諸臺交薦，因改京秩（《支癸》卷一〈薛湘潭〉條）。紹熙三年爲武岡軍簽判，以守臣言其凌上忽下，放罷（《宋會要輯稿·職官》七三）。

提供：《支景》卷五 14。（一則）

441. 薛允功

薛允功，紹興十九年爲閩丞。時邁於是年底赴福州仕。

提供：《甲志》卷五 9。（一則）

442. 顯舉

顯舉，太原人，祐之子，祐以武勇從軍，紹興十九年以大夫統制殿前司軍馬，舉則以武翼郎爲軍器所幹官。

提供：《志補》卷七 7。（一則）

443. **聶　進**

聶進，北京人，家世奉道，由北方歸正得官，淳熙元年，年四十九，爲秉義郎，添監撫州酒稅。

提供：《丁志》卷十五 7。（一則）

444. **戴宏中**

戴宏中，字履道，生平不詳。

提供：《甲志》卷七 19。（一則）

445. **藍叔成**

藍叔成，乾道三年爲臨川守。

提供：《丁志》卷十一 1～3。（三則）

446. **魏　志**

魏志，字幾道，吳人。

提供：《甲志》卷十九 1，《乙志》卷二十 12。（二則）

447. **關耆鄉**

關耆鄉，字壽孫，蜀人，紹興十八年進士，嘗爲果州教授，乾道元年爲國子錄，二年著作佐郎，三年爲校書郎，出知簡州。

提供：《乙志》卷八 2，《丙志》卷四 1～3、卷十九 14。（五則）

448. **羅　頡**

羅頡，生平不詳。

提供：《丁志》卷十四 4。（一則）

449. **羅正臣**

羅正臣，鄱陽人，紹熙四年，鄉人周貴章赴省試，同買舟下。

提供：《支乙》卷四 9、卷七 2。（二則）

450. **邊知白**

邊知白，字公式，吳人，宣和元年爲太學錄，六年登進士第，初調京師，轉官南遷，紹興中歷戶吏二部侍郎，直學士院，嘗使金，紹興十八年知貢舉，爲言者所論，提舉江州太平興國宮，十九年以敷文閣待制致仕，封同安縣開國侯，卒年六十五。

提供：《甲志》卷十 16。（一則）

451. **邊維嶽**

邊維嶽，知白姪。

　　提供：《乙志》卷十七 2、8、11～13。（五則）

452. 寶思永

　　寶思永，徐人，寓洪州，妻鄭氏，紹興二十三年生子名宜哥，次年登進士第，二十九年爲鹽官簿，與洪邁妻族有連。（《甲志》卷十三〈謝希旦〉條）

　　提供：《甲志》卷十九 3、卷二十 6～8，《乙志》卷十七 6。（四則）

453. 嚴康朝

　　嚴康朝，《夷堅・甲志》卷五〈皮場大王〉條註，嚴本作「嚴康□子□說」，而陸本作「嚴康以子祁」，疑皆康朝也，惟其生平既不詳，亦不待辨也。

　　提供：《甲志》卷五 10，《乙志》卷十七 3，《丁志》卷十一 14。（三則）

454. 蘇粹中

　　蘇粹中，生平不詳。

　　提供：《甲志》卷六 3。（一則）

455. 釋　□

　　南安軍城東嘉祐寺老僧，洪邁嘗至彼寺。

　　提供：《甲志》卷十一 9。（一則）

456. 釋　□

　　衢州超化寺長老。

　　提供：《乙志》卷十八 7。（一則）

457. 釋　□

　　饒州城內永寧寺院僧，寺東廊羅漢、泗州兩院相鄰。

　　提供：《支癸》卷四 3。（一則）

458. 釋　□

　　廣州清遠縣峽山寺山僧

　　提供：《甲志》卷八 16。（一則）

459. 釋　明

　　釋明，邵武人，紹興八年邁寓居無錫，在舅氏沈松年家墳庵習業時嘗見之。

　　提供：《志補》卷五 5。（一則）

460. **釋了如**

了如，爲宜黃疏山長老，住白雲禪寺。〔註116〕

提供：《丁志》卷十五11。（一則）

461. **釋了詳**（祥）

了詳，嘉州人，爲饒州安國寺長老，寺在鄱陽城內，淳熙七年嘗到天台（《支癸》卷六）

提供：《支丁》卷六5，《支癸》卷四1。（二則）

462. **釋日智**

日智，宣州人，住宣州涇縣銅峰禪寺，於宣和五年創建瑞應塔，六年塔成，〔註117〕紹興二年十月至台州黃巖縣西鄉，紹興六年三月在平江虎丘山，紹興八年十一月在常州無錫南禪寺，設大水陸三會，十三年在明州奉化縣。

提供：《甲志》卷七3，《乙志》卷二4～7。（五則）

463. **釋行政**

行政，鄱陽永寧寺羅漢院僧，萃眾行童本錢，啓質庫，儲其息以買度牒，謂之長生庫，慶元三年間，使其徒智禧掌出入。

提供：《支癸》卷八4。（一則）

464. **釋希賜**

希賜，英州報恩寺僧，紹興十九年三月往州南三十里洸口掃塔，二十一年二月二十二日，與洪邁兄适及弟景徐同遊通天巖。〔註118〕

提供：《甲志》卷四3、卷十4～6。（四則）

465. **釋孚峨**

孚峨，生平不詳。

提供：《志補》卷十六6。（一則）

466. **釋宗達**

宗達，本韓氏子，鄱陽人，爲鄱陽永寧寺僧。

提供：《乙志》卷十九13。（一則）

467. **釋祖一**

〔註116〕孫覿《鴻慶居士集》卷二二〈撫州疏山白雲禪院大藏記〉。
〔註117〕李彌遜《筠谿集》卷二二〈宣州涇縣銅峰瑞應塔塔記〉。
〔註118〕洪适《盤洲文集》卷三十〈通天巖記〉。

祖一，贛州寧都縣普安寺僧。

提供：《乙志》卷七 5。（一則）

468. 釋祖璿

祖璿，紹興二十三年為洪州光孝寺主僧。

提供：《甲志》卷十二 14。（一則）

469. 釋悟宗

悟宗，韶州月華寺長老。

提供：《乙志》卷二十 12。（一則）

470. 釋惟學

惟學，福州永福縣般若寺長老。

提供：《甲志》卷八 5。（一則）

471. 釋師立

師立，紹興十年行腳至衡山福嚴寺，十三年還鄉，過廬山白雲庵，後為饒州妙果寺長老。

提供：《乙志》卷八 4。（一則）

472. 釋師粲

師粲，鄱陽（？）薦佛西堂僧。

提供：《支癸》卷一 3～4。（二則）

473. 釋湛老

湛老，鎮江焦山僧。

提供：《甲志》卷十二 3。（一則）

474. 釋善同

善同，紹興十一年嘗往居衡山縣西北淨居嚴。

提供：《甲志》卷十五 6。（一則）

475. 釋善祐

善祐，黟縣人，在池州貴池縣下妙田寺落髮，寺為律剎，僧子深主之，於祐為叔，後為鄱陽渚田院主。

提供：《支庚》卷二 1～2。（二則）

476. 釋聞修

聞修，姓陳氏，嘗往東林，行腳至廬州。

提供：《乙志》卷十九 7。（一則）

477. 釋德滔

德滔，饒州樂平縣報本寺（？）寺僧。

提供：《丙志》卷九 12。（一則）

478. 釋顯章

鄱陽（？）資福院僧。

提供：《支景》卷八 6，《三辛》卷七 7～8。（三則）

479. 釋顯用

顯用，邵武軍泰寧瑞雲院主僧，其師普聞，乾道六年十一月二十八日巡堂殿焚香，目睹雀化之異，顯用具白縣，縣宰書偈於紙尾，寺僧乃圖狀刻石，顯用持刻本來示。

提供：《丁志》卷八 14。（一則）

480. 饒祖堯

饒祖堯，臨川人，生平不詳。

提供：《支丁》卷四 9。（一則）

481. 龔　濤

龔濤，字仲山，生於衢州。紹興六年福州節度推官，三十年知廬州，金人南侵，遁去。

提供：《乙志》卷十八 6。（一則）

第二節　摘錄時文者

《夷堅志》之故事來源，有從時人著作摘錄以出者，或即單篇抄錄，或就書籍摘出，有所不同，前者本節敘述，後者下節討論。

1. 上官均

上官均，字彥衡，邵武人，熙寧三年進士，任北京留守推官，爲寶莘明冤，謫知光澤縣，哲宗時爲御史，遇事敢言，如論罷青苗，裁冗官，劾去蔡確、張璪、李清臣，罷詩賦取士等，皆切中時弊。徽宗立，遷給事中，時相欲盡循熙豐法度，爲紹述，均議不協，後入黨籍奪職，久之，復龍圖閣待制

致仕，卒年七十八，有《曲禮講義》二卷，《奏議》十卷，《廣陵文集》五十卷。（《宋史》卷三五五）嘗家於揚州，妻楊氏。（《丙志》卷七）

見錄：《支乙》卷六 4。（一則）

2. 王補之

王補之，南城人，紹熙二年爲大理詳事，慶元元年通判臨安，主管茶鹽，五爲刑部郎官，嘉泰二年爲淮西總領，四年以太府卿兼知臨安府，旋奉祠，嘉定五年爲江西轉運副使，六年，以秘閣修撰知隆興府，十年除知紹興。〔註 119〕

見錄：《三辛》卷一 1。（一則）

3. 宇文虛中（1079～1146）

宇文虛中，字叔通，成都華陽人，大觀三年進士，宋謀引女眞夾攻契丹，虛中諫不聽，南渡後，使金被留，累官翰林學士知制誥，金人號爲國師。被誣謀反，全家焚死，時紹興十六年，年六十八，宋人以其不忘故國，贈諡肅愍。

宣和八年，虛中與王雲同在河北宣撫幕府，爲記雲父獻可（補之）爲梓潼射洪顯惠廟神事。

見錄：《丁志》卷十四 7。（一則）

4. 朱　松（1079～1143）

朱松，字喬年，號韋齋，婺源人。政和八年進士，除秘書省正字，歷司勳、吏部郎官，秦檜決策議和，松與同列上書極言不可，檜怒，諷御史論松懷異自賢，出知饒州，未上而卒，時紹興十三年，年四十七，有《韋齋集》。子熹，爲理學家。

政和七年秋，松讀書於里境雲溪上，聞王氏婦復生事，往詢並爲文記之。

見錄：《乙志》卷十六 2。（一則）

5. 池　昱

池昱，福州士人，錄所見聞以示洪邁長子樿。

見錄十六則：《支戊》卷一 1～16（全）。

6. 沈　濬

沈濬，字道元（原），錢塘人，爲人清修，不妄語，居湖州仙潭村。嘗爲文記其異夢。

〔註 119〕見《宋會要輯稿》職官四一、七三至七五，選舉二一、二二，食貨二八。

紹興三十年正月九日，有監察御史沈濬與邁同爲是年省試參詳官，或即是人，則二人有共事之誼，同年四月濬除右正言。

見錄：《乙志》卷一 12。（一則）

7. 吳　可

吳可，臨川人。厲鶚《宋詩紀事》卷四一錄吳可詩，小傳謂：「可字思道，金陵人，宣和末，官至團練使責授武節大夫致仕，有詩名。」《重纂福建通志》著錄吳可《藏海君士集》，謂：「案《八閩通志》以下諸志選舉類均有大觀三年進士甌寧吳可而軼其官階。」是其籍里，乃有二說，丁丙《善本書室藏書志》折衷之，謂：「是生於金陵而客於甌寧者。」而郭紹虞《宋詩話考》則反是，謂：「原籍甌寧，而生於金陵。」且謂：「則諸說皆通矣。」〔註120〕然則《夷堅·乙志》卷四〈張文規〉條末小註所謂「臨川人吳可嘗作傳，文規之孫平傳之」者，倘亦即思道，則其籍里，又將何以圓之？

見錄：《乙志》卷四 2。（一則）

8. 吳則禮

吳則禮，字子副，號北湖居士，興國府永興縣人，父中復，有鐵御史之名。則禮以蔭入仕，元符元年爲衛尉寺主簿，崇寧中累官至直秘閣、知虢州。三年編管荊南，晚年居江西豫章。宣和三年卒，有《北湖集》。

見錄：《甲志》卷八 10。（一則）

9. 周　關

周關，弋陽人，淳熙三年須沅州郡守闕，未赴，臥病困篤，禱於神而愈，乃自作記述其事。

見錄：《三己》卷十 4。（一則）

10. 胡　儔

胡儔，字友直，或作元壽（《夷堅·三己》卷五），常州晉陵人。乾道三年添差通判隆興府，淳熙四年，除淮東通判，未赴即放罷，以言者論其誕溫有素，食饕不廉，爲福州提舉日，令本路幹官買妾歸其家，乃酬以舉狀。乾道七年，儆州人霍氏屋，居三板橋下，時已被命荊門，惟須待闕三年，邀道人看命，斷以清明後必動，至期，果如其言，蓋道人者乃呂公也，奉事之。及淳熙六年守滁陽日，因刊石於天慶觀，乃自疏其事於下方（《夷堅·三辛》

卷三）。惟是年十二月二十二日爲言者所論，放罷。〔註121〕

案：《夷堅・三己》卷五〈李持司法〉條載：持赴官荊門爲鄉僕所斃，久之，案發，僉判許寶臣白守軍胡儔曰：「李君死已久，吾曹向來失於察覺，今若盡法斷治，…恐致多事，不若斃之於圄圄。」群僚以爲然，密諭獄吏，僕遂死，已而胡、許於數月相繼而亡，或謂不明正典刑之故。觀乎胡儔守荊門，於乾道八年、九年兩奏獄空（《宋會要輯稿》刑法四），其殺囚以空獄，或有可能，惟儔紹熙六年仍在世，所謂「數月而亡」，恐係誤記。

見錄：《三辛》卷三 5。（一則）

11. 俞 淪

俞淪，生平籍里不詳。淪之諸祖有名佚者，以宣教郎知德清縣，臨欲轉通直，不克拜而終。族壻朝散郎李浚，於紹興三十一年監通州支鹽倉時嘗夢及之，秩滿還家言其事，淪乃刻石記之。

見錄：《支丁》卷五 4。（一則）

12. 高 荷

高荷，字子勉，自號還還先生，荊南人。元祐中太學生，晚爲童貫客，得蘭州通判，官至龍圖閣學士，終知琢州。能詩，有集。荷，世居鄂渚，多貲而喜客，嘗捐錢數十萬買美妾，置諸別圃，作竹樓居之，名曰「玉眞道人」（《夷堅・丁志》卷十六）

荷又嘗爲黃魯直客，建中靖國元年，山谷自黔中還，少留荊南，見里巷間一女子，惜其已適人，因作〈水仙花詩〉以寓意，命荷屬和。後數年，山谷下世，女夫鬻之於田氏爲侍兒，一日召客飲，荷在焉，妾出侑觴，無復故態，政和三年，子勉客京師，與表弟汝陰王銍性之語其事，勉爲篇詠，遂作爲長句。

見錄：《丙志》卷十八 11。（一則）

13. 秦 觀（1049～1100）

秦觀，字少游，一字太虛，高郵人，少豪雋慷慨，溢於文辭，見蘇軾於徐，爲賦黃樓，軾以爲有屈宋才。登元豐八年進士第，爲定海主簿。元祐初，軾以賢良方正薦於朝，除太學博士，累遷國史院編修官。尋坐黨籍削秩，編管橫州，徙雷州。徽宗立，復宣德郎，元符三年放還，至藤州卒，年五十二，有《淮海集》，世稱秦淮海。

〔註121〕《宋會要輯稿・職官》七二。

少游有文，記嘉興令陶象之子為魅所惑，為天竺辯才法師所治之事。

見錄：《丙志》卷十六1。（一則）

14. 秦 絳

秦絳，紹興二十七年，為崇仁縣主簿。記廣德軍八十五齡老翁黃大言於是年十一月四日病心悸入冥事。

見錄：《丙志》卷八7。（一則）

15. 郭三益

郭益，字慎求，常州人，元祐三年進士，歷仙居令，累遷湖南安撫使，宣和元年為吏部員外郎，三年為給事中，六年為工部尚書。建炎初官刑部尚書，徙知潭州，調同知樞密院事。嘗撰〈孟溫舒墓誌〉乙文，為洪邁摘錄入於《夷堅志》。溫舒，高密人，嘗為孟州濟源及濮州雷澤令。

見錄：《甲志》卷十9～10。（二則）

16. 郭端友

郭端友，饒州民，精意事佛，隆興五年，染時疾，失明，賴佛力而愈，遂自記其本末。

見錄：《丙志》卷十三6。（一則）

17. 張 祁

張祁，字晉彥，號總得翁，和州歷陽人，以兄邵使金恩補官，祁負氣尚義，工詩文，趙鼎、張浚皆器遇之，累遷直秘閣，為淮南轉運通判，諜知金人謀，屢以聞於朝，軍備甚密，以言者論其張皇生事罷，明年敵果大至。祁後卜居蕪湖，築堂曰歸去來，喜吟詩，晚好禪，有《文集》。

祁嘗以盧州自酈瓊亂後，頗有崇屬之事，乃作詩千言，諷鄉人立廟祀之，鄉人如其戒。其事並詩為邁錄入《夷堅》。

見錄：《丙志》卷四6。（一則）

18. 陳 璜

陳璜，為新寧丞，嘗記虞允文父祺轉世更生佛事，當係阿諛之作。

見錄：《乙志》卷一1。（一則）

19. 陳大猷

陳大猷，福州閩清縣藥山人，父五君，兄萬頃，字夢應，紹興四年進士，調興化尉。大猷嘗為文書其兄為奉議郎黃唐佐後身之本末以示人，為《夷堅》

所錄。

　　見錄：《支戊》卷七5。（一則）

20. 陳世材

　　陳世材，里籍不詳，紹興十七年，自福州來爲南康尉，初縣程龍里民陽大明有奇遇，聞於朝，賜束帛，陳到任親見陽，訪其事，記其本末，爲洪邁錄入《夷堅志》。

　　見錄：《丁志》卷八9。（一則）

21. 陳安國

　　陳安國，潮州人，嘗記鄉先賢劉允〈遊仙詩〉八首及其死後爲仙官事。

　　見錄：《甲志》卷十四1。（一則）

22. 陳　岐

　　陳岐，台州教授。淳熙十四年秋，二浙苦旱，詔逐郡守令各祇謁名山川以請雨。仙居縣令蘇光庭率土民齋宿於縣西南蒼嶺槽潭之次，禮迄，大雨滂沱三日，蘇念靈應，欲後人永敬事，於是出捐公錢，立廟十間，陸岐爲記刻石，蘇後通判無爲軍，持以示邁。

　　見錄：《支戊》卷七4。（一則）

23. 陸　藻

　　陸藻，字敦禮，福州長樂人，崇寧二年進士，爲國子司業，遷給事中。宣和中守泉州，官至徽猷閣待制，提舉嵩山崇福宮，卒。

　　藻兄蘊，字敦信，大觀二年秋，自太常少卿坐議原廟不合，謫爲虔州瑞金令，藻在京局，丐去，得武夷冲佑觀，隨兄之任，十一月罷祠入京，調南安軍南康丞，政和元年到任，次年三月邑民來告創爲順濟王神惠廟，藻念昔在虔夢順濟王事，遂爲作記，是年八月立廟中，淳熙十三年知縣李秩重刻之。

　　見錄：《支丁》卷一1。（一則）

24. 程　詢

　　程詢，應天寧陵人，程迴子，迴，字可久，號沙隨，避亂徙居餘姚，隆興元年進士，歷宰泰興、德興、進賢、上饒諸縣，卒官朝奉郎，嘗受經學於崑山王葆、嘉禾聞人茂德、嚴陵喻樗。紹熙二年，詢居鄱陽城中安國寺，有異夢，次年妻程氏誕子，程自作記，言其爲芝山主僧祖昱後身。

見錄：《三補》18。（一則）

25. 董少保

董瑛父。瑛，字堅老，東平人，父某，嘗知澤州凌川縣，官至少保。瑛嘗以少保所記授洪邁，皆遠年事。

見錄：《丁志》卷十六 3～10。（八則）

26. 董性之

董性之，饒州德興縣常豐村士人，母李氏，淳熙十二年腹疾幾死，自後平復，至紹熙元年乃逝，性之自爲文記其事。

見錄：《支景》卷五 12。

27. 葉夢得（1077～1148）

葉夢得，字少蘊，號肖翁，又號石林，吳縣人，紹聖四年進士，徽宗朝累遷翰林學士，高宗駐揚，除戶部尚書，紹興初爲江東安撫大使，請老，拜崇信軍節度使，紹興十八年卒，年七十二。

見錄：《丁志》卷八 12。（一則）

28. 趙 霈

趙霈，字公時，衢州西安人，參政趙扑從孫，父峻，中上舍第，政和八年爲無爲軍教授，紹興九年以徽猷閣直學士知平江，次年改秀州。在無爲軍時，嘗有夢異，自記其事。

見錄：《乙志》卷二十 3。（一則）

29. 趙令衿

趙令衿，字表之，燕懿王玄孫，中大觀二年舍選，靖康初爲軍器少監，言事忤旨奪官，紹興中以都官員外郎召，除德安倅，改泉州守，爲檜所銜，必置之死，檜亡，授明州觀察使，加慶遠軍承宣使，卒，贈開府儀同三司。

令衿於宣和五年赴南康司錄，過黃梅縣，幼子善郎亡，親記其事。

見錄：《甲志》卷二 10。（一則）

30. 趙彥成

趙彥成，赤城人，紹興二十一年，嘗親見寧全眞治怪，作〈飛猴傳〉記之。

見錄：《志補》卷二二 1。（一則）

31. 趙彥清

趙彥清，紹興三十二年爲平江常熟縣主簿，嘗作記記呂洞賓事。

　　見錄：《丙志》卷八 9。（一則）

32. 鄭　超

　　鄭超，信州威果營節級，祗復郡事，慶元元年八月二十一日夜，夢入冥，爲文詳述之，撒謁諸門及邸店，凡二千言，爲洪邁所撫。

　　見錄：《支戊》卷七 2。（一則）

33. 鄭　總

　　鄭總，英州人。嘗爲遊方道人藍喬作傳。

　　見錄：《甲志》卷十五 15。（一則）

34. 黎　珣

　　黎珣，寧都人，治平四年進士乙科，元豐七年進開封六曹官制格，紹聖二年爲夔州路轉運判官，後除知南雄州，崇寧元年倉部郎中，四年朝散大夫衛尉少卿，官至右文殿修撰，贈少師。

　　崇寧五年，贛州寧都縣以新胡太公廟事白府，奏賜博濟廟，次年遂封靈著侯，黎珣爲作記。

　　見錄：《丁志》卷十 8。（一則）

35. 薛季宣（1134～1173）

　　薛季宣，字士隆，號艮齋，永嘉人，在司郎中徽言之子。年十七，荊南帥孫汝翼辟書寫機宜文字，獲事袁溉，溉嘗從程頤學，盡授之。召爲大理寺主簿，除大理寺，出知湖州，改常州，未上而卒，官止通直郎，時乾道九年七月，諡文憲，有《浪語集》

　　洪邁嘗謂：「士隆學無所不通，見地尤高明淵粹，剛正而有識，方向用於時，年財四十而至此極，善類咸嗟惜焉。」（《丁志》卷十二）有子法，隆興二年秋，方十四五歲，邀巫者沈安之治鬼召禍，季宣撰文名爲志過，記其本末，邁採取其大概。

　　見錄：《丁志》卷十二 12。（一則）

36. 鍾　明

　　鍾明，京口人，嘗爲常州校官，郡守李結以其父往持節湖湘間，聞義倡殉秦少游事，遂一以告之，明爲作傳，並系贊及長句。

　　見錄：《志補》卷二 3。（一則）

37. 聶　昂

聶昂，撫州臨川人，聶昌（1078～1126）子，昌，初名山，字貢遠，欽宗賜名昌，靖康元年由太學上舍累官戶部尚書，領開封府。靖康元年冬，以同知樞密院爲和議使，割河東之地以賂金，閏十一月十二日至絳州，郡人堅壁拒之，縋而登，郡人登諸城入，抉其目而臠之，年四十九，謚忠愍。紹興十一年張鈇自北歸，過絳驛，得壁間染血書詩，絳人言聶之靈所作，乃錄示昂，載於行狀。

見錄：《丙志》卷九 8。（一則）

38. 魏良臣

魏良臣，字道弼，宣城人，歷官吏部員外郎、郎中、侍郎，紹興十九年知廬州、二十五年十一月拜參知政事，次年二月罷，出知紹興、宣州、潭州、洪州，以資政殿學士致仕，卒年六十七，謚敏肅。

良臣夫人趙氏以紹興二十一年病亡，女壻胡元質延法師設醮，幼子叔介年二十，有所見，良臣自作記五千言，邁撮取大要。

見錄：《丙志》卷十 5。（一則）

39. 邊知常

邊知常，常州無錫縣人，記縣南禪寺異事。

見錄：《乙志》卷十四 7。（一則）

40. 蘇　轍（1037～1113）

蘇轍，字子由，眉山人，軾弟，同登嘉祐二年進士，又同策制舉，以直言置下等，授商州軍事推官。王安石以執政領三司條例，命轍爲之屬，安石行青苗法，轍力陳其不可，出爲河南推官，哲宗召爲右司諫，累遷御史中丞，拜尚書右丞，進門下侍郎，紹聖初廷試進士，李清臣撰策題，爲紹述之說，轍疏諫，哲宗不悅，落職知汝州，累謫雷州安置，移循州，徽宗立，徙永州、岳州，已而復大中大夫致仕，築室於許，號潁濱遺老。政和二年卒，年七十四，謚文定。

熙寧十年，轍在南京幕府，四月一日以臥病方愈，夢遊仙境，寤而作〈夢仙記〉，或謂轍借夢以成文章，未必有實，邁愛其語而書之。

見錄：《支癸》卷七 1。（一則）

第三節　轉錄他書者

1. 王山《筆匲錄》

筆匲錄七卷,《宋史‧藝文志》及《四庫闕書目》著錄,收在子類小說類。今不傳。

作者王山,北宋時魏人,能為詩,標韻清卓,因省試下第,薄游東海,往來淄川奉符間。《宋詩紀事小傳補正》有王山者,建州建安人,大觀三年進士,不知是同一人否?袁行霈、侯忠義所編《中國文言小說書目》著錄此書,謂:「即僧體,宋高僧。」(頁157),必有所據。

見錄二則:《三己》卷一4、5。

2. 王灼《頤堂文集》

《宋史‧藝文志》集類別集類著錄:「《頤室文集》五十卷。」「室」字為「堂」之訛,今《四部叢刊》三編收有五卷。

王灼,字晦堂,號頤堂,遂寧人,紹興中嘗得幕職,著有《碧雞漫志》。

見錄十一則:《三壬》卷七1～11(全)。

3. 王中行《潮州圖經》

《潮州圖經》,今佚。

《宋志》入史類地理類,作「《潮州記》一卷」;《直齋書錄解題》入史部地理類,作「《廣州圖經》二卷」,是卷數有一卷、二卷之異,而書名亦各不同,當以《潮州圖經》為是。

王中行,潮人,嘗為教授。與餘姚之王中行字知復者,〔註122〕似為二人。其見錄《夷堅‧支景》卷七〈九月梅詩〉條者,記梁克家魁天下之兆,謂其因而致位上宰,是當為淳熙時事,則是書之成亦應當於是時。

見錄二則:《支景》卷七10、11。

4. 朱勝非《秀水閒居錄》

《秀水閒居錄》三卷,《直齋書錄解題》、《文獻通考》著錄,收入子部小說家類。《宋史‧藝文志》收入史類故事類,作二卷。今有《說郛》宛委山堂本及《古今說部叢書》本,均作一卷。

《直齋書錄解題》謂:「丞相汝南朱勝非藏一撰,寓居宜春作。秀水者,袁州水名也。」

〔註122〕袁燮《絜齋集》卷十九〈朝奉郎王君墓誌銘〉。

　　朱勝非（1082～1144），字藏一，蔡州人，崇寧二年以上舍登第，建炎中爲中書舍人，權直學士院，草制辭氣嚴重，上疏論仁義大柄，高宗嘉之。累官尚書右僕射，兼御營使，平苗傅、劉正彥之亂，保護之功居多，紹興十四年十一月卒，年六十三。諡忠靖。

　　見錄八則：《丁志》卷七 1～8。

5. 李泳《蘭澤野語》

　　《蘭澤野語》，卷數內容不詳，《宋史・藝文志》、《直齋書錄解題》、《文獻通考》《經籍考》均未收錄。

　　李泳，字子永，號蘭澤，揚州人，淳熙中嘗爲溧水令，又爲阮冶司幹官，淳熙末卒，與紹興二十二年間官比部員外郎之李泳，似非一人。

　　洪邁於《夷堅・三己》卷八之末識云：「亡友李子永所作《蘭澤野語》，己（疑爲『丁』字之誤）未用之其前志矣。子永下世十年，予念之不釋，故復掇其可書者十七事，稍加潤飾，以爲此卷。」

　　見錄二十三則：《三己》卷八 1～17（全）、卷九 1～6。

6. 吳良史《時軒居士筆記》

　　《時軒居士筆記》者，諸志均未著錄，或未刊也，書名爲作者以臆爲之。

　　時軒居士者，吳良史（或訛作「吏」——《夷堅・支庚》卷九）也，饒州德興人、吳溱之父，紹興十六年，嘗就館第于店石應氏新宅書院。生平多不詳。

　　又《夷堅・支庚》序謂：「鄉士吳潦（溱）伯秦出其洒公時軒居士昔年所著筆記，剗取三之一爲三卷，以足此篇，故能捷疾如此。」是其書原當約有九卷之數。

　　見錄四十五則：《支庚》卷七～九（全）。

7. 周紫芝《竹坡詩話》

　　《竹坡詩話》，《百川學海》本作《竹坡老人詩話》，《遂初堂書目》作《周少隱詩話》，《宋志》著錄一卷。

　　各本亦多作一卷，惟《國史經籍志》及《也是園藏書目》作三卷，郭紹虞謂：「一卷本與三卷本，不過分合之異，與內容之完缺無關。」其書今存，有《百川學海》本（三卷）、《津逮秘書》本、《歷代詩話》本、螢雪軒本、《宋詩話十種》本、《古今說部叢書》本、《四庫全書》本及《說郛》本（均作一

卷）。

周紫芝（1081～？），字少隱。宣城人，紹興十二年登第，歷官右司員外郎、樞密院編修官，出知興國軍，為政簡靜不擾而事亦治，自號竹坡居士，有《太倉稊米集》七十卷。

見錄二則：《丙志》卷十 10～11。

8.《起居注》

《禮記‧王制》所謂：「左史記事，右史記言」，為古來史制之理想，至漢武帝有禁中起居注，是為起居注之始，隋置起居舍人二人，唐起居之官隸門下省，宋初置起居院，但關勅送史館，不復撰集。淳化五年，始別命官，掌領記注，以備史官。元豐改官制，始正郎及舍人之名，南渡後，仍其舊制，紹興二年十一月從閣門之請，詔修注官日赴起居殿階侍立，特令立起居郎舍人班，惟所修起居注，依例每月分輪投進，自政和間及渡江後，有因循積壓之情形，至紹興十年李易為起居舍人時，所見惟有自紹興三年正月一日為始先次修纂者，然止是修纂到紹興五年；迄紹興二十六年三月二十八日吳秉信為起居郎所見修注，舊本方進至紹興八年六月，新本至紹興十三年閏四月，遂乞自紹興二十五年十月為始，先次修纂進呈。紹興二十八年九月，洪遵為起居郎，謂此蓋「權臣當國，記注之官，多闕不補」之故，遂有「每一月帶修兩月」之議，惟效果不彰，泊次年八月二十八日，起居舍人楊邦弼所見起居注，舊本自紹興三年正月為始者，已修至九年八月，而吳秉信所見新本至十三年閏四月者，則未言及，另有新本自紹興二十五年十月為始，方修至二十六年十一月。

洪邁於乾道二年九月二十日復官，即除起居舍人，次年四月除起居郎，至是年七月除中書舍人止，均在起居院，時所見起居注仍未完全。

甚至乾道九年閏正月四日起居舍人留正仍謂：「所修自紹興十五年以後至即日，多有未修月分。」而淳熙二年起居舍人湯邦彥被旨修新舊起居注時，亦謂其內有紹興九年已後文字未完處。可見起居注自紹興九年以後，不惟文字不全，且有闕月之情形。〔註123〕

其書未見著錄，蓋未流傳者也，洪邁《夷堅‧乙志》卷三〈陽大明〉條，謂其事具《起居注》者，乃紹興十三、四年事，正屬文字不全之部分。

見錄一則：《乙志》卷三 11。

〔註123〕以上具見《宋會要輯稿‧職官》二之一○～二二起居院。

9. 馬永卿《懶真人錄》

馬永卿《懶眞人錄》五卷，《宋史‧藝文志》子類小說類著錄，作「懶眞人」，《四庫全書總目提要》同，入子部雜家類。

《提要》又謂：「其書末稱紹興六年，蓋成於南渡以後。」當無疑也。惟其書原應有「錄」字，蓋《夷堅‧支癸》卷十〈古塔主〉條注云：「右三事見馬永卿《嬾眞人錄》。」而《容齋四筆》卷十二〈景華御苑〉條，記崔德符誤入御苑事云：「知馬永卿《嬾眞人錄》有之，而求之可得，漫記於此。」其事今見於《嬾眞子》卷五，余嘉錫謂：「云『求之可得』者，謂知其書中有此事，而翻檢偶未得耳，非未見其書也。」〔註124〕

書今存，有《稗海》本、《子書百家》本、《養素軒叢錄》本、《筆記叢書》本，《叢書集成初編》本，均作「嬾眞人」，而《儒學警悟》本及涵芬樓輯《宋人小說》本均題「嬾貞子錄」，又有《說郛》本及《五朝小說》本則作「嬾眞子錄一卷」

《提要》謂：「是編乃其雜記之書。」又著錄馬永卿另編《元城語錄》三卷，謂：「永卿，字大年，揚州人，流寓鉛山，據《廣信府志》，知其嘗登大觀三年進士，據所作《嬾眞子》，知嘗官江都丞、淅川令、夏縣令，又稱嘗官關中，則不知何官也。」胡玉縉《四庫全書總目提要補正》引李氏惜陰軒重刊王崇慶《元城語錄》識語有謂此書舊題「左朝散郎主管江州太平觀賜緋魚袋馬永卿編」，蓋徽宗初，劉安世與蘇軾同北歸，大觀中，寄居永城，永卿方爲主簿，受學於安世，凡二十六年，紹興間追錄安世語爲《元城語錄》也。一說：大年，名也，字永卿。

見錄三則：《支癸》卷十2～3。〔註125〕

10. 孫宗鑑《東皋雜錄》

《東皋雜錄》，《宋史‧藝文志》著錄，入子類小說類，題「《東皋雜記》十卷」。其書今存，有《說郛》及《五朝小說》本，均題「《東皋雜錄》一卷」，書名從後者，卷帙從前者。

孫宗鑑（1077～1123），字少魏，尉氏人。元豐三年進士，調潁昌府戶漕參，未赴，中宏詞高選，進眞定府知錄，改滁州教授，又改濱州、澶州。擢

〔註124〕余嘉錫《四庫提要辨證》卷十五。
〔註125〕〈淳化殿榜〉條及〈蔡確執政夢〉條皆見於今本，〈古塔主〉則未見，惟〈淳化殿榜〉條亦見引於《宋會要輯稿》選舉一，然題作「馬永卿語錄」，誤矣。

開封府學博士，提舉荊湖北路學事，未行，改湖南轉運判官，終朝奉大夫、右文殿修撰。宣和五年卒，年四十七。有《東皋集》百卷、《外制》五卷、《諸經講義》三十一卷、詩話史辨等雜錄十卷。〔註126〕

是書原有詩話、史辨等類別，今已失次，洪邁錄其六則，頗潤飾而論之。

見錄六則：《支景》卷六 1～6。

11. 晁補之《晁无咎集》

晁无咎，名補之（1053～1110），號濟北，鉅野人。少聰明強記，善屬文。十七歲從父官杭州，萃錢塘山川風物之麗，著《七述》，以謁通判蘇軾。軾先欲有所賦，讀之歎曰：「吾可以閣筆矣。」由是知名。元豐二年進士，試開封及禮部別院皆第一。以禮部郎中出知河中府，徙湖、密、果三州，主管鴻慶宮。還家葺歸來園，自號歸來子。大觀中起知達、泗二州，四年卒，年五十八，補之工書畫，文章溫潤奇卓，出於天成。《宋史》卷四四四有傳。

《宋史·藝文志》集類別集類著錄：「《雞肋集》一百卷。」今本如《四庫全書》及《四部叢刊》，皆作七○卷。

見錄一則：《丙志》卷十四 3。

12. 郭彖《睽車志》

郭彖《睽車志》，《宋志》子類小說類著錄一卷，今《古今說海》、《說郛》、《五朝小說》、《龍威秘書》本均作一卷，《直齋書錄解題》著錄作五卷，《絳雲樓書目》同；《四庫全書總目提要》則有六卷，今《稗海》、《筆記小說大觀》、《叢書集成初編》本，亦均作六卷。

書名《睽車志》者，蓋取《易·睽卦》上六「載鬼一車」也；書中所載，多建炎、紹興、隆興、乾道、淳熙間事，間亦及東京舊聞；又於各條之末，註明某人所說，均與洪邁《夷堅志》同一體例，二書實有極重大之淵源，張義端《貴耳集》謂：「憲聖在南內，愛神鬼幻誕等書，郭彖《睽車志》始出、洪景盧《夷堅志》繼之。」似皆為進呈而作者。然則《夷堅·甲志》成於紹興三十一年，至乾道二年乙志之成，則已有閩本、蜀本、婺本、臨安本，可謂風行天下矣，《睽車志》之出，以其及於淳熙時事，當成於淳熙以後，是《夷堅》始出，而《睽車》繼之，《貴耳集》所言，頗為失考。其必以《夷堅·支丁》卷八〈趙三翁〉條言及郭彖《睽車志》，遂謂《夷堅》固在睽車之後，殊

〔註126〕見《許翰研文集》卷十一〈孫公墓誌銘〉。

不知《夷堅》各志分別行世，有先於《睽車》，亦有後於《睽車》者。是以《夷堅・壬志》序全錄王質《夷堅別志》序，豈可謂《別志》之出，亦在《夷堅》諸志之前乎？

作者郭象，《直齋書錄解題》謂：「知興國軍歷陽郭象次象撰。」《四庫提要》謂：「象字伯象，和州人，由進士知興國軍。」《夷堅志》亦以象字伯象，當是。淳熙十一年，以監左藏南庫充省試點檢試卷（《宋會要輯稿》選舉二二）。

見錄一則：《三辛》卷八 6。

13. 張耒《張文潛集》

張耒（1054～1114），字文潛，號柯山，楚州淮陰人，弱冠第進士，元祐元年以試太學錄召試，授秘書省正字，累遷起居舍人。紹聖初知潤州，坐黨籍謫官，監黃州酒稅，徽宗時召為太常少卿，出知潁、汝等州，復坐黨籍，貶房州別駕，黃州安置，得自便，居於陳州。耒有雄材，尤長騷詞，誨人作文，以理為主，詩效長慶體，晚年務平淡，而樂府得盛唐之髓。投閑困苦，口不言貧，晚節愈厲，學者稱宛丘先生，政和四年卒，年六十一。

《張文潛集》，《直齋書錄解題》卷十七著錄「《宛丘集》七十卷」，謂「宛丘、陳州，其所居也，蜀本七十五卷」，《文獻通考》著錄「《柯山集》一百卷」，《宋志》著錄「《張耒集》七十卷，又《進卷》十二卷」，汪藻《浮溪集》卷十七有〈柯山張文潛集書後〉，周紫芝《太倉稊米集》卷六七有〈書譙郡先生文集後〉，謂：「余頃得《柯山集》十卷於大梁羅仲洪家，已而又得張右史集七十卷於浙西漕台……今又得《譙郡先生集》一百卷於四川轉運副使南陽井公之子晦之。」是同為張耒文集，而其書至南宋時書名計有七種之多，卷數多寡亦甚懸殊。

今《四庫全書》本作「《宛丘集》七十六卷」，《武英殿聚珍版叢書》本、《叢書集成初編》本作「《柯山集》五十卷」，《四部叢刊》本作「《張右史文集》六十卷」，另《叢書集成初編》尚有《拾遺》十二卷、《續拾遺》一卷。

見錄二則：《丙志》卷十六 2～3。

14. 張舜民《浮休集》

張舜民，字芸叟，自號浮休居士，又號矴齋，邠州人。治平二年進士，為襄樂令。元祐初，以司馬光薦，召為監察御史，累擢吏部侍郎，旋以龍圖閣學士知定州，改同州，崇寧初，坐元祐黨，謫楚州團練副使，商州安置。舜民慷慨喜論事，嗜畫，題評精確，為文豪邁有理致，尤長於詩。《宋史》卷

三四七有傳。

《浮休集》一百卷，書名卷數亦見於《容齋隨筆》卷四〈張浮休書〉條，舉舜民〈與右司理書〉及〈答孫子發書〉二篇，謂《浮休集》百卷無此二篇，今豫章所刊者，附之集後。周紫芝《太倉稊米集》有〈書舜民集後〉一篇，蓋周氏所見者，題為張舜民集，正與《宋志》集類小說類所著錄者同，《宋志》作「《張舜民集》一百卷」，而《直齋書錄解題》卷十七及《文獻通考》均錄作「《畫墁集》一百卷」，是其書書名雖有三名，而卷數原均滿百，今則久墜凋零。惟永樂大典間尚載之，清人輯成八卷，題《畫墁集》，收入《四庫全書》集部別集類，另《知不足齋叢書》、《筆記小說大觀》、《叢書集成初編》亦均收有之，均題作「《畫墁集》八卷」。

見錄二則：《丁志》卷四2～3。

15. 陳莘《松溪居士徑行錄》

陳莘，字叔尹，武陵人，以恩科入仕，仕峽州推官，與上官不合，拂衣歸。

莘所著《松溪居士徑行錄》，卷數不詳，《夷堅志》錄其十五則，亦古今書志之僅見也。

見錄十五則：《三辛》卷四。

16. 趙鼎臣《竹隱畸士集》

趙鼎臣，字承之，號葦溪翁，衛城人。元祐六年進士，紹聖二年復登弘詞科，歷度支員外郎，右文殿修撰知鄧州，官至太府卿。鼎臣與蘇軾、王安石交遊，相與酬和，所作具門徑，力追古人。

《竹隱畸士集》，《宋志》著錄四十卷，《直齋書錄解題》同，云：「其孫綱立刊於復州，本百二十卷，刊止四十卷而代去，遂止。」（卷十七）劉克莊《後村詩話》云：「《竹隱集》十一卷。」可見四十卷非完本，而十一卷本，《四庫提要》謂專指詩而言。原集久佚，乾隆中修《四庫全書》，就《永樂大典》輯出，凡二十卷。

鼎臣於政和七年夏，至奉符縣謁泰山，有所遇，作〈遊山記〉，今在集中，時為洪邁所錄。

見錄一則：《支癸》卷一8。

17. 鞏庭筠《慈仁志》

鞏庭筠，東平人。政和六年爲錢塘宰。

《慈仁志》，各書未著錄，內容卷帙不詳。

見錄二則：《支甲》卷四 13～14。

18. 蔡絛《國史後補》

蔡絛《國史後補》，《宋志》未著錄，《直齋書錄解題》著錄五卷，謂：「絛，京之愛子，京末年事皆出絛，絛兄攸既叛，兄亦與絛不咸，此書大略爲其父自解，而滔天之惡，終有不能隱蓋者。其間所載宮闈禁密，非臣庶所得知，亦非臣庶所宜言，既出絛筆，事遂傳世，殆非人力也。」（卷五）

洪邁嘗摭錄其書，謂之「後史補」，當即是也。

見錄一則：《丙志》卷九 4。

19. 劉君《夢兆錄》

劉君，臨川人，所記《夢兆錄》卷帙不詳，內容多臨川事，爲時至遲在淳熙十四年，各書均未著錄，此爲僅見。

見錄十則：《支乙》卷二 3～12。

20. 《漢東志》

《漢東志》，作者及卷帙不詳，各本均未著錄。

見錄一則：《丁志》卷十 9。

21. 歸虛子《說異》

歸虛子《說異》二卷，各本均未著錄。

《夷堅・三己》卷一〈秦忠印背〉條云：「有一書，名曰《說異》，自序云羅漢寺僧舍歸虛子述，凡兩卷，纔十事，以其不傳於世，擇取其三。」

見錄三則：《三己》卷一 1～3。

22. 蘇軾《東坡志林》

《東坡志林》，《直齋書錄解題》及《文獻通考》著錄，入子部小說家類，陳振孫謂：「《東坡手澤》三卷，蘇軾撰。今俗本大全集中所謂《志林》者也。」《四庫全書總目》收入子部雜家類，題《東坡志林》五卷。

其書固有二名，《四庫全書總目提要》謂：「今觀所載諸條，多自署年月者，又有署某書書此者，又有泛稱昨日、今日，不知何時者，蓋軾隨手所記，本非著作，亦無書名，其後人裒而錄之，命曰《手澤》。而刊軾集者，不欲以文書目之，故題曰《志林》耳。」

後人頗有疑此書者，錢謙益跋《東坡志林》云：「今《志林》十三篇，載東坡後集者，皆辨論史傳大事；志林則皆璅言小錄，雜取公集外記事跋尾之類捃拾成書，而譌僞者亦闌入焉。公北歸，與鄭靖老書云：『《志林》竟未成，但草得書傳十三卷。』則知十三篇者，蓋公未成之書，而世所傳《志林》者，繆也。」（牧齋初學集）

此書除收在《東坡集》外，另有單行本：明萬曆二十三年趙進姜刊本、明刊套印本、明刻十二卷本，又有收在叢書者：《稗海》、《筆記小說大觀》、《叢書集成初編》等均十二卷，《學津討原》、涵芬樓輯《宋人小說》等均五卷，《百川學海》、《說郛》、《龍威秘書》等均一卷。

見錄一則：《支庚》卷六 8。

23. 蘇轍《龍川略志》

晁公武《郡齋讀書志》、陳振孫《直齋書錄解題》俱作：「《略志》六卷、《別志》四卷。」《宋史·藝文志》稱：「蘇轍《龍川志》六卷。」當係專指《略志》而言。今《絳雲樓書目》有蘇黃門《龍川別志》四卷，傅增湘《雙鑑樓善本書目》有影寫宋刊本，十一行二十二字，亦《略志》六卷，《別志》四卷。惟《四庫全書總目》作《龍川略志》十卷、《別志》八卷。考晁氏所見，《略志》四十事，《別志》四十七事，較《四庫》所收者，《略志》多一事，《別志》少一事，《提要》遂以謂：「蓋商維濬刻本離析卷帙，已非其舊，又誤竄《略志》中一事入《別志》中。」甚而謂：「轍序所稱十卷之文，亦維濬所追改也。」惟今陸心源《皕宋樓藏書志》有宋刊本蘇黃門《龍川志略》十卷、雙鑑樓亦另有宋刊《龍川略志》十卷，十二行二十字，丁丙《善本書室藏書志》有明覆宋本《龍川志略》十卷，並已附所謂子由自序，云：「凡四十事十卷，命曰《龍川志略》，尚有《別志》八卷，未嘗付梓。」據此，晁所見或係別本，或係傳寫之誤，不可遽謂商氏離析卷帙，追改轍序也。

晁公武《讀書志》稱：「轍元符二年夏，居循州，杜門閉目，追思平昔，使其子遠書之於紙，凡四十事，其秋復記四十七事。龍川，循州地名。」時轍猶未致仕，所言皆信而有徵。

其書單行本有明覆宋刊本十卷，叢書如《百川學海》、涵芬樓輯《宋人小說》、《叢書集成初編》、《四庫全書》等皆有收錄，《百川學海》無《別志》，《別志》有《稗海》本、明會稽商氏埜堂刻本，均二卷。

見錄一則：《志補》卷十三 11。

24. **釋蔣寶《冥司報應》**

《冥司報應》，各本未著錄，今佚。

蔣寶爲福州太平寺僧。

見錄四則：《丙志》卷十三 2～5。

第五章 精怪世界

第一節 精怪說之成立及其類型

《夷堅》爲志怪之作，人與神、鬼、怪之糾纏，爲其重要題材之一，神、鬼、怪之觀念，源自人類上古原始宗教觀念。

（一）精靈說——泛生與泛靈主義

人類學家探討原始宗教之起源，厥有巫術說（theory of magic）、鬼魂說（ghost theory）、泛靈主義（animism）及泛生主義（animatism）等數端，[註1] 惟泛靈主義及泛生主義較爲人注重，茲分別引述之。

1. 泛靈主義：爲英人泰勒（Edward B.Tylor）所主張。

認爲原始信仰崇拜宇宙萬物，完全由於上古人類認爲宇宙萬物各有其精靈（Spirits）存在。

2. 泛生主義：爲英人馬瑞特（R.R.Marett）所主張。

認爲宇宙間有非人格超自然之自然魔力（impersonal supernatural power）存在，此魔力不具形體而瀰漫於宇宙間，能藉自然萬物（包括精靈、鬼魂等）以表現自己，此魔力以美拉尼西亞人之「馬那」（Mana）爲典型。

無論泛生主義或泛靈主義，均係人類學者就當今現有人種之考察，而獲致之結論，且依據其定義，以推論宗教係自始即有，否定人類在宗教之前，尚有無宗教時代之假設。泰勒云：「現在或者以前有沒有一種民族，其文化之

〔註1〕見林惠祥《文化人類學》第五篇第十三章～第十六章。

低至於沒有宗教觀念……這種境狀或者也有可能性，但事實上這樣的民族卻從未見過。」〔註2〕因此較泛生主義更原始之宗教觀念，迄今亦以無任何證據，停滯於假設階段。

袁珂云：「原始人最初的宗教觀念，大約認爲大自然的一切，包括自然現象、生物和無生物，都是和自己一樣，是有生命、有意志的活物。如果像這樣地來理解萬物有靈論的所謂『靈』，那就接近問題的實質了。」〔註3〕此一假設，本身並無任何人類學之證據足以支持，然用以理解泛生主義觀念中，生物及自然物在無「馬那」之情況下是否仍然具有生命之問題時，提供適切之解答。袁氏並無意創一「萬物有生」論，除其無人類學之證據外，更無以說明此觀念必先於精靈或馬那，亦無從說明泛生主義或泛靈主義基此前提而推想，此說或許祇能填補原人思維之縫隙，未嘗獨立而存在。

由於泛生主義及泛靈主義均爲人類學者推論宗教起源之結果，因而在探討其先後存在時，遂產生對立之情況，然吾人不應忽略原人心理之雜亂渾沌，絕不可能存在清晰有系統之思想，以概括其觀念世界，萬物有生之觀念，是泛生主義和泛靈主義之間相似之點，可以伴隨兩者而同時產生，但亦可以不存在，在此敘述中，並非刻意玄學化，旨在說明先人心理之混淆與複雜，以至於無法以一種觀念解釋之。

對泛生主義及泛靈主義而言，萬物有生未必具有意義，蓋其所關注者，祇在於解釋萬物活動之現象，就泛生主義而言，有「馬那」斯有生，就泛靈主義而言，有精靈斯有生，萬物所表現之生命現象，斯在於個別存在之精靈或普遍存在之馬那，至於萬物是有生命、意志，原人可以不加思索，不作解答。

就理論而言，以泛生主義解釋精靈時，應認定精靈之需憑藉「馬那」乃有生命，以泛靈主義解釋「馬那」，「馬那」應隨精靈而個別存在，事實上原人對此往往不加思索、不作解答。

以原人複雜之心理，必存有許多複雜之觀念，其解釋事物，但求合於彼所認定之觀念即可，並不需事事追根究底，以求合於一貫之觀念，此一觀念無法解釋，則以另一觀念解釋之，其內心所存之觀念，必兼精靈、「馬那」等而有之，以之面對萬有世界，則錯雜而出之，高登衛塞欲統合泛生、泛靈二說，謂：「精靈觀念爲原始宗教的根本觀念的一部分，其餘一部分則爲馬那。」

〔註2〕同前書第五篇第十五章第 349 頁引。
〔註3〕袁珂《神話論文集》所收〈神話的起源及其與宗教的關係〉，第 57 頁。

誠屬有見，惟謂：「馬那是動的原素，精靈的本身卻是一種型（形）體。」理論固是，惟原人恐未嘗如此犁然劃分，更不至於以兩種觀念作比較和有系統之統合。

（二）變形說——「人神雜糅，不可方物」〔註4〕

榮格（Carl G. Jung）嘗言及：「有些南美洲印度（印地安）人認為自己是紅亞拉雄鸚鵡，雖然很清楚自己沒有羽毛、翅膀和喙。」謂：「因為在未開化世界裏，萬物並不像我們『理性』社會一樣有明顯而嚴格的界限。」〔註5〕由榮格所舉例而觀之，原人不辨別人禽所以異，而認定其所以同，非惟屬性之同，且同為一體而不存在任何隱喻之作用，如此推之，原人對人與精靈、「馬那」關係之認知，亦未必有「明顯而嚴格之界限」，甚至對睡眠與死、夢與死亡之辨別，亦付諸混淆。

表現在空間軸如此，表現在時間軸上，亦復如此，卡西勒（Enest Cassirer）謂：「它的生命觀是一個綜和的觀點，…生命不被分類和次類，它被感受為一個不斷的連續的全體，不容許任何清楚明晰和截然的分別。」〔註6〕是不同生命體之間既無種類之區別，遂乃時而人形，時而禽類，並無一定之形體，概亦混同矣！

在原人觀念世界中，雖將精靈及馬那等糾成一團，主要由於人類為群性動物，自然能將觀念統合成約定俗成之意義，祇是在隔絕之環境中，每一民族所形成之觀念，彼此有所不同，較典型者，則為泛靈崇拜及泛生崇拜，而實際大多介於兩者中間。

（三）先邏輯思考——彼我之辨

原人觀念雖複雜，亦非全無其思考方式，惟其思考方式不同於今人，布里特（Levy Brühl）稱之為「先邏輯」（pre-logic），蓋彼等輕視經驗教訓，置事物因果於不顧，而將意外或自然結果之事件，解釋為必然之集體心象，所謂「集體心象」（collective representation），乃是普遍為人接受、不證自明之真理。榮格云：「原始人並不比我們更邏輯或更不邏輯，他們和我們的差異只在於預測的方法，他們的思想與行為的出發點和我們不同。」〔註7〕以此先邏輯

〔註4〕見《國語》楚語。
〔註5〕黎惟東譯，榮格著〈潛意識的研究〉，收在《人類及其象徵》，第47頁。
〔註6〕劉述先譯，卡西勒著《論人》第七章第93頁。
〔註7〕榮格著〈古代人〉，收在黃奇銘譯《尋求靈魂的現代人》，第153頁。

從事於思考，雖然不足以辨認人與萬物之別，然終有辨別之能力在焉。

依據李維斯陀（Claude Levi-Strauss）之說法，「所有人類思考過程中的範疇形成都根據同一個自然的途徑，這並不是說範疇形成的方式必然處處一樣，而是說人腦的構造使得人類會以一種特定的方式設立特定的範疇。」實則此能力來自動物之有限能力，任何哺乳類或鳥類皆能在適當情況下辨認同類，區別雌雄，甚至於區別敵類，而人類則在能使用隱喻（metaphor）作為對比與比較之工具時，將範疇能力發展至動物無法比擬之地步。

> 在最初的時候，人感覺自己和他相似的東西是同一的，正因為如此，
> 人才能區別「自己」，像他區別「他們」一樣。換句話說，人才能夠
> 用物種的多樣性來作為社會分化的概念支柱。〔註8〕

在此，李維斯陀特意強調語言（符號）之使用。符號能引發行為刺激，其於動物，適當之訊號，亦能產生機械之反應，其過程無需象徵思考，人類思考有別於動物反應，即在於能操作象徵符號：先能區分符號及其所代表之事物，其後又能辨認符號與其所代表事物之間所具有之關係。

至於人類操作象徵符號之能力何以產生，李維斯陀認為最基本之象徵性交換乃是性之交換，亦即在能區分可以與不可以發生性關係之對象時，基此交換行為之基礎，人類乃有文化之產生。

在語言尚未發達時，人類範疇方式，和動物類似，祇在於我類與他類、支配與服從、性對象之有無、可食與不可食之區別，惟如此尚不敷人類之需求，惟有在能利用象徵性思考之時，自然存在之二元對立組乃成為人類文化之二元概念。李維斯陀目此為人類心智之「深層結構」（deep structure）。

綜合以上所述，先民在心靈充滿精靈、「馬那」等觀念中，尚存有諸如「自然──文明」、「敵──友」、「疏──親」等二元對比（dualism）等心智問題，凡此均足以提供學者理解先民以迄今人之鬼神觀矣。

一、精怪說之成立

精怪，略分之，當包括精靈、怪物。精靈者，蓋萬物附以生之物，或為具人格之「靈」（spirits），或為不具人格之「魔力」（mana），即人所見，不論如何變形，同時祇具一種形狀。怪物者，則當或為靈之一種，或出於魔力之

〔註8〕艾德蒙李區，《李維斯陀》，引李維斯陀《圖騰制度新研》。

表現，即人所見，同時具有數種動植物之特徵。就變形律則之類別而言，前者具有「力動之變形」，後者爲「靜態之變形」，如蛇身人面、鳥首人身均是。〔註9〕

（一）生物之人格化

就考古發掘所見，陝西西安半坡出土之新石器時代彩陶缽，缽內人與魚合一之圖象，及甘肅乾谷出土仰韶式彩陶龍紋瓶，瓶外類似所畫有足人面蛇身物，〔註10〕均具有「怪物」之形。此外就殷商青銅器之花紋觀之，其主要題材多爲饕餮紋，間有雲雷紋、牛頭、鹿頭、龍、虎，或鳥、蟬、龜、魚、蟠龍等，風格莊嚴神怪，郭寶鈞謂：「大抵殷代去古未遠，人獸的接觸較多，故題材多采用動物圖案，而人心迷信尙深，未盡脫野蠻殘忍之習，故圖案上常含神怪凶惡氣氛，表現出心理上的恐怖與殘忍。」〔註11〕類似之心理投射，而促使動物圖形人格化，當亦可就精靈之說而理解之。

（二）精靈之人格化

一般而言，精靈之觀念和動植物崇拜（包括自然物、無生物）有關。不論崇拜之對象，是精靈本身或其魔力，其必具有「恐懼──希望」對立情感在焉，此心理在禱祀時最爲明顯，自殷商甲骨文字所見，彼時崇拜對象，如帝、地、風、雨、祖靈等，均來自殷人「恐懼──希望」情感之投射，似乎將現實所有災禍，全歸乎自然及祖先神靈所爲，別無專有之精怪作祟。

（三）變形之精怪

古神話之精怪頗多，《山海經》所載之異方殊物，奇形怪狀，而古帝王之形象，亦多獸身人面、人首獸身者，惟是時人、神、精怪、禽獸之間，實無以別之。《山海經・大荒西經》云：「有神十人，名曰女媧之腸，化爲神，處栗廣之野，橫道而處。」類此分身變形之說，更突破個體藩籬。是以「王子亥（原作「夜」）之尸，兩手、兩股、匈、首，皆斷異處。」（海內北經）之傳說，亦衍出如下之神話：「亥有二首六身。」（《左》襄三十年）在人類進化史上，從舊石器至新石器之使用，歷經數十萬年之漫長歲月，而使用象徵符號以認知其歷史及自然事物，從神話中已展現其瑰瑋壯麗。

〔註 9〕樂蘅軍《中國原始變形神話試探》，第 3、5 頁。
〔註10〕袁德星《中華歷史文物》上冊，第 21 及 27 頁。
〔註11〕見郭沫若《中國青銅器時代》第 255 頁。

（四）惡意精怪說

有關殷人經年所遭受之災害，除風雨旱暵外，上帝與先公所降之「它」、「希」亦頗突出，〔註 12〕此二字在甲文之用法，或作賓語，或作動詞，不作主詞，當非具體之物，惟其本字乃「蛇」及「修毫獸」之形，〔註 13〕其用作「它」「祟」字，縱非指蛇與修毫獸之精怪，其善意、惡意已能以文字予以象徵性概念化。

同時，古代中國境內，散布不同圖騰信仰之部落，辨識不同部落時，即以「彼類——我類」之基本對立心態處之，而在各部落爭奪攻戰之結果，因而亦衍生對圖騰物「利——害」、「善——惡」之分辨，於是從「善意之神——惡意之神」之對立，逐漸衍化成「善意之神——惡意之怪」之對立，黃帝與蚩尤之戰鬥，說明前者之情形，至於後者，后羿之誅鑿齒、殺九嬰、繳大風、殺猰貐、斷修蛇、禽封豨（《淮南子・本經》）者是。如此將惡意之怪物，有別於一般神靈，無寧是精怪說之進化。

（五）精怪之類化

殷周之歷史更替，其宗教意識自「殘民事神」進而「盡人事，應天常」，其神話型態，亦自有所轉化，惟精怪之說，未有所載。子不語怪力亂神，而季桓子穿井得土缶，中若羊，使問之仲尼曰：「吾穿井而獲狗，何也？」仲尼曰：「以丘所聞，羊也。丘聞之，木石之怪夔、罔閬（蝄蜽），水之怪龍、罔象，土之怪墳（羵）羊。」（《國語》魯語下、《史記・孔子世家》）此未必孔子之言，要之精怪之說，當時已深入民心，並就其類別，辨其名矣，在此精怪說，無寧又有所進化也。

（六）精怪非人說

由於精怪可以類化，於是精怪自然與人判為二物，蓋周室東遷，王室陵夷，降及春秋戰國，儒家民本思想興，九流十家並起，人生哲學之探討，愈趨成熟，人之有別於禽獸，亦夫有別於精怪，故有木石之怪、水之怪、土之怪，以別於人之怪，「祭神如神在」（〈八佾〉），未必真有鬼神，使人獨立於鬼神之外，不再是「民神雜糅，不可方物」矣。

〔註 12〕陳夢家《卜辭綜述》第 346 及 571 頁。
〔註 13〕郭沫若謂讀如祟，象死獸之形，見《甲骨文字集釋》第 2998 頁引。案：假為祟字可通，然不必為死獸。

（七）人形精怪說

精怪以人形出現，蓋係人類予以人格化之故，其雖人形出現，然如禹化黃熊，均陷入「人獸不分」之思考糾纏，其在人獸判然為二，而以獸能化為人形，則此為精怪說之進化。

周秦以前，精怪之害人，皆以變形怪物之形狀害人，故左宣三年王孫滿云：「昔夏之方有德，遠方圖物，貢金九牧，鑄鼎象物，百物而為之備，使民知神姦，故民入川澤山林，不逢〔註14〕不若，魑魅罔兩，莫能逢之，用能協上下，以承天休。」鼎上圖象，必非人形，否則遇之亦不知其為怪。秦漢之間，或有禽蛇化人之故事，然或出於神話，或出於讖諱，莫可窮詰。〔註15〕降至漢代，乃有「物之老者，其精為人，亦有未老，性能變化，象之人形」之說，見於《論衡・訂鬼篇》，經魏晉人大加發揮，遂成精怪說之主要依據矣。

二、精怪說之類型

《夷堅》一書，其中精怪故事不少，均源自原始之精怪說，再經漢魏以來之逐漸定型，遂普遍形為概念，固蒂人心。其精怪之類型，亦如先人崇拜之對象，而有動、植物及無生物之別：

（一）動物精怪

《夷堅志》所見動物精怪有：

1. 虎：《支景》卷一〈陽台虎精〉、《支戊》卷四〈德化鷙獸〉、《三辛》卷九〈香屯女子〉。

2. 狗：《乙志》卷十四〈扈司戶妻〉、《丁志》卷十八〈劉狗麑〉、《支庚》卷八〈黎道人〉、《三辛》卷八〈社壇犬〉。

3. 狐：《支乙》卷九〈宜黃老人〉、《支庚》卷六〈譚法師〉、卷七〈雙港富民子〉、〈應氏書院奴〉、《三己》卷二〈東鄉僧園女〉，卷三〈劉師道醫〉、卷十〈葉氏七狐〉。

4. 狸：《支乙》卷一〈管秀才家〉、《支乙》卷二〈茶僕崔三〉（斑狸）。

5. 鼠：《支乙》卷一〈張四妻〉（巨白鼠）。

〔註14〕張衡〈東京賦〉及郭璞《爾雅釋詁》註引《左傳》作「禁禦」，較通。
〔註15〕《搜神記》卷八載秦穆公時，雌雄二雉化為童子，後立祠陳倉，為陳寶祠。

6. 猫：《支乙》卷一〈顧端仁〉。

7. 猴：《甲志》卷六〈宗演去猴妖〉、《支乙》卷七〈荊南猴鼠〉、《三己》卷二〈璩小十家怪〉（白猿）、《三己》卷九〈石牌古廟〉。

8. 狼：《三己》卷三〈張充家怪〉。

9. 鹿：《支庚》卷四〈吳山新宅〉（白鹿）。

10. 猪：《支庚》卷二〈蓬瀛眞人〉。

11. 禽鳥：《三辛》卷三〈張充家怪〉（雞鵝鳥梟）。

12. 蟲類：《支乙》卷五〈南陵蜂王〉、《三壬》卷九〈傅太常治病〉（螳螂蜈蚣）。

13. 蛇：《丁志》卷二十〈蛇妖〉、〈巴山蛇〉、《支戊》卷二〈孫知縣妻〉、卷九〈同州白蛇〉、支庚〈八餘千民妻〉、《支癸》卷三〈柯山蛇妖〉、《三辛》卷五〈程山人女〉、《三辛》卷五〈歷陽麗人〉（巨蟒）。

14. 龜：《支庚》卷七〈明州學堂小龜〉、《三辛》卷九〈蕭氏九姐〉（綠毛龜）。

15. 魚蛟：《甲志》卷十八〈趙良臣〉。

16. 蚵蚾：〈三己〉卷七〈邊換師〉。

17. 蝦蟆：《支甲》卷八〈晁氏墓異〉。

動物精怪源自於上古動物崇拜，故《夷堅志》中之動物精怪，仍有保持祠廟信仰之狀態者，如遍佈各地之龍蛇信仰均是，而《支乙》卷九〈鄂州總領司蛇〉條，謂乾道中，韓總領欲建亭，築基不成，至於數圮，乃接納建議，立小廟祀蛇，另亦有祀蜂（《支乙》卷五〈南陵蜂王〉）、祀猴（《甲志》卷六宗演去猴妖）者，至以生猴泥塑以爲偶像，類此情形頗多，然其造崇爲厲，故當時有人仍以精怪視之。

禽鳥化人故事，在魏晉及唐人小說有之，〔註16〕而《夷堅志》較少，僅有 11〈張充家怪〉一則，雞鵝鳥梟爲崇，惟故事中又係受 8 狼所指揮。魚蛟作妖在前代亦有，〔註17〕而於《夷堅志》中，如 15 則祇以其怪「或以爲魚蛟之精」爲疑似之詞，餘不多見。

〔註16〕《異苑》卷八有白鶴化女子，《搜神後記》卷九及《幽明錄》亦有白鷺化人之故事，另《幽明錄》亦有老白雄雞化人化鬼爲崇之事。（《太平廣記》卷四八一引）。

〔註17〕如《列異傳》之鯉魚化婦與夫共寢。《搜神記》卷十九大鼉魚與子路戰於庭。

　　至於昆蟲精怪，魏晉時亦不乏其例，〔註18〕而《夷堅志》中12則螳螂蜈蚣群出為害，而非單獨化形。

　　動物變形，往往保有其特性，如虎精食人、蛇精害人、狐精媚人等特性，在魏晉並未特予強調，《夷堅志》則一以害人視之。又如狐化作人，魏晉人之說則「善蠱媚，使人迷惑心智」，〔註19〕未強調其必致人於死，及唐代乃逐漸顯現其危險性，至宋代乃形成普遍之概念，且不分何妖，均能作祟。

　　而在少數之例中，衣著肌體之顏色，以及動物原有個性，仍為所強調。如《夷堅・支庚》卷二之猪精，其「肌體不甚白皙」，《甲志》卷十八〈趙良臣〉條，趙妻夜捫魚蛟精之體，「殊冷峭」。〔註20〕

　　在個別動物精怪中，如《夷堅・三辛》卷九〈香屯女子〉，脫虎皮而化成人形，始見於劉敬叔《異苑》，再見於唐裴鉶《傳奇》，而《河東記》、《原化記》俱有之。〔註21〕

　　另有倀鬼之說，始見於唐《傳奇》、《原化記》、《廣異記》等書，後見於《北夢瑣言》，〔註22〕至《夷堅志》則虎精故事普遍有之。《夷堅・支戊》卷一〈師姑山虎〉條，村婦為虎搏去，見夢於家云：「我初下山，逢黑虎從對巖出，相去尚遠，急匍匐登山躃避，為兩個小兒強把我腳，不得前進。大叫天乞命，虎已在側。」兩兒乃倀鬼也，此雖未明言虎精，然在《夷堅志》中，虎或虎精之出現，均有兩兒或兩雛在側，〔註23〕蓋當時已成普遍之觀念。

〔註18〕 如《搜神記》卷十七之蟬，《幽明錄》《續異記》之螻蛄，《異苑》卷四、卷六之蟻，卷八蚯蚓、蜘蛛，《續異記》之蚱蜢。

〔註19〕 《太平廣記》卷四四七引《玄中記》，《論衡・訂鬼》：「人之受氣有與同精，則物與之交，及病，精氣衰劣，則來犯凌之也。」人之精氣衰劣，妖乃犯凌之，非與之交，而至精氣衰也。

〔註20〕 《搜神後記》卷九白鷺化為素衣女子。

〔註21〕 《太平廣記》卷四二六引《異苑》鄭襲，謂社公令其作虎，以斑皮衣之，卷八神命桓闓衣斑皮化虎亦同，至唐代則頗盛行。

〔註22〕 裴鉶《傳奇》馬拯殺虎精，下山，獵人避於棚，忽二、三十人過，獵者云：「此是倀鬼，被虎所食之人也，為虎前呵道。」又《太平廣記》卷四三一引《廣異記》「荊州人」，謂有人山行遇倀鬼，以虎皮冒己，因化為虎，受倀鬼指揮，而「劉老」則教人制倀捕虎，卷四三二引《北夢瑣言》周雄，有云：「凡死于虎、溺於水之鬼，號為倀，須得一人代之。」可見唐五代倀鬼之說甚盛行。

〔註23〕 《支戊》卷四〈德化鷙獸〉條：有婦人攜兩小兒過虎傍，遊戲自若，人疑為虎精。《支景》卷一〈陽台虎精〉條：江同祖遇婦人疑為虎精，而於次日舖卒即報云：「昨於道左見二虎雛。」《支景》卷三〈王宣樂工〉條：樂工為虎銜，

　　而精怪尚白之觀念，在魏晉南北朝頗為普遍，志怪書中之妖怪，多係白色動物所化，如白鹿、白鵠、白鷺，〔註24〕而《夷堅志》雖未必如此，然《支戊》卷九〈同州白蛇〉之白蛇，《支乙》卷一〈張四妻〉之巨白鼠、《三己》卷二〈璩小十家怪〉之白猿、《支庚》卷四吳山新宅之白鹿，均顯示其異於他類之特色。

　　「物之老者，其精為人。」物老成精之說，在魏晉時已頗為普遍流行之觀念，至形之於理論，〔註25〕魏晉南北朝志怪小說述其妖怪之原形，則多言其老，如老狐、老狗、老雄雞等，頗加強調，而至宋代則習焉而不察，但有巨鼠、巨蟒，而無老精怪，更無「狐五十歲能變化為婦人，百歲為美女、為神巫，或為丈夫與女人交接。」（《玄中記》）之基本理論，蓋自人類之觀察動物之壽命有限，必使之千年百歲，亦令人難以為信。王充於物老成精說之下，即補述「亦有未老，性能變化，象人之形」之語，蓋當時已有覺「老精」無以概括所有精怪傳說，乃有此例外，故與時推移，老精之說，在六朝乃習焉不察，多言其老，〔註26〕然已有例外，至宋亦習焉不察，祇言其變化，理論不足以約制實際觀念之轉化，是以《夷堅志》之動物精怪，多未見其老，即能變化自如，今就其故事有年代可考者如《夷堅·支庚》卷二〈蓬瀛真人〉條之豬精，據謂祇有十年，即化作皂衣女子誘人，而《志補》卷二十三〈天元鄧將軍〉條之狗精，死且三、四年，尚能作祟，皆與老精說有異。

　　在動物精怪之中，以哺乳類較其他生物為多（1～10），而野生動物又多於家生動物（2.5.6.10.），其中蛇與狐狸又較常見，是均受魏晉以來志怪書之

　　　　虎巳飽食，但與二雛繞弄作戲。

〔註24〕《御覽》八八八引《列異傳》彭父蹶地化白鹿，《吳越春秋》之袁公為白猿，《幽明錄》白鵠化人持履還人，又有雌白鵠化女誘人，《異苑》卷八亦有白鷺化素衣女誘人，《續異記》白鷺化童子復仇等，均為白色動物，而《抱朴子》云：「虎及鹿兔皆壽千歲，壽滿五百歲者，其色皆白，能壽五百歲則能變化。」又云：「鼠壽三百歲，滿百歲則色白，善憑人而卜……。」（〈對俗篇〉）必據當時普遍概念而歸納也。漢德遜謂：「從原始象徵的知識中，我們可以推測白色對這不同狀態的平凡意象，賦予一種『像神』的特別性質，在許多未開化的社會中，揚白頭是神聖不可侵犯的。」（《古代神話與現代人》）可參考。

〔註25〕見李豐楙《魏晉南北朝文士與道教之關係》，第七章第四節魏晉南北朝變化思想及精怪傳說。

〔註26〕如《太平廣記》卷四三八引《搜神記》之老狗，同卷引《幽明錄》之老黃狗，卷四六一引《幽明錄》二則之老白雄雞，干寶《搜神記》卷十八之說書老狐，《幽明錄》之老狸、老雄狐（鉤沈本）等均是。

影響。由《夷堅・丁志》卷二十〈蛇妖〉條所謂「蛇最能爲妖，化形魅人，傳記多載」可知。

（二）植物精怪

《夷堅志》中之植物精怪有：

1. 叢竹：《丁志》卷十八〈路當可〉。
2. 槐：《三辛》卷二〈槐娘添藥〉。
3. 芭蕉：《甲志》卷十七〈芭蕉精〉、《丙志》卷十二〈紫竹園女〉、《支庚》卷六〈焦小娘子〉。
4. 柳：《丙志》卷十六〈陶象子〉。
5. 古桐：《丙志》卷七〈新城桐郎〉。

植物精怪，源於植物崇拜，在六朝志怪書中，其居神格者不少，且立祠奉祀，〔註27〕宋代亦有祠奉樹神之事，在《夷堅志》中，乃有部分植物精怪亦仍維持神格，如《夷堅・甲志》卷一〈柳將軍〉條，蔣靜爲饒州安仁令，悉毀撤淫祠，其中柳將軍廟最靈，未欲輒廢，隱然得存，廟庭有杉一株，柯幹極大，蔽陰甚廣，蔣意將伐之，晝夢異人稱木卯氏，居此方久矣，實乃柳精所化，蔣遂置木不伐，此蓋仍以神視之也。

在六朝時，又有青羊、青牛之說，如《玄中記》：「千歲樹精爲青羊，萬歲樹精爲青牛。」《夷堅・甲志》卷六〈絳縣老人〉條，記周公才爲絳縣尉，過射姑山，逢一草衣丫髻，坐道左，引言激之，周怒取劍擊之，忽騰上樹杪，復躍下，入木根穴中，周舉劍擊樹，其人呼云：「我乃青羊也，與公誠言，何相苦如此？」後周逢絳縣老人，嘆其面，謂之：「爲君祓除不祥，君今日必見異物。」周言其事，乃云：「此正昔所遇呂洞賓老樹精輩也。」是樹精已非必爲神格，且爲不祥之徵。

至於化形爲人，而爲怪祟，魏晉時已有之，如《祖氏志怪》載：驀保宿壇丘塢，見有白帢人入帳與女子宿，白帢人去，問侍女，答曰：「桐郎，道中廟樹是。」明日復來，爲保所取。而《夷堅・丙志》卷七〈新城桐郎〉條，練師中女遭祟，對桐笑語，家人伐之，女驚嗟號慟，連呼桐郎數聲，怪乃絕。略師其意。惟樹化爲怪，在六朝不多見，〔註28〕唐王度《古鏡記》則有蛇托祟於樹者，

〔註27〕如武都故道縣有怒特祠，神本南山大梓，秦文公伐之，斷化爲牛入水，故秦爲之祠。《列異傳》、《玄中記》、《搜神記》卷十八及《錄異傳》均錄此事。
〔註28〕《金樓子・志怪篇》記有樹化人事，爲少數之例。

至宋則多有之，種類亦較廣，如竹、芭蕉及槐等，六朝似所未見。〔註29〕

（三）物　魅

《夷堅志》所見之「物魅」〔註30〕有：

1. 杉板：《乙志》卷十四〈結竹村鬼〉、《丙志》卷十二〈朱二殺鬼〉、《支甲》卷一〈樓煩道中婦〉、《支癸》卷六〈鄂幹官舍女〉（木板）。
2. 石：《支丁》卷五〈醉石舞袖〉、《支戊》卷八〈許子交〉。
3. 石獸：《三辛》卷七〈熊氏石獸〉、《支庚》卷三〈陳秀才女〉（石獅）、《支癸》卷四〈張知縣婢祟〉（石獅）。
4. 古石礱：《支甲》卷四〈劉十二〉。
5. 鐵鑽：《支乙》卷九〈徐十三官人〉。
6. 偶像：《甲志》卷十七〈土偶胎〉，《支甲》卷五〈唐四娘侍女〉、卷七〈建昌王福〉。
7. 古鐺：《丁志》卷四〈皂衣髽婦〉。
8. 古琴：《支丁》卷六〈劉改之教授〉。

物魅者，厥為無生命之物，日久亦能成妖，甚至幻化為人，〔註31〕蓋古人以為凡物均有靈，乃至於門、戶、竈、臼、杵等，亦有神靈在焉，並加以奉祀，〔註32〕依據先邏輯之巫術思考，善惡觀之分辨，有神斯有靈，有靈斯有妖，自然產生物魅之說，而見之於志怪之中。

在魏晉六朝志怪書中，物與物互變之情形較常見之，物之人格化亦有，如《幽明錄》言江乘聶湖有一板，試以刀斫，即有血出。〔註33〕至於幻形為人，雖較動物精怪為寡，然亦略多於植物者。《列異傳》記鄴人何文於宅中見一長人並聞有人相呼應，後掘得金、錢及竈下之杵。荀氏《靈鬼志》載：某人坐齋中，忽有通刺詣之者，題刺云：「舒甄仲」，尋其刺曰：是予舍西土瓦

〔註29〕花木之妖似唐朝較多見。見葉慶柄先生《談小說妖》。

〔註30〕《周禮·春官》：天神、地示、人鬼、物魅。物魅當指所有庶物崇拜而言，此取狹義，僅指涉無生物所化之精怪。

〔註31〕李豐楙《魏晉南北朝文士與道教之關係》，第七章第四節魏晉南北朝變化思想及精怪傳說，第613頁。

〔註32〕胡萬川認為鍾馗由椎轉化而言，並謂法物常被認為有靈力，久之具象化為人形的神人，可參見《鍾馗神話與小說之研究》，第36頁。

〔註33〕《御覽》卷七八九甲，此見鉤沈本。另《集異記》亦有枕及飯甑，作人聲呼應。《幽明錄》亦有碓柵化長物追馬事。

中人。遂得桐人，長尺餘。《幽明錄》載：掃帚化作二少童，郭秀產《集異記》載劉玄先世祖時枕化人，面首無七孔，面莽儻然，又載游先期妄見一人，斫之，乃所常著屐所化。〔註34〕

物魅作怪，在六朝志怪書中，危害不大，多爲人所斫殺或取焚之，至《夷堅志》所見，則爲祟作厲，禍害不小，如《支乙》卷九〈徐十三官人〉條，鐵鑽憑附民女，邀迎士治之，至無術可治，其後徐十三官人攝祟至壇，乃云爲鐵鑽之精，「所以不怖笞掠」，其習頑可見。

《夷堅志》中之石獸、石獅爲厲者有三例，多屬侵犯女體者，而土石木偶之爲怪者，則多侵犯男體，六朝惟見銅（桐）人作妖（即「舒甄仲」事），而無害人之意。

至於杉板化人，魏晉志怪小說尚不多見，在《夷堅志》中除《支癸》卷六〈鄂幹官舍女子〉似爲「舊屋翼剝風板」所化者外，均言其爲鬼物所乘，而非杉板日久成精也，如《支甲》卷一〈樓煩道中婦〉條，村民逢婦人問路，將分手，婦人長呵一聲，無故而死，遂成疑獄，及發柩，但得朽木一片於柩中，無從鞫勘，因縱釋使去。篇末謂其「在家事父極孝謹，爲鄉里所重，至是蓋獲天佑云」者，如此，其爲天佑其孝，化尸爲朽木，或婦本朽木所化，藉逞其譎，實難自書中體會之也。

其最特殊者，魏晉六朝志怪中，凡爲物魅，除《集異記》中劉玄先祖時枕外，多未強調物老爲精之觀念，而《夷堅志》中，或言其「舊」（〈樓煩道中婦〉）、或言其朽（〈鄂幹官舍女子〉）、或逕言其古（如 4 古石礧、7 鐺、8 古琴等），則特別強調。

（四）山精木魅

《夷堅志》所見之山精木魅有：

1. 七姑子：《支甲》卷六〈七姑子〉。
2. 木下三郎：《丁志》卷十九、〈江南木客〉、《支甲》卷七〈鄧興詩〉。
3. 五通神：《支甲》卷八〈王公家怪〉、《支景》卷二〈會稽獨腳鬼〉（獨腳五通）。
4. 旺神：《支景》卷二〈余氏蛇怪〉。
5. 山魈：《支景》卷二〈蓬頭小鬼〉。

〔註34〕何文事又見《搜神記》卷十八，桐人事又見《幽明錄》作銅人，此所引書均據《古小說鈎沈》本。

山精木魅應屬於自然精怪，當源自於自然崇拜，惟在早期巫術思考下，其利害似非彰顯於社會者，往往脫離神格，逐漸強化其精怪之爲崇作厲之性格，逐漸與精怪無異，如《九歌》之山鬼，似已脫離崇拜之範圍，其後再結合變形怪之性格，遂有此山精木魅半神半怪之特色。

《左傳》昭公元年：「子產曰：山川之神則水旱癘疫之災，於是乎禜之，日月星辰之神，則雪霜風雨之不時，於是乎禜之。」祭法云：「山林川谷丘陵能出雲爲風雨，見怪物，皆曰神。」此具神格，則人皆祭之。

《左傳》宣公三年王孫滿答楚子問鼎：「鑄鼎象物，百物而爲之備，使民知神姦，故民入川澤山林，不逢不若，魑魅罔兩，莫能逢之。」此則物魅視之，人欲避之。

禹鑄鼎象物之說，益以當時巫術思考，謂知鬼怪之名，即可避之說，並託諸黃帝遇澤精之故事，遂衍成爲白澤圖型之精怪，知其名則可役使之，〔註35〕魏晉六朝踵事增華，頗多發揮，而見諸志怪之書，道教之徒，更重視是書，爲登涉山林、燭神奸、劾鬼物之用。

然則山精木魅在實現民間信仰之中，未必全爲文士、道士所構築之《白澤圖》所涵蓋，山精木魅非但仍以較原始之性格見形於時人，而繪聲說影，亦常述之於書傳中，《國語・魯語》韋注「木石之怪曰夔罔兩」云：「木石，謂山也。或云夔一足，越人謂之山繰，音騷，或作獟，富陽有之，人面而猴身能言，或云獨足，蜾蠃、山精，傚人聲而迷惑人也。」韋昭引當時越人「山獟」說以解釋「夔罔兩」，可見三國時越地盛行此山精之傳說，而魏晉六朝志怪書中如《搜神記》卷十二廬山大江間之「山都」、《異苑》卷三之「山精」及《搜神後記》卷七爲富陽捕燒之山獟，其形裸身、長髮之外，略多近似於人，而均未有其名，故不若《白澤》圖型精怪，無從呼其名而制之，惟其威力亦不彰，或「見人便走」，或「使男女群共引石擊人，輒得然後止」，觀其行止，或係山林野人，亦不得而知。

〔註35〕呼名制鬼說見《管子・水地篇》謂慶忌爲洄澤之精，以其名呼之，可使千里外一日反報，蜲爲洄川之精，以其名呼之，可以取魚鱉。《白澤圖》精怪之說，見李豐楙《魏晉南北朝文士與道教之關係》，第七章第四節魏晉南北朝變化思想及精怪傳說，第599至605頁。呼名制鬼之說，李謂實亦原始民族信仰之遺，此據象徵律，以物治物，此說甚是，蓋原始人類或認爲圖其形則可以制其物，故多施其圖於器物之中，或以藉其魔力，或以禦魑魅，如禹鼎之鑄，即屬後者，而呼名制物，當即出此同一考思方式。

　　《夷堅志》所見之山精木魅則略有不同，亦如《白澤》圖型精怪之有名稱，且通行頗廣，其中「五通神」最爲人所知，普及各地，至有所謂「獨腳五通」，現形於會稽（《支景》卷二〈會稽獨腳鬼〉），非但與《搜神後記》記載富陽人所補燒之山猄同出越地，且與韋昭所謂「或云獨足」者相呼應，〔註36〕具有地方色彩。

　　《夷堅志》之山精木魅，多直指爲其魁類，名目不一，然不似《白澤圖》中怪物名稱之凌亂，如木下三郎、江南木客者，當屬木魅之屬，五通神、五郎官、五聖等，則屬山魈之類，因地而有異稱，由其名稱見之，實係一物，至於旺神，雖不多見，至今猶有傳說。

　　由於山精木魅，在宋時或祠或否，祠者則屬民間信仰，而且具有神格，其形狀「猴猱、或彲、或蝦，體相不一」（《丁志》卷十九〈江南木客〉），不祠者則具精怪之格，其形狀更無由推之。要之，《夷堅》之山精木魅，本於當時民間信仰，由於時人多不以正神視之，遂降爲邪神之列，更置之於精怪之流，就故事所見，其行止尤下於一般精怪，令人齒爲之冷，畏之最甚。

（五）變形怪物

　　變形怪物其來尚矣，前已言之，其在上古，已充分顯現先民之想像力，其圖之於器皿、石雕等，或嘻、或怒，亦多予人格化，予人恐懼、詭異、莊嚴之感。在古神話中，更極盡其想像力，奇形怪狀，難以捉摸。

　　變形怪物與鬼經常無從分辨，蓋自古以來，多混淆其名稱，其在志怪小說亦然，其在六朝，尤爲明顯。如《幽明錄》載：殷仲宗遇鬼，體上皆毛，又陳郡殷氏爲臨湘令，縣中一鬼，長三丈餘，雖名爲鬼，形狀已有變形，《異苑》卷六之鬼，有形如獼猴者，亦有形如猴者，甚而鳥頭人身，滿面生毛。《冥祥記》載何澹之不信經法，多行殘害，得病見一鬼，形甚長，牛頭人身，手執鐵叉，晝夜守之。

　　蓋其時與鬼與變形妖怪混淆之情形，大抵可就二點言之：

1. 鬼能變形。鬼之形狀能保持人類特徵，然不就此形體再予變形，即與人類無別。其最常見者爲隱形，如《甄異記》載廣陵華逸亡後七年來還，初聞語聲，不見其形。《搜神記》卷十六記阮瞻素執無鬼論，鬼來辨明，理屈，乃「變爲異形，須臾消滅」，可說明此理。

〔註36〕江紹源《中國古代旅行之研究》第 54 頁，引徐生法《魑魅鬼故事》，證明當時紹興（即會稽）尚流行有此傳說。

2. 中國對妖怪之論，固已有之，然多文士、道士坐而談之，無法充分予人明晰之概念，及佛教傳入，餓鬼、地獄之說盛行，更混淆時人對鬼物之認知。如前引牛首人身之鬼即是。

《夷堅志》一書中，其鬼與怪之別亦頗模糊，蓋以其物形狀特殊，自難明指為何妖精所化，凡異於人者，均目之為鬼，如《丁志》卷三〈翁起予〉之青面鬼。

《白澤圖》之精怪出，將所有變形怪物命以名，以便呼名以制之，由於後人踵事增華，遂至萬餘種之多，以致單純之變形怪物在無祠祀之情形下，自然失其色澤，祇就鬼物之外形，徒事漫衍誇張，樂此不疲，在《夷堅志》所見之變形怪物不少，但於其變形之外，亦乏故事性，尤與其他精怪格格不入。

物老成精之說，大抵依據泛靈主義之觀念，然古人之精怪說，並非認為精怪全來自精靈，其亦有來自靈力之觀念（即泛生主義），在精靈說盛行之時，靈力說亦傍於陰陽五行學說以行，故魏晉南北朝將精怪說訴之於理論時，靈力說又重新展現，即所謂「氣化說」。〔註37〕

魏晉南北朝之氣化說係據上古變形律則，視生命為一「不斷而連續之全體」，加以陰陽二氣及天地正變諸現象整理而成，因此乃有動物互變、植物互變、礦物互變之理，經葛洪闡發，而干寶總其成。其解釋變形之說，已不以精靈說之。

　　氣分則性異，域別則形殊。（《搜神記》卷十二）

至於物老之說，則亦非在其本身精靈使然。

　　吾聞物老，則群精依之，因衰而致此。……夫六畜之物，及龜蛇魚
　　鱉草木之屬，久者神皆憑依，能為妖怪。（《搜神記》卷十二）

此「群精」、「神」顯為外力所加，此力即為異性之「氣」，應屬自然魔力（Mana）。是魏晉南北朝之理論有如此「魔力說」者，當時著錄志怪之家，是否採此觀念，不得而知，或即「知其然而不知其所以然」，惟魔力說依傍於理論而存在，無法全然概括其民間習焉不察者，當時已如此，以迄宋代尤無法理論人心之想，故《夷堅志》中精怪，多不見其出於魔力（即氣化說）者，如《夷堅志補》卷二十三〈天元鄧將軍〉條，董松家鳥犬死三、四年後作祟，宗室趙善蹈築壇行法，天元考召鄧將軍降壇，得其情，乃發工驗視，

―――――――――――

〔註37〕有關氣化說，李豐楙《魏晉南北朝文士與道教之關係》，第七章第四節魏晉南
　　　　北朝變化思想及精怪傳說中有精闢之闡述。

得狗尸，欲取而爨之壇前，將軍曰：

> 君是儒流，曾讀《易》否？豈不知精氣爲物，遊魂爲變，既已通靈，
> 戮其尸何益？

顯然狗已成精，遊魂於外，而非別有魔力也，故知精靈說在當時已定型。

《夷堅志》中精怪氣化說雖已消褪，然源自於上古之變化律則，仍見存於一二，如雉雀之化，在原始變形說中屬於極其樸素生態變化說之「自然變化」，〔註 38〕「蛇乃化爲魚」、「靈鼓化爲黃蛇」，其訴諸於理論，均自生物生態之觀察，而益以巫術思考，故又發展有年歲久遠，則變易形體「雉之爲蜃，雀之於蛤」（《抱朴子》論仙）之說，理論如此，當時志怪書或亦然，久之則不知其然，其在民間觀察，尤見不然，有之，祇以異事視之，《夷堅志·三壬》卷二〈項山雉〉條：

> 撫州金谿縣項山寺，去江不遠。六十年前，有野雉甚大，迥與同類別。人或見之，亦不疾走，疑爲神物，相戒勿得犯。觀翫之久，日以狎習，樵牧有貪者，復懷搏射之念。然才遇之，輒翔去，以是益異之。忽僵死叢草中，兒童亦不敢取食，隔宿就視，頭已化蛇，特未開眼，見者悚懼卻退。漸并其身成全蛇，眾共逐之，入一穴，穴中泉出如涌。二年，穴浸大，歲歲增闊，每出遨戲於葛林中而食木葉。歷二年，其穴廣可容人，自是不復得見。一日，雷雨大作，山裂發洪，滔滔漫流，與寺前大江合。寺之人見驚波中一蛇，粗如梁柱，躍赴江畔，居民頗遭溺。水定之後，眾僧往視其穴，則摧塌矣。

此爲雉化爲蛇，尚使人遭溺，全同於精怪，何復自然可言，此又一變也。

《夷堅志》爲南宋志怪書，其故事內容或襲自於前人，然其精怪之類化情形對精怪之觀念，皆習於日常所知，而此日常知識，固必因於時代之轉變，故於轉化前人故事時，其觀念亦有所改易，不得一概以抄襲視之。

第二節　好色女妖

壹、好色妖精

《夷堅志》中擁有大量精怪以色誘人之故事，故事中之精怪，多具好色

〔註38〕樂蘅軍、李豐楙均同此說。

性格，茲以此爲主題析探之。

　　精怪變形爲人，其外在表徵雖爲人形，而其獸性仍內部存在，故其所表現之性格，多在「人面獸心」之主題下發展。

　　飲食男女，爲人類基本慾望，本無可非，惟在禮教規範下，取予之間，自有法度可循，宋代理學高度發展，「存天理滅人欲」（張載《正蒙》）之說，標幟鮮明，深入人心，對當時風氣必有影響，所謂「飽暖思淫慾」，淫慾最爲人所不容，於是惟有借獸性而發揮，遂有好色精怪之產生。

一、精怪之好色性格

　　精怪化爲美女，以色誘人，志怪之書屢見，《夷堅志》亦多所記載：《支庚》卷八〈王上舍〉條：

> 建康人王上舍，以政和六年元夕，與友同出府治觀燈。三友登山棚玩優戲，王獨在棚下，不肯前。邀之弗聽，蓋意有所屬。見一姬緩步，一女僕隨之，衣不華，妝不豔，而淡靚可喜。顧王微羞，整飾冠，若欲偷避。王逼而窺之，始撤幕首巾，回面而笑。王將與之語，爲友所牽，莫能遂。於是偕入委巷，行人絕希，姬復在焉，而友無所睹。王託如廁，抽身相躡，情思飛揚，因就與姬語。姬曰：「我知君雅意，但以寡居一第，無男無女，只小妾同居，蕭索之情，不言可知。君果有心，異日願垂顧。」王曰：「吾方寸已亂，何暇邅延！」攜手將與綢繆，四顧巷陌，燈燭車馬，略無可駐之地。念市橋下甃石處差可偷期，乃野合而別。道其所居某坊。明日往詣，姬出迎，獎其有信，留至通宵，買酒款適。王暫還學宮，無日不往；倘有故失期，則飲膳具廢。浸以臞劣。向之三友固詰其曩游，具以告。友曰：「此爲妖異，不言而知。勿復沈迷，以全性命可矣。」王如醉而醒，強自抑過。姬忽夜造其所，責之：「我不幸失身于子，奈何中道相棄？」王第詞謝，姬留歡如初。王覺氣體不支，思與之絕，乃從友寄寢，又夢其來。竟病風淫而卒。

上元觀燈爲重要年節民俗活動，王實應作文化投入，不此之圖，反而「意有所屬」，蓋其所屬厥在色慾，此爲自然本能，而魅人之妖，其外形據描述爲「衣不華、妝不豔」，應無大吸引力，更點出王所屬意者，全在乎性慾，又從「委卷」至「市橋下甃石處」至「所居」等幽會地點，暗喻以王之色慾加重，其

後友朋對其色迷之勸，乃欲引其返回到文化層面，而有鑑於身體漸趨羸劣，使王先有死亡之恐懼，王在此「求生」「趨亡」二種對立情感中，固欲趨生避死，而惟其後又「留歡如故」，色慾不減，可見彼嘗經歷心理掙扎，慾之不避，終至於死亡，斯為故事大要。通篇在結構上，揭示人性尚徘徊在「性──非性」之對立情境中，而精怪則全然充滿肉慾，始終一貫。男主角因棄人性（天理）從獸性（人欲），為社會道德所不許，是故導致於死亡，而妖之於人，有所不同，在「肉慾──情愛」對立情感之中，毫不考慮而選擇肉慾，忽視人類求生避死之心理，終而致人於死。精怪之「好色性格」，於是焉躍然而出。其異於人者，即在乎此。

　　凡具有好色性格之精怪，應目之為好色精怪。

二、好色男妖與好色女妖

　　《夷堅志》好色精怪之來源，向來可以推溯至魏晉志怪書，然好色精怪既具有精怪之性質，實則應推溯至上古泛靈主義之原始宗教觀，即萬物有靈之觀念。

　　而精怪之變形為人，亦源自古神話之變形之律則。

　　好色精怪所構成之故事，一如其他精怪事故，皆係精怪之現形與祛攘之過程，此過程源自於上古祛魔之儀式。〔註39〕

　　就故事結構而言，依李維斯陀派之說法，即存在「自然」與「文化」之對立，而就其原型結構言之，當即榮格所謂「變形與救贖」原型，此在所有精怪故事，大致相同者。

　　好色精怪故事與其他精怪故事不同者，厥在好色一端，告子曰：「食色性也。」性慾為人類之本能，構成此一本能之基因，則在於男女，精怪變形為人，不外乎男女二形，其為男性，則為男妖，其為女性，則為女妖，此簡單之二分法，並不意味二者在故事之角色地位相等，事實上，如男妖與女妖出現於好色精怪之故事中，往往使故事成為不同之風貌，有分別研探之必要。為使命題更為真確，好色精怪變形為男性者，茲命之為好色男妖，變形為女性者，命之為好色女妖。

〔註39〕儺，即其一種，有關宗教起源，不論泛生主義或泛靈主義說，在現今所有民族考察中，均有此驅邪儀式。

貳、好色女妖之內容

一、好色女妖之本質

好色女妖係融合原始泛靈主義、變形律則及宗教儀式而成，前已述之矣，故有與其他精怪故事相同而永不變遷之深層結構——「變形與救贖」之原型，惟好色女妖類型之故事本身，仍有其大同小異者，而此類大同小異處，固可謂其來自社會、時代等變遷，而對使深層結構產生表層意義，然而必可尋出其不因社會、時代變遷，而永遠存在之因子，該因子即當爲好色女妖之本質所在。

佛洛伊德氏將人格發展爲三層次——本我（Id）、自我（Ego）、超自我（Super-Ego），其本我即人類自然本能，諸如性慾之類，而性慾既爲人類自然本能，則必以其慾力（libido）追求享享樂，以達成性慾之需求，此慾力即爲人類一切行爲之衝創意志（will to power），好色女妖之本質，當即此「本我」，其故事情節發展，亦即慾力所創造，此固屬合於邏輯之解釋，無可厚非。〔註40〕

在結構主義流行之時代，心理學者研究方向，均往人類本能溯源，以求其異於動物本能者，而榮格以其對原始民族及亞洲文化（包括我國）之研究，並從生物學中之人類遺傳因子——染色體中，尋驗「陰」、「陽」之理，蓋：每一帶染色體之人類細胞，均自父母各得一組而來，因而每一有機體並具有「雙性」元素。人類以生物而言，乃有男女性別，而以心理而言，則亦應有男女之別，以人類心靈並存雙性而言，則生物之男性，應具有女性心靈，而生物之女性，則亦應有男性心靈，此類心靈潛在內心深處，屬於潛意識之特質，榮格稱男性潛意識中之女性元素爲「陰性持質」（anima），稱女性潛意識中之男性元性爲「陽性特質」（animus）。〔註41〕好色女妖之本質，應屬於榮格所謂「男人陰性特質」。

何以好色女妖爲「陰性特質」之化身？蓋男人陰性特質潛在於內心心靈深處，而深受其「母親」之影響，「母親」在許多神話及故事中，爲一切愛情、幸福、溫馨及母愛之象徵，男人陰性特質在感受到來自母親消極行爲時，其

〔註40〕 本我、自我、超自我之說，見張春興、楊國樞《心理學》第十一章「人格」，第 432 頁之陳述，而榮格在論佛洛伊德與楊格之異同（收在《追求靈魂的現代人》乙書中），對此有所批判。

〔註41〕 見榮格所著〈潛意識研究〉，收在黎惟東譯《人類及其象徵》，第 31 至 32 頁。

陰性特質即成爲消極之陰性特質，即認爲一切象徵愛情、幸福、溫馨及母愛者均屬不實際，非但不可能存在，而且具有危險性。此消極陰性特質有益於人者，可以使人挖掘及辨認潛在之危機，而其有害於人者，則在扭曲一切價值判斷。

此消極特質之危險層面之人格化，即以「好色女妖」之象徵形式出現，以啓迪心智。

費珠博士引舉西伯利亞好色女妖之故事，說明此人格化之形象。寂寞獵人見美女自森林對面河中浮現，朝之揮手且歌：

> 噢！來啊！在寂寞黃昏中的孤獨獵人。
>
> 來，來啊！我想念你，我想念你！
>
> 我現在想擁抱你，擁抱你！
>
> 來，來啊！我的家就在附近，我的家就在附近。
>
> 來，來，孤獨之獵人，你現在處身於寂靜的黃昏中。

獵人脫衣游往，候間，美女化作貓頭鷹並嘲笑之，當獵人欲返彼岸時，卻死於冰冷之河中。

在此故事中，消極陰性特質顯示：好色女妖所擁有之愛情、幸福、母愛及溫馨（家），實爲誘惑男人脫離現實之夢，獵人之死，乃係追求不可實現之夢。〔註42〕

由於男人內心心靈消極陰性特質之存在，故其必然以不自主之方式出現於夢及一切行爲之中，其實均爲個體主觀陰性特質之客觀浮現，《夷堅志》所見好色女妖，幾皆如王上舍故事中，女妖一再之色慾誘惑，而王上舍本人不顧一切於危險之中，即屬如此，均具有「誘人者必危險」之象徵形式，故其本質均屬消極陰性特質。

二、好色女妖之主題——由變形觀之。

好色女妖故事之展開，當以女妖變形爲人爲基礎，其所幻化之女子，各階層均有之，而其與男性主角原有關係，亦有不同，茲略析之如下：

    1. 高子勉（士人）妾（狐）——《丁志》卷十六〈玉眞道人〉。

      孫知縣（官員）妻（蛇）——《支戊》卷二〈孫知縣妻〉。

〔註42〕費珠〈個體化的過程〉，收在黎惟東譯《人類及其象徵》，第212頁至216頁。譯者未必掌握「陰性特質」之概念，在此頗據榮格有關作品修正之。

扈司戶（官員）妾（犬）──《乙志》卷五〈扈司戶妾〉。

2. 麻姑上仙之妹（古琴）：劉改之（官員）──《支丁》卷六〈劉改之
   教授〉。

   蓬瀛眞人（豬）：祝氏子（好紫姑富子）──《支庚》卷二〈蓬瀛眞
   人〉。

3. 縣令姬妾（妖）：酒肆主人──《支乙》卷八〈南陵美婦人〉。

4. 主家女（牝狗）：黃資深（秀才）──《丁志》卷二十〈黃資深〉。

5. 丘秘校孀婦（青狐）：李五七（巨室淪落爲人管當門戶）──《支乙》
   卷四〈衢州少婦〉。

6. 好學民家女（泥偶）：黃寅（赴試士人）──《支丁》卷二〈小陳留
   旅舍女〉。

7. 下頭人（妖）：戴先（奴）──《支庚》卷七〈應氏書院奴〉。

8. 鄰氏女子（偶像）：道州小胥──《支甲》卷五〈唐四娘侍女〉。

   知軍宅婆婆之女（偶像）：王福（郡兵）──《支甲》卷七〈建昌王
   福〉。

9. 左側孫家媳婦（斑貓）：茶肆僕──《支庚》卷二〈茶僕崔三〉。

10. 婦女衣紅衫（狗）：南城人劉生（士人）──《丁志》卷十八〈劉狗
    麖〉。

    美女（妖）：獵戶：《支甲》卷一〈生王二〉。

    女子（貓）：顧端仁（秀才）──《支乙》卷一〈顧端仁〉。

    婦人（蛇）：游僧及行者──《甲志》卷十五〈淨居巖蛟〉。

    女子（蕉）：陳致明（館客）──《支庚》卷六〈蕉小娘子〉。

11. 逃家娼女（巨蟒）：王生（庶人、知書）──《三己》卷二〈程喜眞
    非人〉。

女妖之變形爲以上十一類女子，以原有關係之親疏言，則：

親：1.妻妾

疏：2.3.4.5.6.7.8.9.10.11.。

以地位高低言：

高：仙眞

高而低：3.官員姬妾、4.主家女、5.官員孀婦。

低而高：6.好學女子

低：7.奴婢、8.娼女

不詳：8.9.10.

無從比較：1.

案：「官員姬妾」、「主家女」、「官員孀婦」原本應屬受傳統道德約制較高
　　者，但一則爲冶遊之女妖，另一則爲淫奔之少女，一則爲落難之孀婦，
　　其地位在當時所低估者，至於「妻妾」之地位，誠無法比較。

以居處遠近言：

近：1.3.4.5.6.7.8.9.鄰居 11.

遠：2.

不詳：10.

　　由以上之對比中，在好色女妖故事中，身分不詳者多，而原有關係，除
夫妻屬親密者外，餘多疏遠；以地位而言，除夫妻無從比較外，仙眞爲崇高，
餘多不高；以居處遠近而言，除仙眞爲遠（實亦爲近）外，餘多近。

　　歸納其現象，好色女妖之社會地位低下，與男性主角關係疏離者居多，
此正說明：男性對好色女妖之潛意識經驗，多來自鄰近、疏遠之卑微女子，
在此各別展現其意義：

居處遠近：遠——近／安——不安

地位高低：高——低／安——不安

厚有關係：親——疏／安——不安

　　關於人類對敵友距離之遠近，和動物相似，有「安」與「不安」對立之
相應，因此（一）由於雙方居處鄰近，故其原有關係有改善之可能，也因此
步入危機；又人類在社會經驗，往往顯示，地位高者，往往代表「美德」，地
位低者，往往代表「嗜利」，因而對客體地位之高低，〔註43〕亦有「安」與「不
安」之反應，但（二）由於對方地位卑微，故降低情節上之阻礙，也因此不
免降低對危機之警覺；至於關係之親疏、對敵我之辨，更具有「安與不安」
之反應，因而（三）由於雙方原有關係疏遠，原無改善關係之必要，故其背
後隱藏之危險愈高。

　　由以上分析見之，《夷堅志》好色女妖所引起之危險意識，來自對居所、
地位及原有關係之不安反應，因此其主題意識「色」——爲「死」之化身，

〔註43〕孔子曰：「君子懷德，小人懷土。」對於民眾心理而言，君子指在位者，小人
　　　　則指不在位者。

躍然而出。

三、非典型好色女妖

對好色女妖之危險意識，並非全來自於「疏而外」之不安，非典型性好色女妖，亦可說明此一主題。

何謂「非典型性好色女妖」，即上所揭示而未加探析之關係親密而地位崇高者，其何以非典型乎？茲就《夷堅・支戊》卷二〈孫知縣妻〉條以言之：

> 丹陽縣外十里間，士人孫知縣，娶同邑某氏女。女兄弟三人，孫妻居少。其顏色絕豔，性好梅粧，不以寒暑。著素衣衫，紅直繫，容儀意態，全如圖畫中人。但每澡浴時，必施重幃蔽障，不許婢妾輒至，雖揩背亦不假手。孫數扣其故，笑而不答。歷十年，年且三十矣，孫一日因微醉，伺其入浴，戲鑽隙窺之。正見大白蛇堆盤於盆內，轉盼可怖。急奔詣書室中，別設床睡。自是與之異處。妻蓋已知覺，才出浴，即往就之，謂曰：「我固不是，汝亦錯了。切勿生他疑。今夜歸房共寢，無傷也。」孫雖甚懼，而無詞可卻，竟復與同衾，綢繆燕昵如初。然中心疑憚，若負芒刺，展轉不能安席。怏怏成疾，未踰歲而亡，時淳熙丁未歲也。張思順監鎮江江口鎮，府命攝邑事，實聞之。此婦至慶元三年，年恰四十，猶存。

所謂「此婦至慶元三年，年恰四十，猶存。」故其是否為女怪，大有可疑，〔註44〕排除此一敘述，內容與其他「好色女妖」之重大岐異（可與前引〈王上舍〉條比較之），茲有二端：

1. 男女主角之關係：契約性／非契約性——夫妻／冶遊邂逅。
2. 男女主角之性關係：契約性肉慾／非契約性慾——單向肉慾需求或雙向性慾需求／雙向性慾需求——被動性性行為／主動性性行為。

依據第 1 點，男女主角如屬契約性關係，即例中所見之婚姻關係，其性愛行為，即屬第 2 點所列之契約性性愛，可以是雙向性需求，亦可以是單向性需求，不論如何，祇在履行契約，何好色之有？此類契約，尚見於「嫖客與倡妓」等。

依據第 2 點，男女性慾需求如屬單向者，則其性行為必屬被動性，在此

〔註44〕故事尚有幾點詭異之佈局，如孫戲窺其妻，乃在微醉之時，是否醉眼昏花，所見不真，惟此故事令人聯想到與《白蛇傳》相近似處。

情況中，亦未必好色之意，而其男女關係最典型者爲「施暴與被施暴」者，餘如「夫與妻」、「嫖客與倡妓」、「神與人」等。

　　歸納以上分析，非典型好色女妖在故事中，應具有以下兩種特徵。

　　第一、男女關係以契約存在。

　　第二、男女關係以權威存在。

　　因此《夷堅志》之好色女妖中，屬於第一種契約性特徵者，有 1.妻妾、11.倡女（惟在故事中，不在履行契約之場所，故亦非「非典型」之例），屬於第二種權威性特徵者，如仙眞，《支丁》卷六〈劉改之教授〉條，劉原先所愛者爲其詩歌，而非性慾，女妖亦非純性慾者。是非典型好色女妖，在《夷堅志》即此二種。然則何以目之好色女妖，蓋以其結構近似之故。

　　好色女妖爲男人消極陰特質之客體化，非典型好色女妖之本質，是否亦然？依據費珠博士對陰性特質之闡述，陰性特質之發展，有四階段，費珠分別以四具體女人爲代表，依序爲

　　1. 夏娃——純生物本能之關係。

　　2. 海倫——浪漫與美麗之化身。

　　3. 瑪利亞——代表精神上崇尚之奉獻。

　　4. 蒙特麗莎——超越一切最神聖與最純潔之象徵。

　　費珠藉以上女性形象，以表達陰性特質之階段發展，〔註45〕四種異形亦均爲陰性特質之客體化，今以此推繹非典型之好色女妖，則美妾與有情仙眞，均屬「海倫」型之女性（6.「好學民家女」亦近乎是），因而非典型之好色女妖，原本爲「浪漫與美麗」之化身，然在本質上，女妖亦未嘗脫離性愛，且變形爲精怪，故本質上仍屬好色女妖。此「妻妾化妖」與「仙眞化妖」故事在行爲上之意味，表示浪漫人生態度朝向憂患人生態度之轉變，而在主題意識上，顯然昭示浪漫與美麗爲死亡之化身。進而，在故事中，親密如妻妾，高遠如仙眞，均爲「死亡」之化身，則又顯示——妻妾與仙眞有時是具有危險性者。

參、好色女妖之故事結構

一、故事之開展

　　《夷堅志》中好色女妖故事，即個體之內在陰性特質與意識之接觸經過，

〔註45〕費珠，〈個體化的過程〉，第248頁。

其如何展開、過程如何，茲擬陳述之，以見與前代不同者。

（一）邂逅過程之呈現

好色精怪以妖精變形爲起點，其開展則又以邂逅爲起點，其邂逅經過以「遇妖」二字概之，或則舖敘經過，要皆在一深層結構（Deep Structure）中之表層展現，茲摘引《夷堅志》，以見其所現之情境，俾爲說明之依據。

1. 婚姻型（含妾）

（1）丹陽縣外十里間，士人孫知縣，娶同邑某氏女。女兄弟三人，孫妻居少（蛇）。（《支戊》卷二〈孫知縣妻〉）

（2）高子勉（荷）世居荊渚，多貲而喜客。嘗捐錢數十萬買美妾，置諸別圃，作竹樓以居之，名曰「玉眞道人」（狐）。（《丁志》卷十六〈玉眞道人〉）

（3）洪州分寧王氏壻扈司戶，自京師買一妾，甚美，攜歸，置于妻家（白犬）。（《乙志》卷五〈扈司戶妾〉）

案：「婚姻」在此包括「買妾」，蓋宋代婚姻未必建立在「浪漫與美麗」之基礎上，惟在士大夫身上，較妾多層「文化」色彩，如就其故事本身所具現實意味而言，則在對買妾制度之價值評斷而已。

2. 降仙型

（1）（劉過改之赴省試，過建昌，游麻姑山）二更後，忽一美女來前，執拍板曰：「願唱一曲勸酒。」即歌曰……劉以龍門之句甚喜，即令再誦，書之於紙，與之歡接，……因留伴寢，始問爲何人？曰：「我本麻姑上仙之妹，緣度王方平蔡經不切，謫居此山，久不得回玉京。恰聞君新製雅麗，勉趁韻自媒，從此願陪後乘。」（《支丁》卷六〈劉改之教授〉）

（2）祝氏子，少年未娶，讀書於家塾。善邀紫姑，稍暇，則焚香致請，來者多女仙。或自稱蓬瀛眞人。祝子因生妄想，學業蕪廢。久之，一仙下臨，容色妍麗，塵世鮮比，但肌體不甚白皙。祝惑之，留與共宿，欣然無難詞。（《支庚》卷二〈蓬瀛眞人〉）

案：雖均爲仙降，而有他降（前例）和自降（後例）之別，不論主動和被動，均爲陰性特質之客觀化，祇是在個體陰性特質發展之性質不同，前例之劉改之（爲宋代有名文人），有一妾，且「愛之甚」，臨別猶且眷戀不已，

在道賦〈水仙子〉一詞，而每夜輒使小僕歌之，以表思念之切，惟其詞「鄙淺不工」，此能詩之「仙女」之現形，成為「靈魂伴侶」（soul-mata）之原型人物（archetypal figures），象徵精神之實現與滿足，故事過程顯示此一具有「海倫」之浪漫與美麗仙女，足以取代前一小妾之地位，惟其後又幻回妖精本形，顯又成為「死亡」之主題。而後例出於未婚男子，經常對女仙產生「妄想」，故女仙在故事情節中，衹是創造以滿足肉慾之「夏娃」，與典型好色女妖同，惟方式更直接而已。

3. 淫奔型

（1）（黃資深）館于鄉里王氏，去主家百步許，有婦人，自言主家女，來與亂。（《丁志》卷二十〈黃資深秀才〉）

（2）半後夜，逢女子於宅堂之北便門外，年少姝美，笑謂福曰：「我乃知軍宅婆婆之女，慕爾已久，故乘夜竊出，欲陪爾寢。」福驚喜過望，即挾之至舖所，雞鳴始去。（《支甲》卷七〈建昌王福〉）

（3）胡承議一子未娶，每其父夙興，必起侍湯粥，送之升轎，乃復寢。嘗值美女子，相顧而笑。方注目，又不見，自是屢有所睹。自言：「只是鄰近鋪籍小民女，瞻慕丰采，乘間竊來。」胡子浸有惑志，明早，承議出謁。女徑造子室，子以言誘之曰：「汝既云慕我，當少圖從容，快滿平生志願。今倏來倏去，甚無謂也。」女躍喜，即有相就意。胡子直前擁之，復奔迸求脫。（《支癸》卷六〈鄂幹官舍女子〉）

（4）有人夜入所寢室，著揉藍花繡，妝澤明媚，丫鬟綽約，相視而笑。便為自獻之態，共榻至曉而去。問其姓氏居止處，曰：「只是下頭人。」從此每夜必來，漸覺情密。（《支庚》卷七〈應氏書院奴〉）

（5）（黃寅赴試京師）抵小陳留旅舍寓宿，夜將二鼓，觀書且讀，聞人扣戶聲，其音嬌婉，出視之，乃雙髻女子，衣服華麗，微笑而言曰：「我只在西邊隔兩三家住，少好文筆，頗知書。所恨墮於女流，父母只令習針縷之工，不遂志願。今夕二親皆出姻知家赴禮會，因乘間竊步至此。聞君讀書聲，歡喜無限，能許我從容乎？」寅留與坐，即捻書冊翫誦，又索飲。具酒款接，微言挑謔，略不羞避，遂就寢。（《支丁》卷二〈小陳留旅舍女〉）

4. 冶遊型

（1）李源會…兄自亳州教授罷歸，姻戚畢集，具酒。…入中堂，經廳側，

逢一妙麗，笑抱李腰而語，其音如簧，曰：「不得道，不得道。」李惑而秘焉，乃握手入室，交歡而散。李意為坐上客，歷驗皆非也。客去後，此女遂出相就，若夫妻然。（《支庚》卷七〈李源會〉）

（2）民某生……嘗以月夜出戶，逢美婦人，若自（邑治）宅堂而來，見生即與笑語，……生謂姬妾浪遊，不敢應，婦前執其手，迢趨店中，生固市井屠沽兒，迷於色，便留之寢。（《支乙》卷八〈南陵美婦人〉）

5. 落難型

（1）一美女信步至前，斂容道萬福。王問其姓氏，答曰：「我是城中程虔婆家女，小名喜真，被媽媽嚴切，每日定要錢五千。如不及數，必遭笪打。喫受不過，不免將身逃竄，未有歸著。幸遇郎君，不知可能收留歸宅作婢妾使喚否？」王生方二十六歲，雅愜所望。但以父母在堂，不敢帶入。語之曰：「吾欲權寄汝在守墳僕家數日，卻營辦道路盤費，相攜去外方穩便團聚，汝意如何？」女曰：「諾。」乃挾與偕行。（《三己》卷二〈程喜真非人〉）

（2）（衢州人李五七為人管當門戶，三更詣郡陳牒，往來譙樓下班春堂前），驀聞奇香襲鼻，俯仰窺覘，奧堂內隱隱有燈光亮，…登埒就望，乃一少婦，約年十八九，自攜小燈籠，倚柱獨立，姿態絕豔，…曰：「我即城東丘秘校妻也。嫁纔數月，不幸夫亡，居室一區，遭鄰里凌暴，欺我孀婦不能訴，故不免告官，儻非冒夜以來，必將為所邀阻，於勢當爾。」李正悅其貌，又言語楚楚可聽，四顧無他人，情不能遏，試出微詞挑之，欣然相就，攜手入室繾綣。（《支乙》卷四衢州少婦）

（3）淳熙八年春夜，已扃戶，其僕崔三未寢，聞外人扣門，……崔意為主公，急啓關，乃一少年女子，容質甚美。……曰：「我只是左側孫家新婦，因取怒阿姑，被逐出，中夜無所歸，願寄一宵。」崔曰：「我受傭於人，安敢自擅。」女以死哀請，泣不肯去，崔不得已引至肆傍一隅，授以席，使之寢。久之，起就崔榻，密語曰：「我不慣孤眠，汝有意否？」崔喜出望外，即留共宿，雞鳴而去。（《支乙》卷二〈茶僕崔三〉）

好色女妖（即「陰性特質」）變形為人，故事之開展以上述：1. 婚姻、2. 仙降、3. 淫奔、4. 冶遊、5. 落難為邂逅之情境。其中「婚姻」與「仙降」為

非典型之好色女妖故事之起點，前已言之矣，其餘爲典型之邂逅過程，人物較具社會性。

（二）「有誘無拒」之客體行爲

自《夷堅志》中好色女妖變形爲人爲起點，好色女妖客體之本身，其行爲已呈主動之現示，而其過程中，客體之主動性亦極其明顯，其所以故，蓋以其陰性特質使然也。

陰性特質雖潛在男人心智之中，惟其亦能在個體主觀下予以客觀化，而成爲某類獨特女人之性格。此性格在類似之情形出現時，將產生費珠博士所陳述之現象：「由於陰性特質的出現，導至男人在初次看到一個女人時，就突然愛上她，並且立刻知道這就是『她』。在這種情形下，那男人好像感到自己無時無刻不認識這個女人，他如此無望地愛戀她，以致令旁觀者覺得他像完全瘋了。擁有『像神話般』的個性的女人特別吸引這靈魂的主觀客觀化，因爲男人可以把任何事歸因於一個如此魅惑迷人的生靈，因而可以圍繞她編織幻想。」〔註46〕

在故事中好色妖精之淫亂行爲，完全是個體主觀肉慾幻想之客觀化，好色妖精乃係被個體「第一我」所創造出之「第二我」（即費珠所指之「她」），因爲二「我」之間，原本便存在個體之意識與潛意識層面，故能彼此互相熟悉，於是「一見」自然「鍾情」，在其初步接觸時，便立刻作明顯之認同，而第一我在初步會面時，所表現盲目愛戀而被視爲瘋狂之行爲者，往往在故事中予人深刻之印象。

（甲）美豔之現示

《夷堅志》之好色女妖，給予故事男主角第一印象，爲幾乎一律之美豔，即如〈王上舍〉中之妖姬，雖「衣不華、妝不豔」，對王而言，仍屬「淡靚可喜」者，餘依前所列之情節，其描述如下：

1. （1）顏色絕豔，容儀意態，如全圖畫中人。（2）美（3）甚美。
2. （1）美（2）容色姸麗，塵世無比。
3. （1）無（2）少年姝美（3）美（4）妝澤明媚，丫鬟綽約。（5）其音喬婉，衣服華麗。
4. （1）妙麗，其音如簧。（2）美。

〔註46〕費珠，同前書，第221至223頁。

5.（1）美（2）奇香襲鼻，姿態絕豔，言語楚楚可聽。（3）甚美。

除了 3.（1）對婦人容色未予描繪外，餘多有所鋪敘，至少加一「美」字，或如 3.（4）言其妝扮，或如 3.（5）狀其音容、衣飾，或如 5.（2）寫其香澤，均以直覺之方式畫其美豔，固然受女妖原形影響，所化形之女子，有時亦保持原有一、二特徵，如《支庚》卷二〈蓬瀛眞人〉，雖容色妍麗，塵世無比，但「肌體不甚白皙」，蓋以其原係猪精之故。雖如此，然亦不掩其塵世無比之妍麗。

甚而在「不爲美色所動」之男性眼中，其亦以美豔之形狀出現，如《三己》卷二〈東鄉中僧園女〉條之寺僧法淨，其乍見三狐精時之情狀：「一美女未及笄，長裙大髻，衣服光赫，兩丫鬟從於後，色貌妍麗，嘻怡含笑。」由此見之，凡屬好色女妖者，不論典型或非典型，均以美豔形示。而構成此美豔之現示，即爲費珠所謂「主觀客觀化」，陰性特質對好色女妖之主觀予以客體化，因而對故事主角呈現其美豔之姿態。

（乙）主動之誘惑

美豔之代身，爲陰性特質之主觀予以客體化，依費珠之說，此客體往往使個體內在陰性特質認同之情形下，表現瘋狂之愛戀，其愛戀之行爲表現，在好色女妖故事中，必須透過誘惑之形式以達成。

從《夷堅志》好色女妖故事對誘惑之行爲表述亦然，美豔之現示即表現其誘惑之目的，而故事之發展中，則以好色女妖爲主動者，故產生好色女妖多以主動表達誘惑而出現於故事中。

然而在《夷堅志》中所呈現之情節，在以上誘惑之現示之後，又往往進入第二度之誘惑，此第二度誘惑，則出現主體之主動與被動，茲分述之。

1. 主體之主動：如 2.（1）「因留伴寢」、2.（1）「留與共宿」、3.（5）「微言挑謔」、5.（2）「試出微言挑之」。

2. 主體之被動：3.（1）「來與亂」、3.（2）「欲陪爾寢」、3.（3）「瞻慕丰采、乘間竊來」、3.（4）「便爲自獻之態」、4.（1）「抱李腰而語」、4.（2）「婦前執其手，逕趨店中」、5.（1）「不知可能收留歸宅作婢妾使喚否」、5.（3）「我不慣孤眠，汝有意否」。

由主體之被動觀之，客體在此即呈現其主動性，是爲好色女妖共同現象，即主觀之客體化之後，必引起強烈之主導力量，藉客體而呈現。

自 1.「主體之主動」所呈現之行爲，實際仍出於被動者，蓋美豔之現示

中，自然展現之誘惑之情境，故事之主體主動行為，乃出自於情境之誘導，以導其往瘋狂之行為發展，如《支癸》卷六〈鄂幹官舍女子〉，其先謂胡子云：「瞻慕丰采、乘間竊來」，然後再胡子方「以言誘之」。次序絕不顛倒。由是而知，其仍屬於主體之被動行為，主動性全在好色女妖本身，是主體之主動較不具特殊意義，惟在情節進行中，可以襯托主體之行為。

（丙）無拒之反應

由故事中好色女妖之主動誘惑，就客觀而言，則有「拒與不拒」之行為反應，然就客體好色女妖而言，並無「拒與不拒」之行為存在。

然其主動性操諸主觀時，則客體好色女妖則多呈「無拒」之反應，使主體之意圖，以反抗之情形展開，此為好色女妖故事最典型之特徵。

好色女妖無拒之反應，係來自陰性特質之故，在此陰性特質已呈現費珠所謂「夏娃」之特徵——亞當創造夏娃，以滿足其本能希欲。

（三）強制性之情節

有關好色女妖故事之展開，已如前述，惟就典型性好色女妖故事而言，厥有「淫奔」、「冶遊」及「落難」等三型，不論以何種形式出現，其必經由「美豔之現示」、「主動之誘惑」、「無拒之反應」之過程，完成故事開展部分，惟就《夷堅志》好色女妖故事所見，其情節之進行，即成為強制性之過程，因而構成一「強制性之情節」。

強制性情節，其所以然者，當係佛洛伊德所謂「慾力」之作用，即個體潛意識之衝動，實亦陰性特質表現之形式，蓋陰性特質，經常顯示之形式，即性愛之幻想，費珠謂：「此乃陰性特質粗糙原始之一面，惟有當人未有充分培養其感情關係——當其對生活之情感態度仍幼稚時——其行為乃成為強制性。」是以其表現於故事情節中，亦具強制性。

在人、妖邂逅之情境中，「淫奔」、「冶遊」及「落難」所顯示之意義，並不一致，分述於下；

1. 淫奔——個人道德之脫離

淫奔，象徵個體陰性特質之直陳，此特質在個體之本我適應社會，必須受自我之調節，惟在陰性特質向滿足肉慾之「夏娃」投射，而以其最粗糙之表現形式，變作彼來就我，毫無遮掩之情節，實即脫離個人道德而肉慾直陳。在故事中即以 3.（4）「夜入所寢室，便為自獻之態，共榻至曉而去。」事後

方「問其姓氏居止處」，醜態畢露。

2. 冶遊——家庭道德之脫離

冶遊，象徵社會家庭道德之脫離，個體意識向粗糙原始面發展，潛意識中之好色女妖，亦當脫離社會家庭之約制，而以淫奔女子之外形出現。在《夷堅志》冶遊女子有二例，4.（1）夜間浪游，4.（2）姻戚宴集，其中 4.（2）例：李源會兄自亳州教授罷歸，「姻戚畢集，具酒」，是宴集中，男女雜沓，與當時士大夫內外防禁之社會家庭道德似有不合，故李入中堂，經廳側，便「逢一妙麗，笑抱李腰而語」，終而「握手入室，交歡而散」，此脫離社會家庭，化成一典型之淫奔女子之例。

3. 落難——人際關係之脫離

落難，象徵社會人際關係之脫離，蓋處於社會人際關係脫離之情狀中，受挫而孤立之落難女子，往往有救贖之冀求，對主體之陰性特質而言，其往粗糙面發展，則常以「乘人之危」之方式，作為西門慶式之救贖，亦使落難女子成為淫奔女子。《夷堅志》故事中，落難女子呈現 5.（1）離家、5.（2）訴訟（避仇）、5.（3）借宿等三型，離家者係因家庭人際關係破裂；訴訟者，社會人際關係斷離；借宿者，與家庭關係脫落，而成落難情況，產生淫奔行為，以 5.（3）例：女妖自言為：「左側孫家新婦，因取怒阿姑，被逐出，中夜無所歸，願寄一宵。」女妖明顯經過「婆媳紛爭——逐家——無歸——寄宿」等階段之落難經歷，終成為「起就崔（三）榻」之淫奔女子。

以上典型好色女妖情境之演變過程，在故事創造者（包括故事提供者或洪邁）之個體慾力支配下，顯現其強制性——藉強制性行為，以撫慰其幻想之境。

（四）真實之反映

由於「好色精怪」出自於消極特質之投射，就人類心靈本身而言，即具備有真實性，而情境構築之力量泉源，雖亦出自消極特質之「慾力」，然而在現實層面上，未必如此「駕輕就熟」，其必遭受來自人際關係及社會道德層層阻力，此阻力和故事中理所當然之情境，呈現雙向對流現象，為達成其色慾幻想之滿足，阻力必須層層剝離，因而產生上述各項情境。

類此情境亦必然包含個人經驗之主觀投入，而個人經驗又出自於其社會生活之體驗，在事實上，現實社會對於色慾之壓抑實際存在多重規範，以嚴

男女「內外」之防。

　　對此，大儒朱熹心防尤深，在其《詩集傳》中對淫奔女子之認定，[註47]
亦當出自於消極陰性特質危險層面之人格化，故亦有類似主題：「色慾之危懼
意識」。故〈風雨〉詩，詩序謂：「思君子也。」而朱傳必謂：「淫奔之女言其
當此之時，見其所期之人而心悅。」〈子衿〉詩，詩序謂：「刺學校廢。」朱
傳則云：「此亦淫奔之詩。」朱子解詩，非必不确，但其疑經精神，突破舊臼，
將「正詩」作「淫詩」之想，誠屬對於「鄭人幾於蕩然無復差愧悔悟之萌」（《詩
集傳》）之憂患，亦可想見時人對內外防禁之嚴。

　　對於「內外」之防，宋名相司馬光主張「男治外事，女治內事」，在此
可作為宋人最典型之社會道德規範，其具體約束即在「婦人無故，不窺中
門」，[註48] 主要目的在斷絕其涉外關係，而故事中「冶遊」、「宴集」、「離
家」、「出訟」、「借宿」等情節，全屬必須外出之社會行為，為罪惡之淵藪，
實當時社會道德規範所不許而不能禁制者，因而更加深社會道德之心防力
量，乃有「餓死事小，失節事大」之深沈呼籲。

　　綜上所述，好色女妖之色慾情節乃係個體（自我）從社會行為擺脫社會
道德規範（超自我）之過程，依佛洛伊德之說法，則為「自我」協助「本我」
將「超自我」逐漸脫離之過程，無論如何，此一個人主觀經驗必然反映當時
社會部分現實，使朱子產生「淫奔」詩之聯想，然而理學家對「淫亂社會」
之恐懼心理，實亦出自個體心靈深沈之處，惟終不如志怪所表現之露骨。

二、死亡之覺醒

（一）情境之轉換

　　好色精怪為陰性特質之化身，因而產生各類性愛幻想之情境，然陰性特
質之過度消極發展，並不一定產生縱慾主義之結局，茲就《夷堅志》肉慾之
結果言之，在成就「一夕之歡」或者「數年之好」之後，情節便有「隨即性」
之轉換，轉換成下列三種類型：

〔註47〕朱子對詩之見解，突破「詩三百，一言以蔽之，曰：思無邪」之教條，嘗
　　　　謂：「不是一部詩皆思無邪。」（《朱子語類》卷八十）又謂：「聖人言鄭聲
　　　　淫者，蓋鄭人之詩，多是言當時風俗男女淫奔，故有此等語。」（《朱子語
　　　　類》卷八一）並舉例而言：「如〈子衿〉只是淫奔之詩，豈是學校中氣象。」
　　　　（《朱子語類》卷十八）
〔註48〕司馬光《家範》卷一〈治家〉。

1. 疾　病

（1）（黃資深秀才館于鄉里王氏，精怪）自言主家女，來與亂，既久，遂病瘵。（《丁志》卷二十〈黃資深〉）

（2）（郡兵王福輪宿後圃，逢妖精）挾之至鋪所，雞鳴女去，自是眷戀不釋，雖當下直，亦代人守宿，歷數月，羸瘠如鬼。（《支甲》卷七〈建昌王福〉）

（3）（祝氏子，爲妖所惑）留與共宿，欣然無難詞，自是每夕必至，經半歲，形軀日削，而厭厭短氣。（《支庚》二〈蓬瀛眞人〉）

（4）（仙井監超覺寺九子母堂黃姓行者，褻土偶，爲所惑）攜手入屏後狎昵，自是習以爲常，累月矣，積以臥病，猶自力登山不已。（《甲志》卷十七〈土偶胎〉）

2. 死亡之提示

（1）楊仲弓習行天心法，視人顏色，則知其有祟與否，……逢小胥，小胥與精怪化身之鄰室女子私通，相從已久，呼問之曰：「汝必爲邪鬼所惑，不治將喪身。」小胥聞其語，始悚懼…。（《支甲》卷五〈唐四娘侍女〉）

（2）（茶僕崔三爲精怪所惑，時時一來，後兄崔二來寄寓旬餘，女不至）崔思戀篤切，殆見夢寐，乃吐情實告兄，兄曰：「此地多鬼魅，慮害汝命，宜速爲之圖。」（《夷堅·支乙》卷二〈茶僕崔三〉）

（3）（民某生，開酒店，遇妖化作婦人）前執其手，徑趨店中，生固市井屠沽兒，迷於色，便留之寢，且而去，他夕復至，如是數月，……不以爲虞。偶往郊外行幹，遇道士乞錢，見生顏色枯悴，語之曰：「汝滿面是邪氣，將死於鬼手。」生驚悟。（《支乙》卷八〈南陵美婦人〉）

（4）（新淦人王生爲妖所惑）竊父錢百千，買小舟載女東下，而駐於豫章，隨宜商販，濟度時日，久而消折殆盡。女素善針指，自繡領茵之屬出售，至（紹熙）三年八月，在市店閑坐，有雲遊馬道人過而顧之，謂王曰：「此女子非人，懼爲君不利。今君之身，妖氣充滿，禍至無日，不可不慮。吾能行五雷法，書符救人，當爲任此責。」即研朱作符一道付之曰：「還邸時，爇與司命。」王奉其戒，納符於竈中。（《三己》卷二〈程喜眞非人〉）

3. 死　亡

（1）衡山縣西北淨居巖……紹興十一年，僧善同來居之，纔草屋數間，游僧妙印在他舍，婦人來與合，自腰以下即冷如冰，數日死。（《甲志》卷十五〈淨居巖蛟〉）

（2）潘昌簡館客陳致明遇妖，入與之狎，寢則同衾，涉歷百許日，憔悴龍鍾，了無人色。潘初不悟其然，以爲抱病。迨疾棘，問其所致，乃云蕉小娘子也。潘即命芟除，已無及矣。（《支庚》卷六〈蕉小娘子〉）

上述「疾病」、「死亡之提示」及「死亡」等情境之轉換，實均與「死亡」具有密切關聯。

「疾病」在現實上，未必導致於死亡，然亦未必不能導致死亡，在故事中，疾病經常作爲「死亡」之警兆，故可視爲死亡之象徵。而在「死亡之提示」之中，其常見之形式，乃藉第三者之口，提醒「汝滿面是邪氣」、「妖氣充滿」等恐嚇之語。「妖氣」、「邪氣」均可謂爲死亡之前奏。而在直接導致「死亡」之結果時，正乃好色女妖故事所欲顯示之主題：「色即是死亡」。

（二）危機之展示

好色女妖故事有三種情節之轉換，均足以顯示死亡之危機，而此三種情節，時而在故事中，成一連續展現之過程，茲舉《夷堅・三辛》卷五〈歷陽麗人〉條以言其經過。

> （歷陽芮不疑爲妖精所惑）凡歲餘，父母訝其尪瘠，扣之不言。家人或有睹者，母密告之云：「頗知汝有奇遇，吾正慮飲膳自幻化中來，未必眞物，食之當成疾，試輒一器示我。」芮不敢隱，與之言。麗人曰：「此無害。」即令持蒸羊一楪往，母嘗之，非僞也。父絕以爲憂，值道人屈先生來，自謂精於天心法，備白其故，屈曰：「魑魅罔兩，何足驅除！縱島洞列仙，而誘人爲淫佚之行，吾亦能治之。」遂索線數十丈，以針串小符於杪，藏諸合中，祝芮曰：「君甘心妖惑，死期將至，未忍汝問。俟彼女去時，綴紙貼於衣裾，任其帶線而逝，聊資一笑之適。」芮如所戒。明日，屈先生使訪測野外，有巨蟒死焉，尸橫百丈，芮如醉方醒。

芮生遇妖之後，「父母訝其尪瘠」（疾病）之時，已出現（一）種情節，而芮母扣之，則又不言，反而向麗人妖精求證，及芮父邀道人屈先生來作法，祝

芮曰：「君甘心妖惑，死期將至，未忍汝問。俟彼女去時，綴紙貼於衣裾，任其帶線而逝，聊資一笑之適。」在此則出現第二種情節，芮雖如所戒，則似乎不信，故屈道人乃以「聊資一笑之適」誆之，最後妖死化作巨蟒，「芮如醉方醒」，三段述敘中，出現三種象徵意味，在故事內，第一種情節似乎提示性不足，然而出現第二種情節，第二種情節之提示性又不足，則導出第三種最直接敘述──「死亡」，於是精怪之於死亡之象徵意味，便躍然而出。

（三）死亡之表述

好色女妖故事，自「疾病」等三種情境，以顯現死亡之意味，依文學理論而言，乃係藉「直述」、「譬喻」及「象徵」之方式以表達其意象，〔註49〕（一）直以「死亡」顯示者，為意象（死亡）之直接表述，（二）以「死亡之提示」之方式表現者，是藉「邪氣」等譬喻以表述死亡之意象，（三）以「疾病」之方式表現者，蓋以象徵之意義以表述其意象，此類似於賦、比、興之表達形式，在好色女妖故事中，亦頗突出，惟其表達方式，除直述死亡者外，餘皆藉第三者為之，而此第三者之身分，亦多依其表述方式不同而有所不同。

第三者以「死亡之提示」之方式表達者，多屬於社會性人物，如：2.（1）為習行法術之官員，2.（3）為乞錢道士，2.（4）為雲遊道人，均與男主角本身無直接干涉，2.（3）崔三（男主角）之兄為例外，惟崔兄「素習弋獵，常出游他州」，在故事中是以「忽詣」之形式出現，可見平時亦無過從，與其他雲遊道人近似。

第三者感受男主角「疾病」譬喻「死亡」者，多屬人際關係性人物，如1.（1）為主家子弟、1.（2）父母、1.（3）父母、1.（4）主僧，均與男主角本身平日生活有密切關係者。

至於以「直述」之方式表達死亡者，未有明顯之第三者存在，其但表現男主角之執迷不悟。

就人際關係言，第三者對男主角之死亡意象，關係親密者由於接觸之頻繁與人情之往來，自然較疏遠者之意識為敏銳，因而在情節上，關係親密者對「死亡」危機作「象徵」性之體會，而關係疏者則作「譬喻」性之提示。

（四）死亡意識之概念化

在《夷堅志》一書中，好色女妖之「危險」，在故事中無論以「直述」、「隱

〔註49〕王師夢鷗《文學概論》第十二章「意象傳達的層次」，第112至113頁。

喻」或「象徵」之方式表達死亡意識，其觀念實已根深蒂固，除其有西伯利亞女妖同等之陰性特質危險面外，蓋必有自特殊之觀念而來，以致形成時代共識。

精怪媚人，多有所見，惟其必致人於死，其陰性特質之危險性，往往用其他方式表達，則似始見於《唐傳奇》孫恪納猿精爲妻，爲表兄所覺，遂語之云：「夫人稟陽精，妖受陰氣，魂掩魄盡，人身長生，魄掩魂消，人則立死，故鬼怪無形而全陰也，仙人無形而全陽也，陰陽之盛衰，魂魄之交戰，在體而微有失位，莫不表於氣色。向觀弟神采，陰奪陽位，邪于正腑，眞氣已耗，識用漸隳，津液傾輸，根蒂蕩動，骨將化土，顏非渥丹，必爲怪異所鑠。」〔註50〕孫代雖未嘗爲猿妻所害，然此陰陽魂魄交戰之說，加諸好色女妖之身，至宋代乃將此說予概念化，故幾無不致人於死者。

（五）自覺之過程

從「疾病」至「死亡」之過程，均表現他覺之意義，惟就「自覺」之過程，則有相反之意義。

對人際關係親近者以「象徵」之意義表達危機，個體自覺程度多趨於弱性自覺反應，如 1.（1）主人密詢之，而黃資深「諱拒甚力」，1.（2）父母問其病，而王福「不肯言」，但云「元未嘗有疾」，1.（3）母密詢詰之，「終不肯言」。其所以然者，人習於近翫，關係雖近，利害以之，故對忠衷之言，多不之信，而美色又爲社會道德所不容，故有所諱。

而對關係疏離者而言，其以「譬喻」方式表達者，個體之反應則爲強烈，非 2.（1）「悚懼」，即 2.（3）「驚悟」，其所以然，則在利害較少，無道德約束，又對其「專業」（道士）之信賴。

三、救贖之完成

凡精怪故事多以救贖之方式，以完成其主題意識，好色女妖之死亡象徵，若不自覺而至於喪身亡命，固亦得顯示其主題，然如此粗糙之形式，騰諸人口，已無怪可志，較鮮有例，3.（2）館客陳致明被祟，潘昌簡初不悟其然，及悟已不及，此非不欲救贖，乃他覺不力，自覺不及，以致喪命。捨此之外，凡經過他覺往自覺以意識之，必經過救贖以完成。

〔註50〕孫恪，見《太平廣記》卷四四五引，注出《傳奇》，其事別有寓旨，不屬「典型之好色女妖」。

（一）救贖性人物

在《夷堅志》好色女妖故事中，其救贖過程除自力者外，必有一「救贖性人物」以助其完成。茲就《夷堅志》所見，此救贖性人物有：

1. 僧道——臨川阜閣山道士熊若水（《支乙》卷六〈劉改之教授〉）、雲遊道士（《三己》卷二〈程喜眞非人〉）、乞錢道士（《支乙》卷二〈茶僕崔三〉）、主僧（《甲志》卷十五〈淨居巖蛟〉、卷十七〈土偶胎〉）。
2. 習法士庶——右從政郎楊仲弓習行天心法（《支甲》卷五〈唐四娘侍女〉）、主人弟習行正法（《支庚》卷七〈應氏書院奴〉）
3. 一般士庶——主家子弟（《丁志》卷二十〈黃資深秀才〉）、里中老人（《支庚》卷二〈蓬瀛眞人〉）
4. 鷹犬——雙鷹雙犬（《丁志》卷十六〈玉眞道人〉）、犬（《乙志》卷五〈扈司戶妾〉）。

此救贖性人物（包括鷹犬在內），在多量之故事中，一再以「智慧老人」（the wise old man）之原型出現，〔註51〕每當主角面臨絕境，無法依恃睿智與機運脫困時，智慧老人則現身以助之。在《夷堅志》中，此救贖人物，則以僧道（含巫）爲多，鷹犬爲少，〔註52〕其所以爲僧道所除，蓋「除妖治祟」原即其職掌之一，其粗糙之救贖性格，易於浮現。

（二）宗教儀式之救贖

在精怪故事中，其救贖方式，多以極其粗糙之宗教儀式完成，宗教儀式對治療疾病之作用，在宋代社會迭有所見，《夷堅志》亦有所反映，惟其眞假與否，人類心理學家頗有創見，〔註53〕就《夷堅志》所見，如結壇、行法等，在故事中起重大之救贖作用。

（三）人際關係之重返

在故事呈現轉機時，人際關係促使社會及家庭人物之以主動之關懷，藉隱喻之方式，表達死亡之意象，則人際關係在於救贖過程中，扮演重要角色與作用，自不待言。

〔註51〕見榮格《原型與集合潛意識》第二章，此見張漢良〈楊林故事系列的原型結構〉所引。依據費珠之說，有時亦以少年形象出現，不拘一格。
〔註52〕鷹犬殺狐妖，蓋師沈既濟《任氏傳》（《太平廣記》卷四五二引）之故智，而警策不及。惟沈氏亦取自魏晉志怪。
〔註53〕李亦園〈是眞是假話童乩〉，見《信仰與文化》，第110頁。

《丁志》卷二十黃資深秀才病瘵，主要子弟主動尋治妖祟，《支庚》卷二祝家子形軀日削，而母愛之特甚，即云：「汝父年過六十，日夜望汝成立，以光門閭，今惑於妖鬼，將有生命之憂。為我盡言，當早為之所。」祝子因而啓悟。

蓋陰性特質往粗糙面發展而成性愛之幻想，本即社會人際脫離之現象，前已言及，在故事中，即構成強制性之情節；欲消除此強制性之行為，社會人際關係必須重返現實，在故事中，亦如此表現，主角逢女妖，而他人均一無所見，必須密詢暗叩，乃知有妖祟纏身，如《支乙》卷二〈茶僕崔三〉，女妖時時一來，其兄忽詣之，寄寓旬餘，則女妖絕「不至」。好色女妖此畏人避人之特性，正見人際關係之重返，為救贖之方式。

費珠謂：「當人未充分培養感情關係，其行為乃成為強制性。」即繼續其性幻想之境，反之，其情感關係向社會人際關係轉向時，則強制行為自然趨於弱性。

（四）生活理念之重建

陰性特質以粗糙之形式表現其強制性，其於人際關係之感情培養，得以消除其強制性外，生活情感態度亦經常成為好色女妖之壓制力。《夷堅志》中亦有不為女妖所惑之故事，如：

> 慶元三年，浮梁東鄉僧寺法淨，以暮冬草枯之際，令童行挈稻糠入茶園培壅根株。見林深處，一美女未及笄歲，長裙大髻，衣服光赫。兩丫鬟從於後，色貌妍麗，嬉怡含笑，斂袖前揖曰：「和尚萬福。」法淨應喏。既而思之曰：「此間四向無居人，山前谷畔縱有兩三家，其婦女皆農樵醜惡，豈得如是綽約華姿者？茲為舞魅何疑！不可領略，以招蠱媚。」遂袖手掐印，誦楞嚴呪，大聲咄叱以威之。女嗚嗚大笑，斥法淨名曰：「和尚，你也好笑，縱容念得楞嚴神呪數百千遍，又且如何？我不是鬼，怕甚神呪。」淨曰：「汝是何妖孽，入吾園中，以容色作妖怪？我身為僧，披如來三事之衣，日持佛書，齋戒修潔，雖鬼神魔幻，安可害我？汝速去！」女曰：「兒實良人家，因隨眾出郭，迷蹤到此。願和尚慈悲，指示歸路，兒之幸也。何事以鬼物相待？」淨使從左方出。女子謝曰：「所謂誤入桃源，更容閒有時霎。」乃穿踐叢薄中，不避荊棘。良久，三人俱化為狐，嘷聲可怖。淨駭懼，執童行手，大呼而奔。逕還舍喘臥，心不寧者累日。（《三己》卷二〈東鄉僧園女〉）

此基於宗教信念以袪除妖妄之例，搯印誦咒與否，無關要旨，但心靈有所寄託，「披如來三事之衣，日持佛書，齋戒修潔，雖鬼神魔幻，安可害我？」其陰性特質之積極奉獻宗教之精神，故好色女妖無以近人。

> 鄱陽近郭數十里多陂湖，富家分主之。至冬日，命漁師竭澤而取。旋作苫廬于岸，使子弟守宿，以防盜竊。紹興辛酉，雙港一富子守舍。短日向暮，凍雨蕭騷，擁爐塊坐。俄有推戶者，狀如倡女，服飾華麗，而遍體沾濕，攜一複來曰：「我乃路岐散樂子弟也，知市上李希聖宅親禮請客，要去打窠地。家眾既往，我獨避雨，趕趁不上。願容我寄宿。」富子曰：「舍中甚窄，只著得一小床。若留汝過夜，我爺娘性嚴，必定嗔責，李宅去此不遠，早去尚可及。」女懇祈再三，雜以笑謔，進步稍前，子毅然不聽。徐言：「既不肯教我宿，只暫就火烘衣，俟乾而行可乎？」許之。子登床，女坐其下，半卸紅裙，露其腕，白如酥。復背身挽羅裙，不覺裙裏一尾出。子引手拈杖擊之，成一狐而走。衣裳如蛻，皆汙泥敗葉也。（《支庚》卷七〈雙港富家子〉）

富子守宿陂湖之側，「短日向暮，凍雨蕭騷，擁爐塊坐。」蕭索淒苦之情可知，乍逢落難之女，不乘人之危，且無動於戲謔，其爺娘性嚴使然，斯亦生活態度使好色女妖無以趁焉。

斯二例，在情境未開展之前，即以生活信念拒之，其主題意識雖同於其他好色女妖故事，惟情節專注於自力之救贖，與他篇異也。

四、結　語

好色女妖故事之主題，在於說明美色之危險，其來尚矣，就心理學而言，為人類心智之陰性特質使然，而陰性特質又為榮格所言上古人類之殘餘物，則此好色女妖故事應可溯源於上古時代，惟當時藉其他方式表達於各式之神話之中，以抒寫其恐懼之情，茲舉稟君神話以言之。

> 稟君名曰務相，姓巴氏，……因共立之，是為稟君。乃乘土船從夷水至鹽陽，鹽水有神謂稟君曰：「此地廣大，魚鹽所出，願留共居。」稟君不許，鹽神暮輒來取宿，旦即化為飛蟲，與諸蟲群飛。掩蔽日光，天地晦冥，積十餘日，稟君不知東西所向，七日七夜。使人操青縷以遺鹽神，曰：「纓此即相宜，云與女俱生，宜將去。」鹽神受而纓之，稟君即立陽石上，應青縷而射之，中鹽神，鹽神死，天乃

大開。〔註54〕

此則稟君射殺鹽神之神話。鹽神自動示現愛情及物質之豐庶，即滿足愛情、幸福及溫馨之象徵，稟君則以誘人墮落之陷井視之，故得而射殺之，與此好色女妖出於同一心理，化爲其他形態而表現之。

六朝所見孤狸精頗多，其以好色女妖出之者，如：

> 吳縣費升爲九里亭吏，向暮見一女從郭中來，素衣，日暮不得入門，使寄亭宿，升作酒食，至夜，升彈琵琶令歌，……歌音甚媚，……寢處向明，升去，顧謂曰：「且至御亭。」女便驚怖，獵人至，郡狗入屋，於牀咬死，成大狸。〔註55〕

狸妖以落難女子現形，所歌三曲，挑情獻媚，全然化成典型好色女妖，以迷惑行人，故事以獵吠咋殺女妖作結，與《夷堅志》部分故事近似。惟魏晉志怪之形式，亦多止於女妖被殺被逐，其受魅害過甚者，多不至於死。

唐代傳奇之好色女妖，即如白居易新樂府〈古冢狐〉所云：「彼眞此假俱迷人，人人惡假貴重眞，狐假女妖害猶淺，一朝一夕迷人眼，女爲狐媚害猶深，日增月長溺人心。」故王度引古鏡逼狐精所化之婢鸚鵡，謂：「汝本老狐，變形爲人，豈不害人也？」婢對云：「變形事人，非有害也。」〔註56〕任氏、袁氏諸傳，雖有風旨，其未必不利於人，惟陰陽魂魄之說及虎精食人、蛇妖害人故事行，〔註57〕至《夷堅志》遂引以爲常，好色女妖所隱喻之主題，遂藉以顯明於世，及水滸英雄之殺戮淫妻惡嫂，可以概見宋人之婦女觀矣。

第三節　好色男妖

好色男妖與好色女妖之故事，呈現不同型態發展，其相同者，厥在肉慾一端。

一、好色男妖之本質

好色女妖之本質爲男性陰性特質，而好色男妖之本質，則在於女性陽性

〔註54〕見《世本》，秦嘉謨輯補本。
〔註55〕《御覽》卷五七三引《幽明錄》，此據《古小說鉤沈》第 26 頁。
〔註56〕王度《古鏡記》，《太平廣記》卷二三〇。
〔註57〕見李黃（《太平廣記》卷四五八引《博異志》）、崔韜（《廣記》卷四三三引《集異記》）。

特質（anima）。何謂女性之陽性特質，據榮格所言，厥爲女性潛意識之男性元素，此陽性特質，與男性之陰性特質相反，乃由其父親所塑造，費珠謂：「父親賦予女兒之陽性特質，乃係帶有無可爭論且確信不移之特殊色彩。」〔註58〕因之，陽性特質之出現，亦帶有此無可爭議且確信不移之形式，故其發諸於行爲上，即以理性而神聖般之態度闡述教理，或以獸性之情感強迫於人，然其所欲表達者，有甚而至令人無法接受者。

好色男妖爲女性陽性特質之人格化，故其展現之性格，乃有兩種特色，其一爲權威（神聖）性，其二爲獸性。權威（神聖）性與獸性爲絕然相對之性格，其惟一相同者，均爲極端確信不移而無可爭議者——即陽性特質本身。

權威（神聖）性與獸性皆屬極端化之行爲，均爲女性陰性特質之人格化，此人格乃出自於女性人生態度之主觀認定，其爲權威（神聖）者，則以權威（神聖）待之，其爲獸性者，即以獸性待之，由下引故事可知。

（一）臨川縣曹舍村吳氏女，未嫁而孕，父母責之。女云：「每夕黃昏後，有黃衣人踰牆推戶入，強與我交，因遂感孕。」家人密伺之，果如女言。將入迎摣以刃，即死。取火照視，乃鄰家老黃狗也。以藥去其胎，得異雛焉。

（二）南城竹油村田家嘗失少婦，尋補無迹，半月而後歸，云：「爲烏衣官人迎入山，處大屋下，飲宴相歡，不知何人也。」自是常常去之，或至旬日。家人以爲山鬼，率鄰里壯男子深入探逐，正見大石穴如屋，黑狗抱婦酣寢，不虞人至，無復能化形。遂擊殺之，以婦歸。（《丁志》卷二十〈二狗怪〉）

二則同出一條，均爲狗精作祟，前一則：吳氏女自謂「強與我交」，狗精之強制性行爲，適以顯示其獸性。而後一則：田家少婦自謂：「爲烏衣官人迎入山中」，且「飲宴相歡」，由其順遂性行爲觀之，則顯示官人之權威（神聖）性。其間差異，厥在女性之主觀，故好色男妖之出現，於女性心靈本身之主觀認定，有極大之關聯，茲分別言之。

二、好色男妖之變形

（一）權威（神聖）性之降現

〔註58〕費珠《個體化的過程》，第226頁。

　　好色男妖爲女性陽性特質之人格化，其變形爲人，其人亦必爲陽性特質主觀之呈現，好色男妖所變形之權威（神聖）性人物，厥有下列數種類型：

1. 神通型——神通變化

　　好色男妖之神聖性，完全在女性心理主觀之認定，其最具父性而無可爭議且能確信不移者，未有過於神祇，好色男妖以神祇之面目降現，自然最易於接納。

> 南城士人于仲德，爲子斷納婦陳氏。陳氏爲巫，女在家時，嘗許以事神，既嫁，神日日來惑蠱之。每至，必一犬踴躍前導，陳則盛飾入室以須。眾皆見犬不見人，踰時始去。于氏以爲撓，召道士奏章告天。陳稍甦，自言：「比苦心志罔罔，不憶人事，唯覺在朱門洞戶宮室之中，服飾供帳，華麗煥好。一美男子如貴人，相與燕處。如是甚久，其母忽怒，呼謂子曰：『不合留婦人於此，今上天有命，汝將奈何？盍以平日所積錢爲自脫計？』子亦甚懼，遽云：『急遣歸！』自爾復常。」于氏父子計，以婦本巫家，故爲神所擾，不若及其無恙時善遣之。遂令歸父母家，竟復使爲巫。（《丁志》卷二十〈陳巫女〉）

巫女事神，在宗教人類學特見意義。則然聖貞懷胎，於民族起源神話中，頗騰諸人口，簡狄、姜源神話，且見於經典，上古「民神雜揉」，所在必多，及神人日遠，河伯娶婦，西門豹乃視之爲迷信，降至六朝，神侯娶婦，祇一二見，〔註59〕神格愈高，愈無強占民女之事，〔註60〕《夷堅》此條，顯與巫女

〔註59〕男神娶婦，魏晉志怪僅見二則，實爲一事，據《搜神記》卷十五載：「會稽鄧縣東野，有女子，姓吳名望子，年十六，姿容可愛，鄉里有解鼓舞神者，要之便往。緣塘行，半路，勿見一貴人，端正非常，貴人乘船……令人問望子：『欲何之？』具以事對。貴人云：『今正欲往彼，便可入船共去。』望子辭不敢。忽然不見。望子既拜神座，見向船中貴人，儼然端坐，即蔣侯神像也，問望子：『來何遲？』擲兩橘與之，數數形見，遂隆情好，……望子芳香，流傳數里，頗有神驗，一邑共事奉。經三年，望子忽生外意，神便絕往來。」此亦見《搜神記》卷五，較略。蔣侯疑即山精，望子奉神，當亦巫女，與神通好，與此故事略近。

〔註60〕《夷堅·甲志》卷十七〈永康倡女〉條載：永康靈顯王廟門前馬卒，以倡女悅之，遂犯禁相就，屢不赴夜直，爲主者所糾，得罪，杖脊流配。鬼卒尚不可犯淫，何況正神耶？《太平廣記》卷四五七〈薛重〉條（註出《廣古今五行記》），會稽郡吏薛重得假還家，聞婦牀上有丈夫眠聲，入門但見一蛇隱牀腳，斫殺之，經日婦死，數日重又死，冥官問曰：「何以殺人？」重道始末，

之主題有關，然所奉神，既能「日日來惑蠱之」，非正可知，大抵類似山精木魅之半神半怪者也。《夷堅志》有一則故事，即直接點出神祇之身分。

> 河中人劉庠，娶鄭氏女，以色稱。庠不能治生，貧悴落魄，唯日從其侶飲酒。鄭饑寒寂寞，日夕咨怨，忽病肌熱，昏冥不知人，後雖少愈，但獨處一室，默坐不語，遇庠輒切齒折辱。庠鬱鬱不聊，委而遠去。鄭掩關潔身，而常常若與人私語。家眾穴隙潛窺，無所睹。久之，庠歸舍，入房見金帛錢綺盈室，問所從得，鄭曰：「數月以來，每至更深，必有一少年來，自稱五郎君，與我寢處，諸物皆其所與，不敢隱也。」庠意雖憤憤，然久困於窮，冀以小康，亦不之責。一日，白晝此客至，值庠在焉，翻戒庠無得與妻共處。庠懼，徙於外館，一聽所處，且鑄金為其像，晨夕瞻事。俄為庠別娶婦。庠無子，禱客求之，遂竊西元帥第九子與為嗣。元帥賞募尋索。鄰人胡生之妻因到庠家，見錦繃嬰兒，疑非市井間所育者，具以告。帥捕庠及鄭，械擊訊掠，而籍其貲。獄未決，神召會鬼物，辟重門，直入獄劫取，凡同時諸囚悉逸去。帥大怒，明日復執庠夫妻，箠楚苛酷。是夜神又奪以歸，而縱火焚府治樓觀草場一空，瓦礫磚石如雨而下，救火者無一人能前。帥無可奈何，許敬祀神，不復治兩人罪。五郎君竟據鄭氏焉。（《支甲》卷一〈五郎君〉）

五郎君當即五通神，為宋代有名之神格精怪，流行於二浙江東一帶，「能使人乍富，故小人好迎逢致事，以祈無妄之福」（《夷堅·丁志》卷十九江南木客）。在故事中，鄭氏被五郎君所據，原夫劉庠非但徙於外館，一聽所為，且鑄金為其像，晨夕瞻事，以其具有神威，且能致人無妄之福也。

自五郎君故事觀之，其結構亦存在對立之情感：

劉庠——不能治生／貧悴落魄／逐日飲酒。

鄭氏——饑寒／寂寞有色／日夕咨怨。

五郎君——金帛錢綺／少年郎君／日逞神威。

從以上對立情感見之，鄭氏之所欲，五郎君俱有，則其以神聖性之姿態降臨，是乃陽性特質人格化，故能順遂鄭氏主觀之滿足。至於陳巫女故事，

（太山？）府君愕然有悟，曰：「我當用為神，而取婬人婦，又訟人。」敕左右將來，更將一人，具詰其婬妄之罪。姑不論其人為巫為妖，大抵為「候補神」之類，犯淫即有罪，大抵魏晉以來即作此觀。

彼家世爲巫，女在家時，朝夕寢淫，乃至許以「事神」，事神之事，本極曖昧，乃至既嫁之後，神日日來惑蠱之，此神亦陽性特質之人格化，與巫女主觀理念相符合。

好色男妖以神之形式出現，與好色女妖以仙眞降臨者不同，蓋後者以女妖僞成仙眞，而好色男妖本身即具神性，此神性又具有無可爭論確信不移之色彩，以致女性主角無以抗拒。

2. 士人型──風流醞藉

《詩》云：「有女懷春，吉士誘之」（〈召南‧野有死麕〉），士大夫向被視爲浪漫之象徵，故「風雨如晦，雞鳴不已，既見君子，胡云不喜？」（〈鄭風‧風雨〉）女子怡悅君子，亦所當然。

在傳統社會之中，知識之取得並非易事，由於受到政治影響，傳統社會歷來重視士人，使士人之地位，騰諸四民之上，而士人本身，來諸於庶民，其飽熟詩書之後，觀念行爲又不可免於與庶民之對立，使庶民產生矛盾而統合之心理，自其矛盾面而言，乃形成「粗鄙──風流」之對立情感，存之於士人，亦存之於庶民，故好色男妖之降現，其變形爲士人，就庶民而言，乃未嘗不具備其神聖性，而對民女而言，又未嘗非屬不可爭論而確信不移者，其「飽讀書史」化爲知識，談經說事，一如父性之權威，神聖性之好色男妖，以士人爲變形，就此而言，當可易於瞭解。而此精怪化爲士人以淫人之故事，由來尚矣，如《搜神記》卷十七載：餘姚虞定國有好儀容，同縣蘇氏女，亦有美色，後定國來告蘇公云：「賢女令色，意甚欽之，此夕能令暫出否？」主人以其鄉里貴人，便令女出從之。此定國實乃精怪所化，然則假於貴人之權威性，乃得逞其慾，正說明此心理。

《夷堅志》中好色男妖故事，其變形爲士人者，如：

> 樂平螺坑市織紗盧匠，娶程山人女。屋後有林麓，薄晚出游，逢一
> 士人，風流醞藉，輒相戲狎，隨至其室，逼與同寢。家人有覘見者，
> 就視之，乃爲長蛇繳繞數匝，時吐舌於女脣吻中。盧大驚，拊几呼
> 諭之，女笑曰：「爾何言之謬，此是好士大夫，愛憐我，故相擁持，
> 豈汝賤愚工匠之比，奈何反謗以爲妖類！」盧出外思其策。里中江
> 巫言能治，即被髮跣足，跳梁而前，鳴鼓吹角，以張其勢。蛇睢睢
> 自若。江命煎油大鍋，通夕作訣愈力，女怒告曰：「無聒我恩人。」
> 舉衾覆之，蛇亦縮首衾下。江度其無能爲，用繩串竹筒套其頸，使

侶伴緋衣高冠十輩，分東西立，雜擊銅鐵器，五人拽女向東，五人
拽蛇向西，如此者五，方得解女身之纏縛，遂與眾斫蛇碎之，投之
油鍋內，程氏救之無及，洒淚移時，欲與俱死。於是使吞符以正其
心神，餌藥以滌其腸胃，踰月始平。(《三辛》卷五〈程山人女〉)

此為男妖惑女之故事，程山人女初逢風流醞藉之士人，即謂「此好丈夫愛憐
我」，是則為士人型好色男妖明矣。在結構上，亦呈多項對立情感，如「丈夫
——情人」／「織紗匠——士人」，「人——妖」／「賤愚——風流」，在在顯
示人與妖之間於情慾之外，尚有附加物——「風流醞藉」或「情愛」，此則女
性主角視為神聖不移者，亦即陰性特質之人格化。

3. 財主型——金帛財利之現示

在神通型之好色男妖中，即已顯示金帛之誘惑。陽性特質與陰性特質之異
者，陰性特質往往以「性愛之幻想」以表現其原始面，而陽性特質則在表現其
神聖性或權威性。在道德規範不及社會現實之場合，金帛之利往往藉以象徵權
威，有其與父性不可爭論與確信不移之意味在焉。因之，有權威者即具有與神
聖同等之地位，好色男妖變形為財主，即將此神聖性之權威予人格化。

徽州婺源民張四，以負擔為業。其妻年少，在輩流中稍光澤。張受
僱出十里外，一白衣客過其家，語言佻捷，四旁無人，妻欲與姦，
袖出白金數兩為賄，妻因就之，茌苒頗久。張歸，密聞之，詐語妻
曰：「我又將往池州，旬日乃可回。」妻益喜，以為適我願。逼暮，
張潛反室，持短矛伏戶側。夜且二鼓，見白衣從窗櫺越入，迎刺以
矛，其人呦呦作聲，奔而去，視矛刃有血及細毛數十莖。張念人安
得有毛，此必怪也，又復窮詰妻，妻始肯言所見。(《支乙》卷一〈張
四妻〉)

故事中好色男妖為巨白鼠所化，在好色男妖有求於張四妻同時，立即「袖出
白金數兩為賄」，此乃財主型之好色男妖也，於「道德——金帛」、「道德——
肉慾」之對立情感中，張四妻均選擇後者，並視之為一體，故張四詐妻欲往
池州，妻則「以為適我願」，在此意味肉慾與金帛之間，並非經由「交換」而
來，而是陽性特質主觀認同於金帛，正如同現實父親以權威性之方式，提供
一切物質之滿足，財主型之男妖，正為陽性特質之人格化。

4. 少年型——丰姿偉碩

好色男妖不論假借何等身分，多以少年兒郎之形象出現，此一形式，其

來尚矣。〔註61〕少年爲青春之象徵，蘊藏勃勃之生氣，故好色男妖多變形爲少年，以符合好色之主題。

> 奉化士人董松妻王氏，美而蕩，爲祟所憑。初於黃昏間，見少婦盛飾，從女僕張青蓋自外來，稍近，則變爲好少年，著皂背子，便出語相嘲戲，王氏傾挹之，自以爲適我願，與之同寢。(《志補》卷二十三〈天元鄧將軍〉)

此好少年爲烏犬所化。王氏所傾挹者，在其少年而好，少年何以爲權威性之現示，蓋少年浪漫，女性主角亦多屬少年而美，則其浪漫色彩，自然以無可爭論而確信不移之形式，反射到好色男妖本身，在此則與文士有同等之意義。倘以純肉體關係而言，少年之健壯美好，亦理當然之權威展示，故其神聖性，也表現於肉體之一面，《夷堅志》〈永康倡女〉故事，即以肉體現示。

> 永康軍有倡女謁靈顯王廟，見門外馬卒頎然而長，容狀偉碩，兩股文繡飛動，諦觀慕之，眷戀不能去。至暮，家人強挽以歸，如有所失，意忽忽不樂。過一夕，有客至求宿，其儀觀與所慕丈夫等。倡喜不勝情，自以爲得客晚。其人遲明即去，黃昏復來。留連數宿，忽泣曰：「我實非人，乃廟中廐卒也。以爾悅我，故犯禁相就。屢不赴夜直，爲主所糾，得罪，明日當杖脊流配。至時，過爾家門，幸多買紙錢贈我。」倡亦泣許之。如期，此卒荷鐵校，血流滿體，刺面曰「配某處」，二健卒隨之，過辭倡家。倡設奠焚錢，哭而送之。他日，詣廟，偶人仆地矣。(《甲志》卷十七〈永康倡女〉)

此故事女性主角爲倡女，倡女與嫖客之關係，純在於買賣契約，其權威性及神聖性，均建立於契約之上，應屬非典型之權威（神聖）好色男妖。惟在故事中，此倡所眷戀者，本身並無一定之契約，由其所慕之「頎然而長」、「容狀偉碩」觀之，完全建立在肉體關係之中，以肉體展現其陽性特質之權威性及神聖性，而爲女性主觀所認定。

費珠博士對女人陽性特質之發展，曾揭示其發展階段有四：

（1）強壯型——如泰山般，以肉體力量之具體化出現。

〔註61〕《搜神後記》卷九載：「晉太元中，丁零王翟昭後宮養一彌猴在妓女房前，妓女同時懷姙，各產子三頭，出便跳躍，昭方知是猴所爲，乃殺猴及子，妓女同時號哭，昭問之，云：『初見一少年，著黃練單衣，白紗袷，甚可愛，笑語如人。』」是精怪化人淫人之例。

（2）浪漫與行動型——如雪萊與海明威般，擁有進取心及計畫行動能力。

（3）理念型——如教師牧師般，以表達其理念。

（4）化身型——如甘地般為智慧導師或神之化身。〔註62〕

此四階段之發展，倘加以人格化，則可以四種類型之人物在上述諸類型均可見之。其一則為偉碩少年，其二則為文士財主，其三四則為神通，陳巫女被逐出後，返家重操巫業，正屬於第四階段者。

（二）非典型好色男妖之現示

好色男妖以獸性及權威（神聖）性現示，惟在契約性關係下，一如好色女妖，當屬於非典型好色男妖。契約關係本亦具有權威性，惟在故事中，所呈現之情節發展，略與他篇異，是以歸之於「非典型」者。

《夷堅》故事中，好色男妖與女性主角之契約關係，最具體者當屬於夫妻關係。

> 南劍州尤溪縣人璩小十，於縣外十里啟酒坊，沽道頗振。只駐宿於彼，惟留妻李氏及四男女兩婢在市居。每經旬日，則一還舍，然逼暮必反。紹熙四年八月，夜且二更，璩擊戶而入，攜酒一罈。李問之：「爾既歸來，何必衝夜？豈不防路次蛇虎不測乎？」璩曰：「我既薄醉思汝，又念家間乏人看覷。坊內僕使自足用，故抽身且來宿臥，不曉便行矣。」泊就枕，觀洽異於常時。自是，輒用此際來，門不關扃以待之。至十二月，李懷妊。明年三月，璩歸，訝妻腹大，謂之曰：「我經歲不曾共汝同衾枕，何由有孕？汝實與誰淫姦？速言之！」李曰：「從去年八月，汝夜夜將酒來共飲，兒女共慶奴各得一盞。酒盡然後登牀，天未明即去。有如不信，請逐一問之。」眾言並同。璩不能質究，呼坊僕王八，使李詢夫行止。王云：「十郎未嘗離本坊。」李曰：「然則酒餅是誰將到？」王云：「今夜若復來，但留下餅，卻俟來日審實。」已而又至。璩別命僕韓二同王八再驗之。適見主公與主母對酌，認其衣裳形貌，言笑舉動，真無少異。二僕唱喏罷，急走詣酒坊。璩十正彷徨燈下，以須音耗。僕告之。璩曰：「一段精怪，我也理會不得。」即磨淬利刃，秉炬而趨。語二僕曰：「隨我去，如誤殺了人，我自承當，不以累爾。」及家時，已三更後，令王八先剝啄。李氏席飲猶未

〔註62〕費珠，《個體化的過程》，第233頁。

竟，隔扉問何爲，曰：「十郎教我送牛肉來。」既得入，璩揮刄刺著
男子，殺之。化作白猿，凡重七十斤。李免身，生一小猱，搦死之，
棄於荒野。（《三己》卷二〈璩小十家怪〉）

精怪乘人夫妻離居，化作丈夫，據人妻妾，魏晉志怪屢書不絕。〔註 63〕此故
事沿襲其意，情節雖曲折，祇能作爲離家丈夫之戒而已。〔註 64〕

　　另一契約性關係，則在倡女與嫖客之買賣契約，倡女所意並非色，徒因
男妖好色，而其好色性格並非女性主角之陽性特質之投射，故當以非典型者
視之。《夷堅・支戊》卷三〈池州白衣男子〉條。

李妙者，池州娼女也。淳熙六年，有白衣男子詣其家，飲酒託宿，
相得甚歡。踰三月久，妙以母之旨，從之求物。男子曰：「諾，我今
還家取之，明日持與女。」妙使其僕雍吉隨以往，男子拒之，曰：「吾
來此多日，家間弗知，弗欲道所向。若雍吉偕行，恐事泄，於我不
便。」妙母子意其設辭，竟令尾其後。迤邐出郭西門，至木下三廊
（郞）廟前，謂雍曰：「可回頭，有親家叫汝。」雍反顧，則無人焉，
復前視之，但見大白蛇，望茅岡疾趨。駭顫欲仆，歸以告妙。妙與
雍皆大病，期年乃愈。而妙顏色萎悴，不復類曩時。郡爲落籍，許
自便。後鬻於染肆爲妾。

由於倡女之特殊角色，唯利是圖，故雖「相得甚歡」，然仍以「從之求物」爲
旨，遭逢妖厲，亦祇能作爲倡女好財之戒而已。

　　由於倡女與嫖客之關係建立於買賣契約之上，一旦無法履行契約之時，
往往經過自覺之方式，斷絕其往來，斯乃無情感存在之故。《夷堅・三己》
卷七〈邊換師〉條：

路歧散倡邊換師，游涉嘉興，就邸於闤闠中。一日黃昏時，有少年
子登門，持錢置酒，雖風貌侏儒，然詼諧俊敏，深可人意。數童隨
行使令，悉衣黑褐。因留寢宿，但其人滿面多瘡，貼以翠靨。方款

〔註63〕《搜神記》卷十八載：田琰居母喪，恒處廬，白狗化其形，淫其婦，後覺，
　　　　打殺之，婦亦羞愧而死。在希臘神話中，宙斯（Zeus）化身爲安菲特里昂
　　　　（Amphitryon），以姦淫其妻阿克梅尼（Alkmene），同此義，惟神與精怪身分
　　　　不同耳。
〔註64〕費珠謂：「女人心靈的『內在男人』所起的夫妻問題，事實上，令事情複雜的
　　　　是：陽性特質（或陰性特質）欲支配自己的伴侶，會自動地激怒對方，令他
　　　　（或她）也想支配對方。」（《個體化的過程》第 234 頁）亦可用以解釋本則
　　　　故事。

會之間，不容邊捫其首。天未曉，托故而去，自是往來如常。一家
初未嘗見之，邊亦不覺為異，遂謝絕他客。其母責誚之曰：「汝執性
若此，何以供衣食之資？」邊曰：「每夕少年郎至，必有所攜，豈得
云無獲？」母驚問其詳，始知之。舉家駭悸，乃邀行天心正法吳道
士，使之驅治。吳戒邊曰：「須今夜來時，試以紅線逢其裙，庶可辨
驗。」明夕客至，怒而罵曰：「相處許久，那得見疑？」邊用好語解
釋，仍延同寢。伺其熟寐，竟施前說。及旦，於所居之側溝渠間，
有紅線垂出，即而尋掘。得一蚵蚾甚大，線綴于背，其傍小者數枚，
皆帖伏不動。杵殺之，乃絕。

蚵蚾精風貌侏儒，滿面多瘡，而又詼諧俊敏，深可人意，倡女竟為之謝絕他
客，故事本身雖曖昧，然倡女仍知精怪每夕至則必有所攜，及自覺其有異，
其殺妖行動之主動果決，非其他同類故事可比，可見非典型好色男妖故事之
情節發展，實有不同於典型者。

（三）獸性呈現

精怪多為獸類所變形，其若以獸性現身，固理之所然，然則獸性之呈現，
在本質上，與權威性好色男妖無異，均為無可爭議而確信不移者，但由於主
觀因素（有時亦為偏見）作祟，乃使陽性特質直接以獸性呈現。

餘干鄉民周生之妻，性淫蕩。紹興十八年三月，往母家，中道遇巨
蛇當路。意其死者，遂跨之而過。行不數步，蛇起逐之，熟視，蓋
三男子也，若兄弟然。長者以言挑之，欲強與合，妻未從。二弟者
勸解之，兄不聽。方撐拄之間，鄉人龔犂匠偶至，見巨蛇繞婦人數
匝，共臥于地，龔欲前營救，而手無所攜，不敢近。素能持大悲呪，
乃高聲誦念，奮而叱蛇，即解去。及轉山腰回望，依然三男子，衣
白絎紗，緋勒帛，背人而逝。（《支庚》卷八〈餘干民妻〉）

此段故事頗曖昧，蛇精忽而為人，忽又為蛇，其作三男子形，而長者以
言挑周妻，欲強與合，周妻雖性淫蕩，而未之從，乃施以暴力，大發獸性，
全以獸性現示，故謂之獸性好色男妖，惟好色男妖之獸性，實乃女性陰性特
質之投射，其最粗糙之形式表現，即主觀視色欲為禽獸狂暴之行，就此而言，
使性淫蕩之女，亦存此觀，故志怪之書，每有更裸露之描述。

蛇最能為妖，化形魅人，傳記多載，亦有真形親與婦女交會者。

（一）南城縣東五十里大竹村，建炎間，民間少婦因歸寧行兩山間，

聞林中有聲，回顧，見大蛇在後，婦驚走。蛇昂首張口，疾追及，繞而淫之。婦宛轉不得脫，叫呼求救。見者奔告其家，鄰里皆來赴，莫能措手。盡夜至旦乃去。

（二）又壕口寶慈觀側田家胡氏婦，年少白皙，春月餉田，去家數里，負擔行山麓，過叢薄中。蛇追之，婦棄擔走，未百步驚顛而仆，為所及。以身匝繞，舉尾褰裳，其捷如手。裳皆破裂，淫接甚久。其夫訝餉不至，歸就食，至則見之，憤恚不知所出，呼數十人持杖來救。蛇對眾舉首怒目，呀口吐氣，蓬勃如煙。眾股栗，莫敢前，但熟視遠伺而已。數日乃去，婦困臥不能起，形腫腹脹，津沫狼籍。昇歸，下五色汁斗餘，病逾年，色如蠟。

（三）宜黃縣富家居近山，女刺繡開窗，每見一蛇相顧，咽間有聲鳴其傍。伺左右無人，疾走入室，徑就女為淫，時時以吻接女口，又引首搭肩上，如並頭狀。女啼呼宛轉不忍聞。家人環視，欲殺蛇，恐并及女。交訖乃去。遂妊娠，十月，產蜿蜒數十。

（四）南豐縣葉落坑，紹興丁丑歲，董氏婦夏日浴溪中，遇黑衣男子與野合。又同歸舍，坐臥房內。家人但見長黑蛇，亦不敢殺，七日而後去。婦蓋不知為異物也。

此四女婦皆存（《丁志》卷二十〈蛇妖〉）

以上四則，乃洪邁歸納眾說而得者。女人與禽獸交之故事，在原始宗教渾沌時代，大多以民族起源神話出現，如高辛氏少女委身盤瓠（犬）即是，〔註65〕部分之神話，亦以神化為獸與女人交之形式現示，〔註66〕純以獸形出現，則必始於人神日遠之後，如《焦氏易林》有「南山大貜，盜我媚妾。」〔註67〕即是。此後人獸之交，屢見於書，宮廷至以為淫戲，至於《太平廣記》卷四三八載有杜修己妻薛氏與狗淫交之事（註出《瀟湘錄》），實出於變態心理。惟在志怪書中，獸以真身親與人淫者，或源自於「人獸交」之系列故事，然亦當視之為陽性特質之投射，神話排除神話之神聖外衣，其事與禽獸之行，實無二致，故志怪乃直以禽獸之面貌出焉，以呈現女性對性慾厭惡之情。

〔註65〕此盤瓠神話為蠻夷民族起源神話，見袁珂《古神話選釋》，第 221～224 頁。事見應劭《風俗通》、干寶《搜神記》卷十四。

〔註66〕如神話中宙斯化成天鵝，淫斯巴達后莉達即是。

〔註67〕此或為少數民族起源傳說，而為漢人所華夷化，見王夢鷗〈閒話補江總白猿傳〉，《中國古典文學論叢》，第 84 頁。

三、被動之情節

好色男妖故事中，女性主體經常以被動之形式，爲好色男妖所支配，其常而易見之表現形式，即以「遭祟——救贖——回述」之結構鋪敘，此一結構，由來尙矣，《幽明錄》載宋高祖永初中，張春爲武昌太宗，人有嫁女，未及登車，忽便失性，出手毆擊人乘，云：「己不樂嫁俗人」，然後巫云是邪魅，得青蛇、大龜、白鼉，「蛇是傳通、龜是媒人、鼉是其對。」其情節即如是鋪排，《夷堅志》所見尤多。《丁志》卷二十〈巴山蛇〉條：

> 崇山縣農家子婦，頗少艾，因往屋後暴衣不還，……閱半月弗得。
> ……樵者負薪歸，至半嶺，望絕壁嵒崖間若皁衣人擁抱婦人坐者，
> 疑此是也，…樵歸報厥夫，意爲惡子竊負而逃者，時日已夕，不克
> 往。至明，家人率樵至其處偵視，莫敢入…聞樂安詹生素善術，巫
> 招致之。詹被髮銜刀，禹步作法，…倮身持刀，躍而下。穴廣袤如
> 數間屋，盤石如牀，婦人仰臥，大蛇纏其身，奮起欲鬭。詹揮刀排
> 墮牀下，挾婦人相繼躍出。婦色黃如梔，瞑目垂死。詹…含水噀婦，
> 婦即活。歸之，明日始能言。云：「初暴衣時，爲皁袍人隔籬相誘，
> 不覺與俱行，亦不知登山履危，但在高堂華屋內與共寢處，飢則以
> 物如餳與我食，食已即飽，心常迷蒙，殊不悟其爲異類也。」（《丁
> 志》卷二十〈巴山蛇〉）

類此情節敘述之方式，與好色女妖故事大有差異，尤其表現出好色男妖之主動性與女性主體之被動性，與好色女妖有誘無拒式之性愛幻想，形成不同風貌。

女性主體之被動行爲，主要由於客體以權威性及獸性降現，而客體之權威性與獸性乃係女性主觀之認定，因而客體特別具有主動性，遂使主體之表現便祇呈現被動之回應。

四、屈服之主題

（一）盲目之屈服

好色男妖爲女人陽性特質之具體化，而女性陽性特質來自父性無可爭辯而確信不移之影響，在無可爭論而確信不移之主觀認定下，投射於好色男妖而使其全然以權威性（和獸性）現示，當女性之自我又必須以「確信」之態度與此權威性（和獸性）之好色男妖會面時，其確信之特質又將以積極與消

極之方式面對之。

不論是積極或消極之態度，均係受父性無可爭辯而確信不移影響而成之特殊色彩，其所以特殊，在於確信之態度可以涵蓋個體之思想與情感，卻絕不包括女性自己個人實體。

個體積極態度，表現在其好色男妖以權威（神聖）性之降現後，其自我之感情和思想立即向權威（神聖）認同，在此情形，惟有盲目之回應，乃能博得權威（神聖）之所給予，而此盲目之回應，女性自己個人實體並不佔重要地位，前舉〈五郎君〉故事即有明白顯示：劉氏初遇五郎君之情節，不得而知，然數月以來，每至更深，五郎君皆必來，而劉氏對此權威性之男妖，其感情和思想，均受男妖所支配，一直積極奉獻以盲目之愛，惟有盲目之愛，乃能博得神聖之五郎君所賜予之愛情、金帛、安全感等。

關於女性個體必須接受陽性特質權威性支配之現象，漢德遜博士提出「屈服」之主題，並指出：「女人最初通過的祭儀，強調她們要被動與默從，這在月經週期的生理限制中，尤為明顯。」〔註68〕漢德遜主要強調女性必須從屈服中獲取新生，在此亦同，惟其所獲之「新生」並非適合於個體情況與其他社會規範而已，然則此一「屈服」之主題，在女性個體面對權威性好色男妖時，是必然之過程，故今目之為「盲目之屈服」。

（二）無力之屈服

在父性無可爭辯與確信不移之影響下，對好色男妖以獸性呈現時，女性個體自我無法認同時，往往有積極與消極之被動反應，其來自陽性特質之消極性反應，「幾乎均導致一種『無效』之意義」（費珠說），認為對獸性之反抗終將成無效之舉，以至於在救贖時，往往採取無力之舉動，以作為無效之抗拒，而在抗拒之時，亦不存在任何「期望」，前引《夷堅志》四則「蛇妖」故事，蛇妖以真形現身，以獸性迫人之時，婦人除「撐拄」、「宛轉」外，亦無力於抗拒。在《夷堅志》另則故事中，對其消極性反應之過程，有較詳細之描述。

> 臨安人王彥太，家甚富，有華室，頤指如意。忽議航南海，營舶貨。舟楫既具，而以妻方氏妙年美色，不忍輕相捨。久之，始決行。歷歲弗反，音書斷絕。當春月，杭人日游湖山，方氏素廉靜，獨不肯出，散步舍後小圃，舒豁幽悶。經花陰中，逢少年，衣紅羅裳，戴

〔註68〕漢德遜，〈古代神話及現代人〉，收在黎惟東譯《人類及其象徵》第161頁。

蹙金帽，肌如傅粉，容止儒緩，潛窺於密處，引所攜彈弓欲彈之。
方氏罵之曰：「我是良家，以夫出年多，杜門屏處。汝爲何等人，擅
入吾後圃，且將挾彈擊我，一何無禮如是！」少年慚懼，擲弓拱手，
揖而謝過。方正色叱之，恍然不見。方奔歸，呼告群婢，覺神宇淆
亂，力憊不支。迨夜半，少年直登堂，方趨走欲避，則伸臂挽其裾，
長數丈餘，群婢盡力援奪不能勝，遂擁升榻，與款接。自是晚去暮
來，無計可脫。心所欲物，未嘗言，不旋踵輒至。方念彥太殊切，
報于親故，招道士行五雷法，乃設醮，及擇僧二十輩，作瑜珈道場，
皆爲長臂搖擊，莫克盡其技。（《支乙》卷一〈王彥太家〉）

中一段「神宇淆亂」爲好色男妖故事常用手法，詳下文，此方氏乃一廉靜美
女，好色男妖化爲一「衣紅羅裳，戴蹙金帽，肌如傅粉，容止儒緩」之少年，
卻不足以「動」其心，先是罵之，及妖來，又與群婢奮力脫逃，甚至報親故，
招道士僧人，設醮作齋，全未盡其功，分明顯示其抵抗之具無效意義也，就
心理而言，彼好色男妖爲其心靈之具體化呈現，個體倘未能確認其意義也，
本即無策以驅之。

五、迷惘之情境

（一）神秘支配

女性主體對潛意識中之陽性特質之被動回應，往往形成被支配之現象。
費珠謂：「每當這些潛意識的具體化支配我們思想時，這就好像我們自己擁有
這種思想與情感，自我與他們認同，而且無法脫身而出，了解它們到底是什
麼東西。人確定是被潛意識的意象所支配。」以此現象，正可說明好色男妖
以權威性之意象現示時，而女性主體則立即投之以相同之回應。

然而在立即而被動之回應中，女性主體往往無從瞭解其中所含寓之思想
與情感，在《夷堅志》好色男妖故事，其不以權威性或獸性特質現示者，反
而更明白顯示此一現象，即在其遭祟之同時，立即便有神秘之情節表現，最
常見者，厥爲「恍忽」。

撫州金溪士人藍獻卿妻，頗有姿貌。與夫歸寧母家。肩輿行塗中，
風雨暴作，空中飄紅葉，冉冉入懷，鮮紅可愛，撫翫不捨。至夜，
恍忽間有人登床與接。及明告其夫，俄得狂疾，言語錯亂，被髮裸
跣不可制。藍大以爲撓，醫巫無所施其伎，了不知何物爲妖也。（《丁

志》卷二十〈紅葉入懷〉）

衢人胡彥才，有女及笄，容色姝美，擇壻未諧。嘗戲堂上，忽見三
錢墮梁間，漫拾之。歸將納于厨，方啓扉，乃得紅牋同心結數百。
自是啟閟不常，或唧唧私與人語，或似與人笑。父母憂駭，坐守其
側，不能戢也。郡士徐具瞻，習行大洞法，招使治之。爇一符於竈，
置一符於口，而坐室內伺視。女望一美丈夫來，入房，爲青衣人斥
去，云：「正要捉汝。」女迷惑眷戀，隨而觀之。見甲士數十人，捽
拽以出，而餘人無所睹。女猶話其事，而豁然矣。（《支庚》卷七〈胡
彥才女〉）

前一則之「紅葉入懷」、後一則之「紅牋同心結」，均有「浪漫」之象徵意味
在焉，女性主體漫心無意之接觸，隨即產生「恍惚」、「啟閟不常」之現象，
是乃勒維布里爾（L'evy-Brühl）所謂「紳秘參與」（participation mystigue），此
神秘參與者，即女性受潛意識之陽性特質之具體化，就其意義而言，實與女
性主體對權威性好色男妖之認同，具實質同等之意味。此類情節屢見於志怪
之書，大抵取自於神話之象徵手法，〔註69〕一以涵蓋女性個體不幸爲陽性特
質具體化支配後之迷亂行爲，迷亂於主觀之權威（神聖）性與客觀之獸性之
間，而表現出思想與情感混淆迷惘之情形。

（二）角色錯亂

盲目之愛是表達於確信爲權威而神聖事物之認同上，而當此認同於確信
權威與神聖之同時，對立於權威與神聖以外之事物，立即變成獸性般而令其
無法容受。如丈夫之角色，其婚姻契約本亦具其神聖及權威性，〔註70〕然而
在主觀上權威（神聖）另現，自我受其支配時，此一契約權威乃因而消失，
甚者尚以之爲禽獸之可厭，如前引「五郎君」故事，鄭氏爲五郎君所奪，平
時但「獨處一室，默坐不語」，其候五郎君，則「掩關潔身」，而遇「庠輒切
齒折辱」，是乃「角色錯亂之現象」，其所以然者，在於對神聖性好色男妖主
觀認同，導致於情感與思想向陽性特質作盲目之屈服，遂以獸性主觀認定於
其他事物，類此「角色錯亂」之現象，《夷堅志》中尚多，如《支庚》卷九〈明

〔註69〕如姜嫄履帝武之「敏歆」（《詩・民生》），簡狄吞食玄鳥之卵（〈殷本記〉）及
　　　　少女丹妮惑於宙斯所化身之黃金雨（一說陽光），均爲神話之象徵手法。
〔註70〕漢德遜在揭示「屈服」之主題時，即強調女性在婚禮之被動與默從，爲促成
　　　　儀式成功之主要態度，見〈古代神話與現代人〉，第161頁。

州學堂小龜〉條，士人妻被祟，醒時則云：「是我丈夫也，攜之共飲。」分明錯亂丈夫與精怪之角色而不自覺，蓋感情與思想已受支配，以致無法明瞭其感情責任也，類此情形，在為人子女者亦然，《支庚》卷三〈陳秀才女〉條，即為錯亂子女應有之角色地位之例。

（三）似是而非之觀點

當個體盲目於權威性之主觀，則其確信之態度，便能導致於「似是而非」之理論，前引〈程山人女〉故事，盧匠見其妻為蛇所繳繞，呼諭之，女乃笑曰：「爾何言之謬，此是好士大夫，愛憐我，故相擁持，豈汝賤愚工匠之比，奈何反謗以為妖類？」了無夫婦之情，及其夫召巫治之，女反怒曰：「無眡我恩人。」其恩義全轉而在男妖身上，及殺蛇時，女尚「洒淚移時，欲與俱死。」大有殉情之意，類此「似是（盲目專情）而非（角色之非）」之情節，尚見於《支乙》卷九〈徐十三官人〉，張翁女遭祟，父邀道士治之，女「但訕罵極口，無術可制」，及鐵鑽精現形，熾火焚之，女則「哀鳴乞命，涕淚滂沱」，類此情節，費殊謂：「我們很少能反駁陽性特質的意見，因為它往往是正確無誤的，不過它似乎很少適合個體的情況，它易成為一個看似合理但又離譜、或無關的意見。」其所以謂很少適合個體之情況，厥在其迷戀於權威（神聖）性，而忽略其實際個體之適應。

六、救贖之方式

凡精怪小說，必經過救贖之過程，乃克完成故事之結構，在好色男妖故事中，男妖本身幾不以死亡為象徵意味，然此並非意味救贖之可緩，茲就《夷堅志》所見之救贖方式言之。

（一）宗教儀式之救贖

宗教儀式之救贖方式，在《夷堅志》中頗為常見，蓋當時社會有疾病患者，往往為巫者歸因於鬼怪作祟，並神化其事，故其救贖之方式，自然為類似巫術之宗教儀式。

1. 湖州城北徐朝奉之子十三官人者，自為兒童時，資性誠資。既長，念親戚間有被妖鬼作祟者，遂刻意奉道，行天心考召法，為人泊極，靈驗絕異，而略無求需，至于香火紙錢，率皆自辦。不以貧富高下，應時決遣，未常到病者家睹其面目，只令具狀投訴，旋

　　　　扣神將，俟鬼物現形鞠伏，然後繳回施行，濟人之功，積有歲月。

2. 淳熙中，市民張翁女遭物憑附，邀道士數輩驅逐，械杻鞭箠，視
　　之若無，特不敢用刀杖，畏或傷女身。女但訕罵極口，無術可制。
　　翁詣徐致懇，徐許之而語之曰：「翁去，勿與人說道曾見我。」
　　翁不諭。會其鄰亦以被祟來求符，徐知其與張比屋，往攝祟至壇，
　　鐫之曰：「汝當緣乏食，故出爲怪。汝必知張家眾鬼本木，盡以
　　告我，可錄功贖過，我捨汝。」對曰：「是鐵鑽精也，所以不怖
　　笞掠。」徐乃呼張翁，使備畚鍤炭醋，令持一符歸，就房左方掘
　　土，才得物即熾火焚之而沃以醋。翁還未及門，女已哀鳴乞命，
　　涕淚滂沱。果掘得一鑽，如言焚鎔，女遂愈。（《支乙》卷九〈徐
　　十三官人〉）

此故事第（1）段言富子學巫行法之經過，爲一業餘巫者，添入第二段，則爲
其行法之實例，就結構言，可謂「巫傳小說」，惟略去第（1）段，則又成爲
典型好色男妖故事，可見兩者之關係。

　　惟類此故事，多以「遭祟憑附」始，「去祟愈疾」終，其間夾以「遭祟始
末」以神化之。而其好色男妖故事，亦多強調遭祟後「恍忽」、「不復知人」
等情節，若是，亦惟有巫術乃能救贖，即使不能以巫術，至少亦須除其病根，
《夷堅・支庚》卷三〈陳秀才女〉條有假巫術治妖之記載：

　　　　金華縣郭外三十里間陳秀才，有女，美容質。擇婿欲嫁，而爲妖祟所
　　　　迷獲，不復知人。其家頗富贍，不惜金幣，招迎師巫，以十數道士齋
　　　　醮符法。凡可以禳治者靡不至，經年弗瘥。其鄰張生，亦士人也。夜
　　　　聞女歌呼笑語，密往窺之，門外一石獅子，高而且大，乃躡其背而立。
　　　　女忽怒，言曰：「元不干張秀才事，何爲苦我。」張生愕然，知必此
　　　　物爲怪，將以明日告陳。而陳氏謂張有道術，清旦，邀至入視。張不
　　　　言昨夕事，但誦乾元亨利貞。生曰：「吾用聖人之經，以臨邪孽，如
　　　　將湯沃殘雪耳。」因語陳曰：「吾見君家石獸，形模獰惡，此妖所由
　　　　興也，宜亟去之。」陳即呼匠鑿碎，輦而投諸水，女遂平安。

張生雖「但誦乾元亨利貞」，自謂以「聖人之經，以臨邪孽」，有別於巫術，
然探源治本，鑿碎石獸，實與巫術無別，是亦巫術思考模擬律則也。

（二）特定救贖性人物

　　在好色男妖故事中，丈夫經常扮演特定性救贖人物，此爲其他精怪故事

不同之處，前引〈王彥太家〉故事，夫壻航海，日久不返，以致男妖來祟，其妻多方抗拒，百治無效（包括僧道巫術），其妖詭譎極矣！然及其夫壻之歸，立現轉機。

> 後數月，少年慘蹙語方曰：「汝良人自海道將歸矣，如至家，相見時切勿露吾事。苟違吾戒，必害汝！汝知吾神通否？雖水火刀兵，不能加毫末於我也。」未幾，王生果歸。方垂泣曰：「妾有彌天之罪，君當即斬我以謝諸親。」王驚問故，具言之。王曰：「是乃山精木魅，吾必殺之。」乃藏貯利劍，以俟其來。一夕儼然而至，王拔刀襲逐，中其背，鏗鏗若金玉聲，化爲白光熠熠亙數丈，衝虛去。其後聲滅響絕，王夫婦相待如初。（《支乙》卷一〈王彥太家〉）

從男妖慘蹙之自覺，至王生懷利劍逐妖，故事詭弔處甚多，然夫壻之歸，使情節逆轉直下，正顯示其在救贖過程中所佔之地位。惟就故事整體而言，夫壻之久去不歸，思念篤切，「任何奇異之被動，麻痹之情感，或深深之不安全感，均將導致無效之意義，此或即是來自潛意識陽性特質之意見所造成之結果。」（費珠語）而夫壻之歸來，則所有被動、麻痹與不安，似將隨而橫掃一空，而完成救贖。此與前述非典型權威性好色男妖之〈璩小十家怪〉故事，同一心理，可參見。

再者，就陽性特質之主觀認定，於「男妖——夫壻」及「神聖——獸性」之對立情感抉擇中，自我在必須超越「神秘支配」、「角色錯亂」、「似是而非」及「盲目屈服」之心理桎梏時，亦必須從夫妻契約關係之成立與否考量，因之，夫壻在救贖過程中，實佔有特殊而重要之地位。

（三）自力救贖

在個體受陽性特質（好色男妖）支配而無法瞭解其思想與情感責任時，陽性特質亦往往將其潛意識之冷酷及有害思想具體化，如前引〈五郎君〉故事中，鄭氏奚落其夫而不足，且坐視五郎君對劉庠之任意擺佈，足見其冷酷無情之至。

同理，當好色男妖無法表現其權威（神聖）性時，女性潛意識中，冷酷、有害思想亦將立即具體化，成爲冷酷而無情之力量。今從《夷堅‧丁志》卷十九〈陳氏妻〉條，可明白見之。

> 新淦民陳氏，所居在修德鄉之郭下里。隆興初，元妻爲物所魅，經數年，百方禳逐弗効。夫問之：「汝常日所見幾何人？厥狀何如？」

妻曰：「先有白衣人強我同寢，我每績麻時，老嫗必來伴績，仍攜兩
童為執爨，無日不然。」姑亦苦之，謂婦曰：「若至，當報我。」婦
奉教。會嫗入室，走白姑，姑挾刃徑往褻帳。嫗正理麻，即斫之，
嫗示以囊金曰：「所為來，欲富汝家，安得殺我？」姑遂止。轉眼間，
已滅不見。陳曰：「妖易治爾。」磨刀授妻曰：「白衣至，便斫之。」
妻如言，舉刃中肩，怪走而嫗至焉，曰：「郎與相處許久，今乃謀殺
之，何無人情如此？使在家受盡楚痛，展轉不能，亦不恨汝，令我
來覓藥。」妻不應，刀猶在手，伺隙剚其脇。嫗奔大山，風掀裙起，
狐尾露焉。俄兩女童哭而至曰：「汝已傷我郎君，又傷我婆婆。可謂
無義。」妻連斫之，皆化為石，自是絕不來。

此故事亦有詭弔處，陳「磨刀授妻」之前，其妻似一味作無力之屈服，之後，
則舉刃連斫，無所顧忌，三怪被傷之後，連叱其「無情無義」，誠為冷酷無情
之寫照，蓋陽性特質在「神聖」與「獸性」之抉擇之後，確信之主觀亦賦予
其無比冷酷無情之力量，使自我在救贖過程中，扮演關鍵性之角色。

七、結　語

《夷堅志補》卷二十二〈侯將軍〉條：

天台市吳醫有女，年及笄方擇婿。忽於中庭見故嫂，恍惚間忘其死，
與敘間闊。嫂曰：「當春光瀲蕩，鶯花可人，景物如此，姑獨無念乎？」
女不答。又曰：「必待媒妁之言，不過得一書生，或一小吏，或富商，
或豪子，如是極矣。有侯將軍者，富貴名族，仕御馬院，蒙天子眷
寵得大官，風標態度，魁梧磊落，過餘子百倍。如苟有意，吾當為
平章。」女曰：「唯父母命，我安得專！」嫂曰：「汝謂之可即可爾，
何庸待二親！」言畢而沒。女自是精爽迷罔，頓如痴人。

男婚女嫁，古有定制，父母之命，媒妁之言，佳配固有，怨偶亦多，所謂書
生、小吏、富商、豪子，如是極矣，庶民之女，夫復何冀，惟內外難偕，怨
懟叢生，遂生妄想，以致神迷意罔，精爽散漫，無以超脫。

好色男妖之故事結構，反覆於「變形——屈服——變形——屈服」之中，
盲目之屈服，必然走向脫離現實之途，無力之屈服，必陷自我於痛苦危險之
深淵，惟有辨明變形之意義何在，認清彼我之角色，積極勇為，如是方能獲
致新生，為屈服之主題所在。

第四節　惡作劇妖精

　　人類之社會行為，其有不合時而作，有不待地而為，有不因人而行者，必為社會人群視為異端，此異端之行，宜為禽獸所為。然而，禽獸為之不足異，人而為之欠神奇，遂假精怪故事以發之，於是產生精怪之「惡作劇性格」。

一、惡作劇妖精之本質

　　就心理學而言，惡作劇妖精乃係人格發展過程之投射，蓋本我之慾力，未能在自我適當之調適下，以達成合於社會規範之超自我，因而成為社會不容之異端。然則，人類自我在人格化之過程，並未能即時趨於圓滿，對於兒童幼稚之心靈，古人亦未必以異端視之，是以異端之行為，實關乎時、地、人者也。

　　「惡作劇妖精」一詞，係韋保羅從事北美印第安人研究所發現，在於溫尼倍各英雄神話中存在惡作劇精怪之週期，漢德遜闡述之謂：「惡作劇妖精在人生最初和沒有發展過的階段一致。」「惡作劇妖精是一個肉體渴望控制行為的意象，他有嬰兒期的智力，缺少任何超過他基本需求的目的，他既殘酷又憤世嫉俗，而且毫無感情，這意象最初帶有動物形式的樣子，把災害轉嫁給別人。」〔註71〕在原始單純社會之惡作劇妖精，其所希冀之社會行為較少，而在社會複雜之情況下，其所希冀社會行為則複雜，不論如何，惡作劇妖精之存在，端在為滿足其基本或社會需要而使用之不合宜之行為，然妖精終屬不實之存在，惡作劇精怪，實為人類心靈之具體投射，此現象榮格謂之「陰邪面」（shadow），即將「寬以待己，嚴以律人」之惡習具體化，將自己潛意識之惡習，投射於他人身上，〔註72〕因而在「惡作劇妖精」中，必可發現自我之缺陷。

二、精怪惡作劇之性格

　　精怪虐人，乃基於肉體控制行為之目的，藉由肉體乃能產生行為，為使行為能傳達意義，其最粗糙原始之方法，惟有向他人肉體施虐，乃能自覺其行為之存在。

〔註71〕漢德遜，〈古代神話及現代人〉，第135頁。
〔註72〕榮格〈古代人〉，第170頁。

精怪源自於泛靈信仰，其初人類賦予其人格，其後又賦予其形體，在宗教渾沌時代，視生命爲連續不斷之全體，人類所有肉體之異動，往往視之爲精怪之惡意嘲弄，如《風俗通義》載：郅伯夷亭宿，「夜時，有正黑者四五尺，稍高，走至柱屋，因覆伯夷」，〔註73〕稍後乃知老狸作祟。稽之其實，或爲夢魘，爲人生理現象，而彼時視之妖祟，不過庸人自擾耳，然《夷堅・支戊》卷八〈許子交〉條：

> 許子交者，南康大庾游術寒士也。乾道八年，謁寶積寺僧，因留宿。…
> 許居法堂上，半夜，連發聲驚魘。劉出呼之，僧亦來，許乃蘇。起
> 語人曰：「爲一物甚重，登床壓吾腹，體冷如冰，暗中略不見有手足，
> 吾因不能支，聞諸君踵至，始捨去。」僧云：「此乃寺後山下一巨石，
> 每出現光怪，爲人害，無有宿客得安枕者，以其質幹頑重，未易除
> 徙，故置之不問。」許坐而達明，急辭出，備滿是不敢復至。或曰：
> 「石妖如此，非鑿破其稜角，他日將復爲孽。」僧以無力辭，而止。

其妖祟之方式全同，不過述之略詳而已，此登床壓體之行爲，是精怪虐人之性格。

精怪虐人之性格，何以產生，舊說紛紜，按之漢德遜所說，大抵來自人類殘虐之本性，再予人格化，是產生精怪虐人之本性者也。

三、借腹生子

精怪故事中，其子嗣問題，鮮有雄雌妖精生子者，大多就人以解決之，是以有借腹生子故事。好色精怪本身，即具有惡虐性格，而借腹生子，乃爲其惡果，人類婚配以延後嗣，精怪假人體爲之，非但破壞夫婦之倫，且爲虐人肉體之行爲。

《夷堅・支景》卷八〈諸暨陸生妻〉條：

> 諸暨縣治有湖四，饒民陸生者，居縣後湖壋上，以打鑿紙錢爲業。
> 一旦黃昏，方畢事，倦而就寢。妻懷娠過期兩月，夫未睡時覺腹痛，
> 因臥其傍。有頃，陸睡覺，不見妻，而房門元未曾開，知墮怪境，
> 急籠燈出外呼索，且邀鄰居人窮訪之。半夜後，聞湖內人應聲，月
> 正明，望之，乃妻也，率一少年共往取之。妻執少年袂曰：「將孩兒

〔註73〕見《風俗通義》卷九〈怪神〉，亦見《搜神記》卷十八，《列異傳》。

還我。」既登岸,陸挾以歸,胎已失去,始能言云:「見數人來房內,喚出到一處,引入小室,排設薦褥如產閣然,不覺免身。既洗滌加襁褓,觀者滿前曰:「男兒也,眞可喜。」我未及就觀,驀無所睹。今思之,殆與死爲鄰,亦幸而存耳。」明日,起居泰然,一無患苦。湖雖不廣,而外與江連,疑婦人向來受胎之時,必夢蛟螭輩來與交接而不肯言。

末句雖爲疑似句,實以表推測。自古產期不定,胎不成形者多矣,大抵亦以精怪作祟當之,史傳所見甚多,或神而化之,爲帝王神話,或逕爲志怪,其形亦怪,至於《搜神記》卷十四所載:「元帝永昌中,暨陽人任谷,因耕息於樹下,忽有一人著羽衣,就淫之…谷遂有姓,積月將產,羽衣人復來,以刀穿其陰下,出一蛇子,便去。」〔註74〕其借男體懷胎,尤爲怪誕。

四、報仇索命

　　人格化之精怪,在古人觀念中,亦具有生命,其生命之輕重,則在人類之認定與否。《幽明錄》載:桓邈爲汝南郡人,齎四烏鴨作禮,大兒夢四烏人請命,覺,忽見鴨將殺,遂救之,買肉以代,還夢,四人來謝而去。又載:琅瑘王華有一牛,甚快,常乘之,齒已長,華後夢牛語之曰:「衰老不堪苦載,載二人尙可,過此必死。」華謂偶夢,與三人同載還府,此牛果死。〔註75〕類似禽獸(亦當爲精怪)託夢現身乞命之故事,《夷堅志》尤多。

　　金谿士人何少義,乾道九年冬取池魚爲鮓醢,剖腹得子盈盈,置諸廡下室中。夜半,聞盆內啾啾有聲,謂爲鼠醢,起視之,喧愈甚,敲其盆即止,既而復然。明日以語人,或勸之使投於江河。妻不聽,悉烹食無餘,次年春妻死。初,少義嘗夢烏衣婦乞命,覺而妻家遣僕以筠籠盛巨鱉來餉,因感昨夢,即親詣江濱出放之。惜其妻不能然也。(《支乙》卷十〈何氏魚子〉)

此類故事,在《夷堅志》中,多屬魚鱉之屬,「魚鱉乞命」亦爲精怪故事之重要主題——表達其生命價值應與人類等量齊觀,故精怪乞命之後,應予放生,

〔註74〕又見《晉書》郭璞傳,《夷堅‧支乙》卷十〈桂林兵〉條:「淳熙十六年,桂林守應孟明仲實遣效用兩兵督匠伐木于臨桂山中,夜宿民家,一兵夢神人持刀割去其腎。」大抵亦襲用其事,而去其懷姙情節。

〔註75〕前則《廣記》卷二七六,後則見《御覽》卷九〇〇,此據《古小說鉤沈》。

否則必遭死咎（六朝志怪則未必，如前引王華即無咎證）。

　　由於宋人將禽獸之生命慾望投射於精怪之中，倘精怪生命慾望受威脅時，則亦將採取反制行爲以爲報復。《廣記》卷四四二〈山中孝子〉條載：海西公時，一人母喪，無以葬，移柩深山，將暮一婦抱兒來寄宿，轉夜，婦人求眠，于火邊睡，乃一狸抱一烏雞，孝子因打殺，擲後坑中，明日，有男子來問細小，因共至坑視，狸已成婦人，因縛孝子赴官，應償死，其後男子復來催殺孝子，爲狗所咋，化爲老狸。〔註76〕此蓋狸假公報復故事，陷孝子於獄而不足，尚來催死，《夷堅・支乙》卷九〈宜黃老人〉亦有類似報之情節：

> 紹興中，撫州宜黃縣宰徐君聽訟，有老人曰侯林，哀哭陳牒，云居于社壇之旁，遭弓手夏生縱火焚蕩所居，遂并三子爲灰燼。徐受詞駭愴，即補夏送獄，訊鞠之甚苦。夏不知所對，涕泣弗食。縣吏共言：「夏爲人素循理，安得有白晝放火殺人之事，願追詞首究其本末，仍委佐官往本處驗實，當可得情。」徐用其說。及詣壇下物色，並無侯老住止與火煬之跡，乃夏生以祀社之故，奉尉命汎掃壇宇，翦除榛穢，悉輂枯薰，置一空穴而焚之，蓋妖狐所窟也，三雛死，老狐因是假公力以復怨云。夏始得釋。

人命關天，殺人者償命，法有定式，〔註77〕侯林三子併死，宜乎陳牒申冤，然而彼終究爲異類，〔註78〕竟妄圖援用國法，不合宜而爲之，豈非惡作劇者乎？

五、據地逐人

　　人類將生長空間作主觀之分割，對其他生物之存在，或視之爲產業，或驅之以入山林，本無需重視其生存空間，然而在人類具體化之心靈中，山澤林木，禽獸蟲介，未嘗不「神秘參與」（participation mystique）在日常生活之間，〔註79〕因之對精怪之生活空間，乃有相互爭奪之故事生焉。

　　毗陵胡氏家欲廣堂屋，以中庭朴樹爲礙，伐去之。剖其中，得陶甕，

〔註76〕註出《法苑珠林》。

〔註77〕宋竇儀等，《重詳定刑統》卷十七：「殺一家人非死罪三人及支解人者，皆斬。」在故事中，夏生所殺狐正爲三數。

〔註78〕宋人經常在冢墓薰燒狐狸，依《宋刑統》：子孫於祖父母、父母，部曲、奴婢於主墳薰狐狸者徒二年，燒棺槨者流三千里，燒屍者絞。（卷十八）惟在他人冢薰狐狸而未燒棺槨者無罪。

〔註79〕此名詞爲勒維布里爾所創，榮格在〈古代人〉一文中有所闡發。

可受三斗米，而皮節宛然，即日山魈見怪。有行者善誦龍樹呪。召使
治之，命童子觀焉。見人物皆長數寸，爲龍樹所逐，入婦人榻上，遂
憑以語，乃結壇考擊逐去，蓋擾擾半年乃定。(《乙志》卷二〈樹中甖〉)

樹中有物，志怪書屢見，《搜神記》卷十八：張遼田中有大樹十餘圍，枝葉扶疏，
蓋地數畝，不生穀，遣客伐之，斧數下，有赤汁六七斗出，遼自斫之，上有空
處，見白頭公，凡殺四五頭。蓋老木扶疏，古人多以爲靈物在焉。〔註80〕人類
欲廣堂屋，自必與其衝突。

宜黃丞廳與縣治相連，有大蛇長二丈，鱗甲青黑，行地有聲，父老傳
言，每出遊一廳，則主人者必罹禍咎。紹興庚辰春，出於丞廳後東牆
蓮池側，隱半身牆內，尾垂於池。丞祝君適以亭午到池上，見之，呼
乞子能捕者穴牆取之。蛇蟠屈不動，命數健力，舁致郭外，過百丈橋
數里，縱之莽中，意其已遠，不能復至矣。次日，祝仍以午到昨處，
則蛇乃在元穴，欲殺之，吏士皆不敢承命，曰：「此禍至大，寧受杖
責。」不得已但令舁去，如是者至于四五，迨祝死，乃絕不見。(《支
乙》卷九〈宜叢丞廳蚖〉)

蛇妖已據丞廳後爲穴，欲使其離穴，遂有咎徵，其橫肆如此，比之《搜神記》
中張遼殺蛇而有大富貴，豈可道里計哉！

對此據地之惡作劇精怪，《夷堅志》多著墨於其作祟逐人之情狀，至於爭
奪居室之孰成孰敗，反在其次，茲錄其作怪情形，以概見一斑。

充只一子曰詢，得病危殆。白晝鬼游其室，器皿几案，悉憑虛而行，
互相值遇，則鏗然作聲。貓犬雞豕，舉皆是怪。屢招天心術士據正
法以治之，愈甚無益。充始知悔咎。方議訪邀山林高道，悉力毆禳，
未睹其效。(《三己》卷三〈張充家怪〉)

餘干富室朱唐卿，居于縣之明湖，中堂窗外有大石，高廣數尺許，
紹熙壬子春，忽躍入室，震響駭人。時已暮夜，無敢出視。明日觀
之，窗櫺鑰元不動，而度石之重，非人力所勝，朱無計可奈。自此
妖怪百出，始初若穿窬之盜，必用錐穴地，足跡長尺餘，然未嘗戕
竊一物。久則白晝縱橫，語笑於梁，飛擲器皿，童婢或見之，狀頗

〔註80〕《夷堅・丁志》卷五〈靈泉鬼魅〉條，王田功撫幹伐巨木爲薪，呼田僕操斧，
木中血流，懼而止，王強使斫之，得薪三千束，經月，王疽發於背，既死，
祟猶不去，眾別栽木於其處，祟始息。與此正相反。

類人，但軀幹闊短，試置膠漆於戶限以驗之，所沾皆獸毛。長幼適
值，必遭箠擊，往往怖泣憂驚。唯朱能與之角敵，或不見其形，而
空中挺刃翔舞，似有魈幻憑附。朱嘗以二更出，有毛臂從後挈其足，
賴手操馬箠，揮之乃解。（《三辛》卷七〈明湖朱家怪〉）

淳熙七年，秋，有怪興於某秀才家，幻變不常，或爲男子，或爲婦
人，拋擲磚石，占據堂宇，汙穢床席，毀敗什物，不勝其擾。喚巫
師驅逐弗效。又命道士醮禳，復邀迎習行法者，各盡術追究，雖即
日稍若暫息，迨去則如初，前後若是者屢矣……乃多萃道流，設壇
置獄，劾治甚峻，群怪不爲動。……（《支乙》卷一〈管秀才家〉）

精怪對居住空間之需求，一如人類對屋室之需求，臥榻之側，豈容人酣睡？
人而爭居尚有理可言，禽獸精怪爭居變怪造祟實非所宜，非所宜而爲之，豈
不惡作劇乎？

六、掠食喫人

　　掠食喫人來自於食慾之需求，飲食爲生物之大慾，不論精怪本性食人與
否，均需在食慾上求取滿足，爲滿足其食慾，除以正常方式獲取外，在現實
社會中，最常見者，在於掠食。

饒州紫極觀外街，其東南爲天寧寺後園，其西北爲華、趙兩家園，
地勢荒寂，稍陰晦或日將晏則無人敢獨行。紹興元年三月，趙監廟
者遣僕元成添茅蓋牆，至晡時，見一男子，背倚牆而坐，一人負空
籃，從効勇營外相遇，交互毆擊，皆不作聲。元成顧其爭鬥差久，
趨下勸解，男子捨去，負籃者困臥不能語。成掖起之，其口耳鼻悉
爲爛泥窒塞，扶至觀前人家，覓湯與飲，問所爭何事，再求湯一杯，
飲畢始蘇，曰：「我是汪有三，居在雙巷，早間擔瓷器出市變賣，還
穿軍營欲歸，買得油酥雪糕，準擬與娘喫，被男子不相識，須要強
討，嗔我不肯，便打我一頓，搏泥塞口，以故做聲不得。」成視其
籃，二物俱不見。汪知爲鬼，致謝而歸。明日，成復理茅，偶望路
邊大皀角樹突出一瘤癥，頗似鬼面，有面有眉目，口中猶含糕酥，
悟爲昨怪，持刀斫之四五，損處汁流清血。暮抵家，昏昏感疾。越
三日，妻出行卜，曰：「西北方邪神作禍，宜禱求之。」但令買五鐵
釘，起詣故處，至樹下，以釘貫其節，血逬如傾，成即愈。樹至今

猶存。(《夷堅志補》卷二十二〈紫極街怪〉條)

妖怪毆人奪食,搏泥塞口,誠為惡謔,惟皂角樹幻人掠食,在志怪書罕見,《夷堅‧乙志》卷五〈樹中盜物〉條,記王深之家臨川,每失盆棄瓶合及衣服之屬,輒譴責僕婢,一夕暴風起,屋東大皂莢樹吹折,斷處中空,凡積年失物皆貯其內。此則皂莢之掠奪性,當時必有說。〔註81〕然則此紫極街怪為滿足基本慾望,無視社會行為中食物歸屬問題,而直接施予掠奪,是為典型惡作劇妖精,志怪書鮮有類似故事,蓋人好奇尚怪,此食物之掠奪,或於現實社會為常見,故鮮及之。

精怪掠食之外,肉食性精怪尚多有喫人之故事,如虎、狼、蛇之類,其不必為精怪,即屢以喫人聞,其中蟒蛇吸人之故事,尤為聳人聽聞,迄今仍以民間傳說流行於世。此說始見晉張華《博物志》卷十〈雜說下〉,載天門郡有幽山峻谷,人經其下,忽然踊出林表,狀如飛仙,樂道者多入谷洗沐,以求飛仙,往往得去,後有長意思人,覺其怪,募人往,遙見大蟒,格射刺殺之,始知蟒氣噏人,而有此怪。《太平廣記》卷四五八有〈選仙場〉及〈狗仙二〉二則(註出《玉堂閒話》),均師其意以發揮,其中選仙場故事,尤膾炙人口,惟該等精怪,實出庸人自擾。其原未主動誘殺人,《夷堅志補》卷二十二〈武當劉先生〉條,記蛇妖食人,非但主動誘人,且極其周章。

> 均州武當山王道士,行五雷法,效驗彰著。其師劉先生,道業頗高。一日昏暮間,雲霧擁門,幢幡旌節,相望踵至,一仙童持上天詔,召劉上昇。劉大喜,王道士白言:「常聞升天者多在白晝,今已曛黑,正恐陰魔作奇祟,切宜審諦。」劉不聽,叱之使去,曰:「吾平生積功累行,時節因緣至此而集,無多言!」乃沐浴更衣,趺坐磻石上,與眾訣別,將即騰太空,王密反室,敕呼雷部神將。忽霹靂一聲震起,仙童與幡節俱不見。俄頃再震,有黑氣一道,長數十百丈,直下岩谷中,道眾遂散。明旦出視,一路血跡斑斑,窮其所之,有巨蟒死岩下。

劉先生道業頗高,而幻境中,「雲霧擁門,幢幡旌節,相望踵至,仙童持詔」,宛然昇仙之景,不意竟為巨蟒作祟,打破一場昇仙夢,誠為謔矣。同卷另有〈鳴鶴山〉條,言二鸛雀誘人成道,亦與此同意。

人而求食必以其道,精怪覓食不以其道,為滿足其食慾,變幻作怪,誠

〔註81〕《夷堅乙志》卷七〈汀州山魈〉條,其山魈即居於皂莢樹中。

爲惡作劇妖精也。

七、賣弄知識

　　人類社會化愈趨嚴密，知識之獲取愈爲迫切，在現實社會中，知識爲人類所專有，禽獸雖有靈性，但未必有此知識，精怪亦然，精怪賣弄知識，遂成異端。

　　精怪之求知慾望，志怪書每多記載，老龍聽經、燕雀聽經坐化等宗教故事，膾炙人口，《夷堅・丁志》卷八〈瑞雲雀〉條載：邵武軍泰寧瑞雲院主僧顯用，至羅漢像前瞻體，見一雀飛鳴盤旋，斂翼立爐上，即時而化，蓋以雀「白日飛鳴宣妙音」之故，動物有此靈性固神異，濫用其智慧則可厭。

> 饒州使院吏陳忠顯居槐花巷，慶元四年五月晚從府歸，令妻於房內取百勞散羹溫酒調服，適有外醫所貽滑肌散在桌上，妻誤用之。陳服竟，至夜吐泄不止，方悟毒發，五更後遣一僕往市肆買菉荳救療。未回，聞外間擊戶，妻使婢問爲誰，曰：「來尋陳都院。」婢覺有異，應之曰：「已去州衙了。」其人言：「只教小娘一出來，有一段話要說。」婢又問：「爾是何人？」曰：「我即鄰側槐娘也。」婢曰：「娘子一夜擾擾，恰方得睡，不可喚起，有話但與我說。」其人言：「知小一郎錯喫了藥被毒，我欲別爲添藥。」陳在房悉聆往復語話，密起，使婢窺於門隙，見一人身披白服，四體顫掉如戽水之聲。婢懼，以擔緊撐門，門外又有人云：「切不可開。」少頃僕至，白服者竄入槐樹中，遂不見。（《夷堅・三辛》卷二〈槐娘添藥〉條）

菉荳解毒，已爲時人一般醫療常識，人而中毒，依方解之，何用精怪饒舌多事，假爲鄰人賣弄知識，至爲可厭。六朝志怪，亦有此妖，《搜神記》卷十八載：董仲舒下帷講誦，有客（狸精）來詣，舒知其非常，客又云：「欲雨。」舒乃戲之曰：「巢居知風，穴居知雨，卿非狐狸，則是鼷鼠。」狸精自作聰明，反爲人所譏。

　　《搜神記》又載燕昭王墓前老狐，變作書生，詣張華，論經談玄，華不應聲屈滯，乃歎曰：「天下豈有此少年，若非鬼魅，則是狐狸。」狐譏之以：「奈何憎人學問。」及命犬以試，狐尚謂：「我天生才智，反以爲妖。」後取華表燈燃以照之，乃現斑狐之形。此故事頗生動，但由於知識爲人類千積萬累而成，而精怪卻自以天生才智即可得之，故知此妖之爲妖，自作聰明，尚

強屈於人，固當自取其咎。《夷堅‧三己》卷三〈劉師道醫〉條，亦有精怪自作聰明，強屈於人之事。

> 漣水軍醫者劉師道，家在金城，徙居邑市。再世業醫，至其身聲價始振，起為軍助教，醇謹修飭。紹興十八年冬，非浦人王彥禮病，遣僕馬邀迎，回次中塗逢婦人騎驢，一僕從後，婦先舉鞭招揖，呼其字曰：「顯道，別來安樂。」劉思向來不曾與接識，駐馬問之。答曰：「我是魏師誠之妻，相與為姻戚。緣丈夫久伏枕，遣我詣君，欲扳屈至敝廬診視。適爾值遇，真非偶然也。」劉意不願行，婦強之甚力，不得已而隨往。並馳三十里，脅力疲倦，而婦無怠色。渡獨木橋，經烟村院落，到一宅。請下馬升堂，啜茗會食。遂入宅，見魏元無半面之雅。伸手求脈，覺骨節硬如木石，全無暖氣，心怪之。投以湯劑，且施鍼。婦在傍，忽鼓掌笑曰：「劉郎中細審此病，不可醫也。」劉曰：「娘子拉我來，何得卻如此？」婦曰：「郎中試看。」轉盼間，俄化為狐狸，奔而出。劉與僕怖叫，室宇俱不見，正坐古塚上，所鍼者一朽骸耳。即疾驅而歸。及家，則婦已在門內，曰：「說道醫不得，郎中不信，奈何？」劉大怒取長矛將刺之，復化為狐，躍出戶，登屋鳴嘷。劉喚集弓矢，叢射之，遽失所向。劉由是得心疾，累歲始愈。

劉師道雖無張華之才，惟其再世業，身價頗振，狐妖雖亦非博學，且不精醫理，然妄以「死人不可醫」之小慧，戲弄於人，而使劉醫得心疾，累歲始愈，可謂善謔矣。

八、破壞倫常

烏鳥反哺，麋鹿跪乳，人格化之動物，未嘗不存倫常，然則動物之倫常，實際為何，在此並不重要，然古來往往為儒者說教而設，常人觀念中，並不全以動物誠有此倫常，〔註82〕動物如此，精怪更少，前引「宜黃老人」故事，老狐為三雛報仇，仇心仍重於親情。

《呂氏春秋‧疑似篇》（卷二十二），有一寓言故事，謂黎丘丈人有之市

〔註82〕《夷堅‧支乙》卷七〈荊南猴鼠〉條，載：荊南婦人屢為一猴所戲侮，居民取之，欲投諸之江，塗遇老叟，鬚鬢如雪，袖取楮幣贖之，篇末謂：「叟豈猴之翁祖耶？」雖指出動物之天倫，然終屬疑似之詞。

醉歸者，鬼效其子之狀，扶而道苦之，歸而悟爲鬼，明且之市而醉，眞子恐其不能反，遂逝迎之，反爲丈人所弒。此鬼魅幻成人子，以致使人誤殺其眞子，《搜神記》卷十六瑯琊老人故事與此同，祇是改「殺子」爲「殺孫」而已。《搜神記》卷十八《廣記》卷四四一引作「吳興田父」另載：吳興一人有二男，田中作時，見其父來罵詈趕打之，兒歸以告，父驚，知爲鬼魅，便令兒斫之，鬼便寂不往，父憂而往，爲兒殺埋之，鬼歸化其父歸家，積年不覺，後爲一歸識破，擒殺之，化成老狸。及改殯治服，一兒自殺，一兒忿憤死。此又改爲狐化人父，誘子殺父，以居其室，不獨爲謔，且欲佔人妻子。《夷堅·支庚》卷六〈譚法師〉條亦爲類似之故事：

> 德興海口近市處居民黃翁有二子，服田力穡以養其親，在村農中差爲瞻給。又於三里外買一原，其地肥饒。二子種藝麻粟，朝往暮歸。久而以爲不便，乃創築茅舍，宿食於彼。翁念其勤苦，時時攜酒或烹茶往勞之。路隔高嶺，極險峻。子勸止勿來，翁曰：「汝竭力耕田，專爲我故，我那得漠然不顧哉！」自後其來愈密。正當天寒，二子共議：使老人跋陟如此，於心終不安。捨之而歸。翁問何以去彼，具以誠告。翁曰：「後生作農是本分事，我元不曾到汝邊，常以念念，可惜有頭無尾。」二子疑驚，詢其妻，皆云：「□翁不曾出。」始大駭，復爲翁述所見。翁曰：「聞人說此地亦有狐狸作怪，化形爲人。汝如今再往原上，若再敢弄汝，但打殺了不妨。」子復去。迨晚翁至，持斧迎擊于路。即死，埋諸山麓。明日歸，翁曰：「夜來有所見乎！」曰：「殺之矣。」翁大喜，二子亦喜。遂益治原隰，爲卒歲計。然翁所爲浸浸改常。家有兩犬，俊警雄猛，爲外人所畏，翁惡之，犬亦常懷搏噬之意。其一乘其迎吠，翁使婦餌以糟戢，運椎擊其腦。既又曰：「吠我者乃見存之犬，不可恕。」婦引留之，不聽，皆死焉。固已竊訝。且頻與婦媒謔，將呼使侍寢。里中譚法師者，俗人也，能行茅山法，雖非道士，而得此稱。董翁待之厚，來必留飲。是時訪翁，辭以疾作不出，凡三至皆然。已而又過門，徑登床引被自覆。譚曰：「此定有異。」就房外持呪捧杯水而入，覺被內戰灼，形軀漸低，噀水揭視，拳然一老狐也，執而鞭殺之。而尋父所在弗得。試發葬處，則父屍存焉，已敗矣。蓋二子再入原時，眞父往視，既戕之，狐遂據其室。

「譚法師」故事顯將「吳興田父」合理化，〔註83〕以「殺父——殺狐」情節為中心，子殺父是破壞倫常之行為，此行為之主導者為狐，「服田力穡以養其親」是我國農業社會之美德，故翁以「後生作農是本分事」為言，而「常以念念，可惜有頭無尾」是親情壓抑之流露，此正合乎我國以父子倫為主軸之權威性，〔註84〕狐即藉此親情化為外在行動，以遂其假父之意圖。迄弒父之後，狐復其本性，「頻與婦媟謔，將呼使侍寢」——此又係破壞倫常之行為，譚法師為其友，登門反而不敢見，是故事之主題，即借「倫常——倫亂」之對立關係，以說明狐精之不倫。

狐精化為人父，以為家庭之關係，祇在於形貌，殊不知倫理親情尤屬重要，強求形似，誤人害己，誠為譴矣。

九、結語——惡作劇妖精之現實反映

人類為滿足其生活需求，進而追求生存發展，在長久之時間內，樹立許多社會規範，此規範對社會大眾而言，足以維護其個體之利益，並作為發展之基礎，因此對於個體，亦必要求其適應此一約定俗成之規範，然則，人類個體心智成長，並非絕然立於成熟階段，加以社會現實規範，亦未必能反映其真實效益所在，在「寬以待己，嚴以待人」之心理作用下，惡作劇妖精以其醜惡面孔出現，作虐為厲，正足以作為人身鏡鑑。

以「借腹生子」言，延嗣子孫為傳統觀念最重要德目之一，在於一己，妻不能生，則妾生，妾不能生，則婢生，無分壯老，得其腹而生之則已。而在人之或有異產，則必疑為別有交接，豈非「寬以待己，嚴以律人」乎？

以「索命報仇」言，傳統法律在於制裁犯罪，在宋代，不論「故殺」與否，均能入罪，人或犯我，在於一己，安於輸賄買獄，必置人於死地，而在他人，則必視若老狐、假公力以害人。

以「據地逐人」言，陂澤林木之利，孰不欲擅有，在於一己，則圈堵盤踞毆鬥殺人，〔註85〕如驅妖逐孽，去而後快，人而為之，則如惡靈侵舍，壞

〔註83〕唐張鷟《朝野僉載》記張簡為狐所誑，誤殺其妹，故事亦相似。
〔註84〕許烺光認為我國文化特色，乃是父子倫為主軸，其表現於家庭，具有（一）延續性（continuity）；（二）包容性（inclusiveness）；（三）權威性（anthority）；（四）非性的（asexuality）。此據李亦園《中國家庭與中國文化》，第238頁引。
〔註85〕《夷堅·甲志》卷十六〈郁老侵地〉條載：「生時與張氏比鄰，吾屋柱址已盡

人安居。

以「賣弄知識」而言，在於一己，讀一、二書則博學多識自居，其在他人，則視同老狐讀天書，殊爲可憎。

以「破壞倫常」而言，父慈子孝，兄友弟恭，爲家庭倫理之極致，在於一己，無視於家庭倫理之不常，用以視人，則下烝上報，雞鳴狗盜。

惡作劇妖精爲人類「陰邪面」之投射，前已言之矣，《夷堅志》中惡作劇精怪故事，雖或前有所本，然人類心智殊爲複雜，故就其故事反映之心智問題，細分之仍有不同，如「吳興田父」故事與「譚法師」故事相近，然後者添加與婦媒謔之情節，突出其不倫性格，與前者微不同，其反映個體陰邪面，意義則同。

吾境，而檐溜所滴者張地也，吾陰利其處，巧訟于官而奪之，凡侵地三尺許。」
蓋當時社會情狀，可謂寸土必爭。

第六章　靈鬼世界

第一節　魂魄觀念及其傳說

　　《夷堅志》之言鬼過於精怪，蓋民智漸開，人事日繁，懼畏之情，自然有別，精怪祟人，並非常有，鬼神崇祀，祭禱有時，是以在現實世界中，言鬼自亦多於言怪者。

　　鬼魂（ghost）之觀念，其來久矣，原始人類不論是以泛生或泛靈主義以觀照精靈，屬於人類之精靈（即「靈魂」soul）或魔力，總是最易於掌握者，人死而爲鬼，也易於推繹而出也。就現有人類考察，鬼魂及鬼魂崇拜乃是原始社會中最普遍存在之宗教現象。

　　我國古代對於鬼魂之觀念如何？就現有考古及文獻資料觀之，亦有許多紛歧，大致歸納如下：

一、鬼魂之定義

　　依據原始人類觀念之變形律則而言，生命既爲一不斷而連續之全體，本無生死之別，死僅爲靈魂永遠脫離肉體而已，迄今靈魂永遠離體之現象，被概念成爲「死」之後，靈魂不滅之說仍然存在，因此生死祇是現象，靈魂依然不滅。〔註1〕

　　「靈魂不滅說」爲各民族原始之觀念，爲區別附在生人之靈魂與死後獨立之靈魂，遂將後者以「鬼」字概念之。《禮記‧祭法》：

〔註 1〕見林惠祥《文化人類學》第五篇第七章鬼魂崇拜及祖先崇拜，第 303 頁。

大凡生于天地之間者皆曰命，其萬物死皆曰折，人死曰鬼。

人死爲鬼，此鬼乃指死後獨立之靈魂而言，不包括其死後之尸體。〔註2〕甲骨文之鬼字作**界**，正如說文「從人象鬼頭」之形，由其鬼頭觀之，與生人有所不同，在普遍之觀念中，人是指有肉體而言，惟有涉及鬼之觀念時，人字方才包括其靈魂，因而鬼之定義原已明確，惟就靈魂而言，爲表其與生人之不同，遂又有以鬼魂二字概念之，二者實無差別。

二、鬼魂之本質

鬼魂爲人死後之靈魂，古人對靈魂（soul）之認知，向來包括精靈（spirit）與魔力（mana）兩種觀念，此二觀念似對立而又共存，原始社會，部落林立，或有部落精靈說優於魔力說，或有部落反於是，由於部落之兼併融和，精靈說與魔力說亦必然重加調整，乃有魂魄之辨。《左傳》昭公七年鄭子產云：

> 人生始化曰魄，既生魄陽曰魂，用物精多，則魂魄強，是以有精爽
>
> 至於神明，匹夫匹婦強死，其魂魄猶能憑依于人，以爲淫屬。

依子產之說，人類除肉體之外，尚擁有魂魄二物，子產認爲二者有別，然其別何在，似祇在先後之別，餘者語焉不詳。〔註3〕降至漢代，王逸註《楚辭‧招魂》云：「魂者，神之精也。」《論衡‧記妖》亦云：「魂者精氣也。」二說相近，皆認爲魂即爲精氣，鄭玄註大傳云：「陰陽之神曰精氣，性情之神曰魂魄。」又將魂魄與精氣分而爲二，認爲有所不同，然則從鄭說觀之，顯然彼亦認爲肉體之外，存在精氣與魂魄二物，二者之別，在於陰陽之神與性情之神。簡言之，即附於肉體之精氣，及附於精神之魂魄，事實上，魂魄爲精神與肉體之別，《禮記‧郊特牲》已明白言之：「魂氣歸於天，形魄歸於地。」祇是〈郊特牲〉並未將「形魄」對立於肉體之外。杜預注《左傳》云：「魄，形也。」又云：「魂，陽氣神也。」雖未強調魄是肉體抑或附於肉體之靈，然

〔註2〕 有關甲骨文之鬼字，或以「**畏**」字當之，以其象形是臉上蓋一個東西的死人（朱天順《中國古代宗教初探》，第 176 頁），此說蓋源自董作賓《殷曆譜》認爲甲文屢見之**畏**方，當即歷史上有名之鬼方，此說頗多學者採信之，蓋鬼方爲殷商人之大敵，王國維言之詳矣（《觀堂集林》卷十三〈鬼方昆夷玁狁考〉），然據甲骨所顯示，經常與殷人作戰者，厥有**畏**方，就此聯想，固有可通，此說陳夢家氏持懷疑立場，以爲不可妄以史籍規範考古資料（《卜辭綜述》），今亦存疑。死人與鬼有關，但不在肉體。

〔註3〕 《左傳》昭公二十五年宋樂祁云：「吾聞哀樂而樂哀皆喪心也，心之精爽是謂魂魄。」魂魄並舉，在有別無別之間。

而顯較趨於後說。較能就子產之說提出創見者，即孔穎達《正義》所謂：「魂魄神靈之名，本從形氣而有，形氣既殊，魂魄各異，附形之靈爲魄，附氣之神爲魂也，附形之靈者，謂初生之時，耳目心識手足運動啼呼爲聲，此爲魄之靈也，附氣之神者，謂精神性識漸有所知，此則附氣之神也。」此說可謂集諸家之大成，魄爲形之靈，即鄭玄所謂「精氣」，魂爲氣之神，即鄭玄所謂魂魄，則細推之，尙待商榷者有二：（一）〈郊特牲〉所謂形魄似僅止於肉體，附於肉體者乃魂氣，而別無他魄；（二）子產之說是否能明確分辨附肉體與精神之神靈，亦大有可疑。

然則，魂魄之說究竟如何，大抵當爲泛生主義與泛氣主義之別而已，靈魂本身爲精靈或爲魔力，原先在各民族即渾沌不明，雖然在文字上有魂魄之別，實際上又有肉體與靈魂之對立，強欲合爲一說，雖辨如孔疏者，亦未必得其實。

就一般對靈魂之瞭解，精靈說向來即佔有優勢，故人死而爲鬼魂，尙能保存部分人格特徵，而魔力說亦未完全消褪，故人生前可以養氣修練，死後亦可以以血釁鼓祭旗。

鬼魂既屬死後之靈魂，靈魂之本質爲精靈，因此，鬼魂即爲精靈之一，故亦應具備精靈同等之特質。

雖然如此，〈郊特牲〉與孔疏之說，正代表二種鬼魂觀，深入民心，雖未必知其然，實際情形則如其然。

三、鬼魂之能力

原始人類對鬼魂與靈魂之觀點，不論有別無別，以變形律則言之，自然與其尙在人體之靈魂有不同之能力，此不同之能力，可以就暫時脫離人體之靈魂身上感受而來。

原始人類對靈魂之觀念，依據李維斯陀二大對立原則，本即應有強弱之分，此一強弱對立情感，還包括「男人——女人」、「成人——兒童」等對立項，及社會組織逐漸形成，強弱之勢更趨明顯。倘以此強弱對立情感，投射至「人——鬼」及「靈魂——鬼魂」等對立組中，則強弱之勢，也因以形成。

大體而言，鬼魂在無肉體之拘束，自應較靈魂暫時離體更加變化自如，斯乃鬼魂能力超越於人者，此一觀念，各民族皆然。

四、魂魄不變觀

人死而靈魂不滅,附於人體之靈魂,孔穎達謂有附於肉體之魄或附於精神之魂之別,然則死後魂魄各歸何處?〈郊特牲〉又有「魂氣歸於天,形魄歸於地」之說,雖然若明,實亦各言其是,不足以概括民間一般之想法。蓋古人對靈魂、鬼魂之情狀,祇存有零碎之觀念,其實際關係如何,有不暇計較者,但由於具有靈魂對肉體與精神均起作用之觀念,在人死而靈魂又不滅之情況下,其鬼魂亦應具原有之特性——即肉體與精神之特徵均保持不變,為說明此一觀念,在此借用孔穎達之定義,姑名之為「魂魄不變觀」。

(一)形體不變說

死後魂魄不變之後,在六朝志怪中即已突出,《異苑》卷八載:夏侯玄為司馬景王所殺,身首分離,家人奠祭間,祇見玄來靈座上,即斷頭置其旁,其食物方式,乃悉取魚肉之屬以納頸中,以頸納食,極富想象,此一想象蓋基於死後魂魄不變之觀念,和刑天氏斷首之後,「以乳為目,以臍為口」之變形律則,〔註4〕有所不同。前者係靈魂經過變形(死亡)之後仍保持原形(形貌及性情),而後者乃係生命經過任何變形(形貌),而依然存在。〔註5〕

在《夷堅志》中之亡魂相貌,大致亦保存其原形,使家人朋友得以確然辨認,《夷堅·甲志》卷六〈晏氏媼〉條載:晏元獻家老乳媼燕氏,在晏家數十年,一家頗加禮,既死,猶以時節祭之,雖如此,燕氏仍現形於家人夢中,索取人力,原因是冥間甚樂,但衰老須人挾持,在此死時身體情況之衰及年齡上之老,全然其成為鬼時附加於其身。

此一死後魂魄不變之觀念,往往可以度超時空因素,鬼現外貌即使經過數百千年亦不變形,《甲志》卷十七〈孟蜀宮人〉條:成都守李西美之館客陳甲,舍於治事堂東偏之雙竹齋,其地原為前後蜀宣華殿故址,甲在寢睡間,嘗見孟蜀時宮妾十餘人現形,據謂:「皆韶艾好容色,而衣服結束頗與世俗異。」顯然孟蜀宮人之衣著,乃為當時時世穿戴,事隔近兩百年,亦未有任何變形。

(二)形體不變說之困境

死後魂魄不變說有其困境存在,其困境表現在肉體死亡之前後狀態,因

〔註4〕《搜神記》卷十六載:諸仲務一女嫁為米元宗妻,產亡於家,俗聞產亡者,以墨點面,仲務密自點之,無人見者,後元宗為始新縣丞,夢其妻來上牀,分明見新白粧面上有黑點。此顯然為死後之形。

〔註5〕《山海經·海外西經》。

爲肉體在死前死後必然存在不同之狀態，鬼魂之現形，是以死前之狀態或以死後之狀態，在魂魄不變之觀念下，即呈現矛盾之現象，如《甲志》卷四〈方客遇盜〉條：方客遇水盜，盜縛其手足，縋以大石，投諸江。家人久不聞耗，訝之，一日，忽歸，爲妻所責，方乃自言其死訊，妻失聲號泣。在故事中，方客顯然以生前之形現身，否則溺死之鬼作溺死之狀，其妻逃之猶恐不及，尙敢責之乎？由此可知方客所現之形，爲生前之形。

相反之例，則如《甲志》卷十七〈姚仲四鬼〉條：吳玠軍大將姚仲，兵敗，吳欲誅之，仲謂以禆將四人引軍先退故敗，吳斬四將而釋仲，後四將鬼魂現形向仲索命，其形狀則爲「四無首人」，此乃死後之狀態。

魂魄不變之觀念雖有此矛盾現象，然民眾心理已根深蒂固，故志怪之書載錄之，亦不覺其異，並行不悖。

（三）性情不變說

以上所言魂魄不變說均在肉體形貌上，實則精神狀態亦有此魂魄不變之觀念，此一精神上之魂魄不變觀念，其來久矣，其初原始人類以爲鬼魂僅係脫離肉體之現象，其精神狀態亦應維持與生前一致，〔註6〕此「一致」之情形，包含一切居於精神層面之性情、知識與行爲能力，甚至亦包括外在之一切階級、婚姻、政治與社會人際關係在焉。

死後魂魄不變之觀念，在所有關於鬼小說與鬼故事之情節發展中，所必須基於此一觀念而作假設，茲先就《夷堅志》所見，如《甲志》卷十六〈晏氏媼〉條，燕三生前素不檢，死後竟誘奪其姑之侍女，淫佚如故。《丁志》卷十五〈汪澄憑語〉條，記富人汪澄生前獨好以漁弋奎孿爲樂，死後其妻稍取其敖戲之具與人，澄即附體現形罵之，可見其性情並不因死亡改變。又《丙志》卷二十〈王祖德〉條，記王祖德死後現形，除阻止變賣其所寶愛之畫軸外，尚且「呼所愛婢子，恩意周盡」，在其現形期間，「一家如癡，不能辨生死」，由於家人皆無法辨其生死，可見人死而爲鬼魂，不論其性情以及一切足以辨識之精神特徵，全未改變。

五、魂魄變形觀

鬼魂死後魂魄不變之觀念，有其矛盾之處，古人亦未必不覺其異，實則在

〔註6〕見朱天順《中國古代宗教初探》第179頁。

原始宗教變形律則中，早已存在鬼魂之變形觀念，蓋生命為一連續而不斷之全體，乃有不斷之變形，將此變形律則來解釋死後之鬼魂，鬼魂之肉體（形貌）與精神亦應有和生前有不同之特徵，而構成此不同特徵之原因，則全在於認為鬼魂有自由變形之能力，此一鬼魂肉體（形貌）與精神均能自由變形之觀念，又由於有肉體（形貌）與精神之別，故應分而言之，姑以「魂神變形說」以言其附於精神之氣之變形，以「魄形變形說」以言其附於肉體之靈之變形。〔註7〕

（一）魂神變形觀

人死魂變之說，其來久矣，蓋原始人類不論利用何種思考原則，均認為鬼魂有作祟之能力，此一作祟之性格，完全與亡魂生前之性格不同，生前所有精神性識與道德觀念，幾乎無法加諸於鬼魂之身，在極端之例中，鬼魂之性格，完全類似「惡作劇妖精」，〔註8〕在行為上，幾可謂「無惡不作」，在《夷堅志》中類此魂變說亦多，如《支癸》卷五〈北塔院女子〉條，記女鬼誘襌寺童行事，後應寺丞之子來，乃知該女鬼為其奼女，既云為奼女，生前豈好色如此？是乃已改變其性情也。又《支乙》卷九〈宜黃縣治〉條，記宜黃縣治為群鬼所據，而群鬼乃係紹興初，巨盜入邑，民奔赴逃命，而死於其中，此等民眾，豈其生前均是好惡作劇耶？可見皆死後改變其性情者也。

（二）魄形變形觀

1. 自體變形說

人死魄變之說為變形律前之原始觀念，靈魂附著於肉體，在死前即能變形，何況死後而為鬼魂者。就泛生主義而言，靈魂本身是不具形體之魔力（Mana），則無所謂之變形，但在泛靈主義之下，精靈之形狀，亦如生前，在自我夢境中之詭譎多變，可以自由變形，在此人死魄變之觀照下，鬼魂可以是生前之形，如前引〈方客遇盜〉故事中，溺死鬼無溺死狀；亦可以是死後之狀，如前引〈姚仲四鬼〉故事中之無頭鬼。其所以能藉生前死後之形變化自如，完全基於死後魄變觀。

事實上，方客與四鬼畢竟仍保持其個人在生前死後期間形體之相貌，在部分人之觀念中，鬼魂也可以變形為個人從生到死之間某一階段之相貌，此一情

〔註7〕孔穎達之所謂魂，包括精神性識而言，與朱子所謂「思慮計畫」者同，惟在此所指之魂，純為說明便利，將彼認為魄者——即司感覺記憶者——亦歸入魂之範圍，蓋魂魄之說，本即屬先邏輯性思維之產物，其定義不需太刻板。

〔註8〕參考本書第五章〈精怪世界〉第四節。

形，在《夷堅志》中，亦有其例，如《志補》卷十一〈滿少卿〉條：滿生進士及第，赴京之後別娶，與其妻焦氏「杳不聞問」，幾達二十年之久，惟焦氏自與滿生相別，抱恨而死，雖不知焦氏死於別後之第幾年，然在其現形向滿生報怨時，當如其相別時之形貌，故滿生追視之，立即能辨其爲焦氏，因而「惶懼失措」。又如《支戊》卷五〈關王池〉條：錢大王護聖步軍旗頭，觸犯軍令，斬首示眾，事隔兩百餘年因屍骨將被取用，現形索之，其形狀乃作「一人兒，紗衫青裙」，此絕非被殺前之形貌，或當爲其兒時形狀，亦未可知。

惟鬼魂之變形，並非停於某一形狀，亦可以生前死後之形，互相爲變，如《志補》卷十六〈處州山寺〉條，記縉雲山寺有小童自縊，其後經常現形惑人，後爲人所揭發，乃面發赤色，無以對，吐舌長尺餘而滅。〔註9〕此蓋由其生前之形，變爲死時之形。

自體形貌上之變形，其最極致者，乃從個體誕生、成長到死亡之過程作連續變形，《夷堅志》亦有其例，如《三己》卷九曹三妻黃氏現形方式，先是從靈座內傳出嬰孩之聲，然後「漸高漸近」，繼而「忽一光頭小兒自靈幄走出，俄而長大，如黃氏生前，及其現形責女之後，又「稍復縮小，再入幄坐而沒」，此一人生過程之連續變形，就自體變形而言，已未有能過之也。

2. 他體變形說

自體變形之現象，或有「返璞歸眞」之意味，當爲後起之說，則依據變形律則，鬼魂實有他體變形之能力，《夷堅·支乙》卷二〈大梵隱語〉條：記曾尚書托夢向子索經不遂，怒且欲治其子，某日，季子詣廟遇一絕美婦人，注目諦視，乃其父也。可見鬼魂之變形，不限於自我之形體，亦可變成他人之形體，變幻自如。

鬼魂之變形並非必爲常人之形，其亦有怪相者，如《乙志》卷十五〈京師酒肆〉條記太學生三人，遇美好女子，隨之入酒肆，情不能制，遂邀之，婦人以巾蒙首，不盡睹其貌，戲發之，乃一大面惡鬼，殊可驚怖。美婦變成大面鬼，而令人驚怖，可見未必作人形。

隱形亦爲變形之一種，蓋人死而爲鬼，人類對靈魂之認知，幾皆以其爲無形質存在者，平時鬼魂亦不輕易現形，故非有必要，人類無法見其形體，及其現形，亦未必眞有形貌出現在肉眼之前，可以用「附體」、「降筆」、「託

〔註9〕《幽明錄》記吳末某中書郎遇鬼，「吐舌至膝」，差可比擬。

夢」等方式，凡處在此一情況下，均爲隱形狀態。《夷堅志》中鬼魂不現形之故事甚多，不一一舉之。

六、魂魄觀之錯綜及其限制

由以上魂魄之可變、不可變之觀念見之，則鬼魂世界在實際上，除本來肉體必然消逝之外，餘則毫無一定之律則可言，實則若將其「不變」納爲種種「變形」之一時現象，則變形律則又可以概括之，然而此乃純就學理推繹也，所謂「人心各異」，一般大眾心理並無此系統性之概念，因此於志怪書中，呈現既矛盾又統合之現象。

《夷堅志》於記載鬼魂故事之時，由於篇章繁多，幾乎包括當時各種鬼魂之觀念，而又不覺其異，然則鬼魂之變形與否，以及其變形之有法則與否，就以上各種觀念紛陳之現象觀之，亦當全在可變可不變之中，而漫無法則也。然則實又不然。何以不然，是乃其書在敘述故事時仍有其限制性。

就鬼魂死後魂魄變與不變之觀念言之，在《夷堅志》中，屬於親人之鬼魂較易察覺（亦有不易察覺者，如祖靈等），非屬親人之鬼魂，必然與見鬼之人存在僚屬、鄰居、友朋等關係，否則惟有就其衣著、傳聞而推想之，因而魂魄之變與不變，在故事中必須與實際關係之疏離或親密相結合。倘無實際親密關係存在，並不意味魂魄變與不變觀念之不重要，祇是志怪書表達此一觀念時，必須詳述鬼之歷史資料。

另外魂魄之變形與不變形，不論易與不易察覺，似乎來意善者較不需要變形，而來意不善者較需要變形。

1. 善意者多不變形，惡意者多變形。

2. 關係親近者之變形較易掌握，關係疏離者較不易掌握。

綜合以上特色，可得下列四點特徵：（1）關係親近之善意者，有明顯之不變形。（2）關係親近之惡意者，有明顯之變形。（3）關係疏遠之善意者，有不明顯之不變形。（4）關係疏離之惡意者，有不明顯之不變形。

此一現象，並未將附於肉體之魄與附於精神之魂分開討論，惟在情節構造需要時，魂魄之變與不變顯然又具其說明力。

1. 說明善意時：魂魄均不變。

2. 說明仇怨時：魂變魄不變。

3. 說明神秘時：魄變魂不變。

4. 說明惡意時：魂魄俱變。

以上四種情形，乃魂魄之變與不變在志怪書中所起之作用，對情節發展具有特殊說明力。惟在古代魂魄理論上，對於死後魂與魄之作用力，往往以「魂魄相離說」說明，﹝註10﹞此一理論在志怪書中，顯然並非具有大影響力。如《夷堅‧支戊》卷五〈關王池〉條：鬼魂小王德犯軍令遭斬首，其首後為徐大忠所得，乃現形取之，謂徐曰：「三魂七魄，久已分散。只有一魂守此，又失頭顱。」徐以其「既云身首異處，今口體具足。」為疑，德乃謂「此所謂一魂也。」故事中「三魂七魄」之說，見《抱朴子》及《雲笈七籤》，死後即各行散去，並非無學理根據，祇是志怪與民眾心理均同，或知其理，但不需特別強調，故謂其不具影響力，在此也。

七、死而有知者

朱子嘗謂：「凡能記憶，皆魄之所藏受也，至於運用發出來是魂，這兩個物事本不相離，他能記憶底是魄，然後發出來底便是魂，能知覺底是魄，知覺發出來底又是魂。或曰大率魄屬形體，魂屬精神。」（語類卷八十七）依朱子之意，知識及記憶者乃魄，司精神與意識乃魂，﹝註11﹞實則感覺、意識者，就魂魄而言，古人並非泮然分明，而且全皆可以維持到其成為鬼魂之時，此即「死而有知」說。

（一）意識之存在

人死而靈魂不滅，其實際之意味，即「死而有知」，﹝註12﹞生前之意識，在死後亦將維持而起其作用，既然如此，其意識應隨時間之向前推移，而產生變化，如《夷堅‧丁志》卷二十〈姚師文〉條；姚師文死時，其子尚幼，父子間之情感，依理而言，實難於掌握，惟姚師文之亡魂，意識仍在，但所

﹝註10﹞ 朱子綜合子產及〈郊特牲〉之說，謂：「人生時魂魄相交，死相難而各散去，魂為陽而散上，魄為陰而降下。」（《朱子語類》卷八十七）
﹝註11﹞ 《朱子語類》卷三：「人之能思慮計畫者，魂之為也，能記憶辨別，魄之為也。」
﹝註12﹞ 死而有知無知之辨，見《禮記‧檀弓》上：「仲憲言於曾子曰：『夏后氏用明器，示無知也；殷人用祭器，示民有知也，周人兼用之，示民疑也。』」蓋時人已有「有知」與「無知」之辨，《說苑‧辨物篇》：「子貢問孔子：『死人有知無知也？』孔子曰：『吾欲言死者有知也，恐孝子順孫妨生以送死，欲言無知，恐不孝子棄不葬也。賜欲知死人有知將無知也，死徐自知之，猶未晚也。』」《家語‧致思篇》所載同，蓋孔子亦以「無知」立說，但為推行孝道，不欲明言之。

意識者，乃死後十餘年者，可見其意識，並不因死亡而消失，反而隨時就新的情境而產生新意識，如同條故事，姚師文棄世時，有官在身，其子尚幼，則當時祇有餔養之意識，及十餘年後再度現形時，子已婚，家已貧，姚所面臨者乃爲新情況，則其意識必須假想在死後有新之發展乃可，因而在故事中，姚師文之鬼魂，課子讀書，交待家務，其目的在因應新發展之情勢。

（二）意識之持續

就一般而言，死而有知，其知非但足以辨識家人，而且其意識具有持續性之作用，長久監視子孫動靜，不受時間之限制，《甲志》卷十五〈毛氏父祖〉條，毛璿家事壚替，議鬻居屋，而未及售，一日晨起，亡祖父母及亡父母全部現形，璿驚而拜問，方知父祖見其無好情況而然，另《甲志》卷十二〈向氏家廟〉條亦然，家廟神靈適時拯濟子孫，可見人死精神不滅之持續狀態，並不限於時間而以改變，甚者如《支甲》卷一〈燕王遷都〉條，記金人欲廣闢燕山城，城外有墓妨礙，蓋不知何代何王者，議剗之，因而都民於中夜即見燕王遷都之情狀。在人類已失於記憶之塚墓，鬼魂之意識並未因而消失，是死而有知，其所知甚及人之未知者。

鬼魂之意識，不獨在死後維持，而在人類想像下，其意識之能力，亦可爲人之所不能，如前引〈汪澄憑語〉故事，其妻內心「萌改適他人意」，亡魂即能知之，其監臨人心，可謂無微不入。

《夷堅‧支景》卷三〈三山陸蒼〉條，記陸蒼死而未葬，託夢請傅敷爲之經營，傅如其言，陸爲感謝其恩，以舉場三日題目奉告，傅寤而精思屬稿，乃高擢薦名。舉場試題非常人所易於知之，惟其爲鬼，故能「悉知之」，此其意識能力過於人者。

《夷堅‧甲志》卷十八〈楊公全夢父〉條，記楊公全父與冥司主簿有舊，知朝廷將行五禮新法，其子將於科舉復行登第，則鬼魂之意識能力，且能預知未來也。〔註13〕

（三）意識之限制

惟鬼魂之意識能力，有時亦有所限制，如《支乙》卷二〈大梵隱語條〉，

〔註13〕《搜神後記》卷六載：鬼持斧見王戎，語之曰：「君神明清照，物無隱情，亦有事，故來相從，然當爲君一言，凡人家殯殮葬，苟非至親，不可急往。」又謂：「君當致位三公。」是鬼預知凶吉與官爵，其來久矣。

曾尚書死爲冥官，向其子索經，並不能預知四子皆「略不經意」如此。《夷堅志補》卷十七〈鬼巴〉條，記季生殺鬼事，鬼先不知季生有膽氣，遂爲季生所殺，事後鬼又不知將被人「剖其腸胃，以鹽臘之」而成爲「鬼巴」，是鬼又無預知未來之能力，否則下場何至如是。

　　是故鬼之意識，實人所賦予者，故其意識能力，千變萬化，近似合理，實又矛盾，不可持之以爲必然，惟其有意識能力之存在，則信有鬼者，皆認爲必然。

八、強魂說

　　鬼魂之能力，在社會組織逐漸成形之時，亦隨而添加新一層之意義。蓋古人所崇拜者，在於死後鬼魂而非尚附於人體之靈魂，〔註 14〕此死後鬼魂，凡人俱有，其爲執事臣僚及庶民奴隸亦然，此類下級鬼魂所擁之能力，與在現實政治擁有大權力之王，在宗教擁有大能力之巫，必然發生觀念之衝突。自殷商卜辭中能「害我」、「希王」之鬼魂身分見之，多爲先王、先妣、及舊臣，不僅如此，而且與先公高祖各成體系。〔註 15〕不論如何，下級庶民奴隸絕無作祟時王及王國之能力，此觀念發展，必然形成子產所謂「強魂說」——「用物精多，則魂魄強，是以有精爽至於神明，匹夫匹婦強死，其魂魄猶能憑依于人，以爲淫厲。」所謂「強魂說」，子產舉伯有爲例：「良霄（即伯有），我先君穆公之胄，……三世執其國（鄭國）政柄，其用物也弘矣，其取精也多矣，其族又大，所憑厚矣，而強死，能爲鬼，不亦宜乎。」（《左》昭七年）子產所謂「強」，有二義：其一爲「物精多」，爲權勢之強，其二爲「強死」，即橫死之強。事實上，此二概念，均反映當時之鬼神觀，子產混爲一談。惟就其第一義演繹之，用物精多之強並不限於權勢，舉凡一切可以比較之強，均能在生死交替之後，賦諸於鬼，成爲個別鬼之性格，此一性格，在人鬼或鬼鬼間溝通過程中，佔有極大之作用力。

（一）強魂說所呈現之幾種故事類型

　　《夷堅志》一書中所反映之強魂說，大抵在故事中呈現幾種故事類型：

　　1. 死為冥官（吏卒）

〔註 14〕朱天順，《中國古代宗教初探》，第 178 頁。
〔註 15〕陳夢家，《殷墟卜辭綜述》，第 351 頁。

　　凡生前用物精多者，大抵死後亦非弱者，爲顯示其地位，死後必爲冥官，如《夷堅・乙志》卷二十〈徐三爲冥卒〉，記徐三見其主翁王蘊監稅爲冥府判官，《乙志》卷五〈司命眞君〉條，記余嗣之越州同官某死後爲司命眞君，《甲志》卷五〈黃平國〉條，記省元黃平國死後判陰間一司，是皆死後爲冥官者。

　　依強魂說而言，死爲冥官，生前官位高者，死後官位亦高，實又不然，如《支乙》卷二〈大梵隱語〉條，曾尚書死後僅作福山嶽廟土地，《乙志》卷一〈更生佛〉條，漕臣虞祺死後則爲更生佛，二人在生前官位略有高低，死後一爲佛，一爲土地，未免懸殊太過，此固故事提供者非一人之故，而曾之長子祗是縣丞，虞子允文貴爲宰相，亦大有關係在焉。惟不論官位高低終究爲官人。

　　與死爲冥官相對之例者，即死爲冥卒，如《甲志》卷十四〈潮部鬼〉條，明州士兵之父溺水而死，死後則爲潮部鬼，又前引〈徐三爲冥卒〉，亦入冥暫爲鬼卒也。

　　死爲冥官或爲冥卒，在故事中特別明顯，生前爲官，死後雖未必有官，然終不爲吏卒，生前爲胥吏走卒，死後亦不必爲吏卒，然終不得爲官，此爲定律，蓋受階級觀念影響。〔註16〕

2. 鬼避貴人

　　人死而爲鬼，人類所賦予鬼之能力，實有超越於人者，〔註17〕但在強魂說下，鬼則不能全然凌越於人，王者與巫似當爲鬼所畏，蓋王與巫皆爲強魂，強魂則鬼不能近之，是故凡貴人者，鬼多避之，〔註18〕《夷堅志補》卷十七〈季元衡妾〉條，記季元衡設經饌享孤鬼，鬼來謝，時季與府僚遊蔣山，鬼告之云：「感君恩厚，仁不忘報，聞今日群賢畢集，其中兩客，貴人也，故告君，君宜識之，異日當蒙其力。」季問何人，鬼曰：「江寧葉知縣及某官。」季問何以知之，鬼曰：「庸賤下鬼，非能測造化，但逐日遊行，鬼與人雜，相逢車馬皆憧憧不相顧，此兩官人至，則神鬼皆趨避，見之數矣，是以卜其必

〔註16〕《搜神後記》卷三，記桓哲夢作卒，迎本郡太守爲太山府君，太守夢亦同，二人先後一日則桓死爲卒，太守爲冥官，士人作卒，六朝有之，宋則無。

〔註17〕朱天順《中國古代宗教初探》，謂：「崇拜鬼魂的内容包括迷信靈魂有超人的能力。」（第176頁。）

〔註18〕《搜神後記》卷三，記華歆爲諸生時，常宿人門外，鬼吏不敢入，相謂：「公在此。」歆自喜，謂：「我固當公。」後果爲太尉，其事亦見《列異傳》，是鬼避貴人，人如有鬼避之，則當大貴，在此已形成普遍觀念。

貴也。」所謂葉知縣，即葉義問審言也，官至樞密，平生碌碌，而鬼知其爲貴人而避之，可見受強魂說之影響也。

所謂貴人，不必均爲宰相樞密，如《夷堅・三辛》卷五〈朱陳二縣丞〉條，記朱耘深道招邑士陳定國訓其二子才英、蚩英，同學七八人，以休假出游，一人先反，夢寐中兩鬼來，一扼其喉，一引其足，正危殆際，定國與才英歸，鬼即驚惶不已，謂：「兩縣丞至矣，奈何奈何。」遂捨去，其後二十年，定國爲大庾丞，才英攝上猷丞，其官位雖有而不高，鬼於二十年前即知而避之，是故凡有官者即強魂，鬼通未來多避之。〔註19〕

3. 強魂制鬼

強魂並非必有官，其無官之稟氣強者，亦往往可以制鬼，〔註20〕前引〈鬼巴〉故事，記王行之表弟季生，素有膽氣，至引手執之，剖其腸胃，以鹽臘之，使成鬼巴。另《支戊》卷三〈李巷小宅〉條，記李巷小宅素爲鬼物雄據，宅後爲王季光所得，季光爲人膽勇，不畏妖厲，得屋之初，鬼乃惱亂不已，王親往驗之，大聲咄之曰：「吾聞此地多鬼，若果有之，宜即露現。」鬼逞伎倆，王不爲所奪，鬼終沒去。是生人有膽勇，亦同於強魂，依強魂說律之，則鬼魂非但無以制之，反受其制。

4. 鬼畏公門

鬼避貴人、官員，乃依於強魂說而言，由於有此貴人辟鬼之說，則與貴人相關之象徵物，亦爲鬼所畏懼者，如官居公門，公門即爲鬼所不敢近，《夷堅・甲志》卷十七〈解三娘〉條，記解三娘鬼魂現形，托興州統領趙豐起其屍骨，趙豐以故推辭，謂之：「胡不訴于郡守王郎中？」解三娘答以：「非不知也，戟門有神明，詎容輒入？」《甲志》卷十八〈楊靖償冤〉條：陳六欲向陳靖索冤，已取得東嶽帝之追牒，惟經年皆不得近，以其「公門多神明」之故也。可見當時有「公門多神明」之說，實則公門乃官威之象徵物，鬼畏大官，自宜乎畏於公門也。

〔註19〕 在六朝志怪中，亦有鬼避沙門事，《搜神後記》卷六載：胡茂同嘗見歷陽城東神祠，有群鬼相叱曰：「上官來。」各迸走出祠外，其後見二沙門來入祠中，諸鬼兩兩三三相抱持，在祠邊草中伺望，望見沙門，皆有怖懼，須臾，二沙門去後，諸鬼還祠中。同於是信佛，蓋佛教宣驗小說也。

〔註20〕 在六朝志怪中《幽明錄》有餘杭□廣守尸而捉一老鬼，並強迫其還人精神之故事。《述異記》亦有廣州顯明寺道人縛鬼杖鞭之故事。

5. 鬼畏重物

鬼非特畏懼公門，官員之其他象徵物，亦有制鬼之效能，如《乙志》卷八〈秀州司錄廳〉條，洪晧即以「鬼畏革帶」之傳說，將鬼縛留。又《甲志》卷七〈金釵避鬼〉條，記溫州瑞安村民張七妻久病，爲數人邀去，初在洞口，因衣領間有鍍金釵，恐失之，舉手捫索，鬼輒有畏色。革帶與金釵，皆有富貴人家之象徵，以其象徵律則（symbolism）推之，故亦可謂強魂說之延伸。

6. 將死鬼近〔註 21〕

古人對死之觀念，有所謂「精氣盡而死」〔註 22〕之說，惟在人死爲鬼說之基礎下，精氣說別有意義，蓋人含氣而生，由「強魂說」推而衍之，人之靈魂在身，亦有衰旺之別，在氣化說盛行之後，人氣衰則爲鬼所乘之說，尤著於人心，《夷堅志》中，有關遇鬼則衰之故事，亦不乏其例，如《乙志》卷三〈張夫人婢〉條，記張稽仲叔夜之夫人，有小婢常侍左右，每出必從，在海州時，因侍夫人夜如廁，將還，呼之不應，至于再三，歸始笞責此婢，然婢是日以疾臥，元未嘗出，始知先攜燈者爲鬼物耳，張夫人不淹旬遂病，踰月而卒。其死雖未強調「將死鬼近」，其意即如此，《三壬》卷五〈范十五遇鬼〉條，范曰：「我白晝遇鬼，得無不祥乎！」《三壬》卷二〈聶伯茂錢鵠〉條，聶卒之夜「鬼環其居嗚呼」，均顯示「將死鬼近」之觀念。

「將死鬼近」說，以《夷堅．三壬》卷一〈吳仲權郎中〉條所記者較爲特殊，吳仲權以郡人董居厚醇父死而無親故在傍，雖無雅契，凡醫療棺歛，寄攢遣報，一力任之，其後吳遭論罷歸里，忽感疾，使家人備茶湯，謂：「董教授來見我。」家人疑之，自此吳乃時時若與人言，一日忽索浴，並交待家事，自命治書，凡盡數紙，乃放筆昏睡，迨醒，又若見董來尤數，乃訶之曰：「醇父先生且先去，莫要吵人。」展轉經夕，及午乃卒。吳之將死而掙扎，雖故事中董未現形，然其來催死無疑也，吳與董生前非但無仇隙，且有收埋之恩，可見此故事乃以「將死鬼近」之說爲主題也。

與「將死鬼近」之主題相反者，即「精旺鬼避」之說，《夷堅．三辛》卷二〈永寧寺街女子〉條，記女鬼在鄱城慶善橋上爲人噀唾喝辱，欲報之，惟

〔註 21〕王充《論衡》卷二三訂鬼引一曰：「人且吉凶，妖祥先見，人之且死，見百怪，鬼在百怪之中。」又謂：「鬼者，老物精也，……人之受氣，有與物同精者，則其物與之交，及病精氣衰劣也，則來犯陵之矣。」

〔註 22〕語見《物理論》，據嚴可均輯本，是乃氣化生人說。

其人「精氣極旺」，「難親近他」，是精氣之旺者，鬼無法犯之也。《雜鬼神志怪》載鬼欲凌顧劭，劭「神氣湛然」，不可得乘，鬼乃言「三年內，君必衰矣，當因此時相報。」是志怪書之精氣衰旺說，其來久矣。

7. 強魂悍鬼

生前爲強悍之人，依據強魂之說，死後亦爲強悍之鬼，如《夷堅・支庚》卷五〈郁大爲神〉條，郁大生前不過農民耳，死後鄉人常見其出入，而群鬼從行，其非強悍之鬼乎？又《志補》卷十六〈城隍赴會〉條，記饒卒生前淫人行凶，無惡不作，死後爲鬼，凶橫異常，甚而爲城隍所拘，尚越獄祟人，誠爲悍鬼，蓋生前即爲凶人（強魂），死後爲悍鬼也。

（二）強魂說之現實反映

從強魂說所衍伸之故事，在六朝時已多存在，惟《夷堅志》中「死爲冥官」故事，雖在其生前死後官位高低無律則可循，然較六朝志怪而言，其爲官爲吏更加分明，更加保障大小官員及士人在陰間享受類似世間之榮華。

從「鬼避貴人」、「鬼畏公門」及「貴畏重物」等故事中，鬼固有所畏，此亦提供大小官員在陽世安全之保障。

然則強魂說不僅祇爲達官貴人提供避風港，從「強魂制鬼」及「強魂悍鬼」故事中，似乎在冥冥中指示人生之處世態度，人生自古誰無死，強魂未死鬼猶畏，縱令強死亦鬼雄。

「將死鬼近」故事，在漢代已普遍形成觀念，王充固已詳論之，惟人無分賢愚，生死均無可免，鬼近鬼遠，有律可尋，當可慰人之不平之想也。

強魂之說，爲常見魂魄觀之特出者，蓋鬼魂世界乃人類自我生活之反映，在現實社會所存在各種強弱對立問題，形成人類牢固而不易之對立情感，除自我意識中顯現外，而在死亡以後之鬼魂世界，亦作如是之反映，則人心之湮鬱，何由抒發之？所謂聖自聖、愚自愚，聖愚之間，其不在鬼魂觀念中，灼然見之耶？

九、結　語

原始人類對於靈魂之認識，其初由於無法區別夢中幻覺及醒時感覺，而產生先邏輯之理論，及其人死爲鬼，鬼之實質爲何，即令能夠區分夢與現實，其說亦無法脫離臆測。我國對鬼魂之觀念，古來即有魂魄之說，魂魄說之產

生，蓋由於人類對鬼魂之認識，產生邏輯上之矛盾，當時不能遂因此而斷其為虛無，反而強分之為二，其雖分之而為二，由於假設即已有誤，二分法實際上又將其邏輯理路導致第二度糾纏，所謂愈理愈棼，更無理澄清，雖大儒如鄭子朱子，均試圖將魂魄之界義，作系統之整理，然實又不足以概括民眾之鬼魂觀念，蓋彼以先王以神道設教之說，先已肯定鬼神之有，固然得而成一家之言，然則鬼魂觀念實來自民間口口相傳，除靈魂不滅之理外，本即無理路可言，若《夷堅志》者，訴諸於志怪，並存諸說而不自覺其悖亂，誠善於反映當時鬼魂觀念，持無鬼有鬼論者，其亦得各就此而驗其說也，就整體而言，雖其書鬼魂之說矛盾充斥，然惟有在此諸說並存下，知當時民間觀念之混淆情形，斯其價值所在也！

第二節　游魂滯魄

一、鬼魂去處

（一）從氏族體制之葬法看鬼魂去處

葬祭儀氏為安撫鬼魂之行為，人類對於安撫鬼魂，向來皆有其先邏輯性之理由，〔註23〕此類理由均具其意義在焉。

就葬禮而言，無非欲鬼魂有所歸，人死為鬼，鬼魂何所歸趨？何以生活？古來即以當時社會生活為依據，並由其葬法可覘其說。

其初在氏族群體生活時期，死去之氏族成員，不過是脫離肉體而已，其鬼魂仍冥冥中與氏族共生活，〔註24〕因而死者屍體亦往往埋葬於住處附近，〔註25〕由於氏族成員原本友善互助之關係存在，凡有事故或困難，亦往往以尊重之態度，告知鬼魂，求助鬼魂，並徵求其意見，完全未以「亡」者待之。如以其葬地在居處，禱問在居處，則鬼魂亦當仍在居處也。

〔註23〕孔子所謂：「死，葬之以禮，祭之以禮。」（《論語‧為政》）力主三年久喪，以及「祭如在」之態度，均自人本主義而發，與此不同，不得一概而論。

〔註24〕依據 Summer 氏說，原始民族對我群（we group）與他群（other group）的分別很明，蓋當時人類之心理有所謂「種族中心主義」（ethnocentrism），因而在群體中很少私人意見，而其相立關係則為友好互助，其死後成為鬼魂，與氏族之關係，大致亦維持不變。

〔註25〕北京周口店山頂洞人即將屍體埋葬在所居住之洞穴內，由於在死者身上發現赤鐵礦粉末，相信當時已有鬼魂崇拜之現象。

在此同時，亦有認爲鬼魂應當與本氏族以往死去成員，另在某處自組社會，因而在人死亡後，除葬之於公共墓地外，〔註26〕必須安排其去處，就古人認爲鬼魂之去處而言，往往由其葬法表現之，今從氏族社會之葬法上，可以看出其屍體擺置，皆有一定之方向，據《禮記・檀弓下》：「葬于北方，北首，三代達禮也，之幽之故也。」〈禮運〉：「死者北首，生於南鄉。」是當時社會認爲其歸于北幽，殆無疑也，〔註27〕惟我國古代氏族群體甚多，其鬼魂歸向亦極其紛紜，〔註28〕大抵其歸向問題，在彼時已受重視，當可知也。如就其群葬在公共墓地而言，則公共墓地當爲鬼之歸趨所在，如其他頭向問題言之，鬼魂所趨，或另在某一方向之鬼魂世界。

歸納以上三種葬地之選擇，大致在氏族社會時代，對鬼魂去處已有三種不同之看法：

1. 居處（或附近）葬地──死後和氏族成員相處。
2. 公共墓地──死後和氏族過去死亡成員在附近特定地區相處。
3. 在某一方位之「他界」（the other world）──與氏族過去死亡成員在某一想象世界相處。

前兩者（1、2）之鬼魂和屍體所在相連，後者（3）之鬼魂實已脫離屍體他去。

（二）從鬼魂去處看鬼魂世界

在氏族群體中，爲對祖先作定期而長久之祭祀活動，以表達諂神媚鬼之目的，或因爲屍體易於消腐，或因爲畜牧游獵等現實生活環境變遷，往往採取類似圖騰崇拜與自然崇拜之方式，以象徵物來表徵鬼神所在，如此則原來葬地之鬼魂被象徵物（此象徵物或概念於陶、木祖）所取代，如此居室之象徵物（神主）與墓地之屍體與居於「他界」之鬼魂，遂鼎立而爲三，在此特殊情況下，部分氏族之鬼魂，或祇有其一，或兼而有其二，或兼而有其三，所謂「兼而有」者，蓋其觀念中兼有兩種或三種鬼魂也，就人類學家所採集

〔註26〕從西安半坡村新石器時代遺址和河南裴李崗新石器時代遺址中，都可發現集中形式之公共墓地，蓋相信鬼魂一如世間，過氏族體制生活也。

〔註27〕就考古而言，此與馬家窰文化氏族墓葬之死者屈肢頭東面北之情形相符。

〔註28〕半坡文化成人共同墓地，其葬法爲頭朝西仰臥伸展葬，仰韶文化頭向西或西北，大溪文化頭向南北、文汶口文化向北或東北、廟底溝早期龍山文化向南，見宋兆麟等《中國原始社會》，第479頁。惟宋氏未指出頭向問題與幽都有關，謂頭向問題不能祇作單一解釋。

之少數民族鬼魂觀而言，並非不可能，我國雲南省阿昌族即認為人有三種鬼魂，人死後必須將三種鬼魂送到不同之地方，其一送到墓地，其一供奉在家中，其一送到鬼王或父母所在之處，此正與古代氏族社會之鬼魂觀契合，〔註29〕即今台灣民俗所見，雖未嘗有多種靈魂之說，然冥冥中「兼而有」之鬼魂種類之多，實不少於阿昌族所有，衹是後者以最明白之方式言之而已。

（三）從儀式看幾種鬼魂之發展

鬼魂在氏族時代已有前述三種類型，姑名之「神主鬼魂」、「葬地鬼魂」及「冥界鬼魂」。

此三類鬼魂由於各氏族之發展情形不同，並不可一概而論之，就「神主鬼魂」而言，在原始社會後期，即有祖廟出現，〔註30〕從殷商時代所見，又有宗廟、祖廟及禰廟之別，而當時立於宗廟之先王神主，稱為「示」，「示」有大示（直系先王）、小示（旁系先王）之分，祭祀之所有東室、南室、大室、小室，藏主之所有宗、家、亞，〔註31〕及至周代，宗廟制度更加開展，有所謂「天子七廟，三昭三穆，與大祖之廟而七。」（《禮記·王制》）諸侯、大夫及士庶人均有定制，宗廟制度對後世影響極大，然其基礎在周時已經奠立，鬼魂憑於神主之說，已無可置疑也。神主鬼魂在宋代有極大之開展，蓋原本衹能「祭於寢」而於「寢室奉先世神主」之士庶，亦逐漸在允許之情形下設立家廟，朱子在《家禮》一書中，且特別宣揚家族組織建立祠堂之重要，家廟祠堂在當時已頗突出，在《夷堅志》中如《甲志》卷十二〈向氏家廟〉條之家廟神靈及《三壬》卷一〈吳仲權郎中〉條，吳鎰為友魂相邀，知其將死，即辭其家廟。另外《甲志》卷十五〈毛氏父祖〉條，在子孫議賣家宅時，其祖父母及父母皆現形，皆顯示先人在時人地位又重新凸顯。又依周代規定，

〔註29〕見宋兆麟等《中國原始社會》第476頁，我國東北赫哲族亦有三種靈魂之說，一種是生命之靈魂——「奧任」，惟人與動物有之，與生命同終始，人死「奧任」亦消失；一種是「哈尼」，可以脫離肉體之靈魂，人死亦存在，與人類有密切關係；一種「法相庫」，人死即脫離肉體。此三種靈魂，雖與阿昌族（漢族亦然）不同，然由其各有名稱，可知一人之中實包括有三種靈魂，就民族發展史而言，一人多魂，實不足為奇。

〔註30〕朱天順《中國古代宗教初探》：「原始社會時期，大事都要通過氏族成員開會討論決定，有關全部落的事，都要由各氏族的代表民主議決，同時還要告訴祖神求其同意與保護，這種會議的公共場所，就是祭奉祖神的地方。」

〔註31〕陳夢家《殷虛卜辭綜述》，第643頁。

士庶人祭祀不過其祖，及《朱子家禮》之主張，祀止於高祖以下四代，〔註32〕
從〈毛氏父祖〉條中，顯然有此反映。

　　就「葬地鬼魂」而言，殷商時代似未發達，然從葬禮之日益隆重，殺殉
之形成風氣，陪葬品之豐富而考究，其目的無非欲使死者鬼魂在地下另成一
世界，則其葬地鬼魂之存在，又顯而易見也。

　　此外群葬之風，亦經常使葬地成爲另一幽冥世界，如晉之九原，鄭之黃
泉及後世之蒿里，類此皆可謂之群居性之葬地鬼魂，葬地鬼魂在後世亦極爲
崇信，如明器、陶俑之使用即是，亦無非欲供應死者葬地鬼魂在墓地享用。
而在宋時，又有所謂墳庵之制，在墳地設寺或功德院，以日夜隨時供奉先人，
無非對此葬地鬼魂之慰藉，《夷堅志》中，有多處提及墳庵，但由於墳庵有專
人長期奠薦，且離居處不近，故其鬼魂威福較不明顯。〔註33〕

　　至於「冥界鬼魂」與群居性「葬地鬼魂」應有程度上之相關，在後來之
發展中，即形成《楚辭・招魂》中之「幽都」、漢代觀念中之「泰山」及佛教
之「地獄」與「西方極樂世界」，至宋代更有各府、州、縣級之大小城隍司，
在《夷堅志》中，對於犯罪之鬼魂，幾難逃其網羅，此「冥界鬼魂」之存在，
又顯而易見。

　　另外，鬼魂歸向問題，在進入《詩經》之時代，似已有昇天之說法，〈清
廟〉：「濟濟多士，秉文之德，對越在天。」鄭玄箋云：「文王精神已在天矣。」
〔註34〕其後〈郊特牲〉謂：「魂氣歸于天。」〈禮運〉：「天望而地藏。」均
顯示有鬼魂亦可昇天也。此鬼魂升天之說，其來必早，在後人之觀念中，亦
未消褪，但一方面在宗教影響下，似與「輪迴」、「養生」等觀念相糾纏，遂
與冥界鬼魂相結合，即其鬼魂非入冥即昇天，並無明顯之個別存在；另方面
亦與「神主鬼魂」相結合，神主之鬼魂在觀念中，似多爲昇天者，在此，昇
天之鬼又似非獨立存在。

　　由葬祭儀式之發展，鬼魂觀念呈三種型態存在，顯而可見，至今猶然，古
人或亦覺其不一存在，乃有魂魄之說產生，惟眾說紛紜，似皆未將此三種情形，

〔註32〕《朱子家禮》卷一〈通禮・祠堂〉。

〔註33〕《夷堅志補》卷四〈李大夫庵犬〉條，記無錫李大夫家墳庵，名曰華麗，邀
　　　　惠山僧法屬主之，由於屬好接納，凡布衣緇黃至，皆以粥飯待之，其經濟大
　　　　抵可以自足，但由於遠離人居，故發生強盜殺人掠物之事。

〔註34〕鄭玄精神說見本章第一節，惟鄭箋未必能得《詩》之旨，在此對死後升天之
　　　　說，是否出自周初，亦存疑之。

一併納入討論之中，遂使三魂之說，但普遍成爲觀念，而未形成理論體系。

在後來之發展中「神主鬼魂」、「葬地鬼魂」及「冥界鬼魂」在無適當理論調和之下，其調和力量惟有藉諸儀式，在國人祭禮中，盡情阿諛「神主」及葬地之屍體和在冥界之鬼魂，其目標仍在彼脫離肉體之靈魂，各就其宗教觀念所在而祭禱之，在此儀式調和下，習焉不察，就祭者與被祭之鬼魂，其內心皆有所依託，儀式之作用，大矣。

二、游魂滯魄之成因

由儀式中，古人可以將鬼魂安置於神主、葬地及冥界（他界），但在無儀式之下，鬼魂將何所歸？鬼魂又如何以生活？此一問題，在氏族社會時，即已產生，但在團結友愛互助之情況下，應可獲解決之方法，即使在殷周王朝嚴密制度之下，亦未必構成問題，然在此封建制度崩潰之情形下，原已存在人與鬼魂之間，敵我對立之情感，必然添加新一層意義，而使其更爲凸顯。

儀式之形成者，其必有理由以支持，在儀式進行之同時，對其理由之消極面必然亦有反面之思考，附在活人身上之靈魂，除對所附之人起作用外，並無法在幽暗之中作威作福，惟其死亡，鬼魂脫離肉體而獨立存在，非但具有超人之能力，且能在冥冥中爲祟作屬，方顯示其令人畏懼恐怖之處，葬喪儀式之目的，不論藉求安撫、阿諛等形式，本身即具雙面之功能，一以祈禱，一以避祟，因而儀式之有，則得福免禍，儀式之無，則無福有禍，此一觀念，顯然在儀式思考上，佔有極重要之地位。

從儀式理由而言，古人雖相信鬼魂脫離肉體，但亦相信肉體束縛鬼魂之自由，因而在觀念中鬼魂往往守在屍體附近不去，此乃「伏屍」之說，《禮記·禮運篇》：「及其死也，升屋而號，告曰皋某復，然後飯腥而苴孰，故天望而地藏也，體魄則降，知氣在上。」其魂雖上天，然其飯腥而苴孰者，乃對其所謂下降之「體魄」而爲之，及其葬也，亦不論「葬之中野」（〈繫辭傳〉），或「墓而不墳」（〈檀弓上〉）或「有虞氏以瓦棺，夏后氏堲周。」（《淮南子·氾論》）對於屍體之處理，均有程度上之情感，此情感有時即包括觀念中鬼魂對其原寄宿機體之情感。從考古發掘前人對屍體之防腐措施，〔註35〕以及隆

〔註35〕郭寶鈞，《中國青銅器時代》：「東周埋葬多用金玉親屍體，或用石片、玉片制作耳目口鼻等形以遮蔽九竅（耳目口鼻及前後陰），以期屍體不朽。」（第186頁）另楊伯峻〈略談我國史籍上關於屍體防腐的記載和馬王堆一號漢墓墓主

重之喪禮，多樣之殉葬品等，益可證明其鬼魂「伏屍」說之存在。

　　「伏屍」之說在古代鬼魂觀中佔有極重要之地位，蓋在屍體有儀式行為時，伏屍之說已然突出，而在對屍體無儀式行為時，伏屍之說，則更為明顯。何以故？斯就無儀式行為之情況而推想，其死後之靈魂，非但無以成為「神主鬼魂」、「葬地鬼魂」之成員，甚而亦無法到達冥界，成為「冥界鬼魂」，實則，在現實觀念中，不經過葬祭儀式之鬼魂，惟有成為第四種鬼魂──「伏屍之鬼」，伏屍之鬼在一定程度上或與葬地鬼魂相似。

　　惟伏屍之鬼在前代部分人「體魄下降」之說下，彼等對附於肉體之靈魂，認為應隨肉體死亡而消失，如此「伏屍之鬼」在此觀念下又不存在，所存在者，惟有升於天之「魂氣」，此魂氣在無儀式之下，亦不得為「神主鬼魂」及「冥界鬼魂」，而成為「游魂」，此又成為另一種鬼魂，而「伏屍之鬼」在相對情形下，亦可名之為「滯魄」。

　　人死在無儀式行為之情形下，觀念中之鬼魂，即成為「滯魄」與「游魂」。然則，儀式乃人類之行為之一，何以人死而不以儀式加之？其有說乎？在實際上，人死而無儀式之行為，其來久矣，惟所謂無儀式行為，大抵未必全然無之，其有意之不完全儀式，應包含在焉。

　　從人類學之觀點而言，活人有事諮詢或求助鬼魂之時，往往和「強魂說」相結合，其對象祇在生前強有力之鬼魂，兒童、弱者及行為不端者應不在考慮之列，就此而言，其儀式行為有完全、不完全等個別差異，就中國考古發掘所見，兒童與弱者之葬法，顯然與成人有異，〔註36〕其中奴隸（弱者）之流，尚且祇充作殺殉陪葬之用，〔註37〕至於行為不端者，亦有特殊之葬法，以免在異界破壞團體生活，並使其無法對活人作祟，〔註38〕在此情形，多屬不完全之葬體，主要原因在鬼魂能力不足以佑人之認定。

　　此外，原始人類對於「強死」者，往往產生特殊之情感，是乃鄭子產所謂

　　　　問題〉（收在《文史論叢》）可參見。

〔註36〕西安半坡文化中，成人均葬在溝外北方之共同墓地，而兒童則為甕棺，置於居住區內，殤亡者以瓦棺及甕葬之俗，迄東漢均有發現，見《考古學基礎》。

〔註37〕殺殉之風，龍山文化、大汶口文化、甘肅齊家文化及青海柳灣馬廠期墓葬均有發現，在安陽侯家莊西北岡及武官村中字型殷商陵墓中，更有大量之殉葬情形，至秦始皇時代，此風仍然存在，其陵寢外城東有十七座陪葬墓，陵墓西側亦有七十座。

〔註38〕半坡文化中，對行為不端者，均以屈肢葬方式，使其抱膝並細縛成一團，見《中國古代宗教初探》，第185頁。

「匹夫匹婦強死，其魂魄猶能憑依於人，以爲淫厲。」（《左》昭七年）。強死，即橫死，不當亡而亡之謂，〔註39〕在人類學中，各民族對於「橫死」之定義不一，儀式亦不一，大抵溺死、吊死、暴死、摔死等，均爲橫死，而在儀式上，或以二次葬、火葬等方式，以區別之，〔註40〕其不一致性表現在對夭折（殤）及戰亡之認定，尤其後者，其缺少肢體與頭首之骨骸，在新石器時代遺址中，或有之，或無之，後者表示陣亡者之屍體已另行處理；前者若非殉葬者，則爲陣亡者，而此陣亡者，顯然備受隆禮，〔註41〕與後世強死觀念不盡相同。

至於「強死」者需特別處理之原因，大抵認爲不正常之死亡，乃係凶惡之鬼魂作祟，爲不使此凶惡鬼魂隨新死之屍體作祟，故不將「強死」者入葬於公地，如雲南苦聰人遇瘟死者，乃置之屋室內，焚毀村落，舉族遷徙，亦頗合於科學原理者。〔註42〕

由於以上種種原因，正規儀式行爲實無法完全進行，於是游魂滯魄因而產生，其後由於社會逐漸複雜，強死之情形更加多樣化，而游魂滯魄在靈鬼故事亦隨而多樣化。

三、冀求儀式之游魂滯魄

在志怪書中，除有主之鬼外，則幾乎全爲無主之鬼，無主鬼者，即未經儀式行爲處理之鬼魂，在觀念中，是爲游魂滯魄，〔註43〕以游魂滯魄爲主題之故事，在形式上雖近乎有主之鬼，然其意義，則大不相同，此可就其所形成之不同故事型態見之。

（一）託骨乞葬

伏屍之鬼，一無所有，在觀念中，必以託骨乞葬爲其最大慾望所在，以此爲主題之故事，彙成頗爲可觀，有下列諸端：

〔註39〕宋兆麟謂：「橫死是指某些特殊死亡。」（《中國原始社會》第481頁）亦通。
〔註40〕爲強死者舉行二次葬及火葬之風，除苗族、黎族尚可見外，今臺灣省亦有殘留之跡。
〔註41〕宋兆麟等《中國原始社會》第334頁。
〔註42〕同前書，第319頁。
〔註43〕王逸《楚辭章句》：「國殤，謂死於國事者，《小爾雅》曰：『無主之鬼謂之殤。』」戴震〈屈原賦注〉：「殤之義二：男女未冠笄而死者謂之殤，在外而死者謂之殤，殤之言傷也，國殤死國事，則所以別於二者之殤也。」事實上，戴震所指之殤，一爲夭死，二爲道死，三爲戰死，均屬不能完全之儀式者，亦即無主之鬼，在觀念中，便是游魂滯魄，三者在意義上，並無不同。

1. 乞　葬

在鬼魂伏屍之觀念中，屍體往往被視爲束縛鬼魂自由行動之羈絆，〔註44〕欲使屍體不束縛鬼魂，在原人觀念中，即進行正式之葬禮，否則鬼魂便滯留不去，永伴孤寂。此一觀念，《夷堅》乃藉鬼之現形托出，《支景》卷三〈三山陸蒼〉條，記三山陸蒼爲吳江前任知縣館客，其家在福建，無力歸空，遂權厝於塔院，傅敏過之，見殯宮而惻然憐之，夜即夢陸蒼儒冠持名紙來見，謂之：「旅魂棲泊無依，君其念我。」次旦，敏以告知現任知縣，乃遷葬於官地，陸魂感念傅氏之恩，遂竊題以助其高擢漕薦，故事中鬼魂祇要求葬禮，未以歸鄉爲意願，事實上在部分觀念中，有正式葬禮，即可達到自由行動之目的。

所謂葬禮，在觀念中，亦非止於入土而已，《夷堅・甲志》卷十七〈解三娘〉條：記解三娘爲李忞家婢，隨李女嫁馬紹京，因見悅於馬君，李氏告其父，杖之至死，氣未絕，即掘大窖倒下屍體而瘞之。其後興州都統趙豐過之，乃現形道其始末，趙爲召僧薦之，是晚女又現形，謂其白骨尚在堂外牆下，謂：「非將軍誰爲出之。」且云：「妾骨不出，則妾不得生。」可見觀念中，土埋並非葬也，葬必須有特別儀式，乃謂之葬。

屍體束縛鬼魂，祇需葬之，則能去其束縛，在部分民俗觀念中，亦有不以土葬爲之，火葬即其方式之一，〔註45〕尤其自佛教傳入中土尤然，《夷堅・丙志》卷十一〈朱氏乳媼〉條，記洪邁鄉人朱漢臣，宣和中爲太學官，其乳母死，橐殯於僧菴，及還鄉里，不暇焚其骨，遂成滯魄，其後，妻弟李入京，舍客館，夢乳媼之鬼魂來，謂之：「我朱家乳母也，不幸客死，今寄某坊某菴中，甚不便，願舅挈我歸。」由於菴中菆柩不少，無以識之，鬼魂又指示云：「在菴之西偏，冢上植竹兩竿，南者長而北者短，柩上所題字尚存，索之當可得。」李覺而尋至其處，如其言，以告守僧，遂出柩而焚之，裹燼付一僕，及李歸番陽，朱氏夢媼先來告其將至，一家哀歎，遣人迎諸塗，盛僧具以葬。故事中火化爲歸葬之目的。

2. 乞　骨

乞葬之先決條件，在於全屍，全屍之觀念，與「強死」有必然之關係，

〔註44〕《中國古代宗教初探》，第 184 頁。
〔註45〕《墨子・節葬》：「秦之西有儀渠之國者，其親戚死，聚柴薪焚之，熏上，謂之登遐，然後成爲孝子。」今甘肅臨洮縣城南寺崔山史前墓葬中，亦有火葬之後，將骨灰盛於陶罐中埋葬之遺跡。

肢體不全之屍體，在新石器時代遺跡中，即有別葬之痕跡，因而在觀念中，即使採取火葬，亦必在全屍之先決條件下：鬼魂索取全屍，前引〈解三娘〉故事，即已明白顯示，在趙豐使李忞家從卒訪其骨殖之時，解氏鬼即附體巫婆謂之曰：「頂骨在最下，千萬爲我必取，我不得頂骨不可生。」特別強調頂骨之重要。〔註46〕另《支戊》卷五〈關王池〉條，記錢王時小王德犯軍令，身首異處，不知幾年，其髑髏爲徐大忠所得，據醫書所載，天靈蓋可以入藥，遂藏之，是夜鬼魂即來索移尸錢，至互相毆鬥，徐知是必髑髏作祟，次日即取碎之，棄諸池，當夜，鬼翻來謝之，謂其頭骨久埋，因徐出之，滿望度脫，惟入藥籠，則永無生望，其後徐拋出水中，隨即「消化」，因而「遺骸不埋沒」，乃可以託生矣。〔註47〕在故事中，並無葬儀之要求，祇是在無意中，將頭骨「消化」，即可託生矣。

鬼魂求全屍，亦未必祇要頭骨而已，如《乙志》卷十七〈滄浪亭〉條：民避亂入滄浪亭，死者甚多，群鬼出沒，其後主人乃盡取骨骸，葬之高原，惟遺二臂，鬼即現形，請併拾之，是肢體與首級固有輕重緩急之別，然均不可遺漏。

3. 乞 薦

薦供在原始社會中，本爲媚鬼而設者，〈禮運〉所謂「飯腥而苴熟」，在死後即有奠薦之儀式，在儀式繁文化後，有所謂「大夫士庶人三日而殯，三月而葬」，〔註48〕遂形成「朝奠日出，夕奠逮日」，〔註49〕奠薦之儀，更加隆重，並且逐漸延長而日益分化，及佛教布施之說傳入，薦奠遂成弱勢鬼魂之普遍需求，在《夷堅志》中，均藉此以反映。

〔註46〕有關頭骨之重要性，西安半坡仰韶文化晚期一座大房屋之房基內，已發現以人頭奠基之現象，其後於樂都柳灣、永登蔣家坪、吳縣張陵山、邯鄲澗溝等原始遺址中，均有發現人頭殉葬及奠基現象，或有一處多至三、四數，見宋兆麟等《中國原始社會》，第335頁。黎家芳以爲該等頭骨是戰利品，固是，然在其原始意義中，亦應包括以頭骨包括肉體及其靈魂之全體。

〔註47〕《述異記》有張乙者，宋泰始中，被鞭，瘡痛不竭，人教之燒死人骨末以傅之，雇同房小兒，登岡，取一髑髏，燒以傅瘡，其夜，戶內有爐火燒此小兒手，又空中有物，按小兒頭，內火中，罵曰：「汝何以燒我頭，今以此火償汝！」至皮肉焦爛乃捨之，乙大怖，送餘骨反故處，酒肉釅之，無復災異也。故事與此相似。

〔註48〕《禮記・王制》。

〔註49〕《禮記・檀弓上》。

　　《三辛》卷九〈焦氏見胡一姊〉條，記焦氏鄰居張大夫妾胡一姊，爲主婦所凌逼，自縊於室中（強死），「未得託化」，因而累次現形於焦氏，以求薦拔，焦氏允以中元節在永寧寺塔建水陸大齋時，爲之「設位薦拔」，及期，償其約，至十八夜，即夢胡氏歛袂而前，拜謝大恩，蓋又獲超升矣。

　　在託骨乞葬故事中，顯然出現各種層次問題，在志怪書中，亦非無規則可尋，就宋人觀念而言，火葬不如土葬，葬於外地又不如歸葬，《夷堅》丙志十五〈阮郴州婦〉條：

> 戶部員外郎阮閎，江州人，宣和末爲郴州守。子婦以病卒，權殯於天寧寺。阮將受代，語其子曰：「吾老矣，幸得解印還。老人多忌諱，不暇挈婦喪以東，汝善囑寺僧守視，他日來取之可也。」子不敢違。是夜，阮夢婦至，拜泣曰：「妾寄於殯寺中，是爲客鬼，爲伽藍神所拘。雖時得一還家，每晨昏鐘鳴必奔往聽命，極爲悲苦。今不獲同歸，則永無脫理。恐以櫬木爲累，乞就焚而以骨行，得早窆山丘，無所復恨。」阮寐而感動，命其子先護柩，江州營葬。是夜，夢子婦來謝云。

焚柩實爲不得已之計。

　　此外，奠祭在喪儀中亦極其重要，《丙志》卷十五〈金山設冥〉條，記太學博士莊安常妻亡，於金山設水陸冥會資薦，深夜事畢，及夢妻來，「冠服新潔，有喜色，脫所著鞋在地，襪而登虛，漸騰入雲表，始沒」，蓋「升天象」也。雖然如此，及如〈焦氏夢胡一姊〉故事，往往亦爲不得已之計，《丙志》卷十二〈吳旺訴冤〉條，記吳縣令陳祖安與枉死鬼吳旺之對話：

> 陳曰：「汝骨安在？吾爲汝尋瘞，使安於土，可乎？」曰：「遺骸零落，所存僅十一二，葬之亦無益。公幸哀我，願乞水陸一會，以資受生。」陳曰：「此費侈，吾貧不能辦。」曰：「然則但於水陸會中入一名，使人至石塔前密呼吳旺；俾知之，亦沾功德，可以託生矣。」陳曰：「何處最佳？」曰：「皆有功德，而楓橋者尤爲殊勝，幸就彼爲之。」

次年，王葆往楓橋作齋，陳乃以俸錢爲旺設位，設位之原因，就是屍骨以零落之故。

　　由以上諸鬼之需要，其對儀式之要求，應可排列如下：

1.歸而土葬──2.歸而火葬──3.不歸而土葬──4.不歸而火葬──5.殯

而不葬

以上五等，前四者均包含薦奠，後者亦當有奠供，在無鬼現身請託下，均多極大之「恩德」（見〈吳仲權郎中〉），就亡者與受託者之關係言，有親戚部屬關係者，可由 5. 進而爲 1.（〈阮郴州婦〉、〈王祖德〉），無親戚部屬關係者，衹能從 5. 進而爲 3.（〈三山陸蒼〉），同時，在 1. 到 5. 之恩德層次中，除親疏關係外，尚包括受託者之財勢、遊向等需考慮之因素，而鬼魂亦多能「善體人意」，不過分要求，故現形之時，乃不以怖人之形貌出現。

至於乞骨及乞薦之情節，固有「全屍、不全屍」「有頭骨、無頭骨」等層次之別，但由於先決條件——死亡時間過長，多則二百年（〈關王池〉），少則二十年（〈吳旺訴冤〉），加以與受託者之關係不密切，故受託者均爲強有力者。

由於請託者多爲弱勢鬼魂，受託者所得到之善報，大多爲再度現形道謝，其次則「寂不見」（見鬼終屬不祥）。惟有〈三山陸蒼〉鬼魂，竊取漕試考題，使傅敵魁薦，爲較明顯之善報，至於惡報，在《夷堅志》中，並不明顯，如〈吳仲權郎中〉，鬼魂糾纏恩人，其或大限已至之故，故不得遽謂之惡報。〔註50〕

（二）冢鬼護穴

「葬地鬼魂」在經過長久歲月，祭享不至，亦成無主之鬼——惟其與葬地伏屍之鬼，仍有不同——大抵在正常情形下並無淫厲行爲表現，惟在其冢墓受到被破壞之威脅，乃出而爲祟，所以然者，蓋欲避免成爲伏屍滯魄也。〔註51〕《夷堅志》現存葬地鬼魂現形保護冢墓之故事二則，均發生在當時淪陷區。

> 虜天德二年五月，以燕山城隘而人眾，欲廣之。其東南隅曰通州門，西南曰西京門，各有高丘，俗呼爲燕王塚，不能知其爲何代何王也。及其立標埒，定基址，東墓正妨礙，議欲削其北面，以增雉堞。工役未施之數日，都民於中夜時聞人聲云：「燕王遷都。」皆出而觀之，

〔註50〕雖無善報，在洪邁觀念中，亦有善名，如《夷堅・支甲》卷六〈張尚書〉條，記張彥文尚書大經，布衣時與建昌景德寺僧紹光厚善，後爲諫議大夫，紹光死於鄉，託夢來求作佛事，時爲救釋，以濟冥塗，張乃命其子取金與錢，爲誦經轉輪，並塑觀音像一軀于太平興國寺，燃長明燈以供，邁即謂張爲長者，惟此故事鬼魂行徑亦周折，不求於近，而求於遠，殆生平相識太少歟？

〔註51〕《夷堅・丙志》卷十九〈餅家小紅〉條，記洪邁妻父張淵道寓無錫，買隙地數畝營邸舍，土中原瘞有餅師女之屍骸，方興土工，爲老兵劉溫所壞，壙中物亦爲劉悉取之，女鬼遂降於張氏紫姑箕上，謂：「我無所歸，今只在窗外胡桃樹下依公家以居，不可復去矣。」是冢鬼成爲無所歸依之游魂者也。

見鑾輅儀衛，前後雜遝，燈燭熒煌，香風襲人，羅列十里，從東丘
至西冢遂滅。明夕復然。民以白府留守張君，爲請於朝廷，乃迂枉
其壘以避之。（《支甲》卷一〈燕王遷都〉）

下邳境内有古丘，相傳爲李婆墓，莫知其何時人。又言多藏珍寶，
積爲亡賴惡子所睥睨。紹興丁巳歲，僞齊之末，群盜肆行，焚廬發
冢，略無虛日。遂從事於李墓，呼聚三百人，畚鍤備集，自晨至午，
啟鑿及於埏中，棺槨皆露，眾疲困憩臥，或餐乾糧。俄一嫗長七尺
餘，髮曰貌黑，形極醜，素練寬衣，端坐槨上，彈指長嘯，響振林
壑，溪谷洶流，一切沸涌。眾怖而散走。須臾，煙靄四合，神鬼出
沒，或聞闐闐車馬聲，或隱隱如雷。移時開晴，一盜有膽者復往視，
已失棺槨所在，但存空穴，嗟悔而歸。五旬中，多暴死及無故顛隕
者。里民爲悉力掩壙，且致祭焉。（《支甲》卷二〈李婆墓〉）

李婆墓已成空穴，里民仍致祭焉，乃出於諛鬼之心理，以上二則，由於鬼魂
身分不詳，故採取消極與積極兩種行爲表達方式。另《夷堅・支丁》卷一〈建
康太和古墓〉條，記建康屯駐中軍教場之一隅，有堆埠，相傳爲古墓，統制
官成彥信以其妨礙毬馬奔馳，且妄意冢中之藏，銳欲去之，夜夢一女子，衣
裳冠珥，不似時世結束，年可三十許，顏貌美麗，泣謂：妾處此八百餘年矣，
遺骨棲棲，幸而得存。今聞欲見發掘，倘於人不至深害，願止此役，無使泉
下起暴露之歎，成堅不從，遂得冢穴，蓋海西公在位時妃嬪葬處，雖骸骷不
存全，然粧奩鏡台盆盂之屬，皆精金所制，凡數百兩，悉掩有之。此役可謂
大矣。惟屍首不存，鬼魂仍在，不欲人發掘之原因，則在鬼魂所謂「無使泉
下起暴露」，而冢鬼與活人相處之道，顯然爲「互不相害」之態度，〔註52〕如
果有所害，其回應則如前二則故事，實亦懸殊而不易掌握。

（三）游魂索食

在觀念中，不伏屍之無主鬼魂，對於儀式行爲之完整，固有所求，惟在
志怪書中，則大多以「食物」之需求爲目的。飲食爲生命之所需，以此逆彼，
鬼魂長期脫離肉體，亦當有特殊之「生命機體」，需要飲食以維持。在原始觀
念中，有事祈求鬼神，即以飲食相餌，飲食成爲人類與鬼神情感溝通之工具，

〔註52〕《搜神後記》卷六載王伯陽宅東有大冢，相傳爲魯肅墓，王婦死，平其冢以
　　　　葬，後數年，王忽見貴人來謂：「我是魯子敬，安宅在此二百許年，君何故毀
　　　　壞吾冢？」此亦屬人鬼「相安無事」之心理，其來久矣。

對此，有主之鬼之索食，可謂名正言順，而對無主之鬼而言，便將呈下列諸多型態。

1. 仰人施食

牟子謂：「佛家以空財布施爲名。」施食爲對餓鬼之布施，在觀念中，施食之儀式對鬼魂有莫大之功德，對象原爲普遍性而非專一性，惟以人類依賴心理投射於鬼魂之身，便有專門仰人施食之鬼魂，而其所依賴之對象則固定之某一施主。《夷堅・甲志》卷五〈陳良器〉條，陳良器好施食，子爲武義尉，迎之官，忘攜食盤，夜夢亡友云：「連日門下奉候不見，不知乃在此。」覺而省其故，就邸中施焉。故事之鬼魂爲依賴朋友者，蓋親人有奠供之義，隱形匿名仰友施食，或亦關乎尊嚴乎？然一日忘施，則有「見鬼」之報。

經常施食之人，乃爲鬼所德，與鬼形成人身依附關係，如《夷堅志補》卷十七〈崔伯陽〉條：

> 崔公度，字伯陽，自少施食，常以尊勝黃幡遍插地上，率夜半爲節，雖寒暑不廢。爲館職日，飲於親故家，中夕方歸。道沿蔡河，馬觸酒家帘，驚而逸，崔墜地，迷不知之。夢一婦人至，曰：「崔學士也。」急解帕巾幕其首，又招其徒曰：「此乃施食崔學士，今遭難，不可不救。」俄十餘婦應聲而來，爲之按摩披扶，似覺稍甦，騶卒亦至，勉扶上馬。迨歸，家人方知之，但怪暮夜安得有人裹首。崔彷彿能道向來事，數日創愈，解帕視之，乃二紅纈，有血滲色，中實碎紙甚多，皆所插黃幡也。應手灰飛，方知爲鬼耳。

所謂「不可不救」，固爲報德，亦有所仰賴也。

2. 託名竊食

將人類食慾投射在鬼身之後，本我之性格，即以最粗糙之形態出現，「託名竊食」之故事，無寧爲志怪書中屢見而不厭者。有如：

> 撫州南門黃柏路居民詹六、詹七，以接鬻縑帛爲生，其季曰小哥，嘗賭博負錢，畏兄箠責，徑竄逸他處，久而不反。母思之益切，而夢寐占卜皆不祥，直以爲死矣。會中元盂蘭盆齋前一夕，詹氏羅紙錢以待享。薄暮，若有幽歎于外者，母曰：「小哥眞亡矣，今來告我。」取一緡錢，祝曰：「果爲吾兒，能掣此錢出，則信可驗，當求冥助於汝。」少焉，陰風肅肅，類人探而出之。母兄失聲哭，亟呼僧誦經拔度，無復望其歸。後數月，忽從外來，伯兄曰：「鬼也！」取刀將

逐之。仲遽抱止，曰：「未可。」稍前諦視，問其死生，弟曰：「本懼杖而竄，故詣宜黃受傭，未嘗死也。」乃知前事爲鬼所詐云。(《丁志》卷十五〈詹小哥〉條)

另《乙志》卷三〈竇氏妾父〉條與此略同，謂妾父之鬼魂來乞食，竇氏允以作佛事薦之，且具食祭之，妾父實未死，再歲，從鄉里來，乃知爲黠鬼所爲以竊食。兩鬼均利用骨肉分離無法聯繫之際，化身竊食，使人信以爲眞，因而逞其詐謀，惟亦有失敗之時，《夷堅志補》卷十七〈季元衡妾〉條，季元衡赴官，由於家有侍妾，爲主母不容，臨行以情告妻，及至建康，聞妾音聲，告其遭箠，已自經死，季遣僕返家經營其事，僕還報家中無事，乃知爲鬼所詐，鬼計遂破，惟其後鬼乘認罪間，丐佛經數卷及薄奠楮幣之屬，季允之，亦遂其食慾，可謂非全然失敗也。

此類故事，骨肉乖離是起因，鬼魂覓食是動因，變形詐騙爲布局，結局就鬼魂而言，均有所收穫。〔註53〕

「藉故索物」爲「託名竊食」故事之變形，鬼雖未變形，然託詐設緣由，強行勒索，以滿足其食慾，就目的而言，有其相同之因素，如《夷堅·三壬》〈范十五遇鬼〉條，記范十五遇舊同列二人，少焉悟其已死，惟二人詐言未死，遂從索酒，謂：「汝既有錢，合作小主人待我，可驗故人之情。」范探懷中，得錢二百，就道邊歐茂村秀才店沽酒，爲歐所覺，乃知遇鬼，惟鬼所需不高，而范歸臥病甚久。《夷堅志》中另有與此經過略同，而結果大不相同者，茲錄如下。

州民張元中所居通遠，與董梧州宅相對。董氏設水陸，張夢女僧施三嫂來，曰：「久不到君家，今日蒙董知郡招喚，以眾客未集，願假館爲須臾留。」張記其已死，不肯答。又曰：「囊與君買婢，君約謝我錢五千，至今未得。我懷之久矣，非時不得至此，幸見償。」張寤而惡之。明日，買紙錢一束，焚于澹津湖橋下。夜復夢曰：「所負五千而償不□百，儻弗吾與，將投牒訟君，是時勿悔也。」張不得已，如其所須之數，舉以付寺僧使誦經。既而歎曰：「數與鬼語，更

<hr>

〔註53〕《風俗通義·怪神》記陳國張漢直到南陽從京兆尹延叔堅讀《左氏傳》，行後數月，鬼物持其女弟言：「我病死喪在陌上，常苦饑寒。」並舉數事以證附體者眞爲其本人，家人哀傷信以爲眞，父母諸弟，衰絰到來迎喪，去精舍數里，遇漢直，謂其爲鬼，漢直乃前爲父拜，說其本末，乃知爲鬼所詐。故事中雖爲鬼所譎，然無竊食情事，類似故事，《搜神記》卷十七有范丹、費季等故事均是，亦無竊食事。

督無名之債，吾豈不久於世乎！」然其後八年乃死。(《丙志》卷十

一〈施三嫂〉)

故事中，女鬼之蠻橫個性，躍然而出，其後果懸殊如是，殆與鬼慾之順遂與

否有關乎？

4. 委身寄食

《夷堅・支庚》卷五〈郁大為神〉條載：農民郁大死，「既葬」，鄉人常見

其出入如生，而群鬼從行，人或有疾，託巫者邀請，必至，命童子附體決休咎，

或使服某藥，或使設齋醮，無不立應，得以平安者甚眾。郁大為有主之鬼，死

後反而委身於巫者，供其差遣，志怪書中，誠為罕見。惟無主之游魂，委身於

人，附箕降筆，則書之屢矣。《夷堅・甲志》卷十六〈碧瀾堂〉條，記南康建昌

縣民家，事紫姑神甚靈，每告以先事之利，或云下江茶貴可販，或云某處乏米

可載以往，必如其言獲厚利。蓋此紫姑神，生前實為女倡，嘗與富家子有終身

之約，富家子憚父母不容，遂挾以竄，已而窘窮日甚，又慮事敗，因至吳興，

游碧瀾堂，乘醉推倡入水，富家子亡命行丐，倡女則遠自吳興千里游魂至建昌，

受人供奉以降靈，一方面表現其神格，另方面表現其附食性。〔註54〕

附箕之鬼，人多以神事之，一旦知其身份為鬼，往往遣之去，〈碧瀾堂〉

故事中之建昌民家，「自是不復事神」。而《丙志》卷十九〈餅家小紅〉條，

記洪邁之岳父家，有鬼降於紫姑箕上，其鬼為餅家亡女，乃多賂以佛事，焚

錢設饌祭之，乃絕。所謂非其鬼不祀，其此之謂。〔註55〕

5. 趁齋赴醮

凡帶有薦拔孤鬼、救渡亡魂之佛道儀式舉行時，在觀念中，無主之鬼魂

均順情赴趁，蓋斯乃就食甚或得以拯拔之機會，寧得錯過？《夷堅志補》卷

十六〈任迴春游〉條：任迴為酒肆店姥招為婿，姥實鬼也，一夕未寢，連聞

〔註54〕部分巫術思考認為：不當死而死之鬼魂，精氣尚旺，故往往能為巫覡所役使，
　　　此與在巫術儀式之中，殺牲祭血之意義相同，均出於巫術接觸傳染律則，凌
　　　純聲在〈國殤禮魂與馘首祭梟〉乙文中，指出古代濮獠民族與今高山族之馘
　　　首祭梟習俗，其獵回敵首之宗教意義，是為使敵靈在其部落居處安住，以為
　　　彼服務，也是基於不當死而死之強魂，無所歸依，故能為人所役使。

〔註55〕《搜神記》卷五載有丁姑事，丁姑年十六，適全椒謝家，其姑嚴酷，使役有
　　　程，不如限者，仍便笞捶不可堪，九月九日，乃自經死，遂有靈響，聞於民
　　　間，發言于巫祝：「念人家婦女，作息不倦，使避九月九日，勿用作事。」其
　　　後頗現形，乃於所在祠之。丁姑藉巫祝發言，蓋亦附食於彼者，然其終得有
　　　祠，與《夷堅志》畏而避之者不同。

扣戶聲，有男子婦女二、三十輩扶攜而來，言：「城內某坊某家，今夜設大筵，宜往赴約。」遂偕以往，及到所謂某家，方命僧施法食三大斛，眾拱立環繞，爭搏取恣食，至於攘奪，迥始悟大筵者，實爲人家設齋醮，施法食，群鬼爭赴以爲筵集也。

由於施食對象，賢愚不等，群從出入，與人相遇，多所糾纏，《夷堅・支癸》卷五〈石頭鎮民〉條，記石頭鎮胡大夫家修設水陸齋，有市民龔三夜歸，路逢鄭十五與孫山東幼兒，鄭已死十三四年，而孫氏兒亡未久，均欲往胡宅趁赴，龔三無故爲二鬼毆打，仆地悶絕，後爲妻子迎昇還舍，言其事，旋奄然而逝。蓋鬼赴齋筵，所在意於飽食，固無需對路人施恩示惠也。

與此相反之例，如《夷堅志補》卷十七〈湖田陳曾二〉條：

> 饒州景德鎮湖田市，乃燒造陶器處也。有宋二者，以淳熙十六年十月建水陸道場。民董生，操舟在河下，出觀闍黎僧攝召，見兩鬼立於岸，共說張婆家女子因吃糍糕被噎而死，氣尚未斷，可去救他性命。其一曰：「誰向前？」一曰：「只我兩個同去。」張婆者，與宋二鄰居，女名婆兒，噎死未久，須明日殮送。方守尸悲哭，忽聞擊戶聲，問爲誰，曰：「我是河裏住人陳曾二也。」張曰：「何故以深夜相過？」曰：「知道婆兒不幸，但扶策起坐，將苕箒拍打背三下，糕便落腹，可活矣！」張謝曰：「荷爾教我。」乃啟門，欲邀入飲以酒，了無所見。試用其法，不食頃，女腹如雷鳴，即時安好。迨曉，尋訪陳曾二，蓋七年前溺河而死者。鬼未受生，猶惻隱存心如是。
> 張婆乃命僧爲薦拔之。

鬼魂溺水七年皆未受生，而以赴齋之機會順手救人，乃得薦拔，正說明鬼之禍福，亦自取也。

從以上「游魂索食」之五種類型中，顯示人鬼之原有關係。較「託骨乞葬」之故事類型爲疏離，即使如〈陳良器〉故事中，鬼雖爲舊友，亦隱其身分在先。就鬼之行爲而言，1.5.爲消極性受食，而 2.3.則帶有積極性之受食，4.介於兩者之間。就人之回應而言，1.5.爲積極性施予，2.3.則爲消極性之施予，4.亦介於兩者之間。因而在游魂索食故事中，人鬼之間接觸之意義，實即爲疏離關係上之施受關係，此一關係在現實社會亦屬存在，1.5.爲施主與乞丐或游民，2.3.爲訛詐者與被訛詐者，4.爲主與僕，顯然志怪書將現實施予關係投射於游魂之中，因此在結構上，各鬼均以低姿態現身，其不以高姿態現身者，「食物」爲其關鍵，

蓋鬼不能在無儀式下掠食，〔註56〕宜乎扮演弱者，固然弱者亦有積極求生之道（2.3.），惟並不足以對人構成太大之傷害。

四、戀世情結

人死而爲鬼，人類之情感，自然投射於鬼魂身上，而使鬼魂具有特殊之情感，就無鬼論者而言，此情感實際並不存在，祇是人類情感之錯亂，而就有鬼論者而言，此情感又自覺其不正常存在，視之爲鬼魂情感之角色錯亂，此一角色錯亂之情感，姑名之爲情結（complex），志怪書所表現感情世界者，乃基於此一情結而發，其對世間事物之依戀者，即爲戀世情結。

鬼魂之戀世情結，表現在志怪書中，大多呈現下列諸多類型。

1. 佔屋久處

人死爲鬼，鬼魂與人類相居處，本爲原始之鬼魂觀念，志怪書經常可見，《夷堅・甲志》卷十七〈孟蜀宮人〉條，紹興時成都守李西美病，館客陳甲嘗見後蜀宮人現形於所居，蓋當地爲前蜀宣華殿故址，鬼魂十餘，或坐或立，或步庭中，相聯賦詩，隨口占答，西美病不起，承宣使孫渥以鈐轄攝帥事，相傳孟氏嘗用晡時殺宮人，以鼓聲爲節，故蜀郡日晡不擊鼓，擊之，鬼聞之輒哭，渥嘗爲文祭之，命擊鼓如儀，哭亦止，後復罷。孟蜀宮人依戀往日生活，依戀舊居，經常出沒，凡二百餘年不謂不久矣。

佔宅不去之鬼魂，亦有原不詳其所來，而經常出沒，使人感覺其存在。《夷堅・三己》卷二〈姜店女鬼〉條：

> 姜七家對面有空屋一所，相傳鬼魅占處，無人敢居。姜貰爲客房，以停貯車乘器仗。常見一女子，曉夕循繞往來，客浸米在盆，則爲淘洗；炊火造飯，則爲置薪。飯畢，又爲滌器收拾。問其何人，不肯言，終日未嘗發聲。一客乘醉，悅其盛年白皙，欲擁抱之。微笑而不答。值夜，亦前後行遊，或推戶入客舍，及出，則掩之。未嘗與人作禍。程三客者，古田人，平昔食素，持穢跡呪有功。目睹其事，謂他人曰：

〔註56〕《幽明錄》載有新死鬼形疲瘦頓，向友鬼問諸方便之法，友鬼謂：「此甚易耳，但爲人作怪，人必大怖，當與卿食。」其後，鬼入人家，見一群女子，窗前共食，乃至庭中，抱一白狗，令空中行，其家見之大驚，言自來未有此怪，占云：「有客鬼索食，可殺狗並甘果酒飯，于庭前祀之，可得無他。」鬼果得大食，自此後恆作怪。鬼以求食爲目的之作怪，在宋代已較少見。

「安有鬼物公然出現而得寧貼者？我當去之。」乃潛結法印誦呪。女
斂袂侍立，聽至百遍，拊掌大笑而退。父老云：「此女崇出沒今二三
十年，屢經術士法師攝治，只是大笑暫隱，不過百日，依然如初云。」

此類戀宅之鬼魂，多強調其平凡之性格，幾與常人無異，故驅鬼之法，
無如其何，去而復來，歷時持久。

2. 戀物不去

語云：「玩物喪志。」人死為鬼，對物之依戀執著，亦頗為人所強調。《夷
堅‧支癸》卷五〈白雲寺行童〉即是。

淳熙三年夏，吳伯泰如安仁，未至三十里，投宿道上白雲寺，泊一
室中。喜竹榻涼潔，方匹馬登頓頗倦，不解衣曲肱而臥。朦朧間見
小行童，垂苗髮，著短褐衣，拱衣側立，情態恭甚。云：「主僧遣邀
飲茗。」語之曰：「容我睡少時便去見。」童不答，亦不退。俄然而
隱，吳殊未以為疑。再合眼，復在側。又與之語，不答不退如初。
乃急起訪僧。笑曰：「比有士大夫暫憩此榻，所睹亦然。蓋昔時行童
某者，性好雅潔，自買此受用，而去年已亡。小兒癡迷，故尚爾戀
著，亦可念矣。」吳勸付諸火以絕之，其怪遂息。

小童地位低微，故士大夫佔其所愛之竹榻，惟有消極性之行動──不答不退
──以為抗議，而士大夫習於隨意使用他人之物，宜乎不以為怪，反而以「小
兒癡迷」視之，故事之趣味亦在乎是！

3. 操業如故

人死而靈魂不滅，對舊有職責依舊不忘情，其意志可謂堅決，此類故事
古來亦多，惟多以「頑靈不化」視之。《夷堅志補》卷十六〈處州山寺〉：

處州緝云縣近村一山寺，處勢幽僻，有閩僧行腳到彼，憩於且過堂。
經數日，當齋時，不展缽開單，寺僧邀茶，語之曰：「堂中獨臥，無
恐怖乎？且何以不索食？」曰：「身老矣，不能免食肉，荷小行哥勤，
渠初非舊識，而每夜攜酒炙果實見過。此必諸尊宿相憐，遣來存慰。
既得酒饌飽足，何必又叨齋食？」寺僧曰：「非也。二三年前，有小
童名阿伴，自縊於此堂，常常出惑人。有雲水高人寓此，必出煎湯
煮茗，供侍謹飭。前夕，本寺一房內有壺酒合食忽不見，疑師所享，
必此也。懼為彼所禍，今夜倘再來，願斥之曰：『汝非阿伴乎？何得
造妖作怪，不求超脫？』徐察其色相如何。」客僧受教。夕復至，

> 即如所言責之。童面發赤色，無以對，吐舌長尺餘而減。後來宿者
> 不復有影響矣。

小童雖死，仍能勤以待客，倘寺僧不言，亦不知阿伴之「造妖作怪」也。惟
《夷堅·支甲》卷三〈王宣太尉〉條，記西邊大將王宣，紹興末禦虜寇立功，
乾道中爲襄陽帥而卒，後半年，其麾下故部曲蔣訓練出城，爲一黃衣卒持令
旗喚去，謂王宣召彼，隨之行，至南門樓上，宣在焉，參伍兵衛，視生前無
異，宣勞問勤至，犒賜甚多，馬蹴騰而歸，病凡五日。此故事亦言宣死爲鬼
而操業如故，惟不以「造妖作怪」視之，是則頑靈者，亦因人而異。

4. 混跡市廛

　　人鬼雖別，幽明無界，是以觀念中，鬼魂亦當遍在人間，與人類混然雜
居，無法分別，《夷堅志》收有數則故事，強調鬼魂混跡市廛，人莫之辨，《夷
堅·丙志》卷九〈李吉燒雞〉條，鬼僕李吉指樓上坐者某人及道間往來者，
謂其主人曰：

> 此皆我（鬼）輩也，與人雜處，商販傭作，而未嘗爲害。

又《丁志》卷四〈王立燒鴨〉條，鬼僕王立亦謂其主人云：

> 今臨安城中人，以十分言之，三分皆我（鬼）輩也，或官員、或僧、
> 或道士、或商販、或倡女，色色有之，與人交關，往還不殊，略不
> 爲人害，人自不能別也。

是皆強調鬼與常人不異，故雖充斥於廛市之中，而不爲害也。

　　由前述四種類型得知，鬼魂之戀世行爲，主要表現方式，在於「肉體雖
死而行爲猶存」，此一方式，實自「魂魄不變說」衍伸而來，爲氏族社會原始
之鬼魂觀念，其不同者，在社會複雜化後，人鬼之關係，未必具有團結互助
之性質，因而福禍問題，在此類故事中，顯然並不重要。又《夷堅志》中有
「紙錢購物」之故事數則，茲錄如下：

> 洪州升平坊一官舍多怪，紹興二十一年，空無人居。有鬻冠珥者過
> 後門，二婦人呼之入，遍閱所貨物買二冠，先償半直，令自大門取
> 餘金。鬻者信之，至前候伺。守舍老兵扣其故，具以告。兵曰：「此
> 空室耳，安得有所謂婦人者？」率與俱入。堂宇凝塵如積，二冠高
> 掛壁間。始悟爲鬼，出視所償錢，亦無有矣。（《甲志》卷十六〈升
> 平坊官舍〉）
> 德興南市鄉民汪一，啓酒肆於村中。慶元三年盛夏，三客入肆沽酒，

飲之至醉。復有二客來，相與攀揖，言曰：「數歲不相會，今日何為到此？」客云：「因往台州幹事，一住十五年，擬欲再行，且謁五通行宮。」語畢，不復索酒飲，計償酒直即去。汪一訪問後至者曰：「彼三人姓氏云何？」曰：「一姓陳、一姓孔，一姓吳，皆已於淳熙八年死了，不意乃見之！」汪聞而大駭，收坐上所留錢，試投水桶內，俄悉化為灰埃。二客不旋踵亦退。（《三壬》卷十〈汪一酒肆客〉）

紹興癸□，新城縣村渡，月明中漁人繫舟將歸，聞隔岸人喚船欲渡，就之，則皆文身荷兵刃者，二十餘輩。意其寨卒也，不暇問而載之。既濟，探囊予錢，登岸謝別而去。異時兵卒經過，未嘗有也。漁人既喜且訝。明日，視其錢，皆紙也，始悟其鬼。

前一則顯係佔屋久處之鬼魂，〔註57〕而後二則則為混跡市塵之鬼魂，在故事中，鬼魂所造之祟，即以偽幣購物，源其「動機」，似非惡意，祇是混淆陰陽界之財物觀念而已。

另《夷堅志》尚有「鬼僕乳媼」故事數則，如《夷堅·丙志》〈李吉爐雞〉、《丁志》卷四〈王立燌鴨〉、《志補》卷十六〈王武功山童〉均是。茲舉後者而言：

河北人王武功，寓居郢州。乾道六年九月間，雇一小僕，方十餘歲，名山童。王於七年四月初一生一子，以賈氏妻為乳母。未幾，山童忽去，尋訪無迹。是年冬，王赴調臨安，忽遇之於江上。童見王至，邀入茶肆致拜，王好言謂之曰：「汝服事我十個月，備認勤謹，我亦撫息，何為不告而去？」謝曰：「山童今日不敢有隱。身是鬼，恰恨後來乳母亦是鬼，怕山童漏泄，百般捃摭相排陷，所以只得避之。武功到宅時，千萬起居宜人，自管護小官人為上。」語迄辭去。王深憂其子，不俟注擬，遽還家。與妻言其事，即呼乳母抱兒出。媼意態自若，猶以兒肥腴誇為己功。王取兒付妻撫惜之，笑謂媼曰：「山童說汝是鬼，如何？」媼拍掌喊怨，急趨入廚，連稱「官人信山童說我是鬼」，眾或欲答言，奄然而沒。

其鬼之戀世情結，實綜3.4.兩型，其祟雖似在「小官人」之身，實祇在僕媼之間互不相容也。

〔註57〕《夷堅·支戊》卷十〈程氏買冠〉條內容與此相同，惟敘述較詳，皆為買冠而償半值，惟程氏所用者為紙錢。

綜上所見，故事均在人鬼疏離關係下進行，疏離之人際關係原即帶有「互不侵犯」之意味，惟人類投射於鬼魂之戀世情結，實際上即表明其利益實有交疊衝突之處，因此在人類展現其意圖時，鬼魂亦藉以展現其能力，如此，人類即可發現疏離人際關係之中，陌生存在之對方實際潛藏如鬼般之危險特質。

五、恨世情節

子產謂：「匹夫匹婦強死，其魂魄猶能憑依於人，以為淫厲。」將鬼之淫厲行為，歸之於強死，從古代對死者所行特殊之喪葬儀式，即可見之，鬼魂能為淫厲之觀念產生之後，在社會逐漸走向複雜，其為淫厲之原因亦隨而複雜，因而在志怪書中，亦自然有多樣化之呈現，然歸其原因，多不外乎人類恨世之情緒之投射。

鬼魂之恨世情結，應歸源於原始社會之強死說及部份之強魂說，其說經過長期發展，乃形成「枉死不去」及「伏屍不化」兩大主流，前者是狹義之強魂說，而後者為廣義之強死說，茲分述之。

（一）枉死不去

不當死而死是為強死，強死之原因多矣，其出於「人為」者，均可謂之「枉死」。枉死之鬼在志怪書中，有不同之方式呈現。

「殺人者死」，古代律法精神雖如此，惟就原始觀念之枉死而言，非必全然關注於公道之追求，主要仍在於強死之觀念，宋儒朱子亦有此觀念。

> 問：「世之見鬼神者甚多，不審有無如何？」
>
> 曰：「世間人見者極多，豈可謂無，但非正理耳，如伯有為厲，……蓋其人氣未當盡而強死，魂魄無所歸，自是如此。昔有人在淮上夜行，見無數形象似人非人，旁午克斥出沒於兩水之間，久之累累不絕，此人明知其鬼，不得已躍跳之衝之而過之下，卻無礙，然亦無他，詢之，此地乃昔人戰場也。彼皆死於非命，銜冤抱恨，固宜未散。」〔註58〕

此乃朱子之魂魄觀。蓋朱子本於氣化說，亦以魂為精氣，魄為體質，精氣未盡而肉體驟死，宜乎未散而為鬼魂，但朱子強調此一鬼魂為無礙無它，顯然又一自以為是之觀念，實為創見。

〔註58〕《朱子語類》卷三。

此「枉死」觀念，不一定涉及報仇之事，其涉及報仇，必然始自於社會本身有對立行爲發生時，〔註 59〕《墨子・明鬼》載周宣王殺其臣杜伯而不辜事，杜伯曰：「吾君殺我而不辜，若以死者爲無知則止矣，若死而有知，不出三年，必使吾君知之。」其後三年，周宣王合諸侯而田于圃田，車數百乘，徒數千人，滿野，日中，杜伯乘白馬素車，朱衣冠，執朱弓，挾朱矢，周人從者莫不見，遠者莫不聞。其事未必合於史實，然墨子所強調之「鬼神之罰不可爲富貴，眾強、勇力、強武、堅甲利兵，鬼神之罰必勝之。」以及「鬼神之所賞，無小必賞之，鬼神之所罰，無大必罰之。」一方面涉及因果報應，另方面亦突破強魂說，使臣子得向國君報仇，如此枉死報仇故事，遂因而豐富有關鬼魂故事之內容。

1. 展愬冤曲

朱子所闡述者，祇在強死而爲鬼魂之「理」，在《夷堅志》中，如朱子所言強死而銜冤抱恨者不少，且多久未能伸，宜乎不散而爲鬼。如《丙志》卷十二〈吳旺訴冤〉條：

> 紹興十五年，陳祖安爲吳縣宰，甥女陸氏病困，爲鬼物所憑。陳欲邀道士禁治，鬼云：「無用治我，我抱冤恨於幽冥間，幾二十年不獲伸，是以欲展愬。」問其故，云：「我姓名曰吳旺，南京人，遭兵火南渡，家於府子城下，以貨傢自給。嘗與鄉人蔡生飲，沿河夜歸，蔡醉甚，誤溺水死。邏卒適見之，疑我擠之於河，執送府。下獄訊治，不勝痛，自引伏，有司處法，杖死於雍熙寺前石塔下。銜冤久矣，今日聊爲公言之。」陳曰：「當時之事，誰主此？」答曰：「獄官亦無心，其事盡出獄吏。蓋吏憚於推鞫，姑欲速成，不容辯析，而獄官不明，便以爲是，竟抵極法。」因歷道推吏、獄卒及行刑人姓名。陳曰：「審如是，何爲獨愬於我？」曰：「寺與縣爲鄰，乃本府禱祈之所，平時公入寺我必見之，故熟識公。今事已久，不能復直，弟欲世人一知之耳。」

吳旺抱冤恨於幽冥，幾二十年不獲伸，其憑於人者，祇是「欲展愬」而已，

〔註 59〕　朱天順《中國古代宗教初探》：「社會上出現對立的階級，人們的利益衝突多起來，關於惡靈與惡鬼的迷信才會大量產生。原始的民族間的對立與戰鬥，產生了人們之間的敵意，於是對有敵意的死者的靈魂，就看成了惡鬼，就要透過宗教活動來防範其對人的加害，不該死而死的強死者或冤死者會成害人的厲鬼，大多是反映了人們之間的敵對現象。」（第 180 頁）實則強死爲厲鬼之現象，亦可能出現於團結互助之民族社會中，而枉死之爲厲鬼，則應晚於是，不可一概而論。

全無關乎報仇，固亦無礙無它，正與朱子同意，由於冤曲積久，事隔境遷，如涉報應，亦多格格不入，如前述〈解三娘〉故事，雖亦報復三十年之仇，終覺情節甚不妥切。

2. 發抒冤憤

枉死而冤憤難平，此理之常也，在現實社會中，其有冤憤，決不至於漠然不顧，因之，將此心理投射於鬼魂中，其反應必然激烈。《支乙》卷十〈傅全美僕〉條：

> 紹興十七年七月，建昌軍管下箸嶺士人傅宗道置酒延客，方就席，聞鑼聲錚錚然，遙望乃群盜也，其徒數十人。因急喚壯僕治禦備，婦人皆登山。盜入門，見酒饌，恣飲食焉，掠財物四千緡而去。隔保聞寇至，盡持刀矛來，盜已醉，所攘半爲諸人所得。近村厚平里有傅全美家兩田僕亡命邀擊，死於盜手，其魂每夕至主人之門，冤憤呼叫。全美之父怒甚，開門厲聲叱罵之曰：「汝自利賊財，至於喪身，何干主家事，而來恐嚇人如此！吾念汝積年奔走之勤，不忍加治，今將繪汝形於近廟，俾汝受香火，待時託生，宜速去。」自是其聲日遠。及繪畢，遂寂然。

姑不論兩僕是否利賊財，身而訴冤呼叫，死所謂「鬼哭」是也，在志怪書所見不少，其後亦多以宗教儀式爲結束，在此故事中，鬼魂祇以茫昧無託，乃向主人呼冤，其意不在復仇，故以儀式作解，繪形受香火事，蓋其意義略等於神主，遂用以遣鬼。

3. 枉死復仇

枉死復仇，其來久矣，春秋時代，已多記載，其後雜糅感應、果報之說，積漸鼎盛，蔚爲大觀，茲將冤魂報仇之方式，略述如下：

（1）攔路訴冤

冤死事件最佳解決途徑即訴諸於法，惟公門多神明之說，使鬼赴公堂訴理之故事，並不發達，乘官員行部在外，現身請願者較多，《夷堅·丁志》卷十五〈水上婦人〉條：

> 政和間，京西路提點刑獄周君以威風陷直震郡縣。嘗乘舟按部還，遙見水上若婦人，長尺餘，衣袂蹁躚，迎舟而下。泊相近，容色悽慘，類有所愬。及相去只尺，迷不知所在，疑爲偶然也。次日所見復如之，其色益悲。周謂必冤魄伸吐，遂停棹，即近縣追一倡，須語言稍警惠

者。眾莫測何爲。既至，衣冠焚香，祝之曰：「汝果抱冤，當憑此倡
以言，吾爲汝直。」須臾，倡凜凜改容，哀且泣，音聲如他州人，云：
「妾某州某縣某氏，爲某人謀財見殺，事不聞於官，無由自白，敢以
遺恨告。」周隨錄其語，密檄下彼郡捕得凶民，一問具伏，遂置諸法。

故事或有所本，〔註60〕然逐舟訴理，憑倡說事，均出於奇者。

（2）附體理冤

被殺之冤魂，直接附體於凶人，向他人陳述行凶經過者，在志怪書中亦
常見，如《三辛》卷十〈寧客陸青〉條，載陸青殺贛州寧客後，既去十數步，
復反步，遂爲冤魄所著，後青變贛人語音，發狂亂與人鬥，乃述其事始末。
是附凶人之體而說其冤。另《乙志》卷三〈王通直祠〉條，則附他人之體而
自理其冤。

福州人王純，字良肱，以通直郎知建州崇安縣。方治事，食炊餅未終，
急還家，即仆地死。死之二日，眾僧在堂梵唄，王家小婢忽張目叱僧
曰：「皆出去，吾欲有所言。」舉止語音與良肱無異。遂據榻坐，遣
小史招丞簿尉。丞簿尉至，錄事吏亦來。婢色震怒，命左右擒吏下，
杖之百。語邑官曰：「殺我者，此人也。吾力可殺之，爲其近怪，故
以屬公等。吾未死前數日，得其一罪甚者，吾面數之曰：『必窮治汝！』
其人忿且懼，遂賂庖人置毒。前日食餅半即覺之，蒼黃歸舍，欲與妻
子語，未及而絕。幸啓棺視之，可知也。」丞以下皆泣，呼匠發之，
舉體皆潰瀾爲黑汁。始詰問吏，吏頓首辭服，并庖人皆送府。府以其
無主名，不欲正刑，密斃之於獄。邑中今爲立廟，曰王通直祠云。

王純並未合於立祠條件而爲之祠者，〔註61〕蓋以冤魂能理獄報仇，豈不神奇
乎！

（3）訴冥報冤

將陽世之訴訟，投射至冥間，鬼爲冥司所約束，因而冥間亦有訴訟，其
情較複雜或涉及層面較廣者，甚而以專案處理，如《甲志》卷二十〈鄧安民

〔註60〕《搜神記》卷十六載漢何敞爲交州刺史，行部而蒼梧郡高安縣，暮宿鵠奔亭，
　　　　夜猶未半，有一女從樓下出，亦述謀財見殺事，謂：「妾既冤死，痛感皇天，
　　　　無所告訴，故來自歸于明使君。」敞爲捕繫凶手及家人，上表族之。除未憑
　　　　倡訴事外，内容差近。

〔註61〕本則又見引於《榕陰新檢》，多「摘奸發伏如神，吏憚其嚴」數字，亦不能稱
　　　　於立祠之條件。

獄〉條，冥司審理鄧安民枉死案，爲具陰獄，眉州獄吏亡者已有數人，官員涉及該案，不分輕重，亦死，甚而審理該案之冥官，亦由陽世攝調。可知宋人在觀念中，陰間律法重於陽世，因而枉死報仇者，或亦藉此途徑發揮。

《甲志》卷十八〈楊靖償冤〉條，載楊靖買螺鈿火饌三合，令子賣入京進御，子貨其二以爲冶遊費，畏父責己，乃誆父云爲梢工陳六所賣，靖杖之，方三下，陳呼萬歲得釋，還至舟，謂其妻曰：「楊大夫不能訓厥子，翻以其言罪我，我不能堪。」遂赴汴水死。後靖在簽廳，有綱船挽卒醉相毆，破鼻出血，突入漕台，紛紛間，楊瞿然若有所睹，仆地，召僧治鬼，鬼至則曰：「我梢工陳六也，頃年以非罪爲楊大夫所殺，赴愬于東獄，獄帝命自持牒追逮，經年不得近，復白帝，帝怒，立遣再來，云：『楊靖不至，汝無庸歸。』今又歲餘矣。公門多神明，久見壅遏，前日數人被血入，土地輩皆驚避，乘間而進，乃得至此。」在故事中，陳六已愬於冥司，帝令其持牒追逮，仍以「公門多神明」說爲因，雖頗周折，然以楊靖身爲士大夫，故仍需透過訴冥之途徑，以表其復仇之舉乃依法辦理。〔註62〕

（4）踪跡報仇

其透過冥獄途徑完成訴冤，是現實法律公道觀之投射，在觀念中，枉死之鬼，對不論存在於陽世之律法及假想之冥律，往往可以超越之，不受約束而自力報仇，而其報仇之途徑，因其鬼魂之去來自由，遂得踪跡仇人以報仇，《甲志》卷十四〈芭蕉上鬼〉條載：連南夫帥廣，前後殺海寇不可計數，曹紳皆手處其事，不暇細問，後論功數遷爲廣倅，到官未幾而病，家婢見芭蕉樹上有人，乃問何人，曰：「來從通判索命，我輩二十六人，分四道尋覓，今我六人先至此。」曹後竟死。群鬼含冤追踪而至，群集匯萃，曹亦無所遁逃。〔註63〕

（5）伏屍報仇

在游魂說下，鬼魂得以踪跡報仇，在伏屍說下，則無從離體，然亦往往

〔註62〕《述異記》載：陶繼之爲秣陵令，殺刼，枉殺一樂伎，伎云：「我實不作刼，遂見枉殺，若見鬼，必自訴理。」少時，陶夜夢伎來，「昔枉見殺，訴天得理，今故取君。」陶未幾而卒。姑不論伎死後是訴理於天或鬼，均以透過冥司法律之形式解決之，可見訴冥報仇，其來久矣。

〔註63〕謝氏《鬼神列傳》：下邳陳超爲鬼所逐，改名何規，從餘杭步道還，求福，絕不敢出，五年後，意漸替解，與親舊臨水戲，酒酣，共說往來，超云：「不復畏此鬼也。」小俛首，乃見鬼影在水中。易名避鬼，久而忘其鬼仍踪跡之，其事與此雖異，記鬼之踪跡人者實同。

能施其報復行爲。《夷堅・甲志》卷十〈南山寺〉條載：有訴鄭良於朝，遣陳述鞠之，述窮治其贓，榜笞不可計，奏案上，方得出獄，一日而死，比斷赦至，止於停官編隸，良家人未能葬，權厝于南山寺，後述爲漕使所劾，削籍，編置英州，守置之南山，時良已遷葬，殯宮空，述居之，纔三四日，白晝見良，感心疾而死。故事中，良雖已遷葬，然以嘗權厝於彼，精氣或去未盡，及述到此，遂能現形報復。惟此伏屍報復之觀念，實出於犯罪心理，凶人多不敢重返命案現場，亦對凶案有關事物產生畏懼，因而志怪書中亦不常見。

（6）寄載報仇

在伏屍說下，其鬼意欲踪跡報仇，本非易事，然在志怪書中，亦非不可能，寄載報仇即解決此一矛盾最佳途徑，所謂寄載報仇，即將伏屍鬼魂轉化爲「神主鬼魂」之形式，使其能附於神主之中，隨主行動，而逞其報復之志，《夷堅・丁志》卷十五〈張客奇遇〉條：

> 餘干鄉民張客，因行販入邑，寓旅舍，夢婦人鮮衣華飾求薦寢。迨夢覺，宛然在旁，到明始辭去。次夕方闔戶，燈猶未滅，又立於前，復共臥，自述所從來曰：「我鄰家子也，無多言。」經旬日，張意頗忽忽。主人疑焉，告曰：「此地昔有縊死者，得非爲所惑否？」張祕不肯言。須其來，具以問之，略無羞諱色，曰：「是也。」張與之狎，弗畏懼，委曲扣其實，曰：「我故倡女，與客楊生素厚。楊取我貲費二百千，約以禮昏我，而三年不如盟。我悒悒成瘵疾，求生不能，家人漸見厭，不勝憤，投繯而死。家持所居售人，今爲邸店，此室實吾故棲，尚眷戀不忍捨。楊客與爾同鄉人，亦識之否？」張曰：「識之。聞移饒州市門，娶妻開邸，生事絕如意。」婦人嗟唔良久，曰：「我當以始終託子，憶埋白金五十兩於床下，人莫之知，可取以助費。」張發地得金，如言不誣。婦人自是正晝亦出，他日，低語曰：「久留此無益，幸能挈我歸乎？」張曰：「諾。」令書一牌，曰「廿二娘位」，緘于篋，遇所至，啓緘微呼，便出相見。張悉從之，結束告去。邸人謂張鬼氣已深，必殞於道路，張殊不以爲疑。日日經行，無不共處，既到家，徐於壁間開位牌。妻謂其所事神，方瞻仰次，婦人遂出。妻詰夫曰：「彼何人斯？勿盜良家子累我。」張盡以實對。妻貪所得，亦不問。同室凡五日，又求往州中督債，張許之。達城南，正度江，婦人出曰：「甚愧謝爾，奈相

從不久何？」張泣下，莫曉所云。入城門，亦如常，及就店，呼之
再三不可見，乃亟訪楊客居，則荒擾殊甚。鄰人曰：「楊元無疾，
適七竅流血而死。」張駭怖遽歸，竟無復遇。

故事甚周折，設牌位以移靈報復，誠爲調和滯魄游魂說之最佳方式。

由以上枉死報仇故事中，可知不拘任何形式之鬼魂觀念，其意志均得伸
展，非但強化其警世意味，更豐富枉死故事之內容，成爲枉死不去故事之重
要表現形式。

同時由枉死不去之故事中，其能展明冤曲者，多不至於害人，而不能展
明冤曲者，縱不欲害人，亦有怖人之情節，此一現象說明人類對鬼魂之恐懼，
未必全然涉及善惡報應也。

（二）伏屍不化

凡爲強死者，在強魂說下，實無作福之能力，原始社會原即不以正常儀
式葬之，又由於死因特殊，在同類死法一再出現時，自然在人類社會中形成
傳染律則之「集體意識」，尤其以瘟疫爲然，因而強死之鬼，非但不能爲作福
之強魂，卻反而成爲作祟之強魂。

所謂「伏屍不化」者，蓋基於人死而歸地獄之觀點，在正常儀式下，鬼
魂歸往地獄收拘，自不應再有作祟之能力，鄭子產謂：「鬼有所歸，乃不爲厲。」
〔註64〕然游魂滯魄本即在儀式之外而假想存在者，實一無所歸，既無所歸，
在觀念中，遂成伏屍不化，專爲祟厲也。

伏屍不化之鬼魂，在觀念中，由於無法在鬼魂身上強加以奮鬥目標——固
定復仇與追求解脫之目標，因而亦無法強作解人，使其成爲被放棄之狀態，在
此所有屬於人性道德規範，亦隨而失其作用，遂使其祟厲個性更爲突出，而成
爲靈鬼故事之主流。

1. 伏屍原因——枉死不明及其他

伏屍之鬼，形成之因甚多，原應包括一切廣義之強死，惟強死之中，屬
於人爲者，亦大有不同，如涉及個人財務糾紛之謀財害命，〔註65〕以及涉及
感情糾紛之謀殺親夫，〔註66〕涉及政治糾紛之冤獄〔註67〕等，均屬「冤有頭、

〔註64〕《左傳》昭公七年。
〔註65〕參見《三辛》卷十〈寧客陸青〉。
〔註66〕《夷堅・丙志》卷七〈安氏冤〉。
〔註67〕《夷堅・甲志》卷二十〈鄧安民獄〉。

債有主」者，鬼魂索償償冤之後，理應即去，無故不稍滯留。〔註68〕

然則人爲之枉死，亦有不得伸報，以致於鬼魂不去者，此所謂「枉死不明」也。枉死不明之形成原因，略有下列數端。

（1）犯罪處決

犯罪在先，處決在後，咎由自取，施行王法，本非枉死，然在氣化說下，其精猶旺，故鬼魂仍徘徊不去，《夷堅·三壬》卷六〈信陽孫青〉條，孫青久爲凶盜，事敗伏法，十五年後，法司吏鄧思齊之妻過其受戮處，爲所憑附，向行刑人項興索取生神章及黑紙錢乃去，其索取原因在於「向日感荷照顧，雖死不忘。」事實上，二者之間，根本不存恩怨，實以其雖枉死，無處可索償故。

（2）因故自殺

由於個人因素，自殺以求解脫，本亦屬咎由自取，然精氣未盡，鬼魂遂淡不去，如《夷堅·支乙》卷八〈駱將仕〉條：臨安冷水巷駱將仕之長子，一年前以狂遊弗謹爲父母所責，自經於厨，從此家中變怪百出，雖不敢淫屬其父母，儆居者均遭殃，其間亦無恩怨，祇以枉死不明之故。另《支乙》卷三〈劉氏儆居〉條，郡吏李生寓饒州鍾氏邸舍，病瘵癘，不勝煩躁，赴井死，其鬼數出空屋爲怪者，亦然。

（3）死於戰亂

動亂之際，死傷必多，無分老幼，無故遭殃，精氣不去，遂爲滯魄。《乙志》卷十七〈滄浪亭〉條：姑蘇城中滄浪亭，本蘇子美宅，後爲韓世忠所有，金人入寇時，民入後圃避匿，盡死於池中，以故處者多不寧，每月夜，必見數百人出沒池上，或僧、或道士、或婦人、或商賈，歌呼雜遝，良久，必哀歎乃止。又《支乙》卷九〈宜黃縣治〉條：宜黃縣後有游觀處，依山爲之，紹興初，巨盜入邑，民奔赴逃命，盡死其中，以故鬼物爲厲，以致十政令宰不敢居正寢。在此，民死於賊手明矣，然賊數眾多，或莫明眞凶，仍據地以作祟者，亦枉死不明也。

（4）凶宅鬼屋

枉死者固有明知眞凶，然因於特別理由，未必得償冤債，遂成伏屍，以

〔註68〕《夷堅·丙志》卷十九〈餅家小紅〉條，小紅爲後母所虐，自經以死，其後現形，或謂之：「汝坐後母以死，胡不求報耶？」小紅謂：「已訴於天，既報之矣！」然則其現形者，蓋以墳墓爲人所破壞。

為淫厲，如《乙志》卷十九〈光祿寺〉條：臨安光祿寺，舊為僑福國公主宅，華屋朱門，積殺婢妾甚眾，皆埋宅中，是以多物怪。其所以群眾為怪，或奴隸不敢報主，而冤氣累多，遂作怪祟，對象不在故主，亦屬枉死不明者。

以上均屬於人為因素之枉死，在觀念中，死者不明從何索債，何從乞薦，是以作怪，其如（３）（４）兩條，群鬼作怪，恐亦群眾心理之投射，然亦有非人為因素者，亦呈現伏屍不化之現象。

（５）意外災禍

自然不能抗拒之災害，往往造成重大死亡事件，然不論水旱饑荒而死者，古人往往視之為報應而不為枉死，意外災禍亦然，其或民智漸開，對災禍之自然因果律則較能掌握之故。在宋代仍視為枉死之災害，實惟死於溺水而已，其或受宗教觀念之影響，蓋佛道齋儀多有以普施水陸孤魂為旨，因而水死者藉此顯現其特殊性，為枉死之主流，前引〈滄浪亭〉故事中，及《甲志》卷二十〈靈芝寺〉、《丙志》卷十七〈華嚴井鬼〉等為溺死之鬼而伏屍不化者。

（６）草殯藁葬

在交通發達，官商行旅驛趨繁劇之宋代，道死途亡，實不寡見，加以宋代寺院，亦設有殯宮寄菆，雖不見取，寺僧亦不敢舉化，〔註 69〕近廟之所，多為人藁葬，在伏屍觀念中，孤魂旅鬼，往往出沒為患，《丙志》卷十一〈芝山鬼〉條：

> 芝山寺在城北一里左右，前後皆墓域，僧寺兩廡，菆柩相望，風雪陰雨輒聞啾啾之聲，蓋鬼區也。

正為寫照，類此情形，《夷堅志》所見甚多，《甲志》卷十六〈化成寺〉、《三壬》卷八〈光山雙塔鬼〉等均是。

綜上枉死不明及其他伏屍鬼之由來，伏屍之鬼之最大特色，乃在於留滯不去，《支戊》卷三〈李巷小宅〉條，王季光斥鬼云：

> 汝若是橫死伏屍者，今已歲久，難於尋覓，何不自營受生處？如要從我求酒饌酹福願薦拔，亦無閒錢可辦。苟冥頑不去，當令師巫盡法解汝於東岳酆都，是時勿悔。

此亦當時鬼魂觀也。然則，所謂「自營」受生處者，其說不知何所據也，《夷堅志》中鬼魂，其能自營受生者實寡矣，大凡所謂自營者，仍不免求於活人，彼仍無力自營也，其但頑冥不去，伏屍而不化而已。

〔註69〕見《夷堅・三壬》卷八〈光山雙塔鬼〉。

2. 據地為怪

依滯魄之說，伏屍而不化，鬼魂既伏於屍身所在，則其為怪，自然據其所在地也，此為結構之不可移者也，惟其所據之地，亦有其特殊性，茲分述如下：

（1）官舍廳廨

所謂「公門多神明」，官舍廳廨在強魂說下，原為鬼所畏避，然鬼魂觀實不止一端，亦有矛盾而並存者，蓋官員受代，任滿即去，廳舍為其暫棲之所，數政以後，所發生事故必多，傳言必不少，此所以廳舍多鬼怪者。

官舍之鬼，《乙志》卷四〈盧州老兵〉條，記呂祉尚書雖死於淮西事，盧州人多謂嘗見其鬼魂出現，於是「盧正廳不居」，前引〈光祿寺〉故事，光祿寺前為偽福國公主宅，積殺婢妾甚多，以致多怪物，「無敢居之者」，《丙志》卷十六〈會稽儀曹廨〉條：會稽儀曹廨，二十年前柳儀曹之子婦，以產厄終室中，及江珪來居此，二子皆見其鬼魂，以上均由於官舍前有事故發生，以後發生變怪，而人不敢居之。類此官舍甚多，如洪州升平坊官舍、宜黃縣治遊觀處，《丁志》卷一〈金陵邸〉、卷三〈海口鹽場〉、卷四〈皂衣鬖婦〉、《支丁》卷八〈龍溪縣祟〉諸條中之鬼魂，均出現於官舍之中。

至於廳事之鬼亦多，洪邁幼年，父兄在秀州司錄廳中，多有所見，《丁志》卷三〈胡大夫〉、〈窗櫺小婦〉中之鬼魂，亦出沒於廳事前後，《乙志》卷二十〈潞府鬼〉條，記潞州簽判廳，相傳彊鬼宅其中，無敢居者，「但以為防城油藥庫」。

官舍廳廨為辦事居家之所，鬼魂作怪，至不敢居，除說明官員之心理恐懼之外，誠為浪費居住空間也。

（2）道舍驛邸

道舍驛邸為官商行旅往來寄宿之所，由於房舍之使用頻繁，或嘗有事故發生，因而亦為觀念中鬼怪出沒頻繁之所。〔註70〕

道旁之舍，陌生人居，本即充滿恐懼之地，如《丁志》卷二〈濟南王生〉條，王生登第出京，行數里間，憩道旁舍，鬼怪即來引誘，另卷十八〈史翁

〔註70〕江紹源謂：「旅舍有不在國中人多的地方而在郊外者，各種旅舍而且必免不了旅客病死或橫死之事。……我們恐怕即使不館於廟的行人，夜間到了止宿之所，也未必不能有遇見鬼怪的經驗。」（《中國古代旅行之研究》，第74頁），此一推想，頗合理，是此一情形，其來久矣。

女〉條，饒邠與王家胡質夫同入京，暮投道店，而為鬼誘入豪民居中，皆據道舍為怪也，邸店旅舍之鬼，如前引〈張客奇遇〉故事，即因行販入邑，寓旅舍時遇鬼，而〈姜店女鬼〉故事，則據之以出沒。

驛舍鬼物在《夷堅志》中出現最多，《丙志》卷五〈虢州驛舍〉條，虢州路分都監新到官，以代者未去，寓家於驛，日未晡即出為怪，二鼓後，門窗無故自關，由外入者紛紛，就視之，面目衣冠，盡與一家人不異，憧憧往來，莫知孰為人，孰為鬼，至曉乃止，然亦別無他。此外《丁志》卷二〈白沙驛鬼〉、卷三〈韶州東驛〉、《支甲》卷三〈建陽驛小兒〉、《支景》卷八〈泗州驛怪〉等，均為驛鬼作祟，《丙志》卷七〈大儀古驛〉條，記右侍禁迪為大儀巡檢，趨縣回，遇雨，弛擔道上古驛而遇鬼，及其歸寨，鬼尚追逐之。《乙志》卷十六〈鄒平驛鬼〉條，記孫生宿於鄒平驛，以其年少，又為大府僚屬，擁從卒百人，恃勇使氣，不畏異鬼，然仍為鬼所乘，驛鬼之祟，可知矣，故《乙志》卷十四〈新淦驛中詞〉條，倪冶送其妻歸寧，還至新淦境，遣行前者占一驛，欲入即遙聞其中人語，入門窺之，聲在堂上，暨入堂上，則又在房中，冶疑懼，亟走出，不敢宿而去。

道舍驛邸，為行旅往來寄居之所，人跡雜遝，故多傳聞，惟《夷堅志》中旅邸之鬼實不如驛舍之多，其或說其事者多為仕宦者乎？

（3）易主宅舍

屋宅屢易主人，則傳言亦多，其中乃有鬼魂出沒也，《支戊》卷三〈李巷小宅〉條，記饒州城內北邊李郎中巷小宅，歷梁氏、管氏兩家，最後董儀判官居之，董亡，厥子售於東鄰王季光使君，其宅主人屢易，本非異事，遂有「鬼物雄據，居者不能安」之說。

賤直之宅亦多鬼怪，如《志補》卷十七〈王燮薦橋宅〉條，記邢太尉南渡初寓湖州德清縣，得薦橋門內王燮太尉宅，纔為錢三千緡，或謂：「都城中如此第宅，當直伍萬緡，今不能什一，是宅為妖物所占，人不堪處，故以相付耳。」邢以人言未足信，自驗之，果然。

此外僦所亦多鬼怪，《夷堅‧支乙》卷八〈駱將仕家〉條，張濤自西外宗教授入為敕令所刪定官，挈家到都城，未得官舍，乃僦冷水巷駱將仕屋暫處，而遇鬼。

（4）佛寺僧舍

佛寺僧舍為奉佛菩薩之地，鬼魅何以能近，蕺柩相望，近地藁葬甚多，

在觀念中已爲鬼區，《夷堅志》中所見特多，士大夫寓居佛寺，往往被害，如《乙志》卷十八〈超化寺鬼〉、《丙志》卷五〈葉議秀才〉均是。士人亦經常就佛寺習業，遇鬼之事，間有所聞，如《甲志》卷十九〈佛寺畫像〉即是，其餘客僧、行旅投宿等等，〔註71〕均有所遇。

以上四處，爲《夷堅志》中伏屍之鬼出現頻繁之處，其特點在（1）陌生處所，（2）曾有人居處。在此二特點下，所表現之人際關係，顯然是在淡漠之中添一危險層面矣。

3. 鬼伎倆

伏屍之鬼與見鬼之人，既處在淡漠之「人」際關係中，在鬼無所冀求，無需就人現有身分從而建立新關係之下，見鬼者之地位、權勢，以及「鬼魂」原有之人格及道德規範，在故事中便顯不出重要性，而成爲「無理之鬼——凡夫俗子」之對立情勢，因而在情節上，鬼之伎倆成爲故事之重心。《夷堅志》伏屍之鬼所表現出之伎倆，大多呈現下列數種型態。

（1）惡作劇

一如韓德遜所謂之「惡作劇妖精」，表現其渴望肉體以控制行爲之目的，其實全出於人類與精神不協調之心理之投射，其常見者有：

a. 竊運什器、毀壞傢俱

《夷堅・支乙》卷九〈宜黃縣治〉條，其傢俱爲鬼堆疊，無細無大，至與屋脊平，甚費人力收拾。《支乙》卷八〈駱將仕家〉條：新洗衣四種元在廚間，其二在牆頭，其二壓于積薪之下，庖內器皿數十，皆排列廁板上。《丙志》卷九〈溫州賃宅〉條，翻弄什器，塗涴窗几。《丁志》卷三〈胡大夫〉條，堂中湯爐內灰火無故飛揚，《甲志》卷十九〈郝氏魅〉條，火作於衣笥，朝服衣裘，悉穿穴不可著。

b. 傲人行動，故弄玄虛

《甲志》卷十六〈化成寺〉條：宿客方啓帳伸首次，棺中之鬼亦揭棺伸首。客下一足、鬼亦下一足，客復收足，鬼亦然，急走出，鬼起逐之。《志補》卷十六〈嵊縣山庵〉條：客暫寐微鼾，鬼亦鼾，客倦而倚壁，鬼亦偃蹇，客揭帳咳唾，鬼亦唾，下床疾走，鬼起逐之，前引〈王變薦橋宅〉故事，家人閨房密語，輒應於屋上，亦爲可厭。

〔註71〕見《夷堅・甲志》卷十六〈化成寺〉及《丁志》卷十九〈龍門山〉。

c. 變易形骸，故作怪聲〔註72〕

《乙志》卷十六〈鄒平驛鬼〉條：忽聞梁上有聲，一青鬼長二尺許，正跨梁拊掌而笑，冉冉而下，盤旋而舞。《丁志》卷三〈窗櫺小婦〉條：初聞一聲劃窗甚響，望窗紙破處有婦人小面，正可櫺間，良久，入卓上立，形體悉具，僅高尺餘。前引〈李巷小宅〉故事，初颯颯如持箒掃壁，後驟馬馳逐之聲。〔註73〕

d. 僞作凶案，故意嚇人

《丁志》卷三〈韶州東驛〉條：王生窺於門，見七男子，被髮袒裼，各持兩刀，跳擲作戲，眾鬼入室，盡挈箱篋出，并帳亦掣去，取行庖食物啖嚼，又竊窺之，已斷三僕首，并手足肝肺分挂四壁，天明而起，籠帳之屬元不移故處，三僕悉無恙。《志補》卷十七〈青州都監〉條，記武人忽見照壁後一大青面鬼倨坐，取弓矢射之，中其腹，笑曰：「著。」又射之，曰：「射得好。」連二十發，矢集其軀如蝟毛，鬼殊不動，呼諸子僕妾爲助，了無一應，回視照壁下，則一家人盡死，每身帶一箭，皆適所用者，走報府，買棺收殮，留一宿，將出殯，偶啓便室取物，見一家聚坐其中，元不死。於是揭棺，乃各貯箕帚桶勺之類。

《夷堅志》中伏屍鬼惡作劇方式，千變萬化，大略呈現以上諸類型，固有傷及生命財產，惟非故事旨趣所在，從其行爲目的而言，大抵皆出於與人爭居，而利用其超人之能力也，以時人恐懼之心理，亦大多能達成其目的。

（2）殺人害命

鬼魂之恨世情結爲人類心理之投射，然而人類投射到鬼魂之死亡怨恨，亦將反射到活人身上，而嫉恨於活人，於是產生無故殺人害命之情節，惟其傷害人命之方式，亦有不同，茲略述之。

a. 水鬼誘溺

孫光憲《北夢瑣言》謂：「凡死於虎、溺於水之鬼，號曰倀，須得一人代之。」替死之說，其來久矣，《夷堅志》並未強調，惟溺水之鬼，在故事中以誘人入水之形式出現，則形成一種特色，斯蓋人類反向攻擊行爲之心理反映。

《甲志》卷二十〈靈芝寺〉條：記西湖靈芝寺，頃於寇犯臨安，兩僧死

〔註72〕鬼魂之變易形骸，故作怪聲，在六朝志怪中最爲常見，並在此處大作文章，不勝枚舉，蓋當時觀念中，鬼與變形怪物並無大分別也，而在《夷堅志》中，人死爲鬼實爲重要觀念，其作變形，往往在本形之基礎上。

〔註73〕《搜神記》卷十二：「廬江耽、樅陽二縣境上，有大青、小青黑店，山野之中，時聞哭聲，多者至數十人，男女大小，如始喪者，鄰人驚駭，至彼奔赴，常不見人，然則哭地必有死喪。」以鬼之哭聲，代表凶徵，此爲《夷堅志》所無。

于湖，紹興十二年，唐信道廷對畢，館于該寺，見一僧屢欲赴水，怪而叩之，乃兩僧誘以赴水，問其所見，溺者謂：「兩僧來告，孤山設浴甚盛，邀同舟以行，一足已登，而爲人掣其後，故不得去，心殊恨恨。」「舟」顯然爲幻覺，登舟則溺水矣。此類故事大多有此幻境，如《丙志》卷十一〈華嚴井鬼〉條：記劉彥適兄弟在永寧寺泗州院設水陸齋，新宿院中，幾爲井鬼誘入井中，其所見之幻境，則爲：「行者來傳闍梨之意，云夜尚早，正煎湯相待」，並「聞婦人歡笑聲，朱門華屋，赫然煥耀。」此外《志補》卷十七〈西津渡船〉條，則爲溺鬼群渡船，人不知而與之共渡，舟行中流，遂共沈洪波，達到溺人之目的，以上均爲溺水鬼誘使人溺之故事。

惟在〈靈芝寺〉故事中，唐信道曾訓誡溺鬼謂：「汝既不能自脫，又枉以非命害一人，何益於汝？空令湖中增一鬼耳。」可見溺鬼求代之觀念，並不流行，祇在故事中形成一特殊現象耳。

b. 邀人入冢

《夷堅・三辛》卷八〈馬訓練〉條，記建康武官馬訓練，離軍就居，遇正旦日，雞鳴而起，先謁影位，退坐堂上，以須家人展慶。忽一客突如自外來，意其輩流，再拜致賀，不識何人也。馬命取酒爲之壽，客曰：「吾家新遷此巷，相去甚不遠，恰得少佳酒，可以奉屈臨顧，同享一巵可乎？公之家醸留之以相候，未晚也。」馬喜其開心見誠，即隨之出門。俄復一客至，馬欲還，其人不可，挽手與俱，莫知所適。馬氏訝主人不見，訪諸西鄰叟，叟云：「絕早見與駱撥發、崔訓練同行，徑由東街去矣。」馬子尋逐出東城，值亂葬岡，方怪非好處，且聞駱與崔死已久，即抵駱窆傍，則馬臥土堆上，昏然沈醉，酒氣逼人。掖之以歸，明日問之，但云：「駱撥發邀我劇飲，更不肯住，今不能記其所。兩鬼皆舊在軍門聯職，故不忘平生之分，不忍置我死地也。」冢鬼雖念其同僚之情（實際上原不相識）而未殺之，然邀入鬼穴，生死亦懸諸鬼手也。

c. 惑人自縊

《夷堅・甲志》卷十八〈貢院小胥〉條，記守舍小胥自縊於梁間，足去地五六尺，非人力可至，及救醒，乃自述所見，蓋有人來謂：「外間大有好處，無用兀坐也。」於是攜手偕行，見門外燈燭晶熒，車馬雜沓，與闠市不異，試探首隙中窺之，但覺門漸窄，眼漸暗，遂冥無所知耳。顯然鬼亦藉幻境惑人自縊也。〔註74〕

〔註74〕　《幽明錄》載：曲阿人還家途中，遙見女子有悲嘆之音，乃解腰中絙繩，懸

d. 誘人食穢

鬼所設食，多不能食，食之大害，《夷堅志補》卷十六〈橫源老翁〉條，記洪邁遣卒溫青往信州，夜憩道旁空屋，爲老翁邀出，在道左田坎置酒設肉，未及舉杯，兩村民過之，老翁隨即不見，乃知此屋內嘗有男子縊死，數口相繼疫亡，翁蓋家長也，而昨坐處，唯牛糞一堆，青雖獲免，亦大病幾喪。

e. 借刀殺人

《夷堅志補》卷十七〈劉崇班〉條，記政和初，劉良士赴河北將官，挈家至村驛，二更後，有白衣老叟荷杖至，自稱土地神，謂每恨此地妖魅害人，力不能制，適今夕群鬼皆醉臥，盡縛以來，請劉殺之，以清一方之孽。劉欣然允之，已而連續擒至，次第斬首，約四更時，斬三十餘級，叟拜遜謝去，拊掌大笑而沒，劉始疑焉，呼燭入視，全家大小，皆身首異處，不遺一人。

《夷堅志》所記載伏屍之鬼傷人害命之故事，實際並不多見，除無殺人替死之現象外，其殺人之方式，均設幻境爲之，而全無直接殺人者，更可言者，鬼多未能遂其殺人害命之志，蓋以幻境殺人，人死則不能道其所見，乃結構上不得不然者，若必使鬼遂其志，惟有借刀殺人或遇鬼者之執迷不悟也，此則在結構外也。

六、結　語

游魂滯魄爲鬼魂崇拜橫向發展之另一支流，在《夷堅志》中有大量之故事，反映宋人特有觀念，游魂滯魄出於儀式之不完全，以致於無所歸依，以其無歸，遂加鬼魂以「歸」之希冀，於是又使人鬼之間，在無血緣關係中，必須建立互助友善之社會關係，但由於宋人單向施受觀念作崇，使施恩於鬼者，在實際上鮮有功利可言，因爲互助友愛之社會觀是難以爲當時士大夫所認定，從《夷堅志》中有求於人之鬼魂所扮演角色觀之，所存在者，惟有人類之同情與憐憫。

至於投射於鬼魂身上之戀世及恨世情結，往往造成怖人之效果，固屬庸人自擾者，惟自鬼魂戀世情結中，所展現人鬼利益衝突，無論如何結局，至少均藉故事情節以顯示個體存在之權益問題，同時藉由故事，亦將淡漠之人際關係中所潛藏之對立疑懼心理，對戀世鬼魂作全然之投射。

屋角自絞，不覺屋簷上如有人牽繩絞，此人密以刀斷綣繩，又斫屋上，見一鬼西走。與此略同。惟女子自殺或出己意，鬼助之而已。

　　對現實法律之不信任，以及現實公道無法伸張，爲滿足報復之心理，惟有經由鬼魂世界以自力救贖之方式，予以宣洩，因而不論採取何種手段，如何曲折，其目的無不達成，在此現實壓迫之個性，已全然倒置矣。

　　恨世情結之不能紓解者，則慾力在漫無拘束下，全然喪失人性，爲屬作虐，縱不傷及人命，綱紀已然破壞，在此透過鬼之角色，亦能作爲彌補人性弱點之鑒戒，《夷堅‧三壬》卷八〈光山雙塔鬼〉條，葉眞常道人叱鬼曰：

> 汝輩想是達理耿介之士，或枉死不明，或伏屍不化，愚愚相守，無
> 解脫期，今當聽我言，捨故時形骸，反自己眞性，再歸人道，何所
> 往而不可。

即此之謂也。

第三節　有主之鬼

一、鬼魂崇拜之意義

　　原始人類由於無法區辨宇宙萬物相互因果之律則，更無法掌握鬼魂之變化律則，因而賦予鬼魂超人之能力，並將此能力解釋爲作威作福之作用力，使鬼魂與人類之關係，逐漸形成對立，此對立關係來自於人類敵我二元對立之情感，而此二元對立情感，亦隨社會生活方式之演進，而增添許多對立因素，無論如何，此對立因素無非強化人類對鬼魂既依賴又畏懼之情感。

　　在依賴與畏懼之心理下，加上部分現實因素，〔註75〕遂產生矛盾心理，既欲親近鬼魂，又欲遠離鬼魂，然而鬼魂終屬渺渺而無形體，故在人之初死，軀體尚在，一方面竭力阿諛，使葬儀隆重，〔註76〕另方面又透過各種方式，使鬼魂有所歸依，既葬，亡者形體漸化，人類畏懼與依賴之心亦未嘗因而衰竭，久喪之制，祭祀之儀，無非說明此一心理。

　　葬，使鬼有所歸；祭，使鬼有所足，有歸有足，於是人得而依賴之，倘

〔註75〕《孟子‧滕文公上》：「蓋上世嘗有不葬其親者，其親死則舉而委之于壑，他日過之，狐狸食之，蠅蚋姑嘬之，其顙有泚，睨而不視，夫泚也，非爲人泚，中心達於面目，蓋歸反虆梩而掩之，掩之誠是也，則孝子仁人之掩其親，亦必有道矣。」

〔註76〕《易‧繫辭傳》：「古之葬者，厚衣之以薪，葬之中野，不封不樹，喪期無數。」此完全出於想像，「厚衣之以薪」固然較後世粗糙，然已有葬禮之形式，則「不封不樹，喪期無數」之更粗糙形式，不應同時併存。

有不測，亦知而祈免之，如此生人乃能寧居，鬼亦有所慰藉，斯乃鬼魂崇拜之意義也。

二、何謂有主之鬼

鬼魂崇拜與鬼魂觀有密不可分之關係，鬼魂崇拜在親屬關係建立之後，則又形成爲祖先崇拜，自人類學觀之，祖先崇拜普遍見於世界各民族，因而，祖先崇拜實爲鬼魂崇拜較發達之形式。〔註77〕

祖先崇拜何以產生？蓋古人認爲鬼魂有其能力，且在有形無形間作用之，此作用包含人之所畏與所欲者，畏之則敬之，欲之則祈之，斯乃必然之理。

人有親疏之別，其於鬼亦有親疏之別，人對於鬼因有親疏關係之不同，則其敬畏之心，乃有所不同，於是此祖先崇拜應運而生。

我國亦屬實行祖先崇拜之國家，對死去親人之鬼魂，運用「畏懼——希冀」之對立情感，予以崇拜，由於此情感亦存在於自然崇拜之中，因而在儀式上，亦運用自然崇拜之形式爲之，如長期而定期之祭祀即是。〔註78〕除此之外，亦包含圖騰崇拜在焉，〔註79〕如神「主」即是。〔註80〕

由於人類敬畏鬼魂之心理，故在親人死而爲鬼後，即透過各種儀式，防制鬼魂來日爲厲，另方面爲避免鬼魂不定時爲厲，以長久計，則利用象徵物作長而定期表達敬畏心理之用，神主（與「祖」或有別，然亦暗通）即其一，〔註81〕因此有此神主之鬼，乃命之爲「有主之鬼」，又由於神主包括圖騰及自

〔註77〕林惠祥《文化人類學》，第七章〈鬼魂崇拜及祖先崇拜〉，第306頁。

〔註78〕朱天順《中國古代宗教初探》，第199頁。

〔註79〕李宗侗《中國古代社會史》認爲中國宗法社會是逐漸由圖騰社會轉變而來。若是，則祖先崇拜則爲圖騰崇拜演化而來，正可說明我國祖先崇拜所以包含圖騰崇拜之儀式之原因，第190頁。

〔註80〕有關「主」之來源，如按《說文》：「燈中火炷」之說，則李宗侗所謂「祀火」說，當可成立，然而許多民族之圖騰物亦往往植物爲之，亦未必非其來源所在。

〔註81〕「主」與「祖」是否有關？誠屬難言，「祖」爲男性生殖器崇拜之形式，從中國考古資料見之，在陝西銅川李家溝、臨潼姜寨仰韶文化晚期，均有陶祖出土，另甘肅甘谷地兒馬家窰文化、張家嘴齊家文化、山東濰坊羅家口大汶口文化、湖北京山屈家嶺文化、西安客省莊及河南信陽三里店等龍山文化亦均有陶祖出土，此外，廣西壇樓和石產遺址、湖南安鄉度家崗、新疆羅布淖兒等地，均有陶、石、木祖出土。（見宋兆麟《中國原始社會》第

然崇拜之意味在焉，故有主之鬼，亦應起圖騰與自然崇拜之作用，自應與無主之鬼不同。

所謂「有主之鬼」，既以「主」爲重要特徵，然則必有「主」乃足以稱之乎？其又不然，主乃「神之所憑也」，〔註82〕凡足以表達其祭祀之象徵意味者，均足以稱，「主」不過其形式而已，故有主之鬼，最恰當之定義，當爲「見祀之鬼」。

何況士族建立家廟祠堂之制度，雖起於唐，在宋時並未盛行，一般皆「祭於寢」而已，〔註83〕神主之有無，實無所計較也。

三、有主之鬼現形

就鬼魂觀而言，有主之鬼乃親人死後所化，及其現身，似應較其他鬼魂容易，實則相反，有主之鬼現身之方式，繁多而複雜。

（一）直接現形

在原始社會之觀念中，靈魂與鬼魂均可透過各種方式現身，及人類社會逐漸區分生死、人鬼等觀念後，靈魂或可以透過巫術思考而存在，但眞形已不易見之，況其爲鬼魂乎？則鬼魂之能現形，古人言之鑿鑿，交相傳說，以訛傳訛，蒂固人心，形成牢不可破之觀念，今或哂之，惟《夷堅志》則信之爲眞，經常見於記載，蔚爲大觀，此蓋志怪書之邏輯，本即基於鬼魂存在之假設，其以鬼魂現形，本不爲奇。即據精神分析學者之論點，原始人類視靈魂以複身（the double）存在之觀念，蒂固於心，就現代社會而言，亦可以「人格分離」（dissociation）而存在，均能眞實感受第二人格存在，就此而言，即使爲現代人，鬼魂亦可依人格分離之狀況，而作不同程度上之現形。

鬼魂現形在《夷堅志》中，最常見之方式，即直接現形，不論有主無主之鬼均然，有主之鬼，皆係親人死後之靈魂，依據巫術邏輯思考，其形貌固無定形，然亦得以生前原貌出現，其在志怪書中，仍以原貌爲多，辨識容易，亦節省文字之補敍。

---

485 頁）。就一般而言，祖先多供在室內，而祖決無在室內供奉之可能，有則多在村外，因此二者大不相同，惟若云神主之概念，源自於陶祖，則似可通。

〔註82〕范寧說，見〈穀梁傳〉文公二年集解。

〔註83〕朱瑞熙，《宋代社會研究》，第 124 頁。

《夷堅志》之鬼魂直接現形，呈現諸多風貌，茲述如下：

1. 夫妻：《丁志》卷十八〈袁從政〉。
2. 祖孫：《甲志》卷十五〈毛氏父祖〉。
3. 父子：《三辛》卷三〈宋毅見亡父〉。
4. 母女：《三己》卷九〈曹三香〉。
5. 翁壻：《三壬》卷六〈隗伯山〉。
6. 主僕：《三辛》卷二〈江絡匠〉。
7. 母子：《甲志》卷四〈蔣保亡母〉。
8. 兄弟：《三壬》卷十〈羅仲寅逢故兄〉。
9. 翁媳：《志補》卷十六〈賣魚吳翁〉。
10. 前後夫：《三辛》卷二〈彭師鬼孽〉。
11. 前後妻：《支庚》卷八〈李山甫妻〉。
12. 陌生人：《支癸》卷二〈楊教授母〉。

以上各種關係，均舉一例，1.～8.皆有親屬關係，遠不過三代，依理而言世代過遠者，在現實生命過程上無法實際「認識」，合於思維邏輯，10.11.亦如同 12.原有關係爲陌生人，有主之鬼現形於陌生人時，大抵在故事結構中，必須先述說本人之身分且與對方之關係，在此即可發現二者相互關係，往往亦建立某一第三者，12.例中，見鬼者與鬼之子爲考官與考生之關係；另《支癸》卷八〈李小五官人〉條：鬼之兄與見鬼者爲主官與僚屬之關係，從以上而知，有主之鬼現形於人，此人與鬼均維持有某一程度之關係，而非全然陌生。在部分之例中，見鬼者不止一人，如《甲志》卷十九〈陳王獻子婦〉全家人皆目睹其事，10.〈彭師鬼孽〉除其妻與後夫外，鄰里皆被其擾。鬼在衆目睽睽之下現形，自古即有傳說，杜伯之鬼魂射殺周宣王及莊子儀之鬼魂杖殺燕簡公，即在周人、燕人之「從者莫不見」之情況下，〔註84〕其來有自。

就鬼現形之次數言，一次者最多，然二次以上亦復不少，其最多者，爲《甲志》卷十九〈陳王獻子婦〉，「其魂每夕歸」，《三辛》卷三〈彭師鬼孽〉，「至今撓害未已」。

就現身地點而言，在家者最多，廳堂、門口、寢室、後堂，無處不可現身，其在外道路遇見者，亦復不少。

〔註84〕 見《墨子・明鬼篇》，墨子本人固未見之，然當時觀念已有鬼可以現形在衆人之前，則不待辨矣。

在時辰上，人或認爲夜間現形者爲正常，然在白晝現形者，在此亦不少，惟其白晝現形，必有強烈之情感在焉，如《支景》卷五〈湯教授妾〉，湯教授清明上冢，「白晝見妻舉手搦妾」，蓋妻妾間有隙也。而《三壬》卷六〈隗伯山〉晝夜出撓，以其尸身被檢覈之恨也。

在志怪書中，鬼魂現形經常被誇張，並加以渲染，而構成趣味所在，雖然有主之鬼原本爲親人，其誇張情況不如無主鬼，而其趣味尚在。《志補》卷十〈周瑞娘〉，未嫁而死，「忽從門外入，遇家人，皆含笑相呼揖」，親切可人；《支庚》卷八〈李山甫妻〉，亡踰月，所居樓梯忽「軋軋有聲」，少焉妻至，充滿懸疑色彩；同則故事，亡妻現形於妾前，則在其晝寢未熟，若有牽帳者，冷風淒然而入，一婦人「嚴裝麗服登榻」，及其去，下榻徑出，「風吹其帳自合」，充滿恐怖氣氛，至於《三己》卷九〈曹三妻〉，黃氏死，女在夫家設供，聞「靈座內嬰兒聲，漸高漸近，忽一光頭小兒自靈幄走出，俄然長大，如黃氏生前」，最爲怪誕，然亦未嘗無所本。〔註85〕

鬼魂現形，終爲怪誕，在部分篇章，亦多製造曖昧性情節，以掩飾現實與想像之形盾，如6.姜僕見其故主，乃是「恍然見之」；而《志補》卷十六〈賣魚吳翁〉，子婦在門洗衣，聞人呼聲，舉頭則翁也，死已九年，婦「昏昏如醉，全不省記」，類此，均屬暫時失憶之情節，最爲常見。

另有不現形衹現聲者，如《支甲》卷七〈張鎮撫幹〉，其黥卒聞鎮聲責之，亦應視同現身，此在西洋神話常見，志怪書間亦有之，源自人類對音聲之特殊情感。〔註86〕

鬼魂現形之目的，在於傳達其意念，表達其行動，惟其表達方式，亦有直接間接之別，直接現形在關係人眼中，以傳達行動與意念者，《夷堅志》所見甚多，其間接現形者，如江絡匠不直接現形於其妻，而使僕匠通訊，輾轉周折，亦可謂奇矣。

（二）夢中現形

鬼魂直接現形在實際生活中，並不可能，惟其在夢中現形較爲合理，「夢」雖屬虛幻，然對心理學者而言，其爲潛意識活動之最佳場所，在治療心理症

〔註85〕裴子《語林》：「毚中散夜燈火下彈琴，忽有一人，面甚小，斯須轉大，遂長丈餘。」事亦見荀氏《靈鬼志》。

〔註86〕李維斯陀在神話邏輯中，其基本對立組即強調「音響——靜默」與「神聖——世俗」之對立關係，在古典神話中，雷聲即代表宙斯之憤怒。

中成爲不可或缺之材料。〔註87〕

　　夢中所見之鬼魂，並不一定以原有形貌出現，因爲夢境爲一最富變形之場所，正如前引曹三妻之現形，由嬰兒而連續變化相類。然而在志怪書中鬼魂現形者，幾未如此變形，在夢中往往直接以原有面貌呈現，不作任何周折。

　　在夢中現形之鬼魂，其與作夢者原有之關係，今就《夷堅志》略析於後：

1. 祖先：《甲志》卷十二〈向氏家廟〉。
2. 父子：《支甲》卷七〈羅維藩〉。
3. 母子：《三補》〈夢亡夫置宅〉。
4. 夫妻：《三己》卷四〈周十翁妻〉。
5. 娣姒：《支乙》卷十〈王姐求酒〉。
6. 主僕：《丁志》卷十六吳氏迎婦。
7. 朋友：《支甲》卷六〈張尙書〉。
8. 前後夫：《支甲》卷五〈鄧如川〉。
9. 前後妻：《三補》〈夢前妻相責〉。

　　既屬於夢，則無需透過第三者以表達意念，除前後任夫妻關係者外，亦多有直接之關係，不需第三者作中介。

　　夢中現形者，在故事中祇出現一次，如 2.羅維藩者不多，大多二次現身，如《三己》卷四〈周十翁妾〉，其妻兩度在夢中現身，蓋亡魂爲親人，故不煩數度現身，《三辛》卷九〈趙珪責妻〉，在三年中兩度現身，亦情理所在，其最多者，如《甲志》卷十六〈晏氏媼〉，連五夢於晏氏家人，可謂屢矣。

　　在鬼魂託夢現形故事中，較具想像之情節，當爲數人共一夢者，如《支乙》卷十〈王姐求酒〉，建昌葉氏多內寵，一妾死而在另二妾夢中現形，而《甲志》卷十〈梵隱語〉，死者曾尙書有四子，分別在四子夢中依次現行。更有《三補》〈夢亡夫置宅〉，亡夫見夢於妻，妻不久亦亡，而夫婦又同時出現在諸子夢中，志怪書不煩書怪，如是則其爲怪，極矣。

（三）鬼魂附體

　　在原始巫術思考中，人死而靈魂不滅，是爲鬼魂，鬼魂何所依歸，說法紛紜，前二種現形方式，不能使人理解其歸依之處，大致是在無形體拘束之情況

〔註87〕弗洛伊德學者極端重視夢之分析，而榮格派之學者雖對弗洛伊德之說提出修正，然對夢之重視，可謂有增無減，見榮格〈夢之分析的實際運用〉，收在黃奇銘譯《追求靈魂的現代人》，第15至74頁。

下，來去自如，然如以變形律則觀之，則鬼魂本即可以變形成另一個體而存在，鬼魂附體說之成立，即在此變形律則並非特別發達，而鬼魂歸依又需解答之地區產生，蓋彼認為鬼魂隨時可以轉移為另一人體，以表達其意念及行動。

鬼魂附體是原始宗教行為，在我國古代社會即已盛行，至《左傳》昭公七年鄭子產所謂：「匹夫匹婦強死，其魂魄猶能憑依於人，以為淫厲。」鬼魂附體之說乃形之於理論。

《夷堅志》有關鬼魂附體之記載頗多，其有主之鬼憑附於人者亦有，今先就其憑依之對象而言，計有二種：

1. 奴婢：《乙志》卷三〈王夫人齋僧〉，鬼魂趙士同妻王氏，其所憑依之對象，乃其子不騫之婢來喜。

2. 走卒：《支甲》卷四〈張鎮撫幹〉：張鎮死後，即憑附於其所遣黥卒所持之信罼，歸家後又憑附黥卒身上。

鬼魂主動憑附之對象，固不僅此二種，惟此二類人皆屬下層階級者，一則顯示親人之鬼魂並非六親不認，更重要者，受「強魂」之說影響，主人之靈魂固應強於奴隸，故得而憑依之。

（四）降靈現身

降靈現身，乃係透過巫術儀式而現身，為巫術主要內容之一，蓋巫覡在原始社會中，為惟一能與鬼神溝通之人，故彼能透過巫術而使鬼魂現身，自巫術思考而言，固無可質疑，凡此使鬼魂現身之法術，即為降靈術，而鬼魂藉降靈術現身，是為降靈現身。〔註88〕

《夷堅志》中有主之鬼以降靈之形式現身者頗多，惟其現身之方式不一，茲分別述之：

1. 降靈附體：將鬼魂降臨在某一特定人物身上，以附體之形式，與巫覡或家人溝通意念，此純係巫術儀式之行為，在薩蠻信仰流行地區（包括我國）頗為習見，將此儀式行為表現在志怪書中，即如《夷堅志補》卷十六〈城隍赴會〉條是也，死者張五之兄為詹贅婿，詹氏有妹未嫁，染祟，詹氏遂招法師張成乙考召，「其鬼乃作張五聲音」，「舉止絕類」。所謂「其鬼乃作張五聲音」，可見鬼並未現形，但現其聲，其聲之來源，當即詹氏之妹被張五附體（染祟），此一降靈附體過於儀式化，在志怪書中常見，但有主之鬼故事中，並不

〔註88〕林惠祥《文化人類學》第 304 頁。

以此方式現身，除非張五作祟，乃需逼令其現身，如此情形，在敘述巫覡法術之故事特多，鬼魂本身反非主角。

　　就一般而言，無緣無故強令鬼魂附體，除非是繫念亡者，若此，則亦必在巫覡自備童巫，使鬼魂附於童巫身上，就巫與喪家雙方立場，方有可能為之，若是因慰念家人而召魂附體，實無故事性可見。

　　2. 降靈現形：將鬼魂降臨在某處，惟被降之鬼魂，並不附體在肉體上，而直接現形於某一特定人物之眼前，此亦巫術儀式行為，屬薩蠻信仰之現象，由於不須經由附體，在志怪書中較多。如《夷堅・支甲》卷四〈項明妻〉條：

> 有巫從他鄉來，言能致亡者魂魄，項令召其妻，隨命即至。項無所
> 睹，女已十二歲，獨見之，真其母也。

此降靈現形惟一目睹者，乃其十二歲女童，在薩蠻信仰中兒童及婦女多被認為通靈者，此十二歲女童兼有女、童二重身分，故能見其母之亡魂現身，此乃巫術降靈之現實反映。

　　在志怪書中，宗教儀式往往以「信以為真」之方式記錄之，鬼魂經巫覡召至，能見其現形者，亦不必限於特定之人，如《三己》卷八〈張通判子〉條，法師路當可治鬼，先於手心各畫一符召來鬼卒，然後使鬼卒請來金紫華服之冥官，再由冥官使令鬼卒擁作惡之鬼魂來，其過程極周折，觀者甚多，皆服其術，此固誇張，然在巫覡故事中特多。

　　3. 齋醮現身：齋醮之由來甚早，其後受到印度來世觀念之影響，宋時民間所建之齋醮，多具有拔度亡魂之意味，〔註89〕以宗教思考言之，亡魂在齋醮儀式中現形，乃理所當然者，《夷堅志》中有主之鬼在醮儀中現形亦有記載，如《乙志》卷一〈蟹山〉條：湖山醫者沙助教設醮天慶觀，其十歲之子，見亡祖母立觀外，蓋冥使押彼至此受供，因而現形於幼童眼中。此亦藉幼童之通靈性格而現形者，在本則故事中，並未強調醮儀名稱，然由「冥吏押亡魂至焦所受供」之描述，亦可見宋人對醮儀之觀念。

　　醮儀衍化成普施孤魂之說，在宋代亦已出現，〔註90〕《夷堅・丙志》卷二十〈王祖德〉條：亡者向其妻敘說返家原因，即謂：「今日以中元節，冥府

〔註89〕劉枝萬〈中國齋醮釋義〉，見《中國民間信仰論集》，第10頁，宋代齋醮不分，
　　　　而其用途，亦頗混淆。
〔註90〕同前書，第9頁。

給假，故得暫來。」蓋中元於「諸宮觀設普度醮，與士庶祭拔宗親」（《夢粱錄》卷四），至宋已然，而民間則以爲是日群鬼放假，將儀式轉化爲故事，然爲眞實生動。

有主之鬼現形，形式較爲複雜，其以直接現形，並非如無主之鬼之無有選擇性，其以夢中現形者亦然，惟無主之鬼罕藉此二形式現身，降靈及附體均自宗教儀式而來，而志怪書之描述，較宗教書籍更能表現當時之觀念。

四、家庭依賴

有主之鬼源自於祖先崇拜，人類崇拜祖先之心理，包含畏懼與希冀在焉，據人類學之說，其畏懼之心大於希冀之心，〔註 91〕由此畏懼心理，因而產生媚鬼之行爲，不論在喪禮或祭儀中，均可覘其精神所在，然而在志怪中，有主之鬼所表現之行爲，反呈現其對家庭依賴之心理。

有主之鬼對家庭依賴之心理，《夷堅志》中有深刻之描述，其具體情況，有下列數種：

（一）報訊治喪

人死爲鬼，死而成鬼之儀式，是爲喪禮，喪禮本身即屬社會行爲，必須將喪事以哭聲傳達鄰里親戚，以便鄰里之人做到「鄰有喪，舂不相，里有殯，不巷歌」（〈曲禮上〉）之要求，此即所謂「凶問」也。然則社會活動逐漸擴大，其有死在他鄉異地者，其「凶問」必須由外地向家中傳達，乃能使喪禮開始舉行，如此則有關執行喪禮之各種儀式舉行時機，必然錯過，於是乃有許多凶徵、咎徵之說，盛行於古代，〔註 92〕《夷堅‧支癸》卷八〈李小五官人〉條即是。

> 李耆俊子壽，淳熙二年爲兩浙轉運使主管官。其弟耆碩子大，自嵊縣解官來，館於公宇。送還小吏劉廣立於司前橋上，遇一官人坐轎上，轎之制作極草草。兩卒負籠篋，先牌題云「李從事」，問廣曰：「那處是李主管廳？」廣指示之，且奔告子大。從事者，又其弟耆壽也。喜而出迎，乃略無所睹。尋常諸李族人入都，多泊舟於河下沈氏客邸及吳山上扁鵲堂。散遣訪審，皆不見，子大甚駭，率子壽

〔註91〕林惠祥、朱天順均認爲鬼魂或祖先崇拜起於畏懼鬼魂之心理。
〔註92〕《搜神後記》卷三，董壽之被誅，其妻夜坐，忽見壽之居其側，歎息不已，妻問皆不答，知有變，果得凶訊。

－393－

諸郎，步往沙河塘，試加物色。俄一家僕從會稽連夜疾行喘汗而至，
報言：「小五官人因醉飽而得病，昨日已殂。」所謂從事者也。廣蓋
見其遺魂云。

遠方親人無故現身，在古時即有凶咎之徵兆在焉，蓋兄弟有服，人死必須向
遠方之人報訊，冀其奔喪致悼，其過程費時費力，故有此類似心電感應之說，
大抵所現凶徵以夢現者爲多，在此藉向其兄之小吏問路，輾轉傳達死訊，實
乃志怪體之掉弄玄虛處。

　　在《夷堅志》中，死者以凶徵表達訊息者，終究不多。最直接之方式，
乃由死者自己親口道其始末，亡魂託夢向家人報訊，在小說中屢見，而《夷
堅志》中則無，其書亡魂報訊多以直接現形或附體現形爲之。《甲志》卷五〈黃
平國〉條，浦城人爲商旅，客死於宣城，魂歸附語家人云：「某月某日以疾終
於宣城。」鬼魂歸家報凶訊，而特別強調於某月某日終，從此一舉動，可見
其歸家報訊目的在於祭祀之希冀，祭祀固當家人爲之，其歸而附語，充分表
現其自我意志力之強烈及其依賴家庭之現象。

　　此一強烈之返家意志，在《夷堅志》中，更有以「寄載歸家」之形式爲
之，《夷堅・支甲》卷四〈張鎭撫幹〉：

鄱陽張鎭都……爲湖北安撫司幹辦公事。紹興四年十一月，參議官
張廣滿秩，鎭送之於沙頭，留飲至二更乃還城。方就寢而府市火作，
鎭起，從主帥樞密出現，歸已夜分。天未明，忽連聲稱「救、救」，
妻秦氏呼問之，瞑目不語，頃之而絕。先是十日前，遣黥持信籠至
德興，半塗覺肩重，自是日日頓增，殆不可負。嘗擲之於地曰：「莫
是裏面盛著死人頭，如何更擔不起。」過江山渡，以語舟人，舟人
試舉之，亦云未嘗有遠路信物如此重者。既到張氏宅，黥納書於鎭
父通州使君埏。啓籠，但鹿脯耳。才出外，便爲物所擊，爲鎭音聲
責之曰：「汝在路如何得罵我！」黥謝不敢。俄直入至父母處，泣而
言曰：「死生定數，無所復恨。鎭未有子，新婦難以守寡，畢喪後乞
遣歸其家。大姊孀居歲久，雖有一兒，亦非久遠計，願別爲謀終身
之託。」黥旋仆地，移時乃蘇。通州愕然憂疑，鎭正其室范氏所生，
尤以爲戚。又兩日凶問至。然則黥西來時，鎭之神識已憑之矣。悲
哉！死時方三十五歲。

張鎭顯然寄載於信籠之中，歸家時又附體於黥卒之身，其目的厥在通報凶訊；

何以如此周章？蓋以其無子，妻又爲權勢之女，難以守寡，其甥亦無足以託終身，故其所謂「願別爲謀終身之託」者，實乃託骨於父母也，無怪其歸家意志強烈如此。

從以上通報凶問之故事觀之，諸多情節，純就亡魂設想，由其力圖告知親友之行爲，可覘見彼對喪儀完整之冀求，以及對家人之依賴。

（二）託家報仇

亡魂對家庭之依賴，亦往往表現在託家報仇，蓋人有冤曲，除自力解決外，或訴諸公堂，然亡魂已死，無由自行訴訟，加以「公堂多神明」之說，惟有依恃家人，乃得伸冤，在此即強烈表現其依賴性，《甲志》卷四〈方客遇盜〉條：鹽商方某至蕪湖遇水盜，爲縛手足，縋以大石，投諸水，數月忽歸，語其妻：「屍見在某處，賊乃某人，今在某處。」妻見訴于太平州，如其言擒盜。依宋律無屍首即以疑獄斷，況方某爲盜投諸水，湮沒屍體，無人得知也，其鬼現形返家，一併詳明，蓋冀其訴官報仇，終得獲盜，此非家人，孰能代勞，是其家庭依賴性格，明矣。〔註93〕

（三）需索無度

人類敬畏鬼魂，因而產生媚鬼之行爲，媚鬼之目的，在於斷絕鬼對人類之撓害，因而產生大量鬼魂崇拜之儀式，但由於在祖先崇拜中，不斷媚鬼之結束，反而賦予鬼魂貪婪之個性。

1. 先作祟後需索

在非邏輯性思考下，原始人類經常將疾病或災難之產生，歸因於鬼魂作祟，而作祟之目的，則在於鬼魂之需要未能滿足。有主之鬼亦秉持此一特性，經常以需要爲出發點，作祟於子孫。《夷堅‧甲志》卷十四〈潮部鬼〉即作此反映。

> 明州兵士沈富，父溺錢塘江死，時富方五六歲，其母保養之。數被疾祟，訪諸巫，皆云：「父爲祟。」母瀝酒禱之曰：「爾死唯一子，吾恃以爲命，何數數禍之！有所須，當夢告我。」是夕，見夢曰：「我

〔註93〕託家報仇當源自氏族社會血屬報仇（blood revenge）之習俗，見林惠祥《文化人類學》第四篇第六章〈家族、氏族、半部族、部落〉，第224頁。蓋即〈曲禮〉上所謂「父之讎，弗與共戴天，兄弟之讎，不反兵，交遊之讎，不同國」之意。《大戴禮》曾子制言亦云：「殺父之讎，不與同生；兄弟之讎，不與聚國；朋友之讎，不與聚鄉；族人之讎，不與聚里。」

死爲江神所錄，爲潮部鬼，每日職推潮，勞苦痛至，須草履并杉板
甚急，宜多焚以濟用，年滿方求代脫去矣。」母如其言，焚二物與
之，富自是不復病矣。

潮部之鬼是基於需要草履及杉板二物，二物在民間並非不易得，然在陰間則
一無所有，此一無所有乃基於人死爲鬼之當時情形之假設，前引「黃平國」
故事，黃死於他鄉，從行某僕實殯之，殯時倉卒，遂遺一履，既入幽府，便
即「跣足行」，凡此鬼魂身上所有，即在家庭供奉之多寡，如未能周全，鬼魂
即爲「淫厲」以求之，潮部鬼不惜作祟於獨子，其基本心態在此焉。

2. 先需索後作祟

媚鬼之行爲，本係生者之義務，而鬼魂接受生者之諂媚，固應有不爲祟
之義務，然古人對權利義務之辨別，並不能犁然劃清，故往往將鬼魂接受生
者之諂媚，視爲莫大之權利，而作祟則成爲其手段，故產生鬼魂需索不至則
作祟之觀念，此觀念其來久矣，從殷盧甲骨文中，其先公舊臣即有作祟之能
力，而且對象爲「時王」，〔註94〕故殷人對鬼魂諛媚備至，入周以後，迷信稍
減，然此觀念尚存，《夷堅·支乙》卷二〈大梵隱語〉即作此反映。

常孰縣寓客曾尚書，下世已久。有四子。淳熙元年春，夢告其長縣丞
曰：「我被天符爲福山嶽廟土地，方交承之始，闔府官僚當有私覿，
禮不可廢。吾東書院黑廚內藏佳紙數千張，可盡付外染黃，印造〈大
梵隱語〉，敬焚之，毋忽吾戒。」丞既覺，未以爲然。又見夢於仲子，
仲以扣所知鄭道士曰：「〈大梵隱語〉，是爲何經文？吾不識也。」鄭
曰：「此乃《度人經》之末章。」取示之。仲笑曰：「無甚緊要，顧何
足爲冥塗助。」亦不肯用父言。已而叔、季同夕感夢，二子嗜酒荒怠，
略不經意。……至三月二十六日，邑人群詣廟下。曾之季子與三四少
年縱觀，行經四廡，遇一婦人，絕美，注目諦視，乃尚書也，凝立庭
下，顧兩鬼捽仆地，剝其衣，叱曰：「不孝子，尚敢來此！」四傍往
來人皆見季呻呼楚痛，苦不可堪。……迨反室，昏無所知。舍中百物
皆無故自相觸擊，必碎乃止。明日，縣丞邀法師陳國潛至家。使施法
禁禦逐。陳召集將吏測問，曰：「非祟也，乃尚書公以四子違命，請
于天而罰之。」陳令排備酒饌，設席堂上，祝而祭焉。家人悉見亡靈

〔註94〕陳夢家《殷墟卜辭綜述》，第351頁。

　　出現，與陳對席，陳懇祈數四，於是得釋。季良久而寤，流汗遍體，
　　盡以所見爲三兄及陳言之。即日印此經五百本，焚獻謝過。

〈大梵隱語〉在《度人經》之末章，《度人經》在道教靈寶經佔有重要地位，
〔註95〕曾尚書生爲強魂，死而爲冥官，公私交通，一如在世，乃以〈大梵
隱語〉爲私覿，而向子孫需索，需索之亟，可由分夢四子見之，惟其需索之
權利不被重視，乃透過天罰而逞威於子孫，〔註96〕此爲先需索而後作祟，
關鍵性人物，乃爲有主之鬼，故事中「家人悉見亡魂出現」，與陳對席，陳
懇祈數四，於是「得釋」，可見雖「請于天」，關係人仍在先人，其威可知。

　　有關鬼魂需索之內容，實因亡魂之地位而有所不同，而呈現不同之風貌，
此不同之風貌，即有主之鬼系列故事之趣味所在。茲就《夷堅志》言之：

　　1. 薦供之需索：所謂「有主之鬼」，即有相關親人在其死後爲之薦奠（在
此包括喪祭等儀式），無人薦奠，則孤苦無依，遂成游魂滯魄，就人、鬼之地
位設想，均非所願，《夷堅·支乙》卷十〈王姐求酒〉條即有此反映。

　　　　建昌葉氏極多內寵。一妾王，妾病死，亦無子，故雖葬於墓園，而
　　　　春秋薦奠勿及。淳熙己酉，葉自昭州終詣闕，攜二妾行，俱夢王姐
　　　　來求酒，且愀然曰：「吾沒後幽魂無歸，欲自取覆官人，又近不得。
　　　　爾兩人幸爲我一言。」既寤，白于主翁，亦爲悽惻。逮還家，即命
　　　　祀其墓，仍以中元日爲設齋位云。

王妾非正室，兼又無子，死後無人薦奠，因之幽魂無所歸，妾爲弱魂，無以
上達主翁，他妾同病相憐，乃託夢相求，其情節安排，並無不合理處，假諸
於迷信中，其悲慘命運，亦由此反映，此弱魂之索供。

　　與〈王姐求酒〉不同方式之索薦，即強魂之索供，如《夷堅志補》卷十
六〈城隍赴會〉條，即有不同之風貌。

　　　　淳熙初，饒州兵家子張五，持刀入皂角巷劉家，殺其母并二女。先
　　　　是，張與劉小女通，每爲其母及長女所見，忿而行兇。所通者叫呼，
　　　　故併罹禍。邏卒將執之，望其刀猶在手，恐拒捕或自戕，哂之曰：「大
　　　　丈夫殺人償命，是本分事，今懼怕如此，豈不爲人嗤笑？」乃擲刀
　　　　於井，束手就擒。獄成，斬於市。張無父母，唯一兄爲詹氏贅婿。
　　　　有妹未嫁，忽染祟，嚼啖陶器，拈弄炭火，無所不至，大率如病狂。

〔註95〕見陳國符《道藏源流考》，第71頁。
〔註96〕先人擔任人與上帝之中間者，在殷商時代已然，見《殷墟卜辭綜述》第646頁。

> 詹招法師張成乙考召，其鬼乃作張五聲音，舉止與之絕類，曰：「我
> 既伏法，魂魄無歸，若能供我，則當屏跡矣。」法師釋其罪，但牒
> 城隍司收管，兄以時節祀之。後二年四月，女復病如故，又考治之。
> 云：「三月十六日城隍出永寧寺赴會，廟中守者疎怠，我得逸出。」
> 蓋是日郡人迎諸神設會於永寧寺山門上也。於是再牒往，女即洒然，
> 後嫁一辛。鬼不復至。

張五為強魂，由其因姦殺人，義不拒捕，束手就擒及在城隍收管下逸獄，皆
可見之，強魂式之作祟，即嚼啖陶器，拈弄炭火，手法慘酷，故在無父母，
有一兄為人贅婿，無人供奉之情形下，亦能達到「其兄以時節祀之」之目的，
二度作祟，正見其冥頑，直可以「淫厲」當之，其生前身後凌人之勢，以及
人類「欺善怕惡」之心理，正由此反映。

與前二者不同之索薦方式，為自力索薦，茲錄《夷堅志》中二則故事以
說之。

> 饒民江廿三，居永寧寺東街，為結絡匠。慶元四年五月病死，十日
> 後未黃昏時，其僕夏二在室中打屏，恍然見之，與語云：「我藏小兒
> 手鐲一雙，婦人金耳環一對、金牌一枚，用小瓦罐子盛埋於門內東
> 壁下，可說與我妻掘取，將做功德追修。」言訖即沒。夏僕告其妻，
> 發地，果得之。（《三辛》卷二〈江絡匠〉）
> 饒州安仁縣崇德鄉民曹三妻黃氏，有二男一女。慶元三年二月死。
> 既葬之後，至十月一日，其女一娘，從夫家歸設供。正哭泣間，聞
> 靈座內嬰孩之聲，漸高漸近，忽一光頭小兒自靈幄走出，俄然長大，
> 如黃氏生前，洩女衣而問曰：「我在生之日，辛苦看蠶緝麻苧，三年
> 艱辛，織得紬絹三十疋、布十五疋，寄頓汝家，正要防身。汝是我
> 親生之女，如何欺死瞞生，便不將出？宜盡數還我，教父兄貨鬻充
> 修營費。」女悚懼曰：「告娘少待，容只今取來。」其夫家甚近，頃
> 刻而至。黃與曹說往事，無一差誤，誦經卷了畢，稍復縮小，再入
> 幄坐而沒。（《三己》卷九〈曹三妻〉）

兩例均非無人薦供，惟生前未雨綢繆，已有積蓄，死後不留與後人使用，而
向生人需索，蓋薦供需由生人為之，故雖自力經營，亦必現形以索薦，此二
則故事，皆顯示鬼魂猜忌之心理，一以不信任親人於其死後之薦供，故自力
為之，二以或藉他人之手，或藉神怪，以促使親人必不敢不以其蓄積之金帛

薦供，其疑慮之情，正藉此以反映。

薦供爲喪祭儀中定期和長期之儀式，處在有主無主鬼之邊界，無之則無主，有之則有主，古人異常重視，故在志怪書中，對此邊界之鬼之心理描寫，顯得特別深刻。

2. 財務之需索：葬禮之中用以媚鬼之物，有所謂「隨葬品」，在喪禮逐漸隆重化之後，隨葬品日趨繁複，及至經濟開展時代，財務亦在隨葬之列，其所以使用財貨，蓋人類將鬼魂世界予以社會化之後，鬼魂社會中亦必有財貨之流通，惟其財貨來源，則來自生人之供奉，雖歲時祭享，亦未必充足，故鬼魂對財物之需索，亦頗爲迫切者也。

宋代之陪葬品，自考古發掘，明器、器物均有之，此外尚有受佛教影響之紙錢，亦大量使用，正合於死鬼需錢之心理。〔註 97〕《夷堅志》對此，亦有所反映。

《夷堅·乙志》卷二十〈徐三爲冥卒〉條：徐三暴死入冥，見其主翁王蘊監稅爲判官，手書牒見付，使甦還，且云：「我在此極不惡，但乏錢及紙筆爲用，汝歸語吾家，速焚錢百萬，紙二百張，筆二十枝寄我。陽間焚錢不謹，多碎亂，此中無人能串治，當用時殊費力，宜用帕子包而焚之，忽忘也。」王翁生前爲監稅，家貲不少，死爲冥官，仍乏錢用，所需至百萬，而又嫌陽間焚錢不謹，交待焚鏹之方法，其富而吝之性格，藉是而反映。

《夷堅·乙志》卷三〈王夫人齋僧〉條：宗室瓊王仲儡之子士周，娶王晉卿都尉孫女，少年時墮胎死，死二十有二年，憑附於其子不蹇之婢，謂士周曰：「我以平生洗頭洗足分外用水及費纏帛履襪之罪，陰府積穢水五大甕，令日飲之，乳母亦代我飲，纔盡三甕，又逐去，不使代我，我不堪其苦，欲求佛功德以自救，無由可得，聞瓊王主龍瑞宮，從者數百輩，平生姬妾，如萬恭人、王恭人、夏棋童輩皆在左右，獨我以身污穢不得前，……我自爾請料錢三十千，時爲夫婦，今月俸十倍，忍不救我？」由於陽間浪費物資，陰間受罰，積二十二年，但羨慕家人富貴，乃向其夫索財，可見希冀之心，不以時而稍戢也。

前二例均親人向人需索財物，然亦有親人爲非所祀之親人索財者，如《支甲》卷四〈項明妻〉條，亡妻來云：「吾父室廬損敝，擬建新居，求錢助費。」

〔註 97〕紙錢與紙冥器之使用，和陪隨明器雖不同，然意義相同。趙彥衛《雲麓漫鈔》：「古之明器，神明之也，今以紙爲之，謂之冥器，錢曰冥財。」

翁壻外姓，本無奉祀之關係，〔註98〕然需錢用，亦得由其妻出而索取，正將世間親屬往來情況，投射於幽冥矣。

財物關係在人鬼之間糾纏，即令生前爲父子母女，死後亦需劃清，如《志補》卷十〈周瑞娘〉條：

> 撫州霞山民周十四郎，女瑞娘年二十一，未嫁。……抱疾……不起。至十三日正午，忽從門外入，遇家人，皆含笑相呼揖，父母見而唾之曰：「爾不幸夭歿，天之命也！乃敢白晝爲怪，當明以告我。」對曰：「不須怕，十一娘之死，盡是爺娘做得。」問其故，曰：「去歲九月，林百七哥過門，見我而喜，歸白百五郎，欲求婚聘。及媒人來議，父母不從，林郎因此悒快成病，五月十九日身亡，憑訴陰司，取我爲妻，今相隨在門首。記我生時，自織小紗三十三疋，絹七十疋，紬一百五十六疋，速取還我。」父母惻然，如其言搬置堂上，貯以兩大籠。女出呼林郎，洋洋自如，無所畏怯，然後拜別二親曰：「便與林郎入西川作商，莫要尋憶。」隨語而沒。周父邀林百五郎道其事，林云：「理屬幽冥，何由窮究！」約至初冬，各舉柩一處火化，啓木之次，二柩俱空。

此幽冥婚姻，固見古代男女愛情之堅貞，然民間女子出嫁，對在娘家財物之需索，亦由其匹數之歷歷，反映當時女子對財產之觀念，未必全爲社會制度所能壓抑也。

3. 人力之需索：鬼魂需要人力在陰間服侍之觀念，從古代有殺殉陪葬之現象即已開始，據考古資料顯示，殺殉之風至漢代已廢除，〔註99〕代之以陶俑、木俑，而宋代以後，陶俑、木俑亦少見之，然對於亡魂之人力需求，並不因此稍戢。

《夷堅志》所反映之宋人對冥間人力需索，亦有許多風貌。

前引〈項明妻〉故事，明氏鬼魂向夫家索取財物，以供生父建築新居，

〔註98〕姻親無受供之理，自古禮教已然，《夷堅志》亦有此反映，《支乙》卷三〈余榮古〉條：余榮古族姪妻詹氏感疾，妄言譫語，如狂如癡，不復省人事，乃招榮古視其狀，及行法考召，蓋詹之先亡也。徐諭之曰：「汝是詹家祖先，自合隨子孫處受香火，如何敢擅入人門庭，且作祅禍！吾念汝係姻親，未欲致法宜速去。」即謝過請釋放，許之。俄頃間，病者平安如常。此姻親不受供之例。

〔註99〕見《考古學基礎》，第136頁，蓋漢時法律所不許，漢墓發掘亦無出現殉葬之痕跡。

項明即「亟焚紙鏹數百束」，既而胡氏又云：「錢甚多，無人輦送。」項乃「喚畫工作兩力人，即成，嫌其矬弱，復易之」，蓋木俑、陶俑雖已廢除，乃畫人以易之，其人力需索依舊，而巫術思考則一，惟其所畫之人，依所畫而有壯羸之別，亦多講求。

《夷堅・甲志》卷十六〈晏氏媼〉條：

> 晏元獻家老乳媼燕氏，在晏氏數十年，一家頗加禮，既死，猶以時節祭之。嘗見夢曰：「冥間甚樂，但衰老須人挾持，苦乏使耳。」其家爲畫二婦人焚之。復夢曰：「賜我多矣，奈軟弱不中用何！」其家感異，囑匠者厚以紙爲骨，且繪二美婢。它日來謝曰：「新婢絕可人意，今不寂寞矣。」明年寒食，家人上冢歸，復夢曰：「向所得婢，今又捨我去。」曰：「何得爾？」曰：「初不欲言，以少年淫蕩，皆爲燕三誘去。」家人曰：「燕三，人也，安得取媼侍女？」曰：「亦已來矣。」曰：「然則當爲辦之，不難也。」明日相語，皆大笑。燕三者，媼姪也，素不檢，自媼死，不復聞其在亡。遣詢之，果已死。遂復畫二老者與之。又來致謝。蓋前後五夢而得二老婢云。

晏氏雖爲乳媼，而受家人加禮，自亦屬有主之鬼，其前後五次現夢而爲彼畫得六婢，婦人、美婢、老婢均有之，而性情與所畫者又契合如是，雖屬可笑，亦反映宋人對紙畫人形之重現，而其需索之心理，並不異於古人。

4. 親情之索取：殺殉陪葬殘忍之習，在春秋時代已備受批評，對於殺殉之迷信，亦早已動搖，〔註100〕然而人類對於陰冥幽苦之恐懼，並不因此而減少，畫紙人形，對亡魂而言，固可減少筋力之勞，然親情則無所寓託，故宋人亦有「亡魂拘索所愛」之說，此觀念雖表現亡魂之殘忍性，然時人或深信之，對亡魂死後降災作祟，在此亦可作部分合理之解釋。

《夷堅・三補》〈夢亡夫置宅〉，有一家連續發生喪亡之故事，即推因於亡魂拘索也。

> 宗室趙師簡……抱疾不起。才過信宿，妻石氏夢之如平生……呼與共談曰：「我皆置得俞家宅子一所，極寬潔，要與汝并小姐搬向那裏住，千萬便打併來。」石氏不窹其已亡，漫應曰：「好。」覺以語諸子，絕惡之。未幾，少女暴亡。長子希戚謀卜父葬地，一術士來獻圖曰：「此去十餘里有山甚佳，主人需價不高，不可失也。」希戚即

〔註100〕朱天順《中國古代宗教初探》，第196頁。

往，環視龍虎向背，一切合意，亟立契承買。地主實俞姓，念與夢協，切憂之。而業已交易，不復捨，亦類有物主張其間。是時石氏已病，經數日而卒。戚鑿壙作雙穴，擬合祔二親而旁結小塋瘞其妹，又夢父母偕來，告曰：「大姐孀居，未久有丈夫，不教他看汝兄弟眉面，今但取來身畔住。」既覺，懼牽連無已，尤以為憂。方與諸弟言之，而希皋者曰：「我亦夢如是，為之奈何！」大姐旋發病，不二日奄然，遂俱葬其處。

此連續喪亡，原因不詳，志怪之書，有不暇校也，惟故事中，有作用力者在趙師簡，其取妻及二女，除取大姐時嘗謂：「不教他看汝兄弟眉面，今但取來身畔住」外，均未說明原因，而所謂「不教他」云云者，若在陽世，情猶可堪，而在故事中竟取其命，斯無故索命，在宋代必然反映一般對亡魂恐懼之心理也。

就《夷堅志》所載，亡母索子之情節較為常見，《甲志》卷十九〈陳王獻子婦〉，其魂每夕歸，其子數歲，韶秀可愛，每欲取以去，惟「舉家爭而奪之」，故不得逞，此一奪子情節，正與費珠所謂女性陽性特質之殺子情結相符合，乃潛意識之具體投射。〔註101〕

惟《夷堅志》中對親情之索取，並不止母子一端，《丁志》卷十六〈吳氏迎婦〉即為亡姑之索取兒媳，而《志補》卷十六〈賣魚吳翁〉則為祖父索取孫女，在後一則故事中，吳翁晚得孫女醜兒，「愛之甚」，適周晬，翁死，九年之後，乃取醜兒之命，翁子小乙舁女柩葬翁墓下，小乙欲蹤跡其父，訪得翁逐日在北閘賣魚，茶肆嫗謂：「此老數日前抱得十歲一個女兒來，央我與他梳掠。」次夕，復詣茶肆，望翁首戴一盔，左手攜醜兒，小乙追之不及，越二日，別有軍卒款門語其妻曰：「寨前賣凍魚吳翁倩我來說，令索女孩衣服、青羅衫、紅絹中衣并紅鞋之屬。」次日，夫婦詣之，過淨慈寺，遇鬻紙盔者，適相熟，試問之，曰：「老翁領小女來，女要紙盔，僕與之，去未半里。」奔逐望前，竟不見，拊膺而歸，時寒食，上冢啓瘞視之，惟存兩空棺，其後影響遂滅，或以為尸解云。故事中，翁與孫女相依之情，適與「愛之甚」當之，而父母之殷望，雖未與翁奪，亦謂切矣，此事《夷堅志》以極大篇幅鋪敘，

〔註101〕費珠謂：「消極之陽性特質，……（會）令她進入一種甚至希望別人死亡的情況，……如果養成這種秘密而有破壞性的態度，妻子會迫使丈夫，媽媽會迫使孩子生病、發生意外甚至死亡。」（《個體化的過程》，第227至228頁）

正見宋人對亡魂由愛之甚而死奪之觀念，深入人心。

　　親情之索取，就《夷堅志》所見，皆長取幼，而無幼取長，有夫取婦，而無婦取夫，《丁志》卷十五〈汪澄憑語〉條載：汪澄憑附乳嫗之體，招妻之兄，妻兄逸去，又使招其仲兄，辭以疾。澄乃歎息曰：「生時不相睦，固知其不肯來。吾父可得見否？」父老具病，扶杖哭而入。澄拱手而揖，爲恭敬聽命之狀。父曰：「兒既不幸早世，得不墮惡趣，寬吾悲心。無爲見怪於家，怖妻子也。」澄亦泣曰：「大人有言，澄當去。」是父子天倫，親情深重，雖爲鬼魂，亦當恭敬聽命。殺父則不倫，殺夫亦不道，雖以情愛出，傳統道德亦不容，亦反映宋時一般倫理觀念矣。

五、干涉家政

　　在許多民族之鬼魂，已有監視子孫之能力，我國亦然。鬼魂對於子孫行動多所干涉，鬼魂干涉家政之能力，蓋自人類所賦予，人類敬畏鬼魂，對其多所阿諛，爲避免鬼魂作祟，至於事事請決於鬼神，因而產生亡魂干涉家政之觀念，此觀念在殷商時代即極強烈，先公舊臣均爲其祭祀並卜問之對象，其日常生活幾籠罩鬼神之陰影中，〔註102〕後人對鬼神之依賴，雖不如殷人之強烈，然鬼魂監臨子孫之觀念，屹然不拔。

　　《夷堅志》中鬼魂干涉家政者頗多，其現形需索在本質上即爲干涉家政之行爲，純以干涉家政而現身者，茲舉二例。《夷堅‧乙志》卷二十〈王祖德〉條：

> 成都人承信郎王祖德，……聞虞幷甫以兵部尚書宣諭陝西，……往秦州上謁。未及用，以歲六月客死于秦。虞公遣卒護其柩，且先以訊報其家。王氏即日發喪哭，設位於堂，既而柩至。……正行禮未竟，一卒抱胡牀從外入，汗流徹體，曰：「作院受性太急，自秦州兼程歸，凡四晝夜抵此，將至矣。」俄而六人荷一轎至，亦皆有悴色。轎中人徑升于堂，據東榻坐，乃祖德也。呼其妻語曰：「欲歸甚久，爲虞尚書苦留，近方得脫，行役不勝倦。傳聞人以我爲死，欲壞我生計，爾當已信之。」妻曰：「向接虞公書，報君沒於秦，靈輀前日已至，何爲爾？」始笑曰：「汝勿怖，吾實死矣。吾聞家中議賣宅，

〔註102〕郭寶鈞《中國青銅器時代》謂：「鬼神好像專爲他們答問貞卜而存在，而他們也好像是依靠著鬼魂的指示而行動。」（第226頁）正爲當時寫照。

－403－

> 宅乃祖業也，安得貨？吾所寶黃筌、郭熙山水、李成寒林，凡十軸，
> 聞已持出議價，吾下世幾何時，未至窮乏，何忍遽如是？吾思家甚
> 切，無由可歸，今日以中元節，冥府給假，故得暫來，然亦不能久。」
> 又呼所愛婢子，恩意周盡。是時一家如癡，不能辨生死。忽青煙從
> 地起，跬步不相識，煙止，寂無所見。

王祖德雖死，然藉冥府給假歸家，其目的在處理家計，蓋彼以六月死，至中
元節，妻尚有服，即議變賣祖宅，且及於所寶愛之畫軸，遂颭欲現身以沮其
議，惟其有目的之現身，故其先詐為未死，以期勿怖人也。

《夷堅志補》卷十六〈鬼小娘〉條：

> 福州黃閣人劉監稅之子四九秀才，取鄭明仲司業孫女。淳熙初，女
> 卒，越三月，葬於鄭氏先壠之旁。既掩壙，劉生邀送客飲於庵中，
> 忽一蝶大可三寸，又似蟬，飛舞盤旋於左右十數匝。劉異之，戲言：
> 「得非吾妻乎？倘冥途有知，當集吾掌上。」蝶應聲而下，集于右
> 手間，移刻乃去，遺二卵。坐客爭起觀，劉呼一婢使藏之，且嘆且
> 泣。少頃，一婢來，舉止聲音全類鄭氏。眾初以為狂，至晚還家，
> 亟發鄭篋，取冠裳釵珥被服，如所素有。仍歷數其夫，某事為非是，
> 某妾有何過，某僕有何失，皆的的不誣。夜則登主榻，如鄭生時。
> 明日區理家事，而檢校莊租簿書尤力，親黨目為鬼小娘。其父蓋田
> 僕也，嘗來視女，女不復待以父禮，呼罵之曰：「汝去年負穀若干斛，
> 何為不償？」令他僕執而撻之。如是五年，劉生卒，婢即時洗然如
> 舊。詢所見，皆莫知，……婢今尚存。

鄭氏之先以飛蟲現形，頗覺詭異，由於附體於婢身，而舉止聲音與理家方式，
全與生時同，其對家事之處理，亦無異於未死之時，然已干涉家人之生活，
此一長期附體形式，已非偶發性或儀式性之附體，形同再生，惟再生之說，
自古以來即未形成蒂固之觀念，因此五年之後，劉生之卒，其鬼亦去，其附
體期間，撻僕索債，干涉家政，亦反映宋人對亡魂依戀之心理。

六、庇護子孫

有主之鬼源自祖先崇拜，祖先崇拜在鬼魂崇拜中，又較具有自然崇拜之意
味，故有主之鬼，亦因而具備神性，所謂神性者，除降禍之外，亦能降福，殷

代先公舊臣，除能「耄我」、「彔我」外，亦是祈雨祈年之對象，〔註103〕事實上，
禍福爲相對之兩面，禍少則福多，福少則禍多，一切儀式行爲，均具此功能，
祇在多寡而已，李亦園謂：「（兒童）早期訓練教養的印象，經常使父母的影象
投射成爲神的影像，父母是疼愛保護時，神也偏向保佑施恩，父母如爲嚴厲處
罰時，神則趨向於可怖無常。」〔註104〕其於鬼亦然，均表現人類對先人之依賴。
宋代人對祖先庇佑子孫之觀念如何？茲就《夷堅志》所見言之：

（一）驅鬼救亡

當有主之鬼成爲家廟宗祠共祀之目標時，其神格更爲明顯，《夷堅・甲志》
卷十二〈向氏家廟〉條：欽聖憲肅皇后姪向子襄妻周氏，初歸向氏，自以爲
不及舅姑之養，乃盡孝於家廟，行定省如事生，未嘗一日廢，歲時節臘，於
烹飪滌濯，必躬必親。政和間，得疾，夢中了了見五六人，如世間廟所畫鬼
物，周自念此非醫所能爲，而世間禳禬事又素所不信，但默禱家廟求祐。既
有間，「夢仙官乘羽蓋車冉冉從空下，儀從甚盛，升堂坐，取前五六鬼捶撲于
廷，如鞫問狀」，仙官「命行文書，械諸鬼付獄，徐整駕而去，周渙然寤，即
履地復常」，仙官蓋其家廟神靈也。蓋家廟神靈現形，《夷堅志》中罕見，而
其所具之神格，則確然明白，在儒家「愼終追遠」之教訓下，古人對先人之
崇拜，可謂根生蒂固，惟畢竟相隔日遠，在志怪書中，所反映者，鮮有以庇
護子孫而現形。《夷堅志》中以父母之亡魂現形救子之例較多，亦合乎親情，
《夷堅・甲志》卷四〈蔣保亡母〉條載：馬叔靜僕蔣保夜歸，逢白衣人偕行
至水濱，邀同浴，亡母來，大聲疾言曰：「同行者非好人，切不可與浴。」已
而母至，即負保急涉水至岸，蔣母驅逐惡鬼，負子出溺，正將母愛反映在亡
魂故事中。

（二）科場之利達

在《夷堅志》中父母庇護兒女最多，而其形式亦各具風貌，就士人而言，
登科及第爲最大希冀，而父母之鬼魂，即在此展現其呵愛子孫之性格。兒孫
尚未取薦者，即課子讀書，以求考場利達，《丁志》卷二十〈姚師文〉條：
南城人姚師文，建炎初登第，僅得宜春尉以死，子幼，及其長，姚父即往訪
其子婦之父董，蓋素相善，居臨川，空中揖語，相勞如平生，且請具酒席敍

〔註103〕陳夢家《殷墟卜辭綜述》，第 351 頁。
〔註104〕李亦園《信仰與文化》，第 15 頁。

款，而不見形，董相對盡敬，不敢少慢，又「語及教子，爲出論題，說題意，主張有條理」，罷酒始辭去，仍囑善護其子。姚師文雖已在鬼途，其課子讀書之意志未減，仍囑姻翁善護之，用心可謂極矣。

士人之前途，全在考場捷敗，勤志苦讀亦未必操其勝算，眾鬼在考試期間之呵護，亦在《夷堅志》中表現之，《支癸》卷二〈楊教授母〉條：

> 資州人楊某，幹辦諸司審計，卒於官。其家不能歸，寓居臨安打繩巷。不數年，妻曹氏亦亡，皆寄攢野寺。一子光，苦志學問，獲漕臺薦送，淳熙戊戌，赴省闈。試罷。偶貢院西牆爲大風雨所攻，頹仆數丈。臨安教授高橐爲點檢試卷官，夜在房門首考閱程文。忽於燭下見婦人，年五十許，拜而致懇，語言操蜀音，云：「老婦資州人，有子忝入舉場。此卷子正其所作，願收置下列。儻僥倖一命，則旅骸可西歸矣。」高曰：「觀汝子之文平平耳，未必可得。」復申扣甚力，乃許之。恍然而驚曰：「媼何以能到此？」曰：「數夜徘徊於外，望金甲神人周匝圍繞，無路可入。適間風雨打了牆，諸神亦避，故從牆隙而至，不敢遲久。」遂不見。高始懼怖，終夕不寢。明日，攜此卷詣所隸參詳官鄭少卿，道媼之請，遂收置末級。洎拆封，果楊光也。廷對注官，調涪州教授，因奉二親之柩歸。

雖然楊母望子登科有「旅骸西歸」之希冀，利用其特殊身分，進入貢院，挾持考官，以庇佑其子，終使其子登科得官，亦可見其庇子之情，用心良苦。

此外，士人對科場前途之有否，亦極爲焦慮，否則人生百年，一無所成，豈不罔然，因而亡父現形以預告之者，在《夷堅志》亦多所記載，如《甲志》卷十八〈楊公全夢父〉條：楊公全（朴）父卒未葬，明年夢父歸家，云：「有冥司主簿，正掌文籍，乃吾故舊，嘗取簿閱之，汝三舍中無名，至科舉始可了耳。」又云：「汝知朝廷已行五禮否？」是年八月，始頒五禮新儀，士人父母未葬，不許入學，及政和間罷舍法，復科舉，朴乃登科。若此，捷試之年，得先預知，則亦不致勞形經義策論，非亡魂之佑護者乎？

以上有主之鬼庇護子孫，均足以反映士人依賴先人助考之心理。

（三）經濟之解決

在經濟活動影響之下，父母庇護子孫，亦有以金錢之方式表現者，其最直接方式，即賜子金錢，以解決經濟問題，如《夷堅·甲志》卷五〈皮場大王〉條載：御史中丞席旦死爲皮場大王，子大光調官京師，嘗入廟，歸夢父

曰：「我死即爲神，權勢甚重，不減在生作帥時，知汝苦窘用，明日以五百千
與汝。」大光季而寤，出視數卒挽一車，上立小黃幟云：「皮場大王寄席相公
錢三百貫。」置于地而去。大光後爲參政，蜀人呼爲席相公。席氏父子均爲
宋代名臣，時大光雖窘，亦有官在身，而亡父以大額金錢爲陰濟，正見士人
富貴，豈有徒然者，在此亦反映一般人富貴有定之心理。

　　子孫涉及到經濟困境亦非全在金錢，往往亦包含土地資產賦稅等問題，
就此亡魂亦時時現形以解決之，前引《丁志》〈姚師文〉條：

> 姚師文，南城人。建炎初登第，得宜春尉以死。家之田園，先以歲
> 饑速售，產去而稅存，妻弱子幼，莫知買者主名，閱十餘年，負官
> 物至多。邑令李鼎，治逋峻，繫姚子於獄累月。會歲盡，鼎憐其實
> 窮，使召保任，立期暫歸。子至家，除夜無以享，獨持飯一器祀其
> 父，告以久囚不能輸稅之故，哀號不已。屋上忽有人呼小名，驚視
> 之，父衣公服立，索紙墨筆硯。子欲梯而上，止之曰：「幽明異塗，
> 不宜相近，第置四物簷間可也。」子退，忍淚屏息遙望之，姚稍步
> 及簷坐，就膝書滿紙，擲下。俯拾之際，父遂不見。新歲，持死父
> 書至邑，邑宰讀所書：某田歸某家，稅當若干。遂逮人至，皆駭異
> 承伏，子乃得免。

產去稅存之不合理現象，爲宋代最不合理之經濟問題，在州縣官吏之逼迫下，
即使亡父再生亦未必能解決，惟有借鬼現形，乃能使人「駭異」而承伏，由
此方式，解決產稅問題，正見時人庸俗想法，並反映此問題之棘手難決。

　　以上有主之鬼庇佑子孫，但舉大端，實則事事均可注其庇護之情，小者，
如《三辛》卷六〈宋毅見亡父〉條之助子毆鬥。

> 婺源宋毅之父，沒已數年。一日……有親戚邀飲酒，出時夜半，行
> 次梨木嶺，忽睹父從嶺下至，與之言云：「項十在前面帶一鬼來同打
> 汝，可自著便宜，急將所拄杖去做準備，我卻尋討棒手項超共救汝。」
> 父隨語而隱。洎嶺後見兩鬼持棒來，心甚畏之，遂掄拄杖，彼此相
> 擊。未覺勝負間，父領項超到，併力痛打，良久奔去。父與超送毅
> 歸，及門乃不見。

雖係人鬼群毆，亦如陽人之搏擊，甚有趣味。而亡魂佑庇子孫之大者，
則莫如《三己》卷四〈周十翁墓〉條所載：

> 弋陽周尚書高祖十翁，居邑之杉山。因妻亡，招術士訪葬地未獲，

夢妻告云：「地不須他求，但用明日去茅岡上，亂揮竹杖驚趕，若遇野雞飛起處，便是穴。」覺而如其言，往反且十里，無所得，以爲不足憑信，令術士別卜。又夢其妻云：「我夜來所說非虛語，只在屋前後數里內。仍須絕早起，於日未出時著意尋討，如更遲兩日，雞不復在故處，則失之矣。其地非尋常比，興旺甚速。或得之治窆，切不可深。他日定出狀元宰相，富貴綿遠。倘下穴過深，其發必遲，種種不及矣。」翁念兩夢之異，遂率子弟宗黨，協力營求。才行數里，果一雉從茅中高翔而逸。急立標志之，土氣溫煖，迥與岡上他土不同，乃治爲雙墓。術士自知無功，酬謝必薄，妄以禍福開曉，竟鑿過一丈。翁沒後，子孫皆爲民。至百餘年，曾孫庭俊始生子表卿，登科第二人，位至吏部尚書。

事雖涉風水迷信之說，然在故事中，如周妻夢中所托而爲之，則「他日定出狀元宰相，富貴綿遠」，惜因翁信術士言，「下穴過深」，然亦應在表卿，以第二人登科，位至尙書，亡妻覓穴，福縣子孫，實乃祖德之大也。

亡魂監臨子孫，庇佑子孫，事無大小，陰濟陽助，一以顯示子孫之依賴，對於祖先之崇拜，焉有不戒愼恐懼乎？以愼終追遠之道德表象，進行僥倖希冀之膜拜，正反映當時之普遍心理。

七、尋隙報復

鬼魂作祟之性格，不論有故無故，往往亦於有主之鬼表現之，《夷堅‧三壬》卷十〈羅仲寅逢故兄〉條：

饒州使院吏羅仲寅……送通判妻彥發往權南康守。出東關行三十里，妻使諭送者令回州，行將到路口，逢其已死兄羅三，邀入近街楊家酒壚內對飲，敍隔闊，詢家間事節，骨肉安否，甚爲詳悉。仲寅猛悟曰：「兄已亡，何由得在人世？」兄曰：「且休說著，大抵只是修養之法耳！」數杯後，兩人各醉，兄剩一杯，飲不盡，遂與仲寅分之。仲寅飲罷，血隨吐不止，舉目而視，不見其兄，歸家而病。至于八月，在中庭因坐，又見其兄自外來，持一物，如小錢大，強塞其口而沒。仲寅僅能喚妻，既更不復作聲，抵暮而卒。

道逢亡兄，邀飲敍闊，詢悉家事骨肉，全不見怨隙，明爲亡鬼，佯稱修養，及至索其性命，兩下毒手，此乃無故尋隙而殺人者，無情愛可言，其無怨仇

者已如此，其有釁隙者，更無所逃慝。

《夷堅‧三壬》卷六〈隗伯山〉條：隗伯山來王小三家作入舍女婿，爲人無智慮，癡守坐身，王家不能容，常逼逐出外，不使與妻相見，卑詞瀝懇於其父母，竟成休離，隗計窮無以自處，自刄於婦門，小三兒子小七，正爲郡吏，殊以切齒，唆啓其叔陳詞，乞行檢覆，以杜後日惡子脅持之患，鬼魂遂出撓，取小七之命。此例尚無血親關係，其有血親關係者，亦在不赦也。《夷堅‧三己》卷八〈南京張通判子〉條：張通判次子遭祟致病，使路當可治之，路拘到鬼祟，考召之。鬼謂：「我是張家長子，生前因不肖，貽怒大人。遂與舍弟同謀見殺，利刄刺心腹，痛毒到今，若父怒其子，分所甘受，至於弟殺兄，且席捲所有，在理難堪，此某之所以作祟。」路委曲開諭使去，且令其父建黃籙大醮薦拔之，惟張氏憚費，終亡次子之命。

有主之鬼尋仇，不避骨肉之親，即無仇隙，亦得而殺之，宋人敬畏亡魂之情，由是可覘。

八、婚姻糾纏

有主之鬼在其婚姻關係中，極端表現其糾纏不清者，蓋我國婚姻制度，自周以來，維繫政治、經濟、社會及家庭之安定，因而制定許多禮法以爲約束，並輔之以道德規範，然而在現實社會上，婚姻問題仍存在複雜之情結，未必可以禮法道德約制之，尤其婚姻並非終身制，離休及配偶死亡均仍有再婚之機會，未有過度強制之現象，宋朝以前均然，入宋以後，對寡婦再嫁，在道德規範上雖日趨強制，但法律仍不以限制，惟就此並不能調適時人之想法，祇有在無法律之約制下，而藉鬼神以反映之。今就其亡魂之性別，分別在《夷堅志》中探其婚姻之幽明糾纏。

（一）再娶問題之糾纏

我國婚姻制度爲一妻多妾制，在此制度下，本即不合理之現象，故或有「一妻主義」之實行家，〔註105〕惟在多妾之，妻之地位，又遠高於妾，在特有祖先崇拜體制下，惟有「主中饋」之冢婦乃有特殊祭享之地位，〔註106〕因而處在妻位之人，心理本已複雜，此複雜心理往往藉鬼神以抒發之。

〔註105〕北宋宰相王安石即其一例，荊公夫人吳氏嘗買一妾，爲荊公遣去，事見《邵氏聞見錄》。
〔註106〕郭寶鈞謂此乃「一夫一妻名號下的一夫多妻」(《中國青銅器時代》，第193頁)。

1. 違背恩約之譴責

妻死再娶，在古代乃屬社會禮法及規範所允許者，惟涉及恩愛之佔有，豈亡魂所能容？在志怪書中有關妻之責夫再娶，往往披以其他表層意義，其中以「違背恩約」者最常見之。〔註107〕《夷堅‧丁志》卷十八〈袁從政〉條：

> 袁從政，……紹興庚辰登第，調郴縣尉。先是，筠州上高陳氏女新寡來歸，以妻袁，夫婦相歡，嘗有「彼此忽相忘，一死則生者不得嫁娶」之約。既之官，未滿秩，陳亡。不能挈柩歸，但殯道旁僧舍之山下。再調桂陽軍平陽丞，遂負前誓，更娶奉新涂氏女，相與赴平陽。道由是寺，同年有官於彼者爲具召之。才就坐，見故妻從外來，戟手罵云：「平生之誓云何？今反負約耶？不捨汝矣！」……袁終席不復顧主人，不告而起，……竟赴井死。

陳氏雖新寡來歸，然袁氏夫婦相歡，乃有「一死則生者不得嫁娶」之恩約，及其負約，亡妻以是而索其命。

2. 撫育責任之托付

恩約純屬夫妻恩愛之私盟，男女閨情在傳統道德中，多所抑制，非可道也，在責夫再娶系列故事中，另一表層意義，即在「撫育兒女」問題之糾纏，蓋後妻虐待子女之事，迭有所聞，本爲家庭嚴重問題，然世間縱以法律道德約制，亦未必盡情，基此心理顧慮之情，惟有就志怪而發之。

《甲志》卷十六〈鄭畯妻〉：鄭畯先娶王氏，先一女泰娘，王氏且死，囑曰：「切勿再娶，善爲我視泰娘。」既卒，鄭買妾以居，久之，京師有滕氏女，將適人，鄭聞其美，乃背約納幣。一日，將趨朝，見王氏，問再娶之故，鄭乃告之，王曰：「既已成約，吾復何言，若能撫養泰娘，如我在時，亦何害？吾不復措意矣。」遂去，後十年，鄭無子而死。

由故事中，其恩約「切勿再娶」乃屬王氏臨死單方之要求，故鄭之別娶，亦不之咎，惟撫育女兒之事，亡魂則堅持之，由鄭無子而終觀之，或乃基於對幼子奪愛之恐懼心理，〔註108〕此一心理，《支庚》卷八〈李山甫妻〉條更爲

〔註107〕六朝志怪對於奪愛之情節表現，較此爲突出，《幽明錄》載呂順喪婦，更娶妻之從妹，後婦來見其妹，怒曰：「天下男子獨何限，汝乃與我共一壻。」對夫婦情愛之專擅，非《夷堅志》所及。

〔註108〕在六朝志怪中，有較極端之故事，《列異記》：宋太始末，江安令王文明，愛其妻手下婢，婢身將產，葬妻之日，妻便現形，入戶打婢，文明尋卒，諸男相繼喪亡。故事中未提及婢母子下場如何，似乎不欲令彼在冥間共享天倫也。

明顯。

> 汴梁李山甫妻亡踰月，所居樓梯忽軋軋有聲。少焉妻至。李初疑怖，至則忘之矣，語笑就枕，如平生歡，曉去夕來。母聞知，密布灰於梯道以驗之，見雞跡四五。已而妻謂李曰：「我託此而來，非是異類。夫婦情深，自戀戀不能捨，無意相害也。」久之，李謀復娶同邑包氏。一夕，妻泣言：「君已謀繼室乎？」李諱焉。妻曰：「我斷君此事不得。既有此議，我當絕矣。」苦留不可，曰：「幽明有間，但善與新人養護稚兒。否則君婦生子，我必致禍。」李許諾，遂訣去。包氏成禮未幾，晝寢未熟，若有牽帳者，冷風淒然而入，一婦人嚴整麗服，登榻曰：「我即李前室，與夫人如姊妹，幸善視吾子。不然夫人生子，我必祟之。」下榻徑出，風吹其帳自合。包驚覺，帳猶搖搖不已也。

李妻雖死，恩義情深，仍時時往來，李既議娶繼室，妻則願以相捨，惟其養育稚子之責任，仍所堅持，必欲繼室無子乃已，正反映奪愛之恐懼心理，固然後妻生子往往亦產生繼承問題，惟《夷堅志》中並未有明言之者，其或設身處地，為「亡者」諱乎？

3. 正妻地位之維護

自殷代「示壬奭妣庚」特祭先妣始，正妻之地位極具重要性，而後武丁「先妣後繼」之繼室問題產生，在祭禮上又建立並祀之制度，此一制度形成，不論在政治、社會及家庭之中，反而成為夫妻鬥爭之工具，尤其有家廟之士族為烈，而庶人祭於寢者，以巫術思考而言，未嘗不有所爭，惟在父性社會中，夫方終歸為勝利者，妻方僅能藉鬼魂以報復，《夷堅志》中即有此心理反映，《甲志》卷二〈張夫人〉條，載張子能妻鄭氏，臨終與張訣曰：「君必別娶，不復念我。」張乃指天為誓曰：「吾苟負約，當化為闍，仍不得善終。」後三年，張為大司成，右丞鄧洵仁欲嫁以女，張力辭，鄧方有寵，取中旨令合婚，張不得已成婚，仍鬱鬱不樂，嘗晝寢，見鄭氏自窗而下，罵曰：「舊約如何，而忍負之，……縱無子，胡不買妾，必欲娶，何也？」遽登以手捫其陰，自是若闍然，〔註109〕鄭氏不以「買妾生子」為不當，惟不允張子能另娶，

〔註109〕夫負約而為亡妻所闍之故事，前有所本，《異苑》卷六吳興袁乞妻，臨終執乞手云：「我死，君再婚否？」乞言：「不忍也。」既而服竟，更娶。後乞白日見其死婦，語之云：「君先結誓，云何負言？」因以刀割其陽道，雖不致死，

其於正妻地位之維護，昭昭矣！可見當時士族對祭享有無之重視，而作如是之反映。

（二）妻妾問題之糾纏

妾非正室，地位不與妻為敵，一妻多妾制度下，莫或非之，就情愛而言，妻之敵視妾婢，亦常情也，惟在志怪中，此敵意幾轉移至夫身，《夷堅‧三補》〈夢前妻相責〉條：樂平流槎金伯虎，其家染疫癘，妻及一子死焉，適里中王氏有妾議出嫁，資裝三百千金，貪其財即納為繼室，未幾，妾夢妻來責言曰：「此吾故室也，汝何人而敢輒據。」妾即謝曰：「實為媒者所誤，奈事已至此，夫人兒女孤露，願盡拊育如無存時，乞勿相怨。」妻乃曰：「然則我自與金理會。」明日金遂病，不久而殂。

在故事中，妾不佔正室，又許以撫育兒女，並無前述之情結，其妻妾之衝突，端在於「據其室」而已，然亡妻就此亦不之問，轉而奪其夫命，此遷怨行為，雖為怨毒，亦可概見婦人對丈夫移情別戀之痛恨。

在《夷堅志》中，亡妻之責妾，多在物質上，蓋妻妾地位不等，平時用物即有差異，衣衫鞋履，冠珥首飾，均為其地位象徵，不容凌越，死後亦然。《夷堅‧支景》卷五〈湯教授妾〉條：湯衡妻得驚疾亡，湯後至都城買一妾，頗有色藝，乃悉取故妻箱笥首飾付之。異日，在白晝間，突見亡妻現形，舉手搊妾，碎其冠珥裳衣，肆擊移時乃沒，湯恐，於是為檢拾遺物，可直千緡，盡付寺觀，追營薦焉。故事中，以亡妻之物加於妾身，即有凌駕妻位之象徵，是以亡妻現形以碎之。

《夷堅‧支癸》卷一〈董氏籠鞋〉條所載亦然，洪邁姪孫婦病卒，載柩歸葬鄱陽，其姒朱氏送之，朱戲著其雙履，少頃，即「四體寒顫，如挾冰雪，又如物有鑽刺，便得病」，良可畏也。同則故事另載：汪德輝娶董女，數年而董亡，復取其女兄，成婚數月，當初夏多雨，畏地濕，偶故妹有籠鞋在笥，取著之，即時右足一指痛，俄發腫，困臥三日，不能下床，後呼僧誦經悔謝，痛雖小減，猶未復常。此雖非妾婢取著，然其心理則一，全將怨恨移於鞋履之中，而產生亡魂鞋履不能著之觀念。惟在《夷堅志》同類故事中，並未發現子女穿著父母之鞋履，而遭受任何崇厲者，可見此心理與丈夫再娶及正妻地位之維護有關。

人性永廢。事與此略同，惟在層次上，應屬 1. 違背恩約之譴責。

（三）再嫁問題之糾纏

　　宋代婦女有關婚姻之權利，較前朝更受限制，惟夫死改嫁之行為，仍受法律所保護，〔註110〕此一行為，固亦合乎人道精神，然就亡夫之立場而言，並非全然安適於此一事實，〔註111〕在理學家提倡寡婦之守節之說，即足以反映男性之不安心理，此一心理，透過志怪之書以抒之，更確然明白。

1. 幾微之防伺

　　《夷堅志》中，亡夫對妻子再嫁之怨恨，因有理學家提倡「餓死事小，失節事大」之說為後盾，其表現於行動，異常激烈，《夷堅・丁志》卷十五〈汪澄憑語〉條：

> 番陽人汪澄，家頗富，獨好以漁弋罝罦為樂。年財三十，以乾道九年五月死。其妻，里中余氏女也。稍取其敖戲之具與人，或毀棄之。明年，七月旦初夜，妻在床未睡，覺四體悚漸，驚惴呼告其乳媼，媼亦然。俄頃，作澄語罵其妻曰：「賤人來！吾死能幾時，汝已萌改適他人意。二子皆十許歲，家貲殊不薄，豈不能守以終喪？吾甚愛鸚鵡、彫籠及雙角弓，何得便與三十五舅？」三十五舅者，妻之兄仲滔也。

其時妻尚未改嫁，是否已「萌意」，在乎一心，固然鬼神能洞燭幾微，然透過亡夫痛叱賤人所作之「幾微之防」，足見其禮教約制已深入民心矣。

2. 婦女責任之追究

　　在亡妻責夫之故事中，往往對其違背恩約加以譴責，惟男歡女愛、海誓山盟，恩約本無具體之效益，尤其在社會道德約制下，對當時亡夫再嫁行為已多所譴責，不勞以恩約再加限制，故亡夫鮮以譴責負約之形式現身，如其有恩約，亦轉以其他表層意義呈現，《夷堅・甲志》卷二〈陸氏負約〉條載：

鄭某嘗與妻盟，死而不得再有嫁娶，然鄭死未數月而媒妁來，陸與周旋，纔終服，即盡攜其資適蘇州曾工曹，成婚七日，曾生因奉漕檄考試它郡，鄭遂

〔註110〕朱瑞熙，《宋代社會研究》，第 134 頁。
〔註111〕夫之不容情愛受人橫奪，在六朝志怪中已突出，不過其防伺之方式，多夫魂自行出現，以奪其誘人之處，使其不敢愛，《甄異記》載有金吾司馬義妾碧玉事，蓋義病篤時，嘗謂碧玉云：「吾死，汝不得別嫁，當殺汝。」碧玉曰：「謹奉命。」葬後，其鄰欲娶之，碧玉當去，見義乘馬入門，引弓射之，正中其喉，喉便痛亟，姿態失常，奄忽便絕，十餘日乃甦，不能語，四肢如被摘損，周歲始能言，猶不分明，碧玉色不美，本以聲見取，既被患，遂不得嫁。《夷堅志》中亡夫鮮用此直接之方法。

現形，置書而去，陸氏展讀書其之後，三日而亡，故事標題雖注明「負約」，然書中並未以此譴責之，惟數落陸氏數罪。茲錄之以見其心理糾結。

> 十年結髮夫妻，一生祭祀之主，朝連暮以同歡，俸有餘而共聚……
> 遺棄我之田疇，移資財而別戶，不恤我之有子，不念我之有父，義
> 不足以爲人之婦，慈不足以爲人之母。

從文中可知，夫妻死別，除有情愛之關連，尚有祭祀、資產、養親、撫幼等問題在焉，陸氏未能盡到祭祀、護產、養親之責任，故鄭氏乃索其命。類似故事，亡魂亦有併其親生子亦取之，《甲志》卷三〈陳氏前夫〉條，陳德應（彙）侍郎之女爲石氏婦，夫臨終囑之曰：「汝善視吾子，必不嫁以報我。」夫死改嫁，歲餘，則來索命，罵曰：「汝待我若是，棄我以事它人，先取我子，次及女。」其後果然。此何以然，或以父性社會中，男子所負之責任重大，於其交卸時，惟主婦及子孫是賴，夫死改嫁，責任歸屬，即將落空，有如是之恐懼，乃形之於志怪之中。

3. 尊嚴之維護

在男性爲主導之社會中，女子休離改嫁，對原夫而言，即涉及尊嚴問題，此一尊嚴問題，非妻妾所能彌補，往往轉怒於接腳之夫，惟現實社會上，又有不能以法律及鬥毆等方式勝之，固可不形於顏色，惟在志怪書中，往往透過亡夫譴責後夫之形式表達之，以洩其怒。茲錄二則以言：

> 將仕郎鄧增，……娶宗室朝議大夫子淕季女，絕有色，未及從宦而
> 亡。家素貧，趙無以守志，才服闋，攜其二兒適南豐富室黃氏子。
> 甫一月，黃夢鄧至，誚之曰：「汝何人！乃敢娶吾妻。吾今受命爲
> 瘟部判官，汝宜速罷昏。不爾，將行疫癘於汝家，至時勿悔也。」
> 黃驚寤而懼，雖甚慕戀趙，不得已亟與決絕。踰年後，趙益窮匱，
> 或日高無炊煙，又嫁南城童久中。越數月，亦夢鄧來責數，且云：
> 「當以我臨終之疾移汝身。」童方溺愛，不以爲然。果得風勞之疾，
> 如鄧所感時，二年竟死。（《支甲》卷四〈鄧如川〉）

> 鄱醫趙珪者，人稱爲趙三郎中，本上官彥成之隸，粗得緒餘，後居
> 城中，雖操術不高，亦頗自足。慶元元年四月病死。二年正月，妻
> 成氏謀改適人，夢其來責，使候釋服乃可。至三年春，就納坑冶司
> 魏客將。又明年六月，復夢之云：「我存日有財產及居屋兩間，儘可
> 贍給，而必欲歸他人。既已如此，何得下交胥吏？我平時交游士大

夫間，視此輩爲奴僕，汝今自鄙薄以相玷辱。且彼既娶汝爲正室，
卻又竊姦我婢，情理不可容。我下訴於陰君，用四十九日爲期，定
戕其命！」……魏果以一月後染疾，七月中身亡。其居室內常聞趙
魏二鬼中夜相擊逐，成氏懼，呼婢燭火照索，寂無音響，至今尚然
耳。(《三辛》卷九〈趙珪責妻〉)

前一則故事中，趙妻苦貧，無以爲炊，改志再嫁，理所當然，而鄧以兩度現
夢，以其冥官之身分，威脅恫嚇，無非欲保其尊嚴，妻兒之窘匱，豈能顧之
耶？〔註112〕後一則故事，妻謀改適，並不堅持，乃嫁坑冶司客將，反責以不
該「下交胥吏」，蓋以其平時交游士大夫間，視此輩（胥吏）爲奴僕，而其妻
則「自鄙薄以相玷辱」，此趙之最不能忍者，嚴重損其尊嚴，故取後夫之命，
此固用以警示改嫁之妻，亦可作爲世人之娶寡婦者之警惕。

第四節　幽明之愛

一、以女鬼爲主導之人鬼愛情

幽明愛情故事，在魏晉南北朝時期，已有相當程度之開展，此類故事，
以男女愛情爲主題，與一般情況不同者，女性主角眞正身分爲鬼，葉慶柄嘗
就魏晉南北朝鬼小說之愛情故事加以分析，謂：「這些愛情故事的女主角一定
是鬼，男主角一定是人，從來沒有一篇男鬼與女人的愛情小說，或女鬼與男鬼
的愛情故事。」〔註113〕此一現象，在《夷堅志》中，亦爲顯著之特色。

男鬼與女人之愛情故事，在《夷堅志補》卷十七〈王燮薦橋宅〉條，嘗概
略提及宅中作祟之鬼，「蠱惑姬女，恬不避人。」至於如何「蠱惑」，並未詳細
說明，加以宅中鬼怪甚多，施蠱惑者非特定人物，故不足以謂之愛情故事。

男鬼與女鬼之愛情故事，在《夷堅志》中，固亦有之，如《三己》卷四
〈傅九林小姐〉條是，然與女鬼故事之數量相較，並非主流。〔註114〕

〔註112〕在此，六朝志怪較合人情，《集靈記》：「王謨，仕梁爲南康王記室，亡後數年，
　　　　妻子困於衣食，謨見形謂婦曰：『卿困乏衣食？』妻因與之酒，別而去，謨謂：
　　　　『我若得財物，當以相寄。』後數月，小女探得金指環一隻。在《夷堅志》
　　　　則鮮有此例，其財物之濟助，往往祇針對子孫，而不及妻妾。
〔註113〕葉慶炳〈魏晉南北朝的鬼小說與小說鬼〉，收在《中國古典文學論叢》第三冊，
　　　　此見第123頁。
〔註114〕《幽明錄》載，永嘉中，泰山巢氏先爲相縣令，家婢採薪，忽有一人追之，

因而在《夷堅志》中幽明愛情仍以女鬼爲主導，此一現象，十分明顯，何以然者，茲容後述，惟故事既以女鬼爲主導，因而女鬼現形之目的，遂成爲故事情節發展之動力，從愛情之命題而言，排除現實之不可能及現實可能之荒謬（如冥婚）因素，實際上惟有愛情之追求，纔具構成故事發展之主導力量，同時由於愛情包括性愛與情愛兩種層面，茲就二者分別言之。

二、追求性愛之女鬼

在《夷堅志》中，幽明愛情之訂定，往往呈現女鬼追求性愛之現象，在故事中，女鬼之行爲，一如好色女妖，以男性心理投射而言，二者並未有異，祇是在主角爲鬼爲妖之別，此一差別固小，但由於鬼曾經具有人格，而妖則無之，因而在故事中，對於鬼魂原有人格之變化情形，顯然較女妖爲突出。

（一）幾種故事情境類型

《夷堅志》中追求性愛之女鬼與男性主角締造幽明姻緣，顯然呈現幾種特殊之故事類型，茲述於下：

1. 游魂就人型

女鬼雖久已安葬，然不甘寂寞，一縷幽魂，浪蕩街市，勾引路人，《甲志》卷八〈京師異婦人〉、《三壬》卷五〈錢妾端端〉是也。〔註115〕

2. 據舍宣淫型

殯而不葬，葬而不奠，盤踞僧寺殯宮，依傍附近居舍，與過客鄰人，飲食淫樂，如《支癸》卷五〈北塔院女子〉、《支甲》卷八〈寧行者〉是也。

3. 墓室作樂型

葬地鬼魂，伏冢不去，人或過之，則幻爲華屋巍樓，留與燕寢，一夕成

如相問訊，遂共通情，隨婢還家，仍住不復去，巢恐爲禍，夜輒出婢。此雖爲男鬼與女人之愛情故事，然與女鬼與男人故事之數量相較，顯然不成比例，亦非主流。

〔註115〕《風俗通義・怪神篇》卷九，記汝南汝陽西門亭，先時頗已有怪物，其後，「郡侍奉掾宣祿鄭奇來，去亭六、七里，有一端婦人，乞得寄載，奇初難之，然後上車，入亭，趨至樓下，吏卒檄，白：『樓不可上。』奇曰：『我不惡也。』時亦昏冥，遂上樓，與婦人樓宿，未明發去，亭卒上樓掃除，見死婦，大驚，走白亭長，亭長擊鼓會諸廬吏，共集診之，乃亭西北八里吳氏婦新亡，以夜臨殮，火滅，火至失之，家即持去，奇發行數里，腹痛，到南頓利陽亭加劇，物故，樓遂無敢復上。」事亦見《搜神記》，此亦游魂就人型者。

歡，醒在棘叢古塚間，如《支甲》卷一〈張相國夫人〉條是也。

以上三種類型，在《夷堅志》中較爲常見，惟六朝志怪屢見士人燕居，女鬼來就之故事，〔註116〕《夷堅》則無，有之則爲女妖，蓋受游魂無故不入人居，伏屍不能遠走之觀念影響也。

（二）身分地位、人格與行爲之矛盾

在女鬼追求性愛之故事中，鬼魂原有之身分，與在故事中所表現之行爲，顯有極大之差異，此一差異，甚而有被凸顯之跡象。

1. 不對襯之身分地位

在《夷堅志》女鬼追求性愛之故事中，女鬼所獵奪之對象，與其原有身分並不相襯，如《三壬》卷五〈錢妾端端〉條：勾引男人之女鬼爲南安守錢肅之妾端端，而肅之則爲侍郎蓋之子，端端盛年夭歿，久之，化爲鬼魂，勾引邑胥艾毅，在邂逅時，艾毅實「不知爲誰家人」、「漫邀與語」，即「遂合焉」，而且「夜則同寢，情好諧洽，宛如伉儷」。邑胥私通邑宰之妾，在現實社會雖非正常，然身分尚稱相襯，然大多故事未必如此，如《支癸》卷五〈北塔寺女子〉條，應寺丞之孫女勾引詹姓行童、吳五戒以及不知名僧人等，《支庚》卷八〈江湄逢二仙〉條，至有前代貴嬪（張麗華、孔貴嬪）引誘士人者，《支戊》卷八〈解俊保義〉條：邵宏淵太尉之笄女，原葬寶積寺後牆外，先誘保義郎解俊，解俊爲賣符水者救免之後，女又數出爲患，改葬於北門外五里田側之後，復出擾居者，故事雖未言鬼如何爲患，然同一地點發生之故事，《甲志》卷十一〈張太守女〉條：

> 南安軍城東嘉祐寺，紹興初，有太守張朝議女，因其夫往嶺外不還，快快而夭，槀葬于方丈，遇夜即出，人多見之。既久，寺僧亦不以爲怪。過客至，必與之合，有所得錢若絹，反遺僧。嘗有二武弁，自廣東解官歸，議投宿是寺。一人知之，不欲往。一人性頗木強，不謂然，獨抵寺。方弛擔，女子已出，曰：「尊官遠來不易。」客大恐，誘之使去，即馳入城。解潛謫居而卒，有孫營葬憩寺中，爲所荏苒，得疾幾死。紹興二十年，郡守都聖與潔率大庾令遷之於五里外山間，今猶

〔註116〕《甄異記》：沛郡人秦樹，家在曲阿小辛村，嘗自京歸，未至三十里許，天暗失道，遙望火光，往投之，見一女子秉燭出，乞宿，並與寢止，向晨而去，數十步，顧其宿處，乃是冢墓。類似故事，《搜神後記》卷六亦有二則，多爲小屋草舍，在與仙境小說結合後，乃形成華屋女鬼之故事類型。

－417－

時出，與村落居人接。予嘗至寺，老僧言之，猶及見其死時事云。

「過客至，必與之合」，遷葬五里外山間，而「今猶時出，與村落居人接。」顯然張朝議之女，已變成花癡矣，二事洪邁「疑只一事，傳聞異詞。」（〈解俊保義〉）〈張太守女〉，出於洪邁親聞，因怨生恨，似較合理，後者出於貨藥人劉大典親見，故事中，解俊嘗謂：「吾未曾授室，欲憑媒妁往汝家，以禮幣娶汝，何汝？」女鬼答以：「吾父官頗崇，安肯以汝爲婿，但如是相從足矣。」由是可知女鬼與男人原有身分並不協調。

2. 脫序變常之行爲

故事中女鬼之追求性愛行爲，一如好色女妖，往往以主動積極之態度展現，而出現易於遂順之情節，〈北塔院女子〉條，「夜夜攜酒漿觳萩來共享，醉則留宿。」；而〈解俊保義〉條，女鬼主動謂之：「我所以來，正欲相就，結綢繆之好爾。」其白晝誘人者，如〈錢妾端端〉條，二人正晝值之於縣市，男方尙「不知爲誰家人」、「漫邀與語」，隨即「遂合焉」；其較含蓄者，如《志補》卷十六〈任迥春遊〉條，女鬼暗示：「家無一人，止妾獨居。」至如〈張太守女〉，狂態極矣，此類行爲，實爲現實道德所不容，而且女性之積極主動，亦與現實情形顚倒。

3. 經久遺忘之菆鬼芳魂

作祟之女鬼，一如伏屍之鬼，多寄菆僧寺之鬼魂，而其中亦有歷時甚久，而久被遺忘者，如《夷堅・乙志》卷二〈莫小孺人〉條，其中誘惑男人之女鬼，實乃藏於丹陽山寺院後殯宮之柩鬼，《乙志》卷四〈殯宮餅〉條，作祟之鬼魂，乃殯於京師道側小寺之柩鬼，《丁志》卷十六〈臨邛李生〉條，邛州李大夫孫所遇之女鬼，實城外山寺誰家婦菆堂，此類菆柩靈櫬，均爲殯攢有時者，如〈北塔院女子〉故事，應寺丞之子，於十餘歲前，寓居於饒州樂平西禪寺北塔院，其笄女以暴亡，菆於廡下，其後應隨牒入嶺表，久而北還，方謀火化其遺骸，不知其笄女早已爲鬼，屢誘僧侶行童而害及平人也。

此外，孤塚藁葬之葬地鬼魂，亦多有出而爲祟者，如《支甲》卷一〈張相公夫人〉條，與錢履道共寢者，實爲鄞縣郊外棘叢古塚之鬼；〈錢妾端端〉故事，誘惑邑胥之端端，盛年夭殁，殯葬於南安郭外金繩寺側久矣；而〈張太守女〉及〈解俊保義〉故事，在南安軍之二女鬼，張朝議女藁葬於城東嘉祐寺方丈，邵宏淵之笄女則葬於寶積寺後牆之外，邵喪女在其謫官時，及亡魂出而爲怪，邵已在武陵，對少女藁葬，顯示久未經心。

　　綜上所見，女鬼之罔顧身分，違反道德行爲，實與其存在之久被遺忘有關，從其死前身分而言，不外未嫁竮女及侍妾、棄婦也，或久殯而不葬，或藁葬而無歲時祭奠，在有主無主之間，在鬼魂觀念中，近於伏屍作怪之類，因而性格與生前大相逕庭，斯亦受「魂變說」之影響也。

　　同時，與女鬼交往者，大多「形軀日以枯槁，殆於骨立」（〈錢妾端端〉），似乎女鬼亦專在「壞人性命」者，實際上，是受「陰陽魂魄說」之影響，然則不論男體結果如何，女鬼在交往中，除性慾之似乎滿足外，並無其他利益，亦無「攝精」之說在焉，〔註117〕反之在其結局中所獲致者，往往摧仆、火化及改葬，更無利處可言。

（三）心理衝突之描繪

　　女鬼追求性愛之故事，由於行爲狂悖，雖在觀念中，可以魂變說解釋，然在複雜社會之情形下，仍時而賦予表層意義，使故事趣味更加開拓，其心理描繪即是。

1. 援例報復心理

　　人類遭受挫折之後，往往立即出現攻擊性之行爲，以作爲報復，然此一行爲有時亦是自殺等形式之自我攻擊，在立即之反應之後，挫折感並不消失，而又產生新一層之挫折，於是往往以援例之方式，對一己之行爲文過飾非，此一文飾之理由，甚而又可以作爲手段，以達到再攻擊之目的，〔註118〕此一心理及行爲，在現實人生固可見，惟投射於女鬼則更爲深刻。如〈張太守女〉故事即是，另《丁志》卷二十〈郎嚴妻〉條：

〔註117〕在《風俗通義・怪神篇》南汝陽西門亭樓之故事中，嘗謂該亭「有鬼魅，賓客宿止，有死亡，其屬厭者，皆亡髮失精。」而故事後半，則鄭奇路載女鬼來宿，次日行數里而物故，人與女鬼淫交則死，似始見於此，然亦不能從故事中，知女鬼有何利益，江紹源《中國古代旅行之研究》乙書，據此記載，特別強調「失精」（夢魘遺精）之說，見其書第 68、72 及 76 頁，事實上，故事中亡髮失精者，是鄭奇以前遇鬼之人，其鬼絕非鄭奇所遇新死之女鬼，甚而未必是女性，不可一概而論，至於「失精」一說，王利器校注云：「《文選・西京賦》：『喪精亡魂』，精謂精魂精靈。」較通，失精說在六朝實不明顯。

〔註118〕從心理作用而言，個人之動機或行爲不能符合社會價值標準或不能達到個人追求目標時，爲避免因挫折而生焦慮之痛苦及個人尊嚴起見，個人往往對本身行爲作合理性之解釋，此一解釋往往是「文過飾非」之防衛方式，援引成例乃是此文飾作用之一種。至於報復行爲乃是挫折後之立即反應，見張春興、楊國樞《心理學》，第 451 及 466 頁。

> 臨川畫工黃生，旅遊如廣昌，至秩巴寨，卒長郎嚴館之。中夕，一
> 婦人出燈下，頗可悅，乘醉挑之，欣然相就。詢其誰家人，曰：「主
> 家婦也。」自是每夕至，黃或窘索，必竊資給之，留連半年，漸奄
> 奄病悴。嚴問之，不肯言。初，嚴嘗與倡暱，妻不勝忿妬，自經死
> 于房，雖葬，猶數爲影響。虛其室，莫敢居，而黃居之。嚴意其鬼
> 也，告之故，始以實言。嚴向空中唾罵之，徙黃出寓旅舍。是夕復
> 來，黃方謀畏避，婦曰：「無用避我，我豈忍害子？子雖遁，我亦來。」
> 黃不得已，留與宿。益久，黃慮其害己，馳還鄉。中途憩泊，納涼
> 桑下，婦又至，曰：「是賊太無情，相與好合許時，無一分顧戀意，
> 忍棄我邪？宜速反。」黃不敢答，但冥心禱天地，默誦經。婦忽長
> 吁曰：「此我過也，初不合迷謬，至逢今日。沒前程畜產何足慕？我
> 獨不能別擇偶乎？」遂去，其怪始絕。

女鬼生前，丈夫外遇，因妬自殺，死後而淫佚，以爲報復，恬無羞恥，及情
人畏怯，無力挽回，又謀別擇他偶，怨府所積，了不可脫，刻劃十分生動。

2. 趨避心理之刻劃

「魚與熊掌不可得兼。」在實際社會上，女人對性愛之追求，必然經歷
個人慾望與社會道德標準之內在衝突，是之謂趨避衝突，〔註119〕《夷堅·三
辛》卷九〈高氏影堂〉有細膩之刻劃。

> 鄱陽柴步龍安寺，元有高氏婦影堂。不記何時所立，寺輪撥童行分
> 職香火。紹熙三年，當安淨者主之，慕悅畫像，因起淫佚之想，每
> 夕禱之曰：「娘子有靈，不惜垂訪。」如是累旬。一日黃昏後，遇婦
> 人身披素衣，立于佛殿角，顧之曰：「亦識我乎？」安淨曰：「不識
> 也，敢問爲誰？」婦曰：「無用見詰，我今宵錯到此，尚無投跡之地。」
> 淨曰：「茲不難辨，正恐不如意耳。」婦曰：「但得粗容一身，又何
> 所擇？」淨即邀詣其室，請暫寓止。婦曰：「既占汝床，汝卻宿何處？」
> 曰：「不敢言。」是時房內無燈，遂相與同寢。聞五更鐘聲遽起，約
> 今晚再會，往反半月。淨頗疑其所從來，且未嘗分明睹厥狀。一夕
> 至差晚，適明燈在傍，婦問：「何故有燈？」曰：「方書寫看經文疏
> 了。」婦使去之。淨始將熟視，全與高氏像同。燈既滅，乃扣鄉里

姓氏，不肯答。淨曰：「豈非高孺人乎？」婦曰：「何必苦苦相問！
我平生本端潔之人，緣汝祈祝不已，故爾犯戒，今既相認得，誼難
復來，料因緣只合如此，郎亦情分太淺薄矣。」隨語不見，自是遂
絕。

女鬼承不住誘惑也，而又拘於道德規範，在趨避衝突下，匿名從慾，其始來
也，顧謂：「亦識我乎？」確定安淨「不識」之後，乃敢藉故求宿，及入室中，
仍謂：「既占汝床，汝卻宿何處？」以掩其趨欲之情，故事中所有情節均在無
燈之情況中進行，及有燈時，則身分敗露，名節已失，乃絕不至矣。此一趨
避心理刻劃，實較《搜神記》之談生故事爲生動。〔註120〕

（四）好色女鬼之現實意義

儀式之不完全，於是產生伏屍魂變說之觀念，在此觀念下，女鬼得以脫
離規範，而將人性慾望以最赤裸之方式呈現，成爲違法喪紀之淫女嬌娃，非
其家人所忍見之者也，然則此一後果，既出於儀式之不完全，則應以完全之
儀式彌補之，殊不知儀式之不完全，有其文化因素，蓋我國家庭型態係以父
子倫爲主軸關係，〔註121〕未嫁筓女及侍妾、棄婦等，並不能納入我國「一祖
一妣」體系之祭祀儀式，因爲雖「將未出嫁而夭折的女孩之神位奉祀於廟裏
或尼姑庵中，但是這種辦法只是使神主有所寄放，卻未眞正使夭逝的女兒在
社會系統中得到正常的地位。」〔註122〕此亦說明何以全無男鬼誘淫女人之故
事，蓋祭祀體系建立之後，即使無正式儀式，夭折之男性亦能在觀念中附於
祖先而接受祭祀也。

祭祀儀式本身即具有統合之功能，〔註123〕排除在功能之外者，即形成被棄
之狀況，使其被人關懷之程度，逐漸消褪，而關懷之本身，原所具有行爲約束
之力量，亦隨而消褪，從久殯不葬與女鬼屢出而淫人兩者，即可見對女鬼之關
懷不足，對其浪行即愈無約束能力，而幾則主婦鬼魂故事（〈郎嚴妻〉〈張太守
女〉〈張氏影堂〉）亦然，不論見棄於生前，或冷落於死後，在心理衝突之後，

〔註120〕在神話與傳說之愛情故事中，常有屢屢乘黑暗而來之異性主角，而在伴侶好
　　　　奇之燭照中永遠消失，如邱比特與賽姬（Psyche）即是，費珠認爲此女人陽
　　　　性特質之表現。
〔註121〕李亦園《中國家庭與中國文化》，第236～237頁。
〔註122〕李亦園〈從若干儀式行爲看中國國民性的一面〉，收在《中國人的性格》，第
　　　　181頁。
〔註123〕李亦園《信仰與文化》，第33頁。

則幾難免於失節，因而好色女鬼故事，實為宋代對女子道德逐漸嚴格以約束，以及對其個體存在逐漸漠視之矛盾現象，所產生之特殊文化叢結。

三、追求愛情之女鬼

女鬼現形，有追求愛情與追求性愛之別，性與愛之觀念，在古代社會並未截然劃分，但由於在故事結構上，有不同之風貌，顯然亦非截然不可分，茲就結構以析之。

（一）宿生緣契之追求

在魂變說死後性情大變之觀念下，女鬼死後之行為應是淫佚而無愛情，其有愛情者，應係出於魂魄不變觀，即生前情愛之持續，生前訂情，死後完成。因而追求愛情之女鬼，生前之所謂「宿生緣契」，實為故事最大特徵。

1. 一見遺恨，快死來就

古代婦女在無婚姻自主權之情形下，其愛情之固著，往往表現在一見鍾情，悒怏成疾，以致賣志以終之敘述模式中，《夷堅・甲志》卷四〈吳小員外〉條：

> 趙應之，南京宗室也。偕弟茂之在京師，與富人吳家小員外日日縱游。春時至金明池上，行小徑，得酒肆，花竹扶疏，器用羅陳，極蕭灑可愛，寂無人聲。當壚女年甚艾。三人駐留買酒，應之指女謂吳生謂：「呼此侑觴如何？」吳大喜，以言挑之，欣然而應，遂就坐。方舉杯，女望父母自外歸，亟起。三人興既闌，皆捨去。時春已盡，不復再游，但思慕之心，形於夢寐。明年，相率尋舊游，至其處，則門戶蕭然，當壚人已不見。復少憩索酒，詢其家曰：「去年過此，見一女子，今何在？」翁媼顰蹙曰：「正吾女也。去歲舉家上冢，是女獨留。吾未歸時，有輕薄三少年從之飲，吾薄責以未嫁而為此態，何以適人，遂悒怏不數日而死。今屋之側有小丘，即其冢也。」三人不敢復問，促飲畢，言旋，沿道傷惋。日已暮，將及門，遇婦人冪首搖搖而前，呼曰：「我即去歲池上相見人也。員外得非往吾家訪我乎？我父母欲君絕望，詐言我死，設虛冢相紿。我亦一春尋君，幸而相值。今徙居城中委巷，一樓極寬潔，可同往否？」三人喜，下馬偕行。既至，則共飲。吳生留宿，往來逾三月，顏色益憔悴。其父責二趙曰：「汝向誘吾子何往？今病如是，萬一不起，當訴于有司。」兄弟相顧慄汗，心

亦疑之。聞皇甫法師善治鬼，走謁之，邀同視吳生。……皇甫爲結壇行法，以劍授吳曰：「子當死，今歸，試緊閉戶，黃昏時有擊者，無問何人，即及之。幸而中鬼，庶幾可活；不幸誤殺人，即償命。均爲一死，猶有脫理耳。」如其言。及昏，果有擊戶者，投之以劍，應手仆地。命燭視之，乃女也。流血滂沱，爲街卒所錄，并二趙、皇甫師，皆繫囹圄。鞫不成，府遣吏審池上之家，父母告云已死。發冢驗視，但衣服如蛻，無復形體，遂得脫。

故事後段，雖涉及殺人害命，實受類似陰陽魂魄說之影響，就整體而言，實爲女鬼追求往日池上相見之宿緣也。

2. 久眄寄情，死償宿志

在傳統愛情故事中，男女社交雖受禮教之限制，然東鄰西舍，近水樓台，眉目相接，流眄寄情，言猶未發，芳心已動，生不得償，死而能通，是亦宿生緣契也。《丁志》卷十五〈晁端揆〉條：

> 晁端揆居京師，悅里中少婦，流眄寄情，未能諧偶。婦忽乘夜來，挽衣求共被。晁大喜。未明索去，留之不可，曰：「如是，得無畏家人知乎？」既去，蓐褥間餘血涴迹，亦莫知所以然。越三日，過其間，聞哭聲，扣鄰人，曰：「少婦因產而死，今三日矣。」晁掩涕而歸。

此一故事，鄰婦生前寄情，死來償願，雖一夕姻緣，亦可惋嘆矣。《丁志》卷九〈西池遊〉條。

> 宣和中，京師西池春遊，內酒庫吏周欽倚仙橋欄檻，投餅餌以飼魚。魚去來游泳，觀者雜沓，良久皆散。唯一婦人留，引周裾與言。視之，蓋舊鄰賣藥駱生妻也。自徙居後，聲迹不相聞。見之喜甚，問良人在安，顧頗曰：「向與子鄰時，彼謂我私子，子既徙去，猶屢箠辱我。我不能堪，與之決絕，今寓食阿姨家。聞子已喪偶，思欲遣媒灼言議而未及，不料獲相逢於此。」周愈喜，即邀入酒肆，草草成約，納爲妻。踰數月，因出城回，買飯于市，駱生適負藥笈過門，周以娶其出婦之故羞見之，掩面欲避。駱遽入相揖，周勉與語，且詢其室家。駱傷惋曰：「首春病疫死矣，吾如失左右手，悲念之不忘。」遂泣下。周寬譬使去，殊大驚。又疑駱諱前事而爲之說，立詣舊居，訪鄰里。皆言駱妻死明白，曰：「吾屬皆送葬者也。」周益自失，懼不敢還家，又不知所爲，縱飲酒壚，醉就睡，迨夜乃出，信步行，

茫無所之。值當道臥者，絆而仆，沾涇滿身，復起行，財數十步，聞連呼「殺人」。邏卒躡尋，見周意狀蒼忙，而污血被體，共執送官。具說蹤跡如此，竟不能自明，掠死於獄。

駱妻生前與周是否「眉目傳情」，雖未詳述，然駱生強謂妻與周私通，以及周草草與之成婚，大抵亦有情在焉，駱妻首春死，周生春遊遇，死後即游魂相就，亦情使之然也。

3. 生前繾綣，死續綢繆

生前早通情好，對私結嘉盟，奈何良緣不永，或橫生阻隔，以致生死相睽，幽明異途，然恩愛未已，情魄猶在，影響而來，共續宿契，《夷堅・甲志》卷十八〈乘氏疑獄〉條：

興仁府乘氏縣豪家傅氏子，歲販羅綺於棣州，因與一倡狎。累年矣，嫗獨不樂，禁止之，倡念怨自縊死，傅氏不知也。一旦，遇之於乘氏曰：「我爲養母所虐，不可活，訟于官，得爲良人，脱身來相就，君能納我乎？」傅子喜，慮妻妬不容，爲築室于外。明年，復往棣州，詢舊游息耗，聞其死，甚駭。然牽於愛，溺於色，迷不省。

倡女爲情所牽，憤恨以死，然而幽冥之中，不忘舊好，千里游魂，來續綢繆之情，誠篤於愛者也，是以傅子亦不以生死爲懼，迷於色而不省。

以上三種宿生緣契之追求，其宿緣雖有淺深不同，然用情則專固，大抵均循有固定之結構模式：

（1）緣訂生前。

（2）死償宿緣。

（3）生死斷割。

在此結構之中，女鬼從生至死均篤於情愛，而此一情愛，尚可突破婚姻、家庭等道德約束，而原無婚姻、道德約束之男性主角，在此反而對生死與情愛猶疑不定，絕無怏怏以終，厭厭而死者，尤其在「生死斷割」之際，真正受害者全爲女鬼，而男性主角或驚或駭，或畏或懼，其有不畏懼者，則亦被視爲「迷不省」也。其所以然者，實乃古人對男女愛情心理觀察所得，藉此女鬼故事以表現，前已言矣，茲不贅述。〔註124〕

惟以當時觀念，此類故事是否著意頌揚女鬼情感之堅貞？《夷堅・支甲》

〔註124〕見本章第一、二節。

卷六〈西湖女子〉條：官人某議與女鬼偕逝，女鬼始歛衽蹙額曰：

> 自向來君去後，不能勝憶念之苦，厭厭感疾，甫期年而亡，今之此
> 身，蓋非人也，以宿生緣契，幽魂相從，歡期有盡，終無再合之歡，
> 無由可陪後乘，慮見疑訝，故詳見之。但陰氣侵君已深，勢當暴瀉，
> 惟宜服平胃散以補安精血。

此一告白，大可代表此類故事中，時人賦予女鬼共同心態：難以銘忘之愛情，
不能隨死亡以湮沒，另方面陰氣侵久害人之自覺，不論自去他去，幽明姻緣
終不可久，因此頃刻之歡，便祇在證明或滿足愛情而已。

（二）愛情與婚姻之完成

女鬼追求愛情，而其後乃與男性主角成其婚配，在前人志怪書中，多透
過女鬼復活之方式完成，如《搜神記》有王道平事，少時與唐叔偕女約爲夫
婦，尋王南征而不返，唐氏乃聘與劉祥爲妻。女悒悒而卒，及王還，繞墓哀
泣，女魂乃自墓出，謂其身未損，開冢破棺可以再生，如其言，果活。〔註125〕
惟此一再生觀念，在《夷堅志》中，絕不用來接合男女鬼魂姻緣。

1. 轉世為婚

《夷堅志》中，女鬼愛情與婚姻之完成，並不常見，其中有一則乃以轉
世之方式完成，《夷堅志補》卷十〈楊三娘子〉條：記韋高之表妹楊三娘嫁李
縣尉，道死臨安，後楊與高成七日婚配，因遇舅子，乃知三娘已死，遂與護
喪歸家，過嚴州，夢三娘來謂：「生平無過惡，便得託生，感君恩意之勤，今
懇祈陰官，乞復女身，與君爲來生妻，以答大眖。」後歷十七八年，得一女
子，娶以爲妻，步趨容止，絕似三娘，確定其爲楊氏後身，是轉世以續嘉緣。

2. 幽冥婚配

更直接完成婚姻與愛情之方式，或雙雙殉情，在幽冥道上，共結連理，《夷
堅・三己》卷四〈傳九林小姐〉條：

> 傳七郎者，蘄春人。其第二子曰傳九，年二十九歲，好狎遊，常爲
> 倡家營辦生業，遂與散樂林小姐綢繆，約竊負而逃。林母防其女嚴
> 緊，志不能遂。淳熙十六年九月，因夜宿，用幔帶兩條接連，共縊

〔註125〕見《搜神記》卷十五，另河間男女故事亦同，而《搜神後記》卷四：廣州
太守馮孝將有兒名馬子，夜夢女鬼自稱北海徐元方女，爲鬼枉殺，惟案呈
錄當八十餘，乃依馬子以重生，遂成婚配。故事雖不同，然均復活而成婚
配也。

於室內。明日，母告官，驗實收葬。紹興三年春，吉州蘇客逢兩人
於泰州酒肆，爲主家李氏當壚供役。蘇頃嘗試傅，問其去鄉之因，
笑而不答。蘇買酒飲散。明日，再往尋之，主人言：「傅九郎夫妻在
此相伴兩載，甚是諧和。昨晚偶一客來，似說其宿過，羞愧不食，
到夜同竄去。今不復可詢所在也。」

爲情自殺，古來多矣，此現實偶發事件，至於死後如何，則屬志怪之範疇，
傅李生前均非大人物，死後當壚供役，不論生活如何，亦能相伴諧和，類似
故事，又見《志補》卷十〈周瑞娘〉故事，所不同者，周之情郎先以悒怏病
亡，憑訴陰司，娶瑞娘爲妻，乃相隨共去，若是則成爲男鬼女人或男鬼女鬼
之故事矣。

　　綜上所見，女鬼婚姻與愛情之順遂，必須透過曠日彌久之轉世再生，而
且在男性之今生完成，如其不然，女鬼之婚姻與愛情，亦可以在男性本身亦
爲鬼之形式完成，然此男性之鬼，亦必須是先女而死，或與女同時爲鬼乃可，
絕無女鬼誘男以死而成其婚配者，就故事佈局而言，在無意中即顯現男女有
別，而女鬼在故事中，即使善良若〈西湖女子〉者，仍然有陰氣侵人，而爲
人害，除投生外，結果非自慚而退，即被人驅逐，下場可憐，男鬼則反是，
雖無陰氣可襲人，然女性全無可避免之以死，此何以故，蓋視人鬼愛情爲現
實非正常男女關係，就男人而言，祇是生命之陪襯；就女性而言，則爲生命
之全部，既爲生命之全部，則一死何所惜，而止作陪襯者，無「死生以之」
之必要，一旦，男性視陪襯者爲全體，則女性更無惜死之必要，是其然也。